IT ENDS
イット・エンズ
WITH
ウィズ・アス
US

ふたりで終わらせる

コリーン・フーヴァー

相山夏奏＝訳

二見書房

IT ENDS WITH US
by
Colleen Hoover

Published by arrangement with Atria Books,
a Division of Simon & Schuster, Inc.
through Tuttle-Mori Agency, Inc., Tokyo

最悪になるまいとして、最善の努力をした父に。
そして父の最悪をわたしたち娘に見せまいとした母に。

◆登場人物紹介

リリー・ブルーム――――フラワーショップの経営者
ライル・キンケイド――――脳神経外科医
アトラス・コリガン――――リリーの初恋の相手
アリッサ――――ライルの妹
マーシャル――――アリッサの夫
ジェニー・ブルーム――――リリーの母親
アンドリュー・ブルーム――――リリーの父親。故人

PART ONE

1

片脚を防護塀の外に垂らして座り、十二階建てのビルの屋上からボストンの街並みを見下ろしていると、自殺について考えずにはいられない。

自分のことじゃない。わたしは今の生活に満足していて、自分がこれからどうなっていくのかを楽しみにしている。

考えるのは自殺をする人たちのことだ。彼らはどんなふうに自分の人生を終わらせるという決断にいたったのだろう？　その決断を後悔したりするのだろうか？　空に自らを投げ出し、地面に激突するまでの、その数秒のフリーフォールの間に、ほんのちょっぴり自責の念に駆られるかもしれない。猛スピードで迫りくる地面を見つめて、こう思うのだろうか？　「しまった！　こりゃ早まったな」って。

いや、たぶん思わないだろう。

わたしは死についてよく考える。とくに――十二時間前――メイン州、プレソラの人々を前に、死者を讃《たた》えるすばらしい追悼の辞を述べた、今日みたいな日には。それは最高の追悼の辞とは言えなかったかもしれない。いや、むしろもっとも残念な部類に入るのかもしれない。その評価は、ママかわたし、どちらにきくかによっても違ってくる。**たぶんママは、今日から一**

年間は、わたしとは口もきかないだろう。

もちろん、わたしだって、自分の追悼の辞が後世に残るほど深遠なものじゃなかったことは認める。たとえばマイケル・ジャクソンの葬儀でブルック・シールズが述べた追悼の辞とか、あるいはスティーブ・ジョブズの妹とか、パット・ティルマン（アフガニスタンで戦死したアメリカンフットボール選手）の弟の追悼の辞みたいに。でもそれなりにすばらしかった。

最初は緊張していた。なんてったってアンドリュー・ブルームの葬儀だ。人々の尊敬を集めたメイン州プレソラの市長にして、地域でもっとも成功を収めた不動産会社の経営者。地元で慕われる補助教員、ジェニー・ブルームの夫で、昔、ホームレスの少年と恋に落ちて、一族の顔に泥を塗った赤毛の風変わりな女の子、リリー・ブルームの父親の葬儀なのだから。

そのリリー・ブルームがわたしで、アンドリューはわたしの父だ。

今日、追悼の辞を言い終えるが早いか、わたしは飛行機に飛び乗り、ボストンに戻った。そして最初に目についたこのルーフトップを占拠した。**もう一度言うけど、自殺願望があるわけじゃない。**ここから飛び降りるつもりはない。ただどうしても新鮮な空気とひとときの静寂が欲しかった。どちらも三階建ての自分のアパートメントでは手に入らない。屋上に出ることはできないし、自分で自分の歌に酔いしれるのが趣味のルームメイトがいる。

この高さまであがってきたら、どれほど寒いかを考えていなかった。我慢できないほどじゃないけれど、快適とも言えない。でも少なくとも星は見える。父親の死も、うざいルームメイトも、うまくいかなかった追悼の辞も、宇宙の壮大さを感じさせる、この晴れた夜空を眺めていると、大したことじゃないって気がしてくる。

空を眺めていると、自分がひどくちっぽけに思えるのがいい。

いい気分。

まあ……正確には、過去形で言うのが正解だ。

いい気分だった。

残念なことにドアが勢いよくひらいた。階段の吹き抜けから、もうすぐ屋上に人が吐き出されてくるはずだ。ふたたびドアが大きな音を立ててしまると、デッキを早足で歩く音がきこえた。わざわざ目をあげて、足音の主を見ることはしなかった。誰だか知らないけれど、ドアの左手にある塀をまたいで座るわたしに気づくとは思えない。それにあわてて出てきて、勝手に人がいないと思い込んだのは、わたしのせいじゃない。

わたしは静かにため息をつくと、目をとじ、漆喰《しっくい》の壁に頭をもたせかけ、この心穏やかで、内省的な時間を打ち破った宇宙を呪った。せめても、突然の侵入者が男じゃなく女でありますように……わたしは願った。今、この空間を共有するなら女性がいい。わたしは小柄なわりにはタフで、何かあってもひるんだりすることはない。でも、真夜中に屋上で見知らぬ男と二人っきりなるには、今はあまりに気分がよすぎる。身の安全を考えるなら、ここを離れたほうがいいのかもしれない。でも、離れたくない。さっきも言ったように……気分がよすぎる。

わたしはようやく目だけを動かし、塀に背中を預けて立つ人物のシルエットを見た。〝ラッキーなことに〟それは男だった。塀にもたれていても、かなり背が高いのがわかる。広い肩幅と、頭を抱えて立つ、まるで少年のような繊細さが、強烈なコントラストをなしている。男が息をするたびに、筋肉質の背中がかすかに盛りあがる。

男もまたブレイクダウン寸前のようだ。声をかけるか、咳《せき》ばらいでもして、仲間がいることを知らせようか考える。でも考えあぐねているうちに、男がくるりと向きを変え、自分の後ろにあったデッキチェアのひとつを思いっきり蹴りつけた。

デッキの向こうからきこえてきた鋭い音に、わたしは思わず身をすくめた。まさかその光景を見ている人間がいるとは知りもせず、男は立て続けに何度も椅子を蹴りつけている。どれだけ蹴られても、椅子は無傷のままで、滑って男から離れていくだけだ。

きっとあの椅子はマリングレード・ポリマーでできているに違いない。

昔、父が車をバックさせているときに、マリングレード・ポリマーのガーデンテーブルにぶつけたのを見たことがある。車のバンパーはへこんだのに、テーブルにはかすり傷ひとつできなかった。

質のいい素材にはかなわない、男も気づいたのだろう。ようやく椅子を蹴るのをやめた。今は体の横で拳を握りしめ、椅子を見下ろして突っ立っている。正直、ちょっと男がうらやましくなった。彼はチャンピオンよろしく、デッキチェアを蹴りつけていた。きっと散々な一日を過ごしたに違いない。わたしも気持ちは同じだけれど、ふつふつと湧いてくる怒りを心にとじ込め、不機嫌な顔をするのが精いっぱいだ。でも男には怒りのはけ口がある。

昔、わたしの怒りのはけ口はガーデニングだった。いらいらすると、裏庭で手当たり次第に草むしりをした。でも二年前、ボストンに引っ越してきてからは裏庭も、パティオもない。もちろん雑草もない。

マリングレード・ポリマーのデッキチェアは買ってみる価値があるかもしれない。

次は何をするのだろう？　わたしは男を見つめ続けた。でも男は椅子をにらんで、そこに立ちつくしているだけだ。今はもう拳を解き、手を腰にあてている。そこで初めて、シャツがはち切れそうなほど、男の二の腕がたくましいことに気づいた。他の部分はサイズがぴったりなのに、腕だけは生地がぴんと張り詰めている。男はポケットの中を探ると、お目当てのもの——さらに苛立《いらだ》ちを収めるものに違いない——マリファナに火をつけた。

わたしは二十三歳だ。学生時代に一度か二度、気晴らしにマリファナをやったことはある。だからこっそりやるなら、とやかく言うつもりはない。でも問題は、それがこっそりじゃないってことだ。もっとも本人は、まだ気づいていないけれど。

男は煙を深々と吸い込み、こちらへ向かって歩いてきた。そして息を吐きながら、わたしに気づいた。目と目が合った瞬間、彼ははたと足を止めた。わたしを見ても、驚いたり、興味をそそられたりした様子はない。三メートルほど離れたところにいても、星明かりのせいで、彼の目がわたしを上から下までじろりと見たのがわかった。まったくのポーカーフェイス、何を考えているのかわからない。かすかに細めた目、きりりと結んだ口、まるで男版モナリザだ。

「名前は？」男がたずねた。

男の声にみぞおちが震えた。この声、やばい。めったにないことだけれど、たまに耳を抜けて体の中まで響き渡るような声がある。男の声がまさにそれだ。低く、自信に満ちて、とろけるように滑らかだ。

無言のままでいると、男は紙に巻いたマリファナを口元へ運び、もう一度深々と煙を吸った。

「リリー」ようやく声が出た。**やだ、こんな声を出したくない。**弱々しくて、彼の耳に届くのかどうかさえ怪しい。まして彼の体の中に響き渡るなんて無理だ。

男はあごをあげ、かすかに頭を振った。「そこからおりてもらえるかな、リリー」

そう言われてようやく、わたしは男の緊張に気づいた。背筋を伸ばし、体を硬くして立っている。まるでいつわたしがそこから飛び降りるのかと、びくびくしているみたいだ。飛び降りるわけがない。塀は少なくとも三十センチほどの厚みがあるし、わたしの体は屋上側にある。バランスを崩しても落ちたりしない。もちろん、風もわたしを押し戻す方向に吹いている。

わたしは自分の脚をちらりと見て、それから男を見た。「大丈夫、ここにいるのが気持ちいいの」

見ていられない、そう言いたげに男はほんの少し体の向きを変えた。「頼むから、おりるんだ」たとえ〝頼むから《プリーズ》〟という言葉が入っていても、ほぼ命令に近い口調だ。「ここには誰も座っていない椅子が七つもある」

「今は六つでしょ」わたしは訂正して、彼に自分がそのうちのひとつをだめにしかけたことを思い出させた。男はにこりともしない。わたしが命令に従わないのを見て、さらに数歩、近づいてきた。

「今、きみは死からほんの数センチのところにいる。ぼくは今日一日、嫌になるほど死と隣り合わせで過ごしてきた。もうたくさんだ」もう一度、おりろと手ぶりで促す。「危なっかしくて見ていられない。せっかくのハイを台無しにしないでくれ」

わたしはくるりと目を回し、脚を揺らした。「ハイを台無しにしちゃいけないわよね」ひょいと塀から飛び降り、ジーンズのお尻で手を拭う。「これでいい?」わたしは彼に歩み寄った。

男は大きく息を吐いた。まるでわたしが塀の上にいるのを見つけてから、ずっと息を止めていたみたいに。わたしは男の前を通り過ぎ、ルーフトップを横切ると、より眺めのいい、ビルの表側へ移動した。そばを通った瞬間、嫌でも彼がキュートなことに気づかずにはいられなかった。

いや、違う。キュートなんてもんじゃない。

ゴージャス、まさにゴージャスという言葉がふさわしい。隅々まで手入れの行き届いた体、リッチな匂いがぷんぷんする。わたしよりは少し年上だろう。わたしの姿を追う目の縁にはかすかなしわが浮かび、不機嫌でもなさそうなのに、ほんの少し口角がさがっている。わたしは彼にぐっときたことを気づかれまいとして、塀から身を乗り出し、地上を走る車を見つめた。髪型ひとつをとってもわかる。誰しも惹《ひ》きつけられずにいられない、そんな部類の一人だ。でも物欲しげな顔をして、男のエゴを満足させるつもりはない。まあ、その手のアピールをされたわけじゃないけれど。今、男が着ているのはバーバリーのシャツだ。普段着にそんなハイブランドのシャツを着る余裕のある男のレーダーに、わたしがひっかかったことはない。

背後から足音がきこえ、男がわたしの隣で塀に背中を預けた。横目で見ると、男はもう一本、紙に巻いたマリファナを吸いはじめた。勧められたけど、手を振って断った。今、彼の雰囲気にのまれてしまうことはなんとしても避けたい。男の声は、それだけでドラッグだ。もう一度その声をききたくて、わたしは質問をした。

「どうしてあの椅子にあんなに腹を立てていたの？」

男はわたしを見た。今度は、まじまじと。目と目が合うと、男はさらにわたしを見つめた。

まるでわたしの顔に何か秘密が書いてあるみたいに。彼ほどのダークな瞳を見たことがない。いや、見たことはあるかもしれないけれど、男がまとう威圧感と一体になると、ダークな瞳がさらにダークに見えた。質問に答えない男に、ますます興味をそそられる。あれほど穏やかで心地のいい場所から引きおろしたのだから、男にはうざくても質問に答えて、わたしを楽しませてもらいたい。

「恋愛関係？」わたしはたずねた。「フラれたの？」

男は鼻で笑った。「そんなささいなことならいいけど……」向きを変え、わたしの顔をのぞきこむ。「何階に住んでいるの？」男は指をなめ、マリファナを巻いた紙の端をひねってポケットに入れた。「見かけない顔だけど」

「ここに住んでないから」わたしは自分のアパートメントがある方角を指さした。「あの保険会社のビルが見える？」

男は目を細めて、わたしの指した方向を見た。「ああ」

「あのビルの隣に住んでるの。低すぎて、ここからは見えないわ。三階建てだから」

男は塀の上に片肘をつき、あらためてわたしを見た。「じゃ、なぜここに？　彼氏がここに住んでいるとか？」

その言葉に、自分がひどく安い女に見られた気がした。あまりにチープな素人ナンパの常とう句だ。男のルックスからすれば、もっとましな手管がありそうなのに、わたしにはそんな凝った誘い文句を使う価値がないとでも言いたいのだろうか。

「すてきなルーフトップね」わたしは言った。

彼は眉をあげた。さらなる説明を待っている。

「新鮮な空気が吸いたかったの。それに考え事のできる場所が欲しかった。で、グーグルアースで検索したら、ルーフトップのあるこのアパートメントが見つかったってわけ」

男は笑みを浮かべてわたしを見た。「少なくともきみは堅実だ。それは大事な資質だね」

少なくとも？

わたしはうなずいた。たしかにわたしは堅実で、それは大事な資質だ。

「なぜ新鮮な空気が吸いたくなったの？」男がたずねる。

なぜなら今日、父の葬儀で、追悼の辞で参列者をざわつかせて、息が詰まりそうだったから。

わたしはふたたび前を向き、ゆっくり息を吐いた。「しばらく黙っていない？」

その言葉にほっとしたのか、男の表情が緩んだ。塀に体を預け、片腕をだらりと外に垂らしたまま通りを眺めている。しばらく身じろぎもせずにいる男を、わたしはじっと見つめた。こちらの視線に気づいても、男は気にもしていない様子だ。

「先月、ある男がここから飛び降りたんだ」男が言った。

しばらく黙っていようって言ったのに……むっとしたけれど、同時に興味もそそられる。

「事故？」

男は肩をすくめた。「さあね。夕方遅くのことだった。奥さんが夕食を作っている間に、屋上で夕焼けの写真を撮ると言って部屋を出たらしい。男はカメラマンだった。空を背景に街のシルエットを撮ろうとして、塀から身を乗り出し、足を滑らせて転落した、それが大方の見方だ」

わたしは塀を見やった。いったいどういうわけで、うっかりしたら落ちるような場所に行ったりするんだろう？　そう考えて、ほんの数分前、自分が反対側の塀に座っていたことを思い出した。

「妹からその話をきいたとき、ぼくが考えたのはたったひとつ、彼が夕焼けの写真を撮ったのかどうかってことだ。せめてカメラが無事だったらよかったのに。だってそんなのもったいないだろ？　写真への情熱ゆえに死んだのに、命をかけた最後のショットも残っていないなんて」

その言葉にわたしは笑った。でも笑うのは不謹慎な気もする。「いつもそんなふうに思ったことをずけずけ言うの？」

男は肩をすくめた。「いや、ほとんどの人にはそんなことはしない」

その言葉にわたしは思わずにやりとした。なんだか嬉《うれ》しい。わたしが何者か知りもしないのに、どういうわけか、彼にとってわたしはほとんどの人じゃないらしい。

男は向きを変え、塀にもたれると腕組みした。

「この街で生まれたの？」

わたしは首を横に振った。「いいえ、大学を卒業して、メイン州から越してきたの」

彼は鼻に軽くしわを寄せた。なんだかセクシーだ。彼みたいな男――二百ドルのヘアカットに、バーバリーのシャツを着た男――がそんなおどけた表情を見せるなんて。

「じゃ、今はボストン煉獄《れんごく》の真っただ中、だよね？　お気の毒さま」

「どういう意味？」

男は口の端をゆがめた。「旅行者からすれば、きみはこのボストンの住人に見えるかもしれない。だが、地元の人間にとっては、きみはまだ単なる旅行者、よそ者だ」

わたしは声をあげて笑った。「驚いた。そのとおりよ」

「ぼくはここにきて、まだ二カ月だ。だから煉獄にもたどり着いていない。でもきみはぼくよりはるかにうまくやってるみたいだ」

「なぜ、このボストンへ？」

「研修中なんだ。それに妹がここに住んでる」男は片足で軽く地面を蹴った。「このすぐ下のフロアだ。ボストン生まれのＩＴ長者と結婚して、ペントハウスを買った」

わたしは足元を見つめた。「フロア丸ごと？」

男はうなずいた。「そのラッキーガイは家から一歩も出ず、パジャマ姿で仕事をして、一年に数百万ドルを稼ぎ出す」

「研修って、なんの研修？　ドクターなの？」

「脳神経外科医だ。あと一年研修医を務めれば、脳神経外科の専門医になれる」

おしゃれ、弁が立つ、頭がいい。それにマリファナを吸う。もしこれが試験問題だったら、どれが仲間はずれかって聞かれても答えられない。「ドクターがマリファナを吸ってもいいの？」

男はにやりと笑った。「たぶん、だめだね。でも、時には自分を甘やかさなきゃ。でなきゃ、もっとたくさんのドクターがこの塀を飛び越えることになる。間違いない」今、男は腕にあごをのせて、前を向いている。目をとじ、自分の頬をなでる風を楽しんでいるようだ。さっきまでの威圧的な態度はもうない。

「地元の住人だけが知ってる、あるあるネタを知りたい？」

「知りたい」男はわたしに視線を戻した。

わたしは東の方角を指さした。「あのビルが見える？　グリーンの屋上があるビル」

彼がうなずく。

「メルチャー通りのあのビルの裏手にもうひとつビルがあるんだけど、その屋上には家があるの。ちゃんとした家よ、屋上に建ってる。高いところにあって、通りからは見えないから、誰もそこに家があるなんて思ってもいない」

男は興味をそそられたようだ。「まじ？」

わたしはうなずいた。「偶然、グーグルアースで見つけたの。で、調べてみた。そしたら一九八二年に建築許可がおりてたの。すごくない？　ビルの屋上にある家に住むなんて」

「屋上を独り占めだね」男は言った。

そんなふうに考えたこともなかった。もしわたしがその家の持ち主なら、そこで花や木を育てる。きっとストレスのいいはけ口になる。

「誰がそこに住んでるの？」

「誰も知らないの。ボストン七不思議のひとつ」

男は笑って、好奇心に目を輝かせた。「他の謎は？」

「あなたの名前」そう言ったとたん、わたしはおでこをぴしゃりと叩《たた》いた。しまった、わかりやすい口説き文句にきこえる。自分で自分を笑うしかない。

男はにっこりした。「ライル、ライル・キンケイドだ」

わたしは深々とため息をついた。「いい名前ね」

「どうしてそんなに残念そうな言い方をするの？」

「わたしの名前もそんなにステキだったらいいのになと思って」

「リリー《ユリ》って名前が気に入らない？」

わたしは首をかしげ、片方の眉をあげた。「苗字が……ブルーム《花》なの」

彼は無言だ。気の毒に……そう思ったのがわかった。

「わかってる。変よね。二歳の女の子ならかわいいけど、二十三歳の女には無理がある」

「二歳の子供が何歳になろうと、名前は変わらない。成長したからって、別の名前になるわけじゃないだろ、リリー・ブルーム」

「残念ながら、ね。さらに問題なのは、わたしの趣味はガーデニングだってことよ。花や、野菜や、何かを育てるのが大好きなの。フラワーショップを経営するのが子供の頃からの夢だけど、もしその夢を実現させても、それが本当の夢だったのかって思われないか心配。たまたま自分の名前にのっかっただけなんじゃないかって」

「かもね。でも、だからどうだっていうの？」

「まあ、そうよね」思わず声が小さくなる。「でもリリー・ブルームの店って……」それをきいて、彼がくすりと笑った。「花屋にはぴったりの名前よね。でも、わたしは経営学の修士号《マスター》を持ってる。花屋にしとくのは、もったいないと思わない？　今はボストン最大手のマーケティング会社で働いてるの」

「もったいなくない。経営者になるんだろ？」ライルは言った。

わたしは眉をあげた。「まあ、経営がうまくいけばね」

「うまくいってる限りはね」ライルはそのとおりと言わんばかりにうなずいた。「ところでミドルネームはなんていうの？」

わたしが思わずもらしたうめき声に、彼は身を乗り出した。

「さらに悪いってこと？」

わたしは両手で頭を抱えて、うなずいた。

「ローズ？」

「もっと悪い」

「ヴァイオレット？」

「だったらいいけど」体をすくめてささやく。「ブロッサム《花》」

「……サイアクだね」彼は低い声で言った。

「でしょ。ブロッサムは母の苗字よ。両親は出会ったとき、お互いの姓がどちらも〝花〟を意味することに運命を感じたみたい。だから母がわたしを身ごもった瞬間、真っ先に花の名前が選択肢になったの」

「どうしようもないね」

そう、どうしようもないの。両親のうち一人は……。「父は今週、亡くなったわ」

ライルはちらりとわたしを見た。「うまいね。でもだまされないよ」

「本当よ。だから今夜ここにきたの。泣いてすっきりしたいと思って」

わたしの言い方に、それが嘘《うそ》じゃないと気づいたらしい。彼は謝る代わりに、好奇心に目を輝かせた。今度は本当にわたしに興味を感じているようだ。「お父さんとは仲がよかったの？」

それはむずかしい質問だ。わたしは組んだ腕にあごをのせて、ふたたび通りを見下ろした。「どうかな」肩をすくめる。「娘としては、父のことは好きだった。でも一人の人間としては、大っ嫌いだった」

視線を感じる。やがておもむろに彼が口をひらいた。「いいね。正直で」

正直でいい!?　やだ、顔が真っ赤になってるかも……。

それからしばらくの間、沈黙が続き、やがてライルが言った。「人がもっとわかりやす《トランスペア》けれ《レント》ばいいのにと思ったことはない？」

「どうしてそう思うの？」

ライルははがれた漆喰をつまみあげ、指で粉々に砕くと、手についた破片をひょいと塀の向こうへはじいた。「みんな、本当の自分を偽っている気がするんだ。人間なんて、一皮むけば皆同じだ。誰でも弱さやだめな部分を抱えている。それを隠すのがうまい人間とへたな人間がいるだけだって」

ハイな気分なのか、それとももともと考えることが好きな性格なのだろうか？　どっちにしても、こういう禅問答のようなやりとりは嫌いじゃない。

「ちょっとばかり格好をつけてしまうのは悪いことじゃないと思うけど」わたしは言った。「むき出しの真実は必ずしも美しくはないから」

ライルはじっとわたしを見つめた。「**ネイキッド・トゥルース**《むき出しの真実》……」その言葉を繰り返す。

「いいね」彼はくるりと向きを変え、塀を離れ、屋上の中央に向かって歩いていく。デッキチェアをリクライニングさせ、その上に寝そべると、頭の後ろで手を組んで空を見上げた。わたしは隣のデッキチェアの背もたれを彼と同じ角度にした。

「リリー、きみのネイキッド・トゥルースを教えてよ」

「何について？」

ライルは肩をすくめた。「さあね。自分でこれは自慢できないなぁと思うこと。ぼくに、それならまだぼくのほうがましだと思わせてくれるようなこと」

ライルは空を見つめ、わたしの答えを待った。彼から目が離せない。あごのライン、頰の曲線、唇の輪郭、ひそめた眉。なぜだかわからないけれど、今、彼には会話が必要らしい。質問には正直に答えたい。ふとひとつ思いつき、わたしは空を見上げた。

「父は虐待をしていたの。わたしじゃない、母をね。夫婦喧嘩《げんか》をして、腹を立てるたびに母を殴った。そして殴ったあとは、一週間か二週間かけて、その償いをした。たとえば母に花を買うとか、わたしたちを豪華なレストランに連れていくとか。時には物を買ってくれることもあった。なぜなら、わたしが二人の喧嘩を嫌っていることを知っていたから。やがて幼かったわたしは、やがて喧嘩を楽しみにするようになった。父が母を殴ったら、そのあとの二週間は最高にご機嫌な時間になるとわかっていたから」わたしはしばらく押し黙った。これまで自分自身にさえ、こんなに正直に自分の気持ちを認めたことはなかったかもしれない。「もちろん、わたしもできる限り母をかばおうとした。でも虐待は初めから結婚の一部で、家族の暗黙の了解だった。大人になるにつれ、わたしは何もしないことで、父の罪に加担していることに気づいた。それから人生のほとんどの時間を、父を憎むことに費やしてきたけれど、だからといって自分が父よりましな人間なのかどうかはわからない。もしかしたら、わたしも父も、どうしようもない人間なのかも」

ライルはわたしを見て、きっぱりと言った。「どうしようもない人間なんていないよ。みんな同じだ。ただ、人間は時にどうしようもないことをする」

口をひらきかけたわたしは、彼の言葉に押し黙った。〝どうしようもない人間なんていないよ。**みんな同じだ**。ただ、人間は時にどうしようもないことをする〟たしかに、そうかもしれない。根っからの悪人はいないし、完全無欠の善人もいない。中には自分の中の邪悪さを抑え込むために、人より努力が必要な人もいる。

「あなたの番よ」わたしは言った。

彼の反応からすると、自分はこのゲームに参加するつもりはなかったのかもしれない。ふぅーっと長い息をつくと、ライルは髪をかきあげた。何かを言いかけて、ふたたび口をとじる。でも、やがておもむろに話し出した。「今夜、幼い男の子が一人、ぼくの目の前で死んだ」ひどく弱々しい声だ。「まだ五歳だった。その子と弟は両親の寝室で銃を見つけた。弟が手にとった瞬間、その銃が暴発した」

胃がねじれる。受け止めるには重すぎる真実だ。

「手術台に運ばれてきたときには、もはやできることは何もなかった。看護師やドクターも、まわりにいた全員が家族を気の毒がった。『あのかわいそうな両親』そう言ってね。でも、待合室で子供は救えなかったと告げたとき、ぼくにはその夫婦をかわいそうだという気持ちは一ミリもなかった。自業自得だと思った。弾をこめた銃を、無邪気な子供の手が届くところに置く、それがどれほど愚かなことなのかを感じてほしかった。自分たちが子供の一人を失っただけではなく、誤って引き金を引いた、弟の人生までも台無しにしたことを知らせたかった」

まいった。こんな重い話をきかされるなんて……心の準備ができていない。

その家族がどうやって悲劇から立ち直るのか想像もできない。「そのかわいそうな子の弟」わたしは言った。「どうなっていくのか想像もつかない。そんなことを目撃して……」

ライルはジーンズの膝から何かをさっと払った。「その子の人生はきっとめちゃくちゃになる。ぼくにはわかるんだ」

わたしは彼のほうに体を向けて、頬杖《ほおづえ》をついた。「それってつらくない？　毎日そんな光景を目にするなんて」

彼はかすかに首を振った。「本来ならもっとつらいはずだと思う。でも、来る日も来る日も、死と隣り合わせの現場にいると、それは日常の一部になる。つらさの感覚が麻痺《まひ》していくんだ」もう一度わたしの目を見た。「他には？　ぼくの話はきみのより、少しばかりぞっとしただろ？」

そうは思わない。けど、わたしはたった十二時間前に起こった、ぞっとする出来事について話し出した。

「二日前、母から頼まれたの。父の葬儀で、死者を讃える追悼の辞を言ってくれって。無理、最初は断った。たぶん泣きすぎて、大勢の人の前で話すことなんかできないからって。でもそれは嘘だった。父を追悼する言葉なんて言いたくなかったの。それは亡くなった人を心から尊敬している人が言うべきで、わたしは父のことをこれっぽっちも尊敬なんてしていなかったから」

「で、追悼の辞は言ったの？」

わたしはうなずいた。「ええ。今日の朝ね」体を起こし、膝を抱えて彼を見る。「ききたい？」

ライルはにっこり笑った。「もちろん」

わたしは膝の間に両手を挟み、大きく息を吸った。「何を言えばいいのかわからないけど……。葬儀の一時間ほど前、わたしは母に言ったの。やりたくないって。でも母は簡単なことだし、わたしに追悼の辞を言ってもらうのは父のたっての希望だった、ただ会場の前にある演壇まで歩いていって、父のいいところを五つほど言えばいいだけだって言った。だから……そのとおりにやろうとした」

ライルは片肘をついて、興味津々できいている。わたしの表情から、そのあとさらにまずいことが起こったのを察したらしい。「まさか、それでどうしたの？」

「ここで再現してみせるわ」わたしは立ちあがって、デッキチェアの反対側へ回った。そして背筋を伸ばして立つと、今朝、参列者でいっぱいの部屋を見渡したように、あたりを見渡し、こほんと咳ばらいをした。

「おはようございます。亡くなったアンドリュー・ブルームの娘、リリー・ブルームです。今日は父の葬儀にご参列くださり、ありがとうございます。ここで少しお時間をいただき、父のすばらしいところを五つ、皆さまにお話しして、父を偲《しの》びたいと思います。第一に……」

わたしはライルを見下ろし、肩をすくめた。「これで、終わり」

彼は体を起こした。「どういうこと？」

わたしはデッキチェアに腰をおろして、寝そべった。「それから二分間、わたしは黙ったまま、そこに突っ立っていたの。あの人のすばらしいところなんてひとつもない。だから、ただそこに立って、参列者を眺めていた。そしたらようやく、母が異変に気づいて、おじに頼んで、わたしを演壇からおろした」

ライルは首を傾《かし》げた。「嘘だろ？　お父さんの葬儀でそんな追悼とは真逆の行為を？」

わたしはうなずいた。「いいことだとは思わないわ。やろうと思えば、そこで一時間でも話し続けて、父をいい人に見せることはできたと思う」

ライルはデッキチェアに深々と背中を預けた。「驚いた」頭を左右に振る。「きみはヒーローだ。死んだ人間をさらに血祭りにあげるなんて」

「悪趣味よね」

「ああ、まったく、心が痛くなる」

わたしは笑った。「次はあなたの番よ」

「負けた」

「近いのはあるでしょ」

「さあ、どうかな」

わたしはくるりと目を回した。「あるわよ。でなきゃ、わたしだけが極悪みたいじゃない。言ってみて。いちばん最近考えた大きな声じゃ言えない話」

ライルは頭の後ろで手を組むと、わたしをまっすぐに見つめた。「きみとファックしたい」

わたしは思わずぽかんと口をあけ、あわててとじた。

驚きすぎて言葉が出てこない。

ライルは無邪気な顔でわたしを見つめている。「そっちが言ったんだろ。最近考えたことを言えって。だから言ったんだ。きみは魅力的で、ぼくは男だ。もしきみが一夜限りの関係に興味があるなら、すぐさまこの下の寝室に連れていってファックする」

彼の顔を直視できない。いきなりぶっとばされた気分で、頭の中が真っ白だ。

「悪いけど、そういうのには興味はないの」

「だと思った。きみの番だよ」

ひょうひょうとした表情。わたしを唖然《あぜん》とさせたことなど、まるでなかったようにふるまっている。

「ちょっと待って、頭を整理しなくちゃ」わたしは笑いながら言った。自分にまつわるちょっとドキリとするようなことを考えようとする。けど、さっきの彼を超えられそうにない。しかもあんな堂々と。たぶん、ドキリとしたのは、ライルが脳神経外科医で、それなりのちゃんとした教育を受けた人間がファックなんて言葉をいきなりあっけらかんと口にするとは思わなかったからだ。

わたしはどうにか……考えて……言った。「いいわ。そのつながりで言うなら……わたしの初めての相手はホームレスの男だったの」

ライルはぱっと体を起こして、わたしを見た。「へえ、その話、もっとききたいね」

わたしは腕を伸ばし、その上に頭をのせた。「わたしはメイン州で育った。ミドルクラスの人たちが住む美しい街よ。でもうちの家の裏にある通りはちょっと違っていた。倒壊の危険がある家があって、アトラスって男の子が、家出をしてそこに身を潜めていた。その子がそこにいることは、わたし以外誰も知らなかった。わたしは彼と友達になって、食べ物や服や必要なものをあげた。でも、ある日とうとう父に見つかってしまった」

「お父さんはどうしたの？」

わたしはぐっと奥歯を噛《か》みしめた。いったいなんだって、こんな話を始めてしまったんだろう？　今までずっと、アトラスのことは考えないようにしてきたのに……。「父はアトラスをめちゃくちゃに殴ったわ」それ以上は言いたくない。「あなたの番よ」

ライルは無言でじっとわたしを見つめている。まるでわたしの話に続きがあると知っているみたいに。次の瞬間、彼はさっと目をそらした。「結婚なんて、考えただけで吐き気がする」彼は言った。「もうすぐ三十だけど、結婚願望はまったくない。とくに子供はいらない。ぼくが唯一、人生に望むものは成功だ。多くの成功を手にしたい。でも、こんなことを堂々と言えば、きっと鼻持ちならない、イヤな奴《やつ》だと思われるだろう」

「医者としての成功？　それとも社会的な地位が欲しいの？」

「両方だ。誰でも子供は持てる。結婚もできる。けれど、誰もが脳神経外科医にはなれるわけじゃない。この仕事に誇りを持っている。でも、ただ優秀な脳神経外科医というだけじゃなく、この分野の第一人者になりたいんだ」

「たしかに。鼻持ちならないイヤな奴にきこえるわね」

ライルは笑った。「母は、ぼくが仕事ばかりで、人生を楽しむことを知らないんじゃないかって心配している」

「脳神経外科医の息子に、まだ不満があるの？」わたしは笑った。「それは高望みってものよ。親ってなかなか自分の子供に満足しないわよね？　百点満点の子供っていないのかな？」

ライルは首を横に振った。「ぼくの子供も満点にはならない。ぼくほどの志を持つ人間はそういないから、きっとがっかりすると思う。だから子供はいらないんだ」

「それはそれで立派な理由よね。まあ、大抵の人は、自分が一番大事だから子供は持たないなんて、大っぴらには言わないけど」

ライルは首を振った。「ぼくは自分が一番大事だ。だから子供は持たない。誰かとステディな関係になることもしない」

「どうやってそれを避けているの？　ただデートをしないだけ？」

ライルは鋭くわたしを見て、ゆがんだ笑みを浮かべた。「時間があるときに、その手の欲求を満足させてくれる女はどこにでもいる。きみがきいているのがそういうことなら、不自由はしてないんだ。でも恋愛には興味がない。そんなの重荷以外の何ものでもない」

わたしも愛について、そんなふうに思えればいいのに。そうすれば人生ははるかに楽なものになったはずだ。「うらやましいわ。わたしはいつも、どこかに自分にとってのミスター・パーフェクトがいるはずだって期待してしまう。そしてすぐにがっかりするの。なぜならわたしを満足させてくれる人は誰もいないから。永遠に幻の聖杯を探し続けている気分よ」

「ぼくのやり方を試してみればいい」

「それってつまり？」

「一夜限りの関係」ライルはひょいと眉をあげた。まるでわたしを誘うかのように。

暗くてよかった。今、きっとわたしの顔は真っ赤になっているはずだ。「不毛な関係しか築けない相手とは寝ないの」きっぱり言ったつもりだけれど、その言葉に説得力があったかどうかは怪しい。

ライルは大きく息を吐いて、ふたたびデッキチェアに寝そべった。「そういう女じゃないってこと？」がっかりした声だ。

わたしだってがっかりだ。もし彼が本気で口説いているとしたら、拒絶したいのかどうか、自分でもわからない。もしかしたら、その可能性を自分でつぶしたかもしれない。

「もし会ったばかりの男とは寝ないっていうなら……」ライルがわたしの目をのぞきこむ。

「どこまでならいいの？」

わからない。わたしはデッキチェアに寝そべった。彼に見つめられていると、考え直してもいいような気がしてくる。別に一夜限りの関係が絶対にだめってわけじゃない。ただ、今まではそうなってもいいと思う誰かと出会わなかっただけだ。

今までのところは……だけど。彼はわたしを誘っているの？　この手の駆け引きは苦手だ。

ライルが手を伸ばし、わたしのデッキチェアの端をつかんだ。無駄のないすばやい動きで、わたしの椅子を自分のそばへ引き寄せる。

思わず体がこわばった。近すぎる。冷気の向こうから、吐息のあたたかさが伝わってくる。もし、今、横を向いたら、彼の顔がほんの数センチのところにあるはずだ。横を見ちゃだめ。

たぶん、キスしようとするだろうし、わたしはまだ彼のことを何も知らない。ただ普通なら言えないような本音をいくつか打ち明けあっただけだ。でも、みぞおちに置かれた彼の手の重みに、わたしの自制心はどこかへ吹っ飛んでしまった。

「どこまでならいいの、リリー？」彼の声は退廃に満ちて、とろけるように甘い。わたしの体を稲妻のように駆け抜けてつま先まで響いた。

「わからない」消え入りそうな声で答える。

指がシャツの裾にかかる。ほんの少しずつ、ゆっくりと裾が持ちあげられ、肌があらわになっていく。「やめて」肌を滑る彼の手のあたたかさを感じながら、わたしは声にならない声をあげた。

うっかり横を向いた瞬間、ライルの瞳に心をわしづかみにされた。そこに見えるのは希望と自信、そして飢えだ。彼は唇を噛んで、わたしのシャツを弄び、少しずつめくりあげていく。きっとわたしの胸の激しい鼓動を感じているはずだ。もしかしたら音がきこえているかもしれない。

「これはやりすぎ？」ライルがたずねた。

どうしてこれほど大胆になれるのか、自分でもわからない。でも、わたしは首を横に振った。

「全然、大丈夫」

彼はかすかに口の端をゆがめ、指をブラの下へ差し入れた。軽くじらすような動きに鳥肌が立つ。

目をとじたとたん、大きな音がわたしの耳をつんざいた。ライルの手が止まり、わたしもようやくその音の正体に気づいた。彼のスマホだ。

ライルはがっくりとうなだれ、わたしの肩に頭をのせた。「ちくしょう」

シャツの下から手が消えた瞬間、わたしは顔をしかめた。彼はポケットを探ってスマホを取り出すと、椅子から立ちあがり、少し離れたところで電話に出た。

「ドクター・キンケイドです」うなじをさすりながら、真剣な顔で耳を傾けている。「ロバートは？　今夜、ぼくはオンコールじゃないはずだけど」沈黙が続く。「ああ、じゃあ十分後に。そっちへ行く」

電話を切ると、スマホをポケットにするりと入れた。そしてわたしを振り返り、ちょっと残念そうな表情で階段へ続くドアを指さした。「実は……」

わたしはうなずいた。「気にしないで」

ライルはしばらくわたしをじっと見て、人差し指を立てた。「動かないで」もう一度スマホを取り出す。そしてつかつかと歩いてくると、わたしに向かってスマホを構え、写真を撮ろうとした。やめて、そう言おうとしたけれど、別に拒否する理由もない。しっかり服も着ている。でもなぜだか、服を着ていないような気がした。

ライルはデッキチェアに寝そべり、両腕を頭の上にあげてくつろぐわたしの写真を撮った。そんなのどうするつもり？　でも、悪い気はしない。きっとわたしのことを覚えておきたいと思ったのだろう。たとえ、もう会うことはないとしても。

ライルはさっとスマホの画面を確かめた。わたしも彼の写真を撮りたい衝動に駆られたけれど、二度と会わない誰かを思い出させるものを欲しいかどうかわからない。きっとふたたび彼に会うことはない、そう思うと残念な気もした。

「会えてよかったよ、リリー・ブルーム。あきらめないで、きみの夢が叶《かな》うよう祈ってる」

わたしはとまどい、切ない気持ちで笑顔を返した。これまで彼みたいな誰かと、時を過ごしたことがあっただろうか？　ライフスタイルも、課税枠もまったく違う誰かと。もう二度とこんな出会いはないだろう。でも、ライルと自分がどこか似ていることに、嬉しい驚きを感じてもいた。

最初は、自意識過剰の嫌な奴かと思ったけれど、そうでもなかった。

ライルはしばらく足元を見つめたまま、妙なバランスで立っている。何か言いたい気持ちと早く行かなきゃならない気持ちの板挟みになっているかのように。そして最後にもう一度、ちらりとわたしを見た。今度ばかりはポーカーフェイスじゃない。彼の口元に、はっきりと失望が見てとれた。やがて彼は背を向けて歩き出した。ドアをあけ、階段を駆けおりる足音が遠ざかっていく。ようやくまた、ルーフトップで一人ぼっちになれた。でも驚いたことに、そのことに少しがっかりしていた。

2

　ルーシー――自分の歌に酔いしれるのが趣味のルームメイト――がリビングをバタバタと走り回りながら、出かける前に必要なものを拾い集めている。鍵、靴、サングラス。わたしはソファーに座り、思い出の品が詰まったシューズボックスを手にとった。父の葬儀に行ったときに実家から持ってきたものだ。

「今日は仕事？」とルーシー。

「ううん。月曜日までは忌引でお休みなの」

　ルーシーははたと足を止めた。「月曜日まで？」ふんと鼻を鳴らす。「ラッキーね」

「そう、ラッキーよね。父も死んだし」わたしは言った。もちろん皮肉だ。けど、実はそれほど皮肉でもないことに気づいて、嫌な気分になった。

「そういう意味じゃなくて」ルーシーはつぶやいた。財布をつかみ、片足立ちでバランスをとりながら、もう片方の靴を履く。「今夜は戻らないわ。アレックスのところに泊まるから」彼女は勢いよくドアをしめて、出ていった。

　一見、わたしたちにはいくつか共通点がある。服のサイズが同じで、歳《とし》も同じ、リリー《Lily》とルーシー《Lucy》、どちらもLで始まってYで終わる四文字の名前だ。ただしそれ以外に共通点はない。

単なるルームメイト、それ以上でもそれ以下でもない。でも、それでいい。ひっきりなしに歌っていることをのぞけば、ルーシーは全然、我慢できる部類だ。きれい好きで、外出がち、ルームメイトとしてもっとも重要な資質の二つを兼ね備えている。

シューズボックスのふたをあけた瞬間、スマホが鳴った。ソファーから手を伸ばして、それをつかむ。ママからの電話だと知ると、わたしはソファーに顔を押しつけ、クッションに向かって泣きまねをした。

スマホを耳にあてる。「もしもし？」

三秒の沈黙のあと、声がきこえた。「もしもし、リリー？」

わたしはため息をつき、ソファーに座り直した。「あら、ママ」早くも今日、ママがわたしに電話をしてくるなんてびっくりだ。お葬式からまだ一日しかたっていない。予想より三百六十四日早かった。

「元気？」わたしはたずねた。

ママは悲劇のヒロインみたいな口調で答えた。「なんとかね。今日の朝、おじさんとおばさんがネブラスカに帰っていったわ。今夜は初めて一人で過ごす……」

「大丈夫よ」わたしは心配そうな声を出すまいとした。

長すぎる沈黙ののち、ママは言った。「リリー、言っておくけど、昨日のこと、気にしなくていいのよ」

わたしは一瞬、押し黙った。**気になんかしていない。まったく。**

「誰だって緊張でしゃべれなくなるときはあるわ。あなたに大役を押しつけるべきじゃなかった。それでなくても大変な一日だったのに。おじさんに頼めばよかったのよね」

　わたしは目をとじた。**ほーら、いつものママのやり方だ。**認めたくないものはなかったことにして、他人のせいじゃなく自分のせいにする。もちろん、ママは知っている。わたしが昨日、追悼の辞で一言も言わなかったのは、フリーズしたわけじゃないってことを。だんまりを決め込んだのは、ママがわたしの父親に選んだあの男について、いいところなんてひとつも思いつかなかったからだって。

　でも、罪悪感がないわけじゃない。とくにママの前で、あれはなかった。だからあえて反論もせず、こうしてママの言うことをきいている。

「ありがと、ママ。何も言えなくてごめんね」

「いいのよ、リリー。もう切るわ。保険会社に行かなきゃ。パパの契約内容について、説明を受けるの。明日電話して、いいわね？」

「するわ。ママ、愛してる」

　電話が終わると、わたしはスマホをソファーの端にぽいっと投げ出した。膝の上のシューズボックスをあけ、中のものを取り出す。一番上にあったのは小さな木彫りのハートだ。真ん中の部分がくりぬかれている。そっとハートに触れ、それをもらった夜のことを思い出した。記憶がよみがえった瞬間、わたしはハートを脇に置いた。ノスタルジーなんてこっけいだ。

　いくつか手紙や新聞の切り抜きを脇によけると、目的のものはそこにあった。あるといいなと思っていたけれど、なくてもいいかなとも思っていた。

　わたしのエレン・ダイアリーだ。

さっと日記に手を滑らせる。この箱の中には三冊が入っている。でも全部で八冊か九冊あったはずだ。それらを書いて以来、一度も見返すこともなかった。

日記をつけているなんて、当時は認めたくなかった。いかにもティーンエイジャーって感じで、気恥ずかしい。代わりにこれはクールなことだ、日記に見えるけど、日記じゃないと自分を納得させる方法を考えた。それが日々の出来事を、エレン・デジェネレス（ルイジアナ州出身のコメディアン・女優。一九九七年にゲイであることをカミングアウト）にあてた手紙という形で書くことだ。エレンがホストを務めるトーク番組は二〇〇三年に始まった。以来、学校から家に戻ると、毎日、その番組をみていて、いつか実際にエレンと会えることがあったら、きっといい友達になれるはずだと思っていた。十六歳になるまで、他の人が日記を書くように、わたしは折に触れて彼女に手紙を書いた。もちろんエレンだって、どこの誰ともわからない女の子の日記を読みたいはずがない。さいわいにも、わたしが実際にその日記をエレンに送りつけることはなかった。でも日記を書き続け、あるときぱったりと書くのをやめた。

もうひとつの箱をあけると、他の日記も見つかった。その中から十五歳のときに書いたものを取り出し、アトラスに会った日のことが書かれた部分を探す。彼が登場するまで、わたしの人生には、書きとめておく価値のあるようなことはほとんど起こらなかった。けど、それでも彼に出会うまでに六冊の日記を書いていた。

そんなの二度と読むことはないだろう、そう思っていた。でも、パパが亡くなったことで、子供の頃のことをいろいろ考えた。もしかしてこの日記を読んだら、少しはパパのことを許す気になれるかもしれない。もちろん、反対にさらに怒りが募るというリスクもあるけれど……。

わたしはソファーに寝そべって、日記を読みはじめた。

大好きなエレンへ
今日、何があったのか話す前に、あなたの番組の新しい企画を思いついたの。それは『おうちのエレン』ってコーナーよ。

オフのあなたを見たい視聴者はきっとたくさんいると思う。わたしも、あなたが家で、パートナーのポーシャとどんなふうに過ごしているのかなぁって思うことがある。だからポーシャにカメラを渡して、あなたの日常を隠し撮りするの。テレビをみているところ、料理をしているところ、庭いじりをしているところなんかを。そしてしばらくカメラを回してから、ポーシャが叫ぶの。「おうちのエレン!」って。そしてあなたを驚かせる。あなたもいたずらが大好きだから、おあいこでしょ。

じゃあ、話すわね(話すつもりだったんだけど、ずっと忘れていたの)。昨日、おもしろいことがあった。たぶん今までで一番おもしろい日だったかもしれない。アビゲイル・アイボリーが自分の胸の谷間をのぞきこんだって、ミスター・カーソンに平手打ちを食らわせた日をのぞいてはね。

ちょっと前に書いたことを覚えてる? うちの裏に住んでいたミセス・バールソンのことよ。おばさんがあのひどい吹雪の夜に亡くなったことも。パパが言うには、おばさんは税金を滞納していたから、娘さんは家の権利を相続することができなかったんだって。でも、それってむしろラッキーよね。家は今にも倒壊しそうだったし、相続しても厄介なことになるだけだったと思う。

それ以来、家はずっと空き家だった。二年間くらいかな。なぜ空き家だってわかるかというと、わたしの寝室の窓から、裏庭の向こうにあるその家が見えるから。わたしが覚えている限り、人の出入りはなかったと思う。

昨日の夜までは。

わたしはベッドでトランプをシャッフルしていた。変に思われるだろうけど、ただシャッフルするだけよ。ゲームの遊び方はよく知らない。でもパパとママが喧嘩をしている間、一心不乱にトランプをシャッフルしていると、気持ちが落ち着くの。

とにかく外は暗くて、だからすぐにその光に気がついた。薄ぼんやりとした光が、例のボロ家からもれていた。たぶんロウソクの光か何かだと思う。裏のポーチに行って、パパの双眼鏡で何がどうなってるのか見ようとした。でも暗すぎて何も見えない。しばらくすると、明かりは消えた。

今日の朝、学校に行く準備をしているとき、家の裏で何か動く影を見つけた。窓の下にしゃがんで、そっとのぞくと、誰かがボロ家の入り口からこっそり出てくるところだった。男の子、バックパックを持った男の子よ。その子はあたりを見回して、誰にも見られていないことを確かめると、うちと隣の家の間を通り抜けて、バス停に立った。

見たことのない子だった。少なくとも同じバスに乗るのは初めてだと思う。その子はバスの最後部、わたしは真ん中あたりに座ったから、話しかけるチャンスはなかった。彼は学校があるバス停で降りると、校舎へ入っていった。きっと同じ学校の生徒だと思う。

なぜ、彼があの家に泊まっているのかわからない。おそらく電気もないし、水も出ないのに。おもしろ半分のチャレンジか何か？　でも、放課後も、彼はまたわたしと同じバス停で降りた。そして通りを歩き出すと、どこかへ姿を消した。わたしが大急ぎで自分の部屋へ戻って外を眺めていると、数分後、思ったとおり、彼がそっと空き家に入っていくのが見えた。

ママに相談したほうがいいのかどうかわからない。おせっかいは焼きたくないし、実際、わたしには関係のないことだ。けど、もしあの子に行くところがないとしたら、ママは学校で働いているから、彼を助ける方法を知っているかもしれない。

わからない。もう二、三日様子を見て、どうするか決めるつもりよ。もしかしたら家に帰ってしまうかもしれない。ただちょっと両親から離れたかっただけなのかも。わたしだってときどき、似たようなことを考える。

今日はこのくらいにするわ。明日、何がどうなったのか、また報告するね。

――リリー

大好きなエレンへ
早送りでエレンのダンスを全部通して見たわ。前は、ダンスシーンは最初の部分だけを見るようにしていた。ちょっとばかり退屈で、早くトークの部分をききたかったからよ。気を悪くしないでね。

ところで、あの男の子の正体がわかったの。そして彼は今もあの家から学校に通っている。今日で二日になるけど、まだ彼のことは誰にも話してない。

彼の名前はアトラス・コリガンっていうの。三年生よ。でもわかったのはそれだけ。バスに乗っているとき、隣のケイティにきいたの。「あの子、誰?」って。ケイティはあきれ顔で彼の名前を教えてくれた。でも、そのときケイティが言ったの。「よく知らないけど、あの子って臭うよね」って。ケイティは気持ち悪そうに、鼻にしわを寄せた。わたしはどなりつけてやりたかった。仕方ないでしょ、水が使えない場所にいるんだからって。代わりにただ彼のことを見つめた。でも、ちょっと見つめすぎて、アトラスに気づかれちゃった。

家に帰ると、わたしは庭仕事をするために裏庭へ行った。そろそろ収穫時期のラディッシュを引き抜かなきゃと思って。まだ庭に残っているのはラディッシュだけで、これから寒くなる時期には植えるものはほとんどない。もう二、三日、待ってからでもよかったけれど、彼がどうしているのか気になって、外に出ることにしたの。

作業を始めて気づいたのは、いくつかラディッシュがなくなっていることだった。しかも今さっき、引き抜かれたばかりみたい。わたしは引き抜いていないし、パパやママが庭いじりをするようなことは絶対にない。

もしかしてアトラス? きっとそうだ。どうして考えなかったんだろう? シャワーも浴びられないどころか、食べ物もないかもしれない。

わたしは家に入ると、サンドイッチを作った。そして冷蔵庫から取り出した二本のソーダ、それからスナックを一袋、全部まとめて紙袋に入れ、空き家へ走っていって、裏口のドアのそばにその袋を置いた。彼がわたしを見ているかどうかはわからない。だからドアを強めにノックして、家に戻って、自分の部屋に駆け込んだ。アトラスが外に出てくるかどうか見ようと窓際に行ったときには、もう袋はなくなっていた。

彼がわたしのことを見ていたとわかって、なんだかどきどきした。わたしが、彼がその家にいることを知っていて、それを彼が知っているなんて。明日、もしアトラスに話しかけられたら、なんて言えばいいんだろう？

大好きなエレンへ

今日、あなたが大統領候補のバラク・オバマにインタビューしているのをみたわ。緊張した？　もしかしたらこの国のリーダーになるかもしれない人にインタビューをするなんて？　政治のことはよくわからないけど、わたしならあんな緊張の中でおもしろいことを言うなんて、絶対にできないと思う。

ねえ、わたしたち二人にはいろいろびっくりすることが起こるわね。あなたは大統領になるかもしれない人にインタビューして、わたしはホームレスの少年に食べ物をあげている。

今朝、バス停に行くと、アトラスはもうそこにいた。最初はわたしたち二人だけで、正直決まりが悪かった。バスが角を曲がってやってくるのを見たとき、早くきてって思った。バスが停まった瞬間、彼は一歩わたしに近づいて、目を伏せたまま言ったの。「ありがとう」って。

ドアがひらくと、彼はわたしを先に乗りこませた。わたしは何も言わなかった。どういたしまして、とも。自分の反応にショックを覚えていたから。彼の声をきいて体に震えが走ったの。エレンは男の子の声をきいて、そんなふうになったことある？

あ、違う、ごめんね。女の子の声をきいて、よね？

行きのバスでは、アトラスはわたしのそばには座らなかった。けど帰り道では、最後に乗りこんできたから、誰も座っていない二人掛けの席はなかった。彼があたりを見回す様子に、空席を探しているのかと思ったけれど、探していたのはわたしだった。

目が合った瞬間、わたしはさっと自分の膝に目を落とした。男の子のそばにいると、どぎまぎしてしまう自分が嫌なの。十六歳になって、平気になればいいんだけど。

彼はわたしの隣に座って、自分の足の間にバックパックを置いた。その瞬間、ケイティの言ったことを思い出した。たしかに臭う、けど、それだけで彼のことを判断したくない。

最初、アトラスは何も言わずに、ジーンズにあいた穴をいじっていた。おしゃれでわざとあけた穴じゃない。正真正銘の穴、糸がすり切れてできた穴だ。実際、そのジーンズは少しばかり小さすぎるように見えた。足首が丸見えなの。でも彼は細いから、他の部分はぴったりサイズが合っていた。

「誰かに話した？」彼がたずねた。

目をあげると、アトラスも不安そうにこちらを見つめ返していた。まともに彼を見たのは、それが初めてだった。髪はダークブラウンだけれど、おそらく洗ったらもっと明るい茶色になると思う。肌や服も少しくすんでいるけれど、瞳は生き生きと輝いている。シベリアンハスキーを思わせる美しいブルーよ。人間の目を犬の目に例えるなんてひんしゅくものだけど、彼の目を見たとき、それが一番先に頭に浮かんだの。

わたしは目をそらして、窓から外を見た。誰にも彼のことは話していない。その答えをきいたら、彼は立ちあがって別の席に移るだろう、そう思っていた。でも違った。バスがさらにいくつかの停留所に停まっても、隣に座り続けているアトラスを見て、ほんの少し勇気が湧いた。だから小さな声でたずねたの。「なぜ、自分の家に帰らないの？」って。

アトラスはほんの数秒、わたしを見つめた。まるでわたしが信頼に値する人間かどうか、見極めようとするかのように。そして言ったの。「追い出されたからさ」

次の瞬間、彼は立ちあがった。怒らせちゃった？　そう思ったけれど、すぐにバスがわたしたちのバス停に着いたからだと気づいた。わたしはあわてて荷物を持ち、彼のあとについてバスを降りた。今日、彼は自分がどこに向かうのか、隠そうとはしなかった。いつもなら通りをくだって、一ブロック先を曲がるの。うちの裏庭を横切らないように。でも今日はわたしと一緒に庭のほうへ歩き出した。

わたしがいつも曲がって家に入り、彼がそのまま歩き続けるところまで来ると、二人とも足を止めた。アトラスはつま先で地面を蹴り、わたしの背後にあるうちの家を見た。

「お父さんとお母さんは何時に家に帰ってくるの？」

「五時頃かな」わたしは答えた。時計を見ると、三時四十五分だった。

アトラスはうなずき、地面を見つめた。何か言いたげだ。でも、何も言わなかった。ただうなずくと、あのボロ家、食べ物も電気も水もない家に向かって歩き出した。

ねえ、エレン。言われなくてもわかってる。その次にわたしがしたのが、とんでもないことだって。わたしは彼の名前を呼んだ。そして足を止めて振り向いたアトラスに言ったの。「急いで済ませるなら、パパとママが帰ってくるまでにシャワーを浴びてもいいよ」って。

どきどきしたわ。もし二人が帰ってきて、ホームレスの男が家でシャワーを浴びたなんてわかったら、とんでもない大騒ぎになる。絶体絶命よね。でも、彼があの家に歩いて帰るのを黙って見ていることはできなかった。

アトラスはもう一度、地面を見た。決まりが悪そうな様子に、わたしも胃が痛くなった。彼はうなずくこともせず、ただわたしのあとについて家に入ってきた。

彼がシャワーを浴びている間も、わたしのどきどきは収まらなかった。窓から外を見て、ママかパパの車が入ってこないことを何度も確かめた。二人が戻ってくるまでまだ一時間以上ある。わかっていても気が気じゃなかった。もしかしたら近所の人が誰か、彼が家に入っていくのを見たかもしれない。でも、その誰かだって、家に友達を連れてきたのを見て、おかしいと思うほどわたしのことを知っているわけじゃない。

わたしはアトラスに着替えを渡した。パパかママが帰ってきたら、彼はすぐに家を出るだけじゃなく、できるだけうちから遠くへ離れる必要がある。でなけりゃパパに、近所のどこの馬の骨ともわからない十代の男の子が、自分の服を着ていることを気づかれてしまう。

わたしは窓の外を見て、時間もチェックしながら、自分の古いバックパックに必要なものを詰めた。冷蔵庫に入れなくてもいい食べ物、パパのTシャツが数枚と、彼にはかなりサイズが大きいジーンズ、それから替えの靴下も。

バックパックのファスナーをしめたとき、ちょうどアトラスが廊下から部屋に入ってきた。

思ったとおりだった。まだ濡《ぬ》れているけれど、彼の髪はさっきよりずいぶん明るい色になっている。瞳もいっそう青く見えた。

バスルームでひげも剃《そ》ったみたい。シャワーを浴びる前よりずっと子供っぽく見える。わたしはごくりと唾をのんで、バックパックに目を戻した。別人のようになったアトラスにどぎまぎした。もしかしたらそのどぎまぎが顔に出ていたかもしれない。

わたしはもう一度、窓の外を見て、バックパックを渡した。「裏口から出たほうがいいわ。誰にも見られないように」

彼はバックパックを受けとって、わたしの顔をじっと見た。「なんて名前？」バックパックを肩にかける。

「リリーよ」

アトラスはにっこり笑った。初めての笑顔だ。その瞬間、わたしはひどく浅はかな思いにとらわれたの。こんなすばらしい笑顔の子をかわいがらないなんて、どういう親なのって。でも、すぐにそんなふうに考えた自分が恥ずかしくなった。親なら誰だって、自分の子供がどんな子でも愛するはずよね。たとえ不器量でも、やせていても、太っていても、頭がよくても、悪くても。でも人は自分の感情をコントロールできなくなるときがある。そうならないよう、自分を鍛えなくちゃね。

彼は手を差し出した。「アトラスだ」

「知ってる」わたしは彼の手をとらなかった。なぜ握手をしなかったのかわからない。彼の体に。なぜだか彼の体に触れるのが怖かった。でも汚いとか、そんな理由じゃない。ただ緊張していただけよ。

彼は手をおろし、こくりとうなずいた。「もう行ったほうがいいね」

わたしが一歩脇によけると、アトラスはそのそばをすり抜けた。キッチンのほうを指さし、それが裏口の方向かどうかを確かめる。わたしも続いて廊下に出た。裏に向かいながら、彼がほんの一瞬立ち止まって、わたしの寝室のほうを見たのがわかった。

わたしは突然落ち着かなくなった。寝室を見られた。これまで友達が来ることもなかったから、子供みたいな部屋でも気にしたことはなかった。ピンクのベッドカバーとカーテンは、十二歳からずっと使っているものよ。壁に貼った人気の俳優、アダム・ブロディのポスターを引っぺがしたいと思った。

でもアトラスはわたしの部屋のインテリアに興味を示したわけじゃなさそうだった。部屋の窓――裏庭に面した窓――を見て、それからちらりとわたしを見た。裏口から出ていく瞬間、彼は言った。「リリー、ぼくを蔑まないでくれてありがとう」

そして行ってしまった。

もちろん、〝蔑む〟って言葉はきいたことがある。でも十代の男の子の口からきくのは妙な感じがした。さらに妙なのは、アトラスにはいろいろ矛盾点が多いってこと。謙虚で、礼儀正しくて、蔑むなんて言葉を知っている子がホームレス？　なぜ十代の子がホームレスになるの？

ねえ、エレン、そのわけを知りたいの。

彼に何があったのかを突き止めてみるつもりよ。見てて。

――リリー

日記の続きを読もうとした瞬間、電話が鳴った。ソファーの上で腹ばいになったまま手を伸ばす。またママからの電話だ。でも驚かなかった。パパがいなくなった今、ママは一人ぼっちだ。きっと今までの倍くらいの頻度で電話をかけてくるだろう。

「もしもし」

「ボストンに引っ越そうかなと思うんだけど、どう思う?」ママが唐突に言った。

わたしはそばにあったクッションをつかんで顔に押しつけ、叫び声を押し殺した。「ああ、ええと……まじ?」

一瞬の沈黙があり、ママは言った。「それも悪くないかなって。また明日話しましょ。もうすぐ保険会社の人に会うから」

「わかったわ。じゃあね」

ママがボストンにくる? 今すぐマサチューセッツから逃げ出したい。ママがボストンに越してくるなんてムリ。ここには誰一人、ママの知り合いはいない。きっと毎日、わたしに相手をしてもらうつもりだ。もちろんママのことは大好きだけど、わたしがボストンに引っ越したのは、自立するためだ。同じ街にママがいたら、せっかくの自立心がくじけてしまう気がする。

三年前、パパが癌《がん》と診断されたとき、わたしはまだ大学生だった。もし、今、ライル・キンケイドがここにいて、ネイキッド・トゥルースを語るとしたら、きっとこう言うと思う。父の病気が悪化して、体力的に母に暴力をふるうことができなくなったとき、少しばかりほっとしたって。父の病気は夫婦のパワーバランスをがらりと変え、わたしも母の無事を確かめるためにプレソラの町にいる必要がなくなったと。

パパが亡くなり、ママの心配をしなくてもよくなった今、これから羽を伸ばすのを楽しみにしていたのに……。

なのに、ママがボストンにくる？

羽をもぎとられた気分だ。

わたしのデッキチェアはどこ⁉

ストレスで死にそう。もしママがボストンに引っ越してきたら、どんなことになるのか想像もつかない。ここじゃ庭もないし雑草もない。

何かはけ口を見つけなきゃ。

わたしは掃除をすることにした。日記やメモの入った古いシューズボックスを全部、寝室のクローゼットに入れ、それからクローゼットの整理を始める。ジュエリー、靴、服……。

ムリ、ママがボストンに越してくるなんて。

3

六カ月後

そう言ったきり言葉が出てこない。

ママは振り向き、近くの窓枠を指でさっとなぞると、しげしげとあたりを眺めた。降り積もった埃《ほこり》を、指をこすりあわせて落とす。「ここって……」

「わかってる、かなり手を入れないとね」わたしはママの言葉をさえぎって、店の入り口を指さした。「でも正面の構えを見て。きっとステキな店になるわ」

「まあ」

ママはうなずきながら、窓をあけた。唇をきゅっと結び、喉の奥でググッという音を立てる。納得したふりをしながら、実はまだ納得していないときの、ママの癖だ。もう一度、その音がきこえた。今度は二度も。

わたしはだらりと腕をおろした。「こんなの正気の沙汰じゃないと思ってるんでしょ?」

ママはかすかに首を横に振った。「まあ、やり方次第ね」この建物はもともとレストランで、部屋の中にはまだあちこちに古びたテーブルと椅子が置いてある。ママは近くのテーブルへ歩いていくと、椅子のひとつに腰をおろした。「もし改装がうまくいってフラワーショップが成功すれば、みんながほめそやす。思い切りのいい、大胆で、賢い経営判断だって。でも失敗したら、遺産はすべてパァ……」

「そうなったらみんなが言うわね、ばかな経営者だって」

ママは肩をすくめた。「そういうものよ。わかってるでしょ、経営学を専攻したんだから」

ママはもう一度ちらりと部屋を見渡した。まるで一カ月後のその場所を想像しているかのようだ。「思い切って、大胆にね、リリー」

わたしはほほ笑んだ。もちろんそのつもりだ。「自分でも信じられない。ママに相談もせずにこの店を買うなんて」そう言ってテーブルに座る。

「もう大人だし、思ったとおりにやればいいわ」でも、その声は少しばかり元気がない。わたしが少しずつママを必要としなくなっているのを、寂しく思っているのだろう。いいパートナーではなかったにしろ、パパが亡くなって半年、急に一人ぼっちになっていろいろ考えたに違いない。ママはわたしの反対を押し切り、小学校の仕事を見つけて、結局ボストンに引っ越してきた。ママが選んだのはボストンの郊外、小高い丘の上にある住宅地の一角で、寝室が二つと大きな庭のある瀟洒《しょうしゃ》な家だ。その庭に花や木を植えたいけれど、毎日の手入れを考えると無理だ。今のわたしには、週に一回、せいぜい二回訪問するのがやっとだろう。

「このガラクタはどうするつもり？」ママが言った。

たしかに。ガラクタだらけだ。すべてを処分するにはとんでもなく時間がかかりそうだ。

「まだわからないわ。どういう内装にするか、急いで考えなくちゃ」

「マーケティング会社を退職したのはいつだったたっけ？」

わたしは笑った。「昨日よ」

ママは頭を振りながら、ため息をついた。「うまくいけばいいわね」

椅子から立ちあがろうとしたとき、突然、正面のドアがひらいた。わたしがいる場所からドアまでの間に、いくつか棚が置かれている。棚の陰からそっとのぞくと、女性が一人、店に入ってくるのが見えた。女性はあたりを見回し、わたしを見つけた。

「こんにちは」手を振っている。かわいらしくて、着ている服の趣味もいい。でも白のカプリパンツをはいている。こんな埃まみれの場所にいたら、すぐに悲惨なことになるのは目に見えている。

「何かご用ですか?」

女性は脇にクラッチバッグを抱えて、わたしのほうへ歩いてくると、手を差し出した。「アリッサです」わたしは彼女の手を握った。

「リリーよ」

アリッサは立てた親指で後ろを指した。「表に求人広告があるのを見て……」

わたしは彼女の肩越しに正面のドアに目をやり、眉をあげた。「求人?」**まだ人は募集していないけど……。**

アリッサはうなずき、肩をすくめた。「でも古そうだったから、ずっと前から貼ってあったのかも。散歩の途中で広告を見つけて、ちょっと気になったの」

わたしはたちまち彼女のことが好きになった。耳に心地よい声、心からの笑顔。

ママがわたしの肩に手を置いて、頬にキスをした。「もう行かなきゃ。今夜は新居のお披露目パーティーなの」ママを見送ると、わたしはあらためてアリッサに向き直った。

「今、人を雇うことは考えてないの」さっと手を振って、部屋全体を示す。「フラワーショップを始めるつもりだけど、開店は早くても二、三カ月後よ」しまった、ちょっと返事を早まったかもしれない。でも、どう見ても彼女が最低賃金の仕事をするとは思えない。小脇に抱えているバッグの値段は、この建物より高そうだ。

アリッサの目が輝いた。「ほんと？　わたし、花が大好きなの！」あたりを見回す。「きっとすてきな店になるわ。壁は何色で塗るつもり？」

わたしは組んだ腕の肘をつかんだ。かかとに重心を置いて、体を揺らしながら答える。「さあ、何色かな。何しろ一時間前に鍵をもらったばかりだから、まだ内装は何も考えてなくて」

「リリーって呼んでいい？」

わたしはうなずいた。

「正直、わたしはただの素人だけど、インテリアが大好きなの。もし何か手助けが必要なら、ただで手伝うわ」

わたしは首を傾げた。「ただで？」

アリッサはうなずいた。「別に真剣に仕事を探してるわけじゃないの。ただ広告を見て、『どんな仕事かな？』って思っただけ。ときどき、退屈で死んじゃいそうになるときがあるの。言ってくれれば、なんでも喜んで手伝うわ。掃除でも、内装でも、壁の色選びでもね。わたし、ピンタレスト（写真共有サービス。レシピやインテリアなど、暮らしのアイデアを得られる）オタクだから」わたしの背後に目をとめ、その方向を指さす。「あの壊れたドアをはずして、おしゃれなディスプレイにできるわ。ここにあるものはほとんど使えそう」

わたしは部屋を見回した。この店の改装を自分だけでするのはとても無理だ。おそらくガラクタの半分は、一人じゃ持ちあげることもできない。いずれは人を雇うことになるだろう。

「ただ働きをさせるつもりはないわ。でも、本当に働いてもらえるとしても、一時間に十ドル払うのが精いっぱいよ」

アリッサは手を叩いた。ハイヒールじゃなければ飛び跳ねそうな勢いだ。「いつから始める？」

わたしは彼女の白いカプリパンツをちらりと見た。「明日からでどう？　汚れてもいい格好できたほうがいいでしょ？」

アリッサはさっと手を振ると、そばにあった埃だらけのテーブルにエルメスのバッグを無造作に置いた。「服なんてどうでもいいの。夫はこの先のバーで、アイスホッケーのブルーインズのゲームをみてる。もしよければ、今これから始めるわ」


二時間後、わたしは自分が新しい親友に出会ったことを確信した。おまけに彼女は本当にピンタレストオタクだった。

〝残す〟と〝捨てる〟と書いた付箋を、部屋じゅうのものにべたべた貼って回る。アリッサは不用品をおしゃれによみがえらせるアップサイクリング教の信者で、ここに残された少なくとも七割以上のものについて、捨てずにうまくリサイクルするアイデアを考えた。残りはアリッサの夫が、時間のあるときに捨ててくれることになった。ひととおり、ガラクタの処分方法が決まると、わたしはテーブルのひとつに座り、ノートとペンを手に店の内装を考えはじめた。

「ところで」背中をぐっと椅子にもたせかけて、アリッサは言った。わたしは思わず吹き出しそうになった。白いカプリパンツが埃まみれだ。でも、彼女は気にもかけていない。「店を経営するにあたっての目標は？」あたりを見回す。

「たったひとつよ。成功したいの」

アリッサは笑った。「きっと成功するわ。でも何かビジョンが必要でしょ」

わたしはママが言ったことについて考えた。

「思い切って、大胆にね、リリー」

わたしはほほ笑み、背筋を伸ばした。「思い切って、大胆にやりたいの。ここをありきたりのフラワーショップにしたくない。今まで誰もやらなかったことをやりたいの」

アリッサは目を細め、ペンの頭を噛んだ。「でも、花を売るんでしょ？　どうやって思い切って、大胆にするの？」

わたしは部屋を見回し、自分の考えをどう実現するか思い描こうとした。でもこれと思う案が出そうで出ない。「花ってきいたとき、一番先に頭に浮かぶ言葉は何？」わたしはたずねた。

アリッサは肩をすくめた。「ええと……かわいい、とか？　生き生きして、生命力にあふれている。色ならピンク、春のイメージね」

「かわいい、生命、ピンク、春」わたしはアリッサの言葉を繰り返した。「アリッサ、あなたって天才！」わたしはぴょんと立ちあがり、大きな足取りで部屋を歩き回った。「花について誰もが好きな要素はすべてとり去るわ。うちの店はその正反対をいくの！」

アリッサはいぶかしげな表情だ。

「つまり」わたしは言った。「たとえば花のかわいらしい面を見せる代わりに、邪悪な一面を見せるのはどう？　ピンクを強調する代わりに、ダークな色を使うの。ディープパープルとか、黒とか。そして春や生命の代わりに冬や死を讃える」

アリッサは目を丸くした。「でも……もしピンクの花を欲しがる人がいたら？」

「もちろん、お客の欲しいものを売るわ。でも、その人が今まで買おうと思わなかったようなものも売るの」

アリッサが爪で頬をかいた。「つまり黒い花を売るってこと？」心配そうな表情だ。もちろん心配して当然だ。彼女が見ているのは、わたしのビジョンのもっとも暗い面だけだ。わたしはテーブルに座り直し、彼女に詳しい説明を始めた。

「かつて言われたことがあるの。邪悪な部分ばかりの人間はいない。でも人間は誰でも、時に邪悪なことをするって。その言葉が頭を離れない。本当にそうだと思ったの。わたしたちは皆、自分の中に善良な部分と邪悪な部分を併せ持っている。それを店のテーマにしたいの。壁もうんざりするような甘ったるい色を塗るんじゃなくて、深い紫にして黒をアクセントに使う。ありきたりなクリスタルの花瓶にパステルカラーの花を入れて生命の息吹を感じさせる代わりに、もっと攻めたディスプレイにする。大胆で斬新にね。ダークな色の花のラッピングには、レザーとシルバーのチェーンを使う。花瓶はクリスタルじゃなく、黒のオニキス……それから……シルバーのスタッズをつけた紫のビロードの花瓶でもいいわね。アイデアはエンドレスよ」わたしはもう一度立ちあがった。「花が好きな人のための花屋はいたるところにある。でも花を嫌いな人に花を届ける花屋はある？」

アリッサが首を振った。「ないわ」小さな声だ。

「そのとおり。ひとつもない」

わたしたちはしばらくの間見つめあった。もう我慢できない。興奮のあまり、わたしは子供みたいに大声で笑いはじめた。アリッサも笑い出す。そしてぴょんと立ちあがり、わたしを抱きしめた。「リリー、それってすごくおしゃれ、すごいわ」

「でしょっ！」わたしはすっかり元気を取り戻していた。「デスクが必要ね。ちゃんと座って、ビジネスプランを練らなきゃ！　でも未来のオフィスはまだ、野菜を入れる古い木箱だらけよ」

アリッサは店の奥へ向かっていく。「木箱を全部運び出して、デスクを買いに行きましょ！」わたしたちは狭いオフィスに入ると、そこにあった木箱を、ひとつ、またひとつと奥の部屋へ運んだ。わたしは作業に必要なスペースが確保できるよう、椅子の上に立って木箱をできるだけ高く積みあげた。

「この木箱はウィンドウのディスプレイにもってこいじゃない？」

アリッサはそう言いながら、さらに二つ、木箱を渡して出ていった。つま先立ちになって、さらに高く木箱を積みあげようとする。そのとたん、木箱のタワーがぐらりと傾いた。何かにつかまって体を支えようとしたけれど何もない。次の瞬間、わたしは木箱もろとも、椅子から落ちた。床に倒れた瞬間、足首がありえない方向に曲がったのを感じ、鋭い痛みがつま先からふくらはぎに向かって走った。

アリッサがあわてて駆けつけ、わたしの上から木箱をとりのぞいた。「リリー！　大変、大丈夫？」

どうにか立ちあがったものの、足首に体重をかけられない。わたしは首を横に振った。「足首が……」

アリッサはすぐにわたしの靴を脱がせ、ポケットからスマホを取り出した。電話をかけながら、わたしを見上げる。「まさかと思うけど、冷蔵庫があって、その中に氷が入っていたりしない？」

わたしは首を横に振った。

「でしょうね」アリッサはスマホをスピーカーにして、床に置き、わたしのパンツの裾をめくりあげた。わたしは顔をしかめた。でもそれは痛みのせいだけじゃない。こんなへまをするなんて信じられない。もし骨が折れていたら事だ。相続財産をすべてつぎ込んだ建物を、数カ月間、手つかずのまま置いておくことになる。

「どうした、イッサ」スマホから声がきこえた。「どこにいるの？　試合は終わったよ」

アリッサはスマホをとりあげ、口元に近づけた。「仕事中よ。きいて、頼みが……」

相手の男がアリッサの話をさえぎった。「仕事中？　仕事なんてしてないだろ」

アリッサは首を振った。「マーシャル、きいて。緊急事態よ。わたしの上司が足首を痛めたの。氷を持ってきて……」

男は笑って、アリッサの話をさえぎった。「上司？　きみは仕事なんて……」

アリッサは苛立ちに、くるりと目を回した。「マーシャル、酔ってるの？」

「ワンジーデイだよ。ワンジー（上下一体となったつなぎタイプの部屋着）で店に行くんら」ろれつが怪しい。「そしたら、タラでビールが……」

アリッサは低い声で言った。「兄さんを出して」

「OK、OK」マーシャルはつぶやいた。やがて何やらごそごそと音がして、別の声がきこえた。「どうした？」

アリッサは早口で、わたしたちがいる場所を告げた。「すぐに来て。お願い。ビニール袋に氷を入れて持ってきてね」

「かしこまりました《イエス》、マダム《マーム》」男は言った。アリッサの兄も少し酔っているらしい。笑い声が起こり、男のどちらかが言った。「ご機嫌斜めだ」やがて通話は切れた。

アリッサはスマホをポケットに入れた。「外に出て、兄さんたちがくるのを待ってるわ。このすぐ先の店にいるの。大丈夫？」

わたしはうなずき、椅子に手を伸ばした。「もしかしたら、これにつかまって歩けるかも」

でもアリッサに肩を押し戻され、わたしはふたたび壁に背中を預けた。「だめ、動かないで。二人が来るまで待って、いいわね？」

酔っぱらいが二人きたところで、どうにかできるとも思わない。でもとりあえずうなずいた。ボスと部下の立場がすっかり逆転している。アリッサの迫力にわたしは口をつぐんだ。

十分ばかり待っていると、ようやく正面のドアがひらく音がきこえた。「いったいどうなってる？」男の声だ。「なんでまたこんな不気味な建物に？」

「彼女、店の奥にいるの」アリッサがそう言いながら、オフィスに入ってくる。そのあとからワンジーを着た男が一人現れた。背が高く、やせ型で、まだ少年の趣を残すイケメンだ。大きくて誠実そうな瞳に伸び放題でくしゃくしゃのダークヘア。氷を入れた袋を手にしている。

ワンジーを着てる。

目の前にスポンジ・ボブのワンジーを着た大人の男。

「彼があなたの旦那さま？」わたしは眉をあげて、アリッサにたずねた。

アリッサはくるりと目を回した。「残念ながらね」そう言って、ちらりと彼を見る。そのときもう一人の男（こっちもワンジー姿だ）が二人のあとから入ってきた。でも、わたしの注意は、水曜日の真昼間、なぜいい大人がこんな格好でいるのか、その理由を説明するアリッサに向けられていた。「この先の通りのバーで、ワンジーでアイスホッケーの試合を観戦したらビールがただになるのよ」アリッサは二人の男を手招きした。「彼女、椅子から落ちて、足首を痛めたの」あとからきた男に説明している。話をきいた男がマーシャルの陰から前に進み出た。次の瞬間、わたしは男の腕を見て、はっと息をのんだ。

ウソでしょ、あの腕、見覚えがある。

脳神経外科医の腕だ。

アリッサが彼の妹？ペントハウスを所有して、パジャマで数百万ドルを稼ぐ夫のいる？

わたしの目がライルに釘《くぎ》付けになったとたん、彼の顔に笑みが広がった。すごく昔のことに思えるけど、初めて彼に会ったのは六カ月前だ。その六カ月の間に、彼のことを考えなかったと言えば嘘になる。っていうか、しょっちゅう考えていた。でも、まさかまた会うことになるとは思ってもいなかった。

「ライル、こちらはリリー。リリー、兄のライルよ」リリーはライルを手で示した。「そしてあっちが夫のマーシャル」

ライルはつかつかと歩いてくると、わたしのそばにひざまずいた。「リリーだね」笑顔でわたしを見つめる。「はじめまして」

意味深な笑顔からすると、わたしを覚えているのは明らかだ。でもわたしと同じように初対面のふりをしている。今はわたしも、すでに彼が顔見知りだという経緯を説明する余裕はない。

ライルがわたしの足首に触れ、けがの具合を確かめた。「動かせる？」

足を動かそうとすると、ふくらはぎから膝にかけて鋭い痛みが走る。わたしは食いしばった歯の間から息をのみ、首を振った。「まだだめ。痛い」

ライルはマーシャルを手招きした。「何か氷を入れるものを探してきて」

アリッサがマーシャルのあとをついて出ていく。二人がいなくなると、ライルの口元に笑みが浮かんだ。「診察料はただにしておくよ。ちょっと酔っぱらってるからね」彼はウインクをした。

わたしは首を傾げた。「初めて会ったときにはハイで、今度は酔っぱらい。あなたが立派な脳神経外科医になれるか心配だわ」

彼は笑った。「言われると思った。でも言っておくけど、ぼくはめったにハイにならない。そして今日は一カ月ぶりのオフだ。ビールの一杯、いや五杯くらい飲まずにはやってられない」

マーシャルが布にくるんだ氷を持って戻ってきた。ライルが受けとり、その氷をわたしの足首にあてる。「車のトランクから、救急セットをとってきてくれる？」ライルはアリッサに言った。アリッサはうなずくと、マーシャルの手を引っ張ってふたたび部屋から出ていった。

ライルがわたしの足の裏に手のひらをあてた。「ぼくの手を押し返してみて」

足首で彼の手を押し返そうとする。痛い。でもどうにか動かすことはできた。「骨が折れてる？」

ライルはわたしの足を左右に動かした。「骨は大丈夫だ。もう数分安静にして、足に体重をかけられるかどうか見てみよう」

わたしがうなずくと、彼は真正面に座り直した。あぐらをかき、わたしの足を膝の上にのせる。それから部屋を見回した。「で、この場所は何？」

わたしはちょっとばかり大げさにほほ笑んだ。「リリー・ブルームの店よ。二カ月後にここでフラワーショップをひらくの」

それをきいて彼の顔が誇らしげに輝く。「嘘だろ、ほんとに？　本当に自分の店をオープンさせるの？」

わたしはうなずいた。「そうよ。やってみる価値があると思ったの。若くて、失敗してもまだやり直しができるうちに」

ライルの片手はわたしの足首に氷をあてている。でももう一方の手はわたしのむき出しの足に添えられていた。彼が親指を前後に動かす。彼はまったく気にしていない。でも、わたしは足首の痛みよりも、むしろそっちのほうが気になった。

「これ、みっともないだろ？」ライルは自分の真っ赤なワンジーを見下ろした。

わたしは肩をすくめた。「少なくともキャラクターものを選ばなかったのは賢明ね。スポンジ・ボブより大人っぽいわ」

ライルは声をあげて笑った。それからドアに軽く頭をもたせかけ、真顔に戻ると、感慨深げに言った。「陽ざしの中で見ると、さらにきれいだね」

こんな瞬間は自分の赤毛と白い肌を呪いたくなる。照れたり、とまどったりすると、顔だけなく首や腕まで真っ赤になってしまう。

わたしは[illegible]たせかけ、自分を見つめる彼を見た。「ネイキッド・トゥルース？」

「[illegible]以来、あなたの妹さんのアパートメントの屋上に行ってみようと何度か思ったの。でも、あなたに会うのが怖くて行けなかった。そばにいると、どぎまぎするから」

わたしの足をなでる指が止まった。「次はぼくの番？」

わたしはうなずいた。

彼は目を細め、わたしの足の裏に手をあてた。つま先からかかとへ、指がゆっくりとさがってくる。「今もまだ、きみとファックしたくてたまらない」

はっと息をのむ音がきこえた。けど、その主はわたしじゃない。

ライルとわたしがそろってドアの方向を見ると、そこに目を丸くしたアリッサが立っていた。あっけにとられてライルを見下ろしている。「今、なんて……」アリッサはわたしを見た。「ごめんなさい、リリー」軽蔑のこもった視線を兄に向ける。「わたしのボスによくもファックしたいなんて……」

サイアク。

ライルは軽く唇を噛んだ。アリッサの後ろからマーシャルも入ってきた。「どうした？」

アリッサがマーシャルを見て、ライルを指さした。「兄さんがリリーにファックしたいって言ったの！」

マーシャルはライルからわたしへ目を移した。笑うべきか、テーブルの下に逃げ込んで隠れるべきかわからない。「ほんとに？」マーシャルはふたたびライルを見た。

ライルは肩をすくめた。「まあ、そんなところかな」

アリッサは両手で頭を抱えた。「いい加減にして」わたしを見ながらつぶやく。「酔っぱらってるせいよ。ライルもマーシャルも。お願い、リリー、兄がクズって理由で採用を取り消さないで」

わたしは笑みを浮かべて手を振った。「大丈夫よ、アリッサ。わたしとファックしたいって[illegible]はけっこう多いの」ライルはまだわたしの足をなでている。「少なくとも、ライルは正[illegible]を考えているのか、言葉に出して言う勇気がない人は多いもの」

ライルはウインクをして、ゆっくりとわたしの足首を膝からおろした。「さてと、足に体重をかけられるかどうか見てみよう」

わたしはライルとマーシャルに支えられながら立ちあがった。ライルは壁際に寄せてある、一メートルほど先のテーブルを指さした。「あそこまで歩いてみて。そこでテーピングする」

ライルはわたしのウエストに腕を回すと、もう一方の手で倒れないようわたしの腕をしっかりと持った。マーシャルもすぐそばで身構えている。ほんの少し、足首に体重をかけてみる。

痛い、けど我慢はできる。ライルに支えられながら、どうにかテーブルまでたどり着くことができた。ライルはわたしを引っ張りあげ、壁を背に、脚を投げ出した格好でテーブルの上に座らせた。

「よかった、骨が折れてないのはいい知らせだ」

「悪い知らせは？」わたしはたずねた。

ライルは救急セットをあけながら言った。「しばらく安静が必要だ。たぶん、一週間かそこらかな。治り具合にもよるけど」

わたしは目をとじ、壁に頭をもたせかけた。「やらなきゃならないことが山ほどあるのに」思わず泣きそうな声が出る。

ライルは注意深く、足首に包帯を巻きはじめた。アリッサは彼の後ろに立って、その様子を見守っている。

「喉が渇いたな」マーシャルが言った。「だれか飲み物を欲しい人は？　向かいのコンビニで買ってくるけど」

「大丈夫」ライルが言った。

「水をお願いできる？」とわたし。

「スプライト」アリッサが言った。

マーシャルがアリッサの手をとった。「一緒に行こう」

アリッサは夫の手から自分の手を引き抜き、胸の前で両腕を抱え込んだ。「行かない。兄さんが何をするかわからないもの」

「アリッサ、大丈夫」わたしは言った。「ちょっとふざけただけよ」

アリッサはしばらくの間じっとわたしを見つめ、ようやく口をひらいた。「わかった。でも、兄さんがまたバカなことをしたとしても、わたしをクビにしないで」

「しない。約束する」

その返事をきくと、アリッサはあらためてマーシャルの手をとり、部屋を出ていった。ライルがわたしの足に包帯を巻きながらたずねた。「妹がきみの店で働くの？」

「ええ。数時間前に雇ったの」

ライルは救急セットに手を伸ばし、テープを取り出した。「知ってる？　アリッサは働いたことがないんだ」

「きいたわ」わたしは言った。ライルは口をきゅっと引き結び、さっきとはうってかわった真剣な顔をしている。その様子に、わたしは突然思った。もしかしたらライルは、わたしが自分に近づくためにアリッサを雇ったと思っているのかもしれない。「あなたが入ってくるまで、まさかアリッサがあなたの妹だなんて思いもしなかった。ほんとよ」

ライルはちらりとわたしの顔を見て、それから足を見た。「そんなこと一言も言ってないけど」テープをとめる。

「そうよね。でも、あなたをトラップにかけようとしてるって思われたくなかったの。わたしたちは人生に求めるものが違いすぎる、覚えてる？」

ライルはうなずいて、わたしの足をそっとテーブルの上に戻した。「そのとおり」そのまま続けて言った。「ぼくの専門は一夜限りの関係《ワンナイトスタンド》で、きみは聖杯を探す旅を続けてる」

わたしは声を出して笑った。「記憶力がいいのね」

「ああ」彼はどこか力なく笑った。「きみは特別だからね」

しまった。きくんじゃなかった。わたしはテーブルに手をついて、足をおろした。「ネイキッド・トゥルースがもうひとつあるんだけど」

ライルはわたしの隣でテーブルにもたれかかった。「ぜひききたいね」

わたしはためらわなかった。「あなたにすごく惹かれてるの。嫌いなところはほとんどない。でも、恋愛に求めるものは全然違うから、もし今度ばったり会うことがあったとしても、わたしを惑わすようなことを言わないでほしいの。そんなのフェアじゃないから」

ライルはもう一度うなずいて言った。「ぼくの番だね」テーブルに手をついて、ほんの少し身を乗り出す。「ぼくもきみにたまらなく惹かれてる。嫌いなところはほとんどない。二度とばったり会うことがないよう願ってる。きみのことばかり考えている自分が嫌になるからね。まあ、それほどしょっちゅうじゃないけど、ぼくにしてはかなりの頻度だ。もしきみが一夜限りの関係に同意するつもりがないなら、会わないほうが賢明だ。お互いのためにならないからね」

ふと気がつくと、彼はわたしからほんの二、三十センチの距離にいた。そばにいると、何を言われてもうわの空になってしまう。唇に視線を感じた瞬間、玄関のドアがあく音がきこえて、彼はわたしから離れた。アリッサとマーシャルがオフィスに入ってきたときには、ライルは崩れた木箱を積みあげ直していた。アリッサはわたしの足首を見た。

「診断は?」アリッサがたずねる。

わたしは下唇を突き出した。「数日間は仕事を休みなさいって」

アリッサはわたしに水のボトルを渡した。「わたしがいてよかったでしょ。ピンチヒッターは任せて。リリーが休んでいる間、できることはなんでもする」

わたしは水を一口飲み、口元を拭った。「あなたを今月のベストスタッフとして表彰するわ」

アリッサは満面の笑みを浮かべてマーシャルを見た。「きいた？　ベストスタッフだって！」

マーシャルはアリッサの体に腕を回し、頭のてっぺんにキスをした。「よくやったね、イッサ」

アリッサを縮めて、彼がイッサと呼ぶのはいい感じだ。わたしは自分の名前のことを考えた。もし彼氏ができたとして、わたしの名前を縮めたニックネームをつけるとしたら……イリー？

だめだ、全然かわいくない。

「一人で家に帰れる？」アリッサがたずねた。

わたしはひょいとテーブルからおりると、足の調子を確かめた。「たぶんね。車までだけだもん。けがは左足だから、車の運転に支障はないし」

アリッサはわたしに歩み寄り、ぎゅっとハグをした。「店の鍵を渡しておいてくれれば、明日また来て、さっそく掃除を始めるわ」

三人はわたしを車まで送ってくれた。けど、ライルはわたしの介助はほとんど、アリッサに任せた。なぜだかわたしに触れるのを怖がっているようだ。わたしが運転席に落ち着くと、アリッサはわたしのバッグと荷物を床に置いて助手席に座った。それからわたしのスマホをとりあげ、自分の番号を登録した。

ライルが窓からのぞき込む。「二、三日はできるだけ氷で患部を冷やすんだ。水でもいい」

わたしはうなずいた。「手当てしてくれてありがとう」

アリッサが助手席から外に身を乗り出した。「ライル、リリーを家まで送っていったほうがいいかも。タクシーで戻ってくればいいじゃない。何かあるといけないから」

ライルはわたしを見下ろし、首を横に振った。「そりゃどうかな。きっと大丈夫だ。ぼくはビールも飲んでるし、運転はしないほうがいい」

「じゃあ、ついていくだけでもいいから」アリッサが食いさがる。

ライルは首を振ると、車のルーフを軽く叩き、回れ右をして歩き出した。

まだライルの姿を目で追っているわたしに、アリッサがスマホを返して言った。「嘘でしょ？　本当にごめんなさい。リリーのことを口説いたうえにあんな言い方をするなんて」アリッサは車から出ると、ドアをしめ、窓から運転席をのぞき込んだ。「一生、彼女ができないわけよね」わたしのスマホを指さす。「家に着いたらメッセージをちょうだい。それから何か必要なものがあるときも。タイムカードにはつけないから」

「ありがとう、アリッサ」

アリッサはほほ笑んだ。「こちらこそ。こんなにわくわくしたのは、去年のパオロ・ヌティーニ（スコットランド出身のシンガーソングライター）のコンサート以来よ」手を振り、マーシャルとライルに向かって歩いていく。

リアミラーの中で、三人が通りを歩き出す。角を曲がる瞬間、ライルがちらりと肩越しにこちらを振り返った。

わたしは目をとじ、ほっと息を吐いた。

ライルに会った日は、二度が二度とも散々な日だった。最初は父の葬儀、そして次は足首の捻挫だ。でも、どういうわけか彼の存在のおかげで、それほどひどい日じゃなかったと思える。

ライルがアリッサのきょうだいじゃなければいいのに……。彼に会うのは、これが最後じゃないかもしれない。

4

車を降りると、わたしは三十分かかってようやく自分の部屋にたどり着いた。駐車場に迎えに出てきてほしくて、ルーシーに二度、電話をかけたけれど出なかった。どうにか玄関を入って、ソファーの上で寝そべって電話をしているルーシーを見つけたときは、さすがにむっとした。

わたしが勢いよくドアをしめた音で、ルーシーが目をあげた。「どうしたの？」

玄関の壁に手をつき、体を支えながら片足で進む。「足首を捻挫したの」

寝室へ向かうわたしをルーシーの声が追いかけてくる。「ごめんね、電話に出なくて！　アレックスと話していたの。折り返すつもりだったんだけど」

「気にしないで！」わたしはどなり返し、寝室のドアをばたんとしめた。バスルームでキャビネットに入れていた痛み止めを探す。二錠をのむと、ベッドに倒れこんで天井を見上げた。

信じられない。しばらくは、このアパートメントに閉じこもっているしかないなんて。わたしはスマホをつかみ、ママにメッセージを送った。

足首、捻挫しちゃった。大したことはないけど、必要なもののリストを送るから、買って

きてくれる？

ベッドにスマホを投げ出す。ママがボストンに引っ越してきて初めて、近くに住んでいることをありがたいと思った。結局のところ、この距離感はそれほど悪くないかもしれない。パパが亡くなった今、以前よりママのことを好きだと思える。理由ははっきりしている。わたしがママに腹を立てていたのは、パパと別れようとしなかったからだ。ママに対する怒りはずいぶん薄らいだけれど、パパに対する嫌悪は今も変わらない。

わかってる。パパに対して苦々しい思いを持ち続けているのは、よくないことだ。でも、パパは本当にひどい男だった。ママに対しても、わたしに対しても、そしてアトラスに対しても。

アトラス……。

ママの引っ越しの手伝いで忙しいうえに、仕事の合間に誰にも内緒で物件探しをしていたせいで、数カ月前に読みはじめた日記を、まだ全部読めていない。

わたしはおぼつかない足取りでクローゼットへ向かった。一度だけうっかりつまずいたけど、ドレッサーに手をついて体を支えた。ようやく日記を手にすると、また片足でベッドに戻り、シーツの間に潜りこんだ。

仕事ができなくなったから、何もすることがない。今のこの状況を嘆くついでに、過去もまとめて嘆いてしまおう。

大好きなエレンへ
エレンがアカデミー賞のホストを務めたのは、去年テレビ界で起こった、もっともすばらしい出来事だったと思う。内緒にしてたけど、あなたが会場にいるセレブの間を縫って掃除機をかけはじめたときには、笑いすぎておしっこをもらしちゃった。

あ、それから今日、アトラスをあなたのファンにしたの。「またアトラスを家に入れたの？」って言われる前に説明させて。どういうわけでそうなったのか。

昨日、アトラスにシャワーを浴びさせてあげたあと、夜はもう彼に会わなかった。でも今日の朝、アトラスはまた、バスでわたしの隣に座った。前よりほんのちょっぴり幸せそうに見えた。わたしの隣にさっと座って、にっこり笑ったの。

はっきり言って、パパの服を着たアトラスは不格好だった。でもジーンズは思ったほどぶかぶかじゃなかった。

「ねえ、見て」アトラスは体をかがめ、バックパックのファスナーをあけた。

「何？」

彼は中から袋を取り出して、それをわたしに渡した。「あの家のガレージで見つけたんだ。泥がついていたから落としておいた。まあ水がないから、あんまりきれいにはできなかったけど」

わたしは袋を持ったまま、おっかなびっくりで彼を見つめた。アトラスが一度にそんなに長くしゃべったのは初めてだったから。ようやくわたしは袋を見下ろし、それをあけた。中には古びたガーデニングの道具がいくつか入っていた。

「この前、きみがシャベルで庭を掘っているのを見たから。もう持ってるかもしれないと思ったけれど、誰も使わないなら……」

「ありがとう」わたしは言った。びっくりだ。以前、園芸用のスコップを持っていたけれど、プラスチックのハンドルが割れて、手にマメができるようになった。ママに、去年の誕生日にガーデニングの道具をねだったら、買ってきたのは大きなシャベルとクワだった。これじゃない、ママにそう言える勇気はなかった。

アトラスは咳ばらいをして、さっきより小さな声で言った。「こんなのちゃんとしたプレゼントじゃないよね。買ったものでもないし。でも……何かきみにプレゼントしたかったんだ。だって……きみが……」

アトラスは最後まで言わなかった。わたしはうなずいて、袋の紐《ひも》を結んだ。「これ、放課後まで持っててくれる？　わたしのバックパック、いっぱいなの」

アトラスはわたしの手から袋をとると、それを自分の膝にのせたバックパックに入れ、大切そうに両手で抱えた。「きみ、いくつなの？」

「十五」

それをきいたときの彼の瞳は、なぜだかちょっぴり悲しそうだった。「じゃあ、十年生？」

わたしはうなずいた。彼と何を話せばいいのかわからなかった。これまで男の子、それも上級生とはほとんど話したことがない。緊張すると貝みたいに無口になっちゃうの。

「どれだけ長くあの場所にいられるか、自分でもわからない」アトラスはそう言うと、もう一度声を落とした。「でも、もしきみが放課後、ガーデニングとか、何か助けが必要なら手伝うよ。何もすることがないから。何しろ電気もきてないしね」

わたしは笑った。でもすぐ彼の自虐を笑うべきじゃなかったと思った。でね、エレン、バスに乗っている残りの時間は、あなたのことを話したの。彼が退屈だって言ったから、「エレンの番組をみたことある？」ってきいたの。彼はみたいって言った。おもしろそうだねって。でもテレビには電気が必要だよねとも言った。ここでもまた、わたしは笑うべきかどうか迷ったの。

わたしは放課後、家で一緒にあなたの番組をみようって彼を誘った。いつも録画して、雑用を済ませながらみることにしているから。玄関のドアにチェーンをかけておけば、パパやママが早く家に帰ってくることがあっても、裏口からアトラスを逃がす時間は十分にあると思った。

次に彼を見たのは帰りのバスに乗るときだった。バスに乗っても、彼はわたしの隣に座らなかった。ケイティに先を越されたから。ケイティにどいてって言いたかったけれど、そんなことをしたら、アトラスを好きだと思われて大騒ぎになる。だからそのままにしておくことにしたの。

アトラスはバスの前の席に座っていたから、わたしより先にバスを降りた。そしてどこか落ち着かない様子で待っていた。わたしがバスを降りると、彼はバックパックをあけて、例の道具が入った袋を差し出した。一緒にテレビをみようっていう誘いに対する返事はきいていないけど、わたしはまるでそれがもう決まったことみたいにふるまった。

「いきましょ」って。彼が家に入ると、わたしはドアにチェーンをかけた。「もしパパかママが早く帰ってきても、裏口から走って出ていけば見つからないわ」

アトラスは笑ってうなずいた。「大丈夫。そうする」「何か飲む?」ってきいたら、彼は飲むって言った。わたしはスナックと飲み物をリビングに運んだ。わたしはソファーに、アトラスはパパの椅子に座ったの。それからエレンの番組をつけた。ただそれだけ。コマーシャルは早送りしたから、あまり話もしなかった。でも彼はちゃんと笑うべきところで笑っていた。笑いのツボがどこにあるかって、その人がどんな人かを判断する上で一番重要なポイントだと思うの。彼があなたのジョークに笑うたびに、こっそり彼を家に入れた後ろめたさがなくなっていった。なぜだかわからない。たぶん本当に友達になれそうな人だったから、罪悪感が減ったのかもね。

アトラスは番組が終わるとすぐに帰っていった。またシャワーを浴びるかどうかききたかったけれど、パパとママが帰ってくるまであんまり時間がなかった。彼にシャワーから飛び出て、真っ裸で裏庭を走らせるわけにはいかないでしょ。

それはそれで、こっけいで見ものだったと思うけど。

――リリー

大好きなエレンへ

ねえ、再放送ってどういうこと? 一週間まるまる再放送だなんて。もちろんエレンだってお休みが必要よね。それはわかる。じゃ、これはどう? 一日に一回分と言わず、二回分を収録するの。そしたら日にちが半分で二回分を撮れるから、わたしたちも再放送を見る必要がなくなるわ。

〝わたしたち〟っていうのは、アトラスとわたしのことよ。今じゃ彼はエレン仲間よ。わたしに負けないほどあなたの大ファンになったみたい。でも、毎日、あなたに手紙を書いているのは彼にも内緒なの。ちょっとイタいファンだと思われそうだから。

アトラスがあのボロ家に住みはじめてそろそろ二週間よ。彼は何度かうちでシャワーを浴びて、わたしは彼がくるたびに何か食べさせて、洗濯もしてあげた。アトラスはいつもすまなそうにしている。まるで迷惑をかけているみたいに。でも正直なところ、全然迷惑なんかじゃない。彼と一緒にいるといろんなことを考えずに済むし、毎日、放課後を一緒に過ごすのが楽しみなの。

パパは今夜、仕事のあと、飲みに行くから帰りが遅い。それはつまり、ママと喧嘩をするってことで、また、何かひどいことをやらかすってことよ。

ときどき、ママにすごく腹が立つことがある。いつまでパパなんかと一緒にいるんだろうって。わかってる。わたしはまだたったの十五歳だし、なぜママがパパと別れないのか、子供にはわからない事情があるのかもしれない。でも、離婚しないことをわたしのせいにされるのはいやなの。ママはお金のことを心配しているけど、わたしは貧乏だって気にしない。高校を卒業するまで、ボロアパートに住んで、インスタント麺ばっかり食べるのだって平気。言い訳にされるより全然いい。

パパがママをどなる声がきこえてきた。こういうときにはパパが落ち着いてくれるように、わざとリビングに入っていくの。わたしがそばにいれば、パパはママを殴らないから。たぶん、もう行ったほうがいいと思う。

――リリー

大好きなエレンへ
もし今、銃かナイフが近くにあったら、パパを殺していると思う。

リビングに入っていったら、パパがママを押し倒すのが見えた。二人はキッチンに立っていて、ママはパパの腕にすがって、なんとか落ち着かせようとしていた。パパは手の甲でママを打って、ママは床に倒れた。ママが蹴られる……そう思った瞬間、わたしに気づいて、パパは固まった。そして何かもごもごとつぶやくと、寝室に行って、ドアをばたんとしめた。

わたしはママを助け起こした。でもママは自分のそんな姿をわたしに見られたくなかったのか、手を振って言った。「大丈夫よ、リリー。なんでもないの。つまらない夫婦喧嘩よ」

ママは泣いていた。殴られた頬が赤くなっている。ママが大丈夫かどうか確かめたくて、わたしはママに近づいた。でもママはカウンターをつかんで、わたしに背を向けたまま言った。「大丈夫だって言ってるでしょ。自分の部屋に行きなさい」

わたしは廊下に飛び出した。でも自分の部屋には戻らなかった。裏口から出て、裏庭を横切った。ママの態度に猛烈に腹が立った。パパやママと同じ家にいるのも嫌だ。もうすっかり暗かったけれど、アトラスがいる家に行って、ドアをノックした。

家の中でアトラスの気配がした。あわてて何かを倒したみたいな音もした。「わたしよ、リリー」数秒後、ドアがあいた。アトラスはわたしの後ろを見て、左右も確認した。それからわたしの顔を見て、わたしが泣いていることに気づいた。

「大丈夫?」彼が外に出てきた。どうやらわたしを中に入れたくないらしい。ポーチの段に座ると、彼も隣に腰をおろした。

「大丈夫」わたしは言った。「腹が立ったの。腹が立つと涙が出るの」

アトラスは手を伸ばして、わたしの髪を耳にかけた。わたしの好きな彼の仕草だ。その瞬間、さっきまでの怒りは消えた。肩に腕を回され、抱き寄せられて、わたしは彼の肩に頭をのせた。不思議だけれど、何を言われたわけでもないのに、彼といるだけで気持ちが穏やかになっていった。一緒にいるだけで心を癒やしてくれる人がいるけど、アトラスもその一人よ。パパとは大違いよね。

しばらくの間、そうして座っているとわたしの寝室の明かりがついた。

「帰ったほうがいい」アトラスが小さな声で言った。ママが寝室で、わたしを探している。そのとき初めて、わたしは彼から自分の部屋が丸見えだったことに気づいた。

歩いて家に戻りながら、アトラスがあの家に来てからのことを考えた。夜、暗くなってから、電気をつけて部屋を歩き回ったりしていなかったっけって。そういうとき、わたしが着ているのはいつもTシャツ一枚だけだから。

なんだか考えるとどきどきする。Tシャツだけでも、着ていたらいいけど。

——リリー

痛み止めが効きはじめると、わたしは日記をとじた。続きはまた明日読もう。たぶん。かつてのパパのママへのひどい仕打ちを読むと吐きそうな気分になる。

アトラスについて読むと、泣きそうな気分になる。

わたしは眠ろうとして、ライルのことを考えた。でも彼とのやりとりを思い出すと、いらいらして、泣きたい気分になる。

アリッサのことを考えよう。今日、アリッサが現れたとき、どれほど幸せな気分になったかを。わたしは親友だけでなく、優秀なスタッフも手に入れた。もっとも、それで得られるものよりはストレスのほうが多そうだけれど。

5

ライルの言うとおり、わたしは二、三日で歩けるようになった。でも、念のため、ようやく一週間たってから、アパートメントを出た。無理をして、また悪くなるのだけは避けたい。

もちろん最初に向かったのはフラワーショップだ。店にはアリッサがいた。正面のドアをあけたときのショックは驚きなんて言葉では表せないほどだった。店の様子ががらりと変わっていた。まだ手を入れなきゃならないところは山ほどある。でも、一週間前、〝捨てる〟の付箋を貼ったものは、アリッサとマーシャルの手でほとんど処分され、他のものもすべて、きちんと整理して並べられていた。窓はきれいに磨かれ、床にもモップがかけられている。おまけにアリッサは、わたしのオフィスにする予定のスペースをすっかり空にしてくれていた。

それから二、三時間、わたしはアリッサを手伝った。でも、彼女はわたしにあまり歩かせたがらない。だから店の内装のプランを考えた。壁の色を選び、ゴールとなるオープンの日を五十四日後に決める。アリッサが帰ったあとも、わたしはしばらく店に残り、彼女がいる間はさせてもらえなかった雑用を片付けた。店に戻れて嬉しい。でも、やっぱり疲れた。

だから家に帰って、ドアにノックの音がきこえたときも、わざわざソファーから立ちあがってドアをあけに行くべきかどうか悩んだ。ルーシーは今日もアレックスの家だし、ママとは五分ほど前に電話で話をしたばかりだ。だから、ノックの主はルーシーでもママでもない。ドアまで行き、のぞき穴からチェックする。うつむいているせいで、初めは誰かわからなかった。でも男が顔をあげて右を向いた瞬間、口から心臓が飛び出しそうになった。

なぜ、彼がここに？

ライルはもう一度ノックをした。わたしは顔にかかった髪をあわてて手ぐしでなでつけた。でも、大して変わらない。一日じゅう働いてひどい格好だ。シャワーを浴びて、メイクして、着替えて……三十分はかかるから、すっぴんよれよれの姿を見せるしかない。

ドアをあけた瞬間、彼が見せた反応に、わたしはとまどった。

「よかった」彼はそう言って、入り口のドア枠に頭をもたせかけた。まるでトレーニングでもしていたかのように、息を弾ませている。驚いたのは、わたしよりよれよれで、疲れて見えることだった。数日分の無精ひげ――そんな彼を見るのは初めてだ――を生やし、いつもと違って髪もぼさぼさだ。目つきは少しばかり常軌を逸しているようにも見える。「きみを見つけるのに、いくつドアをノックしたか知ってる？」

わたしは首を振った。知ってるわけがない。っていうか、逆にききたい。なんだってあなたがわたしの部屋を知ってるのって。

「二十九だ」ライルは両手をあげると、指で二と九を示して、もう一度小さな声で言った。「にじゅう……きゅうだよ」

わたしは上から下へ、彼の服装を見た。診療着《スクラブ》を着ている。よりにもよってスクラブ……。ズルい、ズルすぎる。いったいなんなの？　ワンジーより、バーバリーより、百倍イケてる。

「どうして……二十九もドアをノックして回ったの？」わたしは首を傾げた。

「きみが部屋番号を教えてくれなかったからだ」わかりきったことと言わんばかりの口調だ。

「このアパートメントに住んでいるとはきいた。でも何階なのか、きいたかもしれないけど覚えてなかった。だから、片っ端からドアをノックして回ったんだ。ぼくの勘があたっていれば、一時間前にここにたどり着くはずだったけど」

「なぜ、ここに？」

ライルは自分の顔をさすりながら、わたしの背後を指さした。「入っても？」

わたしは肩越しにちらりと部屋に目をやり、ドアを大きくあけた。「いいわ。ここにきたわけを話してくれるなら」

彼が部屋に入ると、わたしはドアをしめた。ライルは超ホットなスクラブ姿のまま部屋を見回すと、腰に手をあててわたしに向き直った。なぜだか少しばかりがっかりした顔だ。だが、そのがっかりがわたしに対してなのか、自分自身に対してなのかはわからない。

「特大のネイキッド・トゥルースを打ち明けるけど、いい？」ライルは言った。「覚悟はできてる？」

腕組みをしたわたしの前で、彼は大きく息を吸って話し出した。

「これからの数カ月は、ぼくの今後のキャリアにとって大切な時期だ。仕事に集中しなくちゃならない。研修が終わりに近づいているから、本来なら試験のために、机にかじりついて勉強しているはずだ」ライルはリビングを行ったりきたりしながら、手ぶりも交えて話を続けた。

「でもこの一週間、どうしてもきみのことが頭から離れない。なぜだかわからないけれど、病院でも、家でも。思い出すのはきみと一緒にいたときの胸が締めつけられるような感覚だ。止められるのはきみしかいない」ライルは足を止め、わたしを見た。「お願いだ、それを止めてくれ《Make it stop》。たった一度――一度でいいから。それ以上は望まない。誓うよ」

わたしは指が食い込むほどに自分の腕をつかんで、彼を見た。息を弾ませ、ギラギラした目ですがるようにわたしを見つめている。

「いつから寝てないの？」わたしはたずねた。

あいまいなわたしの反応に苛ついたのか、ライルはくるりと目を回した。「四十八時間、ぶっとおしのシフトあがりだ」そっけない返事だ。「考えてくれ、リリー」

わたしはうなずき、頭の中で彼の言葉を考えた。それって、まさか……？

落ち着こう、わたしは大きく息を吸った。「ライル」おどおどと切り出す。「ほんとに二十九部屋のドアをノックして回ったの？　わたしのことを考えると仕事ができない。だからもう二度と考えないで済むよう、わたしがあなたとセックスするべきだって言うために？　わたしをばかにしてるの？」

ライルは唇をきゅっと結ぶと、五秒考えて、ゆっくりうなずいた。「うーん……そうだけど、でも……きみの言い方だと、ぼくがとんでもないクズ男みたいにきこえる」

わたしはふんと鼻で笑った。「なぜならほんとにクズだからよ、ライル」

彼は唇を嚙み、部屋を見回した。どこかに穴があったら入りたいとでもいうように。わたしはドアをあけ、出ていってくれと手ぶりで促した。ライルはわたしの足に目をやった。「足首、よくなったみたいだね。調子はどう？」

わたしはあきれ顔で答えた。「よくなってる。今日、ようやく外に出て、店でアリッサを手伝ったわ」

ライルはうなずき、ドアに向かって歩き出した。でも、わたしの横を通り過ぎた瞬間、ライルはすばやく向きを変え、ドアのそばに立つわたしの頭の両脇に手を置いた。あまりのすばやさと距離の近さに、わたしは息をのんだ。「お願いだ」ライルは言った。

わたしは首を振った。ただしその仕草とは裏腹に、体は今にも屈してしまいそうだ。

「ぼくの腕はたしかだよ」ライルはにっと笑った。「きみは何もしなくていいから」

わたしは笑うまいとした。彼のしつこさはうざくて、でも心をくすぐられる。「おやすみ、ライル」

彼はうなだれたまま、首を左右に振った。それからドアを押しあけ、まっすぐに背筋を伸ばして立つと、名残惜しそうに向きを変えて廊下を歩き出す。でも次の瞬間、すばやくわたしの前にひざまずくと、わたしの腰に腕を回してすがりついた。「お願いだ、リリー」自分でも笑っている。「頼む、ぼくとセックスしよう」ライルは子犬のような目でわたしを見上げた。「きみが欲しい。どうしても。頼む、一度やれば、もう二度ときみには連絡しない。約束する」

脳神経外科医が文字どおりひざまずいて、セックスをおねだりしている。たしかに胸を打つ光景だ。**でも変でしょ？**

「立って」わたしは彼の腕をほどいた。「恥ずかしいからやめて」

ライルはゆっくり立ちあがると、ドアについた手をわたしの頭の脇に移動させ、さらに迫った。「それってイエス？」今にも胸と胸が触れそうな距離。求められて、こんなにうっとりするなんて、自分で自分に腹が立つ。きっぱりと断るべきだ。わかっているのに彼を前にすると息をするのもやっとだ。とくにあの自信たっぷりのほほ笑みを浮かべているときには。

「このままじゃ、その気になれないわ。今日は一日じゅう仕事をして、くたくたなの。汗臭くて埃の味がするはずよ。まずシャワーを浴びる時間をくれたら、あなたと愛しあう気になるかも」

わたしの話がまだ終わらないうちに、彼は激しくうなずいた。「シャワーだね。好きなだけ浴びて。待ってる」

わたしはライルを押しのけ、玄関のドアをしめた。あとについて寝室へ入ってきた彼に、ベッドで待っているように言った。

さいわいにも昨日の夜、寝室を掃除したばかりだ。いつもならあっちこっちに服が置いてあるし、枕元に本が山積みで、靴やブラも出しっぱなしだ。でも、今夜はすっきりしたものだ。きちんと整えたベッドの上には、おばあちゃんが家族の一人にひとつ遺《のこ》した、あか抜けないキルトのクッションまで置かれている。

わたしは寝室をさっと見渡し、なにかまずいものがないことを確認した。ライルはベッドに座って部屋を眺めている。わたしは寝室の入り口に立ち、最後の警告をした。

「あなたは一度だけって言うけど、警告しておくわ。わたしはドラッグみたいな女よ。今夜ヤッたら、きっと癖になる。あなたがこれまでつきあった子たちみたいにポイ捨てはできないわよ。**その手の欲求を満足させてくれる女がいる**、あなたがそう言ったようにはね」

ライルはベッドに肘をつき、体を後ろに倒した。「もちろん、きみはそんな女じゃない。そしてぼくも、誰かを一度以上、求めたりする男じゃない。お互い心配することは何もない」

いったいなんだってこのクズ男に説得されてるわけ？　そう思いながらわたしは寝室を出て、ドアをしめた。

きっとスクラブのせい、スクラブはわたしの弱点だ。ライル自身とは関係がない。

どうやったらセックスの間、彼にスクラブを着たままにさせられるだろう？

普通なら三十分あれば準備に十分なはずだ。でも、バスルームを出たときには一時間近くがたっていた。必要以上にあちこち毛を剃ったあとも、たっぷり二十分、パニック状態のまま自分に言いきかせた。ドアをあけて帰れって、彼に言いなさいって。でも髪が乾いてさっぱりすると、結局のところ一夜限りのアバンチュールも悪くないかもと思いはじめた。なんてったって、わたしは二十三歳だ。

ドアをあけると、ライルはまだベッドにいた。残念なことにスクラブは床に脱ぎ捨てられている。でもトップスだけだ。まだボトムスははいているに違いない。もっとも彼はベッドの中にいるから今は見えない。

ドアをしめ、彼が寝返りを打って、こちらを見つめる瞬間を待った。でも一向に動く気配がない。数歩歩み寄って、いびきをかいていることに気づいた。

「ごめん、寝てた」の軽いいびきじゃない。レム睡眠真っただ中のいびきだ。

「ライル？」わたしはささやいた。揺すぶっても、びくともしない。

まじっ？

わたしはどすんとベッドに腰をおろした。ライルが目を覚ましてもかまわない。仕事でくたくたのところを一時間もかけて準備をしたのに、そのあげくがこの扱い？

でも彼の安らかな寝顔を見ていると、腹を立てる気にもならなかった。四十八時間、ぶっとおしのシフトなんて想像もできない。おまけにわたしのベッドはふかふかだ。一晩ぐっすり寝たあとでも、またすぐに眠りに落ちてしまうほどに。残念、注意しておけばよかった。

時間をチェックする。もう十時半だ。わたしはスマホをサイレントモードにすると、ライルの横に寝そべった。彼のスマホはそばにあるクッションの上だ。わたしはそれを手にとるとカメラをひらき、谷間がきれいに出るよう胸を寄せてあげて、シャッターを押した。少なくとも、逃した魚の大きさを思い知らせたい。

明かりを消すと、くつくつと笑いがこみあげた。今、わたしはまだキスもしていない、上半身裸の男の隣で眠ろうとしている。

目をあける前に、ライルの指が腕をはいのぼってくるのを感じた。わたしは疲れた笑みを押し殺し、寝ているふりを続けた。指は肩へ、そして鎖骨で止まった。首の手前、ちょうど大学生のときに入れたタトゥーがある部分だ。上の部分がほんの少し隙間のあいたハート、シンプルなデザインだ。そのハートの輪郭を指でなぞると、そこに唇を押しつけた。わたしはさらに強く目をつむった。

「リリー」ささやき声とともに腰に腕が回される。わたしはくぐもった声をもらして、ごろりとあおむけになった。目をあけるとそこに彼の顔があった。窓から差し込む陽の光からすると、まだ七時にもなっていないはずだ。

「ぼくはきみ史上最悪の男だね、だろ？」

わたしは声をあげて笑い、かすかにうなずいた。「かなりね」

彼はほほ笑み、わたしの顔にかかった髪の毛をなでつけた。背中を丸め、そっと額にキスをする。でも、それだけで終わるところが憎たらしい。この思い出を何度もリピートしたくて、不眠症になりそうだ。

「行かなきゃ」ライルは言った。「遅刻だ。第一にごめん。第二にもうこんなことは二度としない。これで最後だ。もう連絡はしない。約束する。それから、第三に本当にごめん。きみはわけがわからないよね」

わたしは顔をしかめたくなるのをこらえ、無理に笑顔を作った。第二のポイントが気に入らない。また連絡をくれても全然ＯＫなのに……。でもそこで思い出した。わたしたちは人生に求めるものがまったく違う。結局のところ、彼が寝落ちしてよかった。キスもしなくてよかった。もしスクラブ姿のライルとセックスしたら、今度はわたしが彼の家の玄関でひざまずいて、二度目をせがむはめになっていただろう。

これでいい。ぐずぐずせず、彼を帰してしまおう。

「元気でね、ライル。医学界で一番の成功者になれるといいわね」

彼はわたしのサヨナラに反応しなかった。無言のまま、かすかに顔をしかめてわたしを見下ろしている。やがて彼は言った。「ああ、きみもね、リリー」

彼が寝返りを打ってわたしの上からおり、ベッドから出た。わたしはといえば、ライルを見ることさえできない。だから横向きになり、彼に背中を向けた。靴を履き、スマホに手を伸ばす気配。それからやや間があって、ふたたび彼が動き出した。しばらくこちらを見つめていたのだろう。わたしは目をとじ、ドアのしまる音がきこえるまで、そのままじっとしていた。

顔が熱くなる。こんなことでふさぎ込んでいる場合じゃない。わたしは重い体を引きずって、ベッドから出た。やらなきゃならないことが山ほどある。自分の魅力不足で、男に人生の方向転換をさせられなかったからって、凹んでなんかいられない。

おまけに、わたしには今、達成すべき人生の目標がある。そしてそのことにわくわくしている。やりたいことがありすぎて、どっちにしても男に使える時間はない。

時間はない《ノー・タイム》。

ムリ。

ああ、忙しい《ビジー・ガール》。

わたしは勇敢で、大胆な女性起業家で、スクラブ男とゼロ・ファックの女だ。

6

あの夜、ライルがわたしのアパートメントから出ていった夜から、今日で五十三日目だ。つまり五十三日間、彼からはなんの連絡もない。

でも、かまわない。この五十三日は、今日のこの瞬間を迎えるための準備に忙しくて、ライルのことを考える暇もあまりなかった。

「準備はいい？」アリッサが言った。

わたしがうなずくと、彼女はドアにかけたプレートをひっくり返してオープンの表示にした。それからわたしたちは抱きあって、小さな子供のようにはしゃいだ声をあげた。

いそいそとカウンターに戻り、最初のお客を待つ。これはまだプレオープンで、大々的に広告はしていない。でもグランドオープンの前に何か不備がないかどうか確認しておきたい。

「すてきな店になったわね」アリッサはわたしたちの苦労の賜物《たまもの》を眺めて、感慨深い声を出した。わたしも誇らしさに胸がはち切れそうになりながら、ぐるりと店の中を見渡す。もちろん成功はしたい。でも今は成功するかどうかは、それほど大した問題じゃない気もする。わたしには夢があって、その夢の実現に向けて必死でがんばった。今日以降、何があっても、それはオマケのようなものだ。

「すごくいい香りね」わたしは言った。「この香り、大好き」

今日、お客が来るかどうかはわからない。でもわたしもアリッサも、とにかく店のプレオープンにこぎつけたことに満足して、お客はきてもこなくてもいいというふりをしていた。それに何時になるかわからないけれど、マーシャルも顔を出すはずだし、ママも仕事が終わってから様子を見にくることになっている。確実に二人はお客がくる。それで十分だ。

正面のドアがあいたとき、アリッサがわたしの腕をぎゅっとつかんだ。わたしの胸もどきどきした。うまく接客できるか不安だ。

やがてわたしは本当にパニックになった。**嘘でしょ……ありえない。**初めてのお客は他ならぬライル・キンケイドだった。

ドアをしめたライルは驚きに目を見張り、その場に立ちつくしている。「これって？」店内をぐるりと見渡す。「どうやったら、こんな……」わたしとアリッサを見た。「すごいよ。この前見たときとはまったく違う」

やった。たとえ最初のお客が彼でもうまく応対できそうだ。

ライルはあちこちさわったり、見たりしながら、たっぷり二分はかけてカウンターまでやってきた。ようやくわたしたちのところへくると、アリッサがカウンターから走り出て、ライルをハグした。「ステキでしょ？」手ぶりでわたしを示す。「全部、リリーのアイデアよ。全部ね。わたしはちょっと雑用を手伝っただけ」

ライルは笑った。「ピンタレストで身に着けた技が大いに役立ってるみたいだね」

わたしはうなずいた。「アリッサのおかげよ。わたしのプランが実現できたのは、彼女の技があったからなの」

ライルはほほ笑んだ。イタタッ、ナイフで胸をつつかれた気がした。

ライルはカウンターに手をついて言った。「ぼくが最初の本物の客?」

アリッサはチラシを一枚、彼に差し出した。「何か買ってくれれば、お客として認定するわ」

ライルはチラシを一瞥《いちべつ》し、カウンターに置いた。そしてディスプレイまで歩いていくと、紫のユリがたくさん入った花瓶を手にとった。「これをもらうよ」花瓶をカウンターに置く。

わたしは思わずほほ笑んだ。自分が選んだのがユリ《リリー》だってことに、彼は気づいているのだろうか……。なんだか皮肉だ。

「どこかへ届ける？」アリッサが言った。

「きみたちが届けてくれるの？」

「わたしとアリッサは配達はしないの」わたしは答えた。「デリバリーのドライバーがいるわ。まさか今日、仕事を頼むことになるとは思ってもいなかったけれどね」

「女性へのプレゼント？」アリッサがたずねた。いかにも妹らしく、ずけずけと兄の恋愛事情に鼻を突っこむ。わたしは彼の返事がきこえるよう数歩前に出た。

「ああ」ライルは答え、わたしと目が合うと付け加えた。「まあ、いつもほっぽらかしだからね。ほとんど彼女のことを考えることもない」

アリッサはメッセージカードを一枚とると、カウンターの上を兄に向かってさっと滑らせた。

「かわいそうな彼女」アリッサは言った。「兄さんってほんとやな男よね」カードをとんとんと指で叩く。「ここに彼女へのメッセージを書いて、そして裏には届け先の住所を書くの」

ライルは背中を丸め、カードの表と裏に書き込んでいる。わたしに口を出す権利はない、わかっているのに心の中でジェラシーがむくむくと頭をもたげた。

「この彼女を、金曜日のわたしの誕生日パーティーに連れてくるつもり?」アリッサはライルに言った。

わたしは彼の様子をうかがった。ライルは首を振って、アリッサを見ようともしない。「無理だね。きみは行くの、リリー?」

行く、行かない、彼がどっちを望んでいるのか声だけではわからない。でもわたしが行くことで彼をやきもきさせてしまうなら、行かないほうが正解だろう。

「まだ迷ってるの」

「リリーはきっとくるわ」わたしの代わりにアリッサが答えた。わたしを見て、目を細める。

「きたくなくてもこなきゃだめ。きてくれなかったら、店をやめるから」

ライルは記入を終えると、カードを花に添えた封筒に入れた。アリッサがレジに金額を打ち込み、彼はキャッシュで支払いを済ませた。お金を数えながら、ライルはちらりとわたしを見た。「リリー、新しくオープンした店は、稼いだ最初のドル札を額に入れて飾るのが習慣だって知ってる?」

わたしはうなずいた。もちろん知っているし、それは彼もわかっているはずだ。この店の誕生を記念して壁に飾られるのが自分のお礼だってことを、わざと念押ししている。この際、代金は受けとらないで、アリッサにそう指示しようとしたけれど、これはビジネスだ。この際、傷ついたプライドは棚上げにすることにした。

彼はレシートを受けとると、拳で軽くカウンターを叩いてわたしの注意を引いた。うなずき、笑みを浮かべる。「おめでとう、リリー」

ライルはくるりと背を向けると、店から出ていった。ドアがしまるなり、アリッサはメッセージの入った封筒をつかんだ。「いったい誰にこの花を贈るっていうの?」カードを取り出す。「珍しいこともあるものね」

アリッサがカードの表を見て大きな声で読みあげた。「それを止めてくれ《Make it stop》」

ウソ。

アリッサはじっとカードを見つめ、もう一度繰り返した。「それを止めてくれ? これってどういうこと?」

わたしは一瞬、呆然《ぼうぜん》とした。カードを彼女からとり、裏を見る。アリッサも身を乗り出して、横からのぞきこんだ。

「兄さんってドジよね」笑いながら、わたしの手からカードをとり返す。「裏に書いてあるのはこの店の住所じゃない」

びっくり。

ライルが花を贈った相手はわたしだった。しかも彼が選んだのは、他ならぬユリのブーケだ。

アリッサはスマホをとりあげた。「兄さんに連絡するわ。間違ってるって」すぐさまメッセージを送り、花を眺めて笑った。「脳神経外科のドクターがこんなにおばかさんで大丈夫?」

にやにやせずにはいられない。さいわいアリッサはわたしじゃなく、花を見つめている。もし今、顔を見られたら、さすがにぴんときたかもしれない。「届け先がわかるまで、この花はオフィスに置いておくわ」わたしはすばやく花瓶をオフィスに運んだ。

7

「そわそわしないで」デヴィンが言った。

「そわそわなんてしてない」

彼はわたしの腕に腕を絡めて、エレベーターへ向かっていく。「いや、してるね。それから二度とそのトップスを引きあげて、胸の谷間を隠さないで。せっかくのリトル・ブラック・ドレスが台無しだから」彼はわたしのトップスをつかんで引きさげ、中に手を入れてブラの位置を直そうとした。

「デヴィン！」思わずその手を叩き落としたわたしに、デヴィンは声をあげて笑った。

「落ち着いて。もっと立派なおっぱいを何度もさわってるけど、ぼくはいまだにゲイだから」

「たしかに。でもそのおっぱいって、しょっちゅうあなたがつるんでいる人たちにぶらさがってるニセモノでしょ」

デヴィンは笑った。「そう。でも、しょうがないでしょ。そっちがこっちをほっぽらかして、花とばっかり遊んでいるから」

デヴィンはマーケティング会社で働いていたときの同僚だ。でも職場以外で会うほどの仲でもなかった。今日の午後、たまたまうちの店に立ち寄った彼を、アリッサが気に入って、わたしと一緒に自分の誕生日パーティーにきてくれと誘った。わたしも一人で行くのは心細かったから、一緒になって彼を誘った。

わたしは手で髪をなでつけ、エレベーターの壁に映る自分をちらりと見た。

「なんでまた、そんなに緊張してるの？」

「別に。ただ知らない人だらけのパーティーに行くのは苦手なの」

デヴィンは訳知り顔でにやりと笑った。「彼の名前は？」

わたしは止めていた息を一気に吐き出した。わたしって、そんなにわかりやすかったっけ？

「ライル、脳神経外科医よ。死ぬほどわたしと寝たがってる」

「寝たがってるって、どうしてわかるの？」

「ひざまずいて頼んできたから。『お願いだ、リリー、ぼくとセックスしよう』って」

デヴィンが片眉をあげた。「頼んだ？」

わたしはうなずいた。「まあ、そんなにキモい感じでもなかったけどね。彼って普段はすごく沈着冷静だし」

エレベーターがチーンと音を立て、ドアがひらいた。廊下の向こうから、音楽が流れてくる。

デヴィンはわたしの両手をつかんだ。「どういう計画？　彼にやきもちを妬《や》かせたほうがいい？」

「まさか」わたしは首を振った。「そんなの悪趣味」でも……ライルはわたしに会うたびに、嫌味ったらしく、もうきみとは二度と会わなければいいのにって言う。「ちょっとだけ」わたしは鼻の上にしわを寄せて笑った。「ほんとにちょっぴりならいいかも」

デヴィンはわかったとばかりに舌を鳴らした。「任せて」デヴィンはわたしの腰に手をあて、エスコートしてエレベーターから出た。廊下の先にあるのはたったひとつのドアだけだ。わたしたちはそこまで歩いて、ドアのチャイムを鳴らした。

「なぜ、ドアがひとつしかないの？」とデヴィン。

「この最上階全部がアリッサのものだから」

デヴィンは吹き出した。「で、あの店で働いてるの？　やだ、なんだかリリーの人生、どんどんおもしろくなってるじゃない」

ドアがあいた瞬間、目の前にアリッサが立っているのを見て、わたしはほっとした。その背後から、音楽、そして笑い声があふれ出てくる。片手にシャンパンのグラス、もう一方の手に乗馬用のムチを手にしている。困惑の表情を浮かべたわたしを見て、彼女はムチをさっと肩にかけ、笑顔でわたしの手をとった。「話はあとでね。さあ、入って！」

アリッサに手を引かれ、もう片方の手でデヴィンの手をしっかり握って中に入る。アリッサは混みあう客の間を縫って、リビングの奥へ向かっていく。「きたわ‼」彼女はマーシャルの腕を引っ張った。マーシャルは振り向き、笑顔でわたしをハグした。わたしはちらりとマーシャルの後ろやまわりの様子をうかがった。ライルがいそうな気配はない。たぶんラッキーだったのかも。今夜、緊急の呼び出しがあって仕事に行ったのかもしれない。

マーシャルが手を差し伸べ、デヴィンと握手をした。「はじめまして！」

デヴィンはさっと片腕でわたしの腰を抱くと、音楽に負けないよう声を張りあげた。「デヴィン、リリーのセフレです！」

わたしは笑って、デヴィンを肘でつつき、耳元でささやいた。「あれはマーシャル。彼じゃないの。でも、その調子」

アリッサはわたしの腕をつかむと、デヴィンから引き離した。そしてマーシャルがデヴィンと話しはじめたのを見て、わたしを反対の方向へと引っ張った。

「楽しんで！」デヴィンが大声で言った。

アリッサについてキッチンへ行くと、彼女はわたしの手にシャンパンのグラスを押しつけた。「飲んで。お祝いよ！」

一口、シャンパンを飲む。でも豪華すぎるキッチンに圧倒されて、味がよくわからない。キッチンはわたしのアパートメントがすっぽり入りそうな広さで、料理用レンジが二つ、それからレストランの厨房《ちゅうぼう》も顔負けの巨大な冷蔵庫がある。「びっくり」わたしは小声でたずねた。「ほんとにここに住んでるの？」

アリッサはいたずらっぽく笑った。「そう思うわよね」アリッサは言った。「でも、お金があるからマーシャルと結婚したわけじゃないの。つきあいはじめたとき、彼はたった七ドルしか持ってなくて、フォードのピントに乗ってた」

「今も彼の車、フォードのピントじゃなかった？」

アリッサはため息をついた。「そうなの。あの車にはいろいろ、わたしたちのいい思い出が詰まってるからって」

「悪趣味ね」

アリッサが眉を動かした。「ところで……デヴィンってすてきね」

「わたしよりマーシャルに夢中みたいだけど」

「そういうこと？」アリッサは言った。「なあんだ。キューピッドになろうと思って彼をパーティーに誘ったのに」

キッチンのドアがあき、デヴィンが入ってきた。「マーシャルが呼んでるよ」アリッサがくるりと向きを変え、くすくす笑いながらキッチンから出ていく。「彼女、いい子だね」デヴィンは言った。

「でしょ、ね？」

デヴィンはアイランドキッチンにもたれかかった。「ところで、さっき例のお願い野郎に会ったと思うけど」

心臓が飛び出しそうになる。脳神経外科医のほうがはるかにいい響きだ。わたしはもう一口、ごくりとシャンパンを飲んだ。「どうして彼だってわかったの？　自己紹介をした？」

デヴィンは首を振った。「いや、でもマーシャルがぼくのことを『リリーの彼氏だ』って他の客に紹介したとたん、すごい目でにらまれた」わたしは自分の顔が真っ赤になるのを感じた。「だからここに避難してきたの。リリーのことは大好きだけど、そのために死ぬ気はないからね」

わたしは笑った。「心配しないで。殺意のこもった目でにらまれても、実はそれって彼なりの笑顔なの。どっちがどっちか、区別がつかないことがしょっちゅうよ」

ふたたびドアが大きくひらき、わたしは体を硬くした。でも、入ってきたのはケータリングのスタッフだった。ほっと息をつく。「リリー」デヴィンはがっかりした声を出した。

「何？」

「死にそうな顔してるわよ。本当に彼が好きなのね」

わたしはくるりと目を回すと、肩を落としてウソ泣きをした。「そうよ、そうなの、それが嫌なの」

デヴィンはシャンパングラスをとりあげ、残りをぐっと飲み干すと、わたしの腕に腕を絡めた。「さあ、行くわよ！」デヴィンはためらうわたしをキッチンから連れ出した。

部屋はさらに客の数が増えていた。百人はいるに違いない。わたしの知り合いを全部集めても、きっとこの数にはならない。

わたしたちは部屋を歩き回り、他の客に話しかけた。会話のほとんどはデヴィンが引き受け、わたしは一歩さがってついていくだけだ。デヴィンは会う人ごとに、必ず共通の知人を知っている。三十分ほどすると、彼がひそかにここにいる全員と、誰かしら共通の知人を見つけられるかどうかのゲームをしているに違いないと思いはじめた。その間もずっと、わたしは注意の半分をデヴィンに、そしてもう半分を部屋のどこかにいるはずのライルに向け続けた。まだ彼の姿は見ていない。そのうちデヴィンが見たのが、本当にライルなのかも怪しいと思いはじめた。

「まあ、変なの」女性の声がきこえた。「これ、なんだと思う？」

わたしが目をあげると、女性は壁にかかっているアートを見つめていた。大きく引き伸ばした写真をキャンバスに貼ったもののようだ。わたしは首を傾げ、その作品に見入った。女性はばかにしたように言った。「なんでこんなものをわざわざ壁に飾ったのかしら？　ひどい写真。

焦点が合ってないし、何を撮ったのかもよくわからないのに」女性が鼻を鳴らして歩き去ると、わたしはほっとした。つまり……たしかにちょっと変だけれど、アリッサの好みに文句をつけるほどわたしはアートに詳しくない。

「きみはどう思う？」

低く、深みのある声が背後からきこえた。一瞬、目をとじ、大きく息を吸って気持ちを落ち着かせる。彼の声でこんなにも動揺していることを気づかれたくない。「わたしは好きよ。これがなんだかはわからないけれど、おもしろいわ。アリッサは趣味がいいもの」

ライルは後ろから回り込むと、わたしの横に立った。一歩、さらに近づく。腕と腕が触れる距離だ。「一緒にいたのは彼氏？」

さりげない口調、でも質問はさりげなくない。わたしが何も答えずにいると、彼は体をかがめ、もう一度わたしの耳元でささやいた。ただし今度は疑問形じゃない。

「一緒にいたのは彼氏だろ」

わたしは勇気を振り絞ってライルを見た。でも、すぐに見なきゃよかったと後悔した。ブラックスーツを着た彼はスクラブ姿もぶっとぶほど大人っぽくてステキだ。わたしは喉をごくりと鳴らした。「それが何か？」彼から目をそらし、壁にかかった写真に視線を戻す。「あなたのために連れてきたのよ。〝それを止める〟のが簡単になると思って」

彼は口の端をゆがめ、グラスに残ったワインを飲み干した。「実に思いやりがあるね」ライルが空になったグラスを部屋の隅のゴミ箱に投げ入れた。空のコンテナーの底にあたって、グラスが砕ける。わたしはあたりを見た。でも何が起こっているのか、誰も気にもしていない。

ふたたびライルを見たときにはもう廊下を半分ほど行った先にいた。彼は部屋のひとつに姿を消し、わたしはその場に立ちつくしたまま、もう一度写真を見つめた。

そのときわかった。

写真はブレている。だから最初はよくわからなかった。でも、その髪に見覚えがある。わたしの髪の毛だ。間違いない、これはデッキチェアに寝そべっているわたし、ルーフトップで最初に会った夜、ライルが撮った写真だ。彼はそれを引き伸ばし、何が写っているのか誰にもわからないようゆがめたらしい。わたしは思わずうなじに手をあてた。その部分がひどく熱く感じられる。この部屋、暑すぎる。

アリッサがわたしの横に現れた。「変な写真でしょ?」

わたしは胸元をかきむしった。「この部屋、すごく暑い。そう思わない?」

アリッサはちらりと部屋を見回した。「そう? 気づかなかった。酔ったせいかもね。マーシャルにエアコンをつけるよう言ってくるわ」

アリッサがいなくなると、わたしはふたたびその写真を見つめた。見れば見るほど、怒りがこみあげてくる。あの男はわたしの写真をアパートメントの壁に飾っている。わたしに花を贈って、わたしが妹のパーティーに彼氏を連れてきたと言って、つっかかってきた。まるでわたしたちの間にさも何かあったようにふるまった。キスさえしたことないのに!

いろいろなものが一気に胸にこみあげる。怒り……苛立ち……キッチンで飲んだ、グラス半分のシャンパンの酔い。腹が立ちすぎて、まともに考えられない。そんなにわたしとセックスしたいなら……寝落ちなんかしなけりゃいいのに! わたしを口説くつもりがないなら……花なんか贈らなきゃいいのに！　妹の家に意味深な写真を飾ったりしなきゃいいのに！

どうしても新鮮な空気が吸いたい。さいわい、もってこいの場所がある。

数分後、わたしはドアを勢いよくあけて、ルーフトップへ出た。そこにはパーティーから抜け出してきたはぐれ者たちがいた。三人の客がデッキチェアに座っている。わたしは彼らを無視して眺めのいい側へ向かい、塀から身を乗り出して地上を見た。何度か大きく深呼吸を繰り返し、気持ちを落ち着かせる。下に行って、彼にどうしたいのか、はっきりしろと言いたい。でも、その前に頭を冷やす必要がある。

寒い、きっとライルのせいだ。今夜は何もかもがライルのせいに思える。戦争、飢饉《ききん》、銃がらみの事件、何もかもライルが悪い。

「少しの間だけ、二人だけにさせてもらえるかな？」

驚いて振り向くと、ライルが他の客に声をかけていた。三人はうなずき、立ちあがってルーフトップから去ろうとしている。わたしは両手をあげて言った。「待って」でも誰もわたしを見ない。「その必要はないわ、ほんとに、別にここにいてくれてかまわないから」

ライルは両手をポケットに突っこんで立っている。客の一人がささやいた。「大丈夫、かまわないよ」三人は一人、また一人と階段をおりていく。ライルと二人っきりになると、わたしはくるりと目を回して、もう一度塀の外を見た。

「いったい何さまのつもり？」わたしは苛立った声を出した。

ライルは無言のままだ。悠然とした足取りで、わたしに近づいてくる。まるでスピードデートでもしているみたいに心臓がどきどきする。わたしはふたたび胸をかきむしった。

「リリー」背後から声がした。

くるりと振り向くと、塀に後ろ手をついたわたしの胸の谷間を、ライルの視線がたどってい く。わたしはあわててドレスの胸元を引っ張りあげ、あらためて塀に手をついた。彼が笑いながら近づいてくる。今にも互いの体が触れそうな距離に、何も考えられない。こんなの間違ってる、わたしもどうかしてる。

「言いたいことがいろいろあるんだろ?」ライルは言った。「ネイキッド・トゥルースを告白するチャンスをあげるよ」

「は? それってまじで言ってるの?」

ライルはうなずいた。だったら言ってやる、わたしは思った。彼の胸を押し、場所を入れ替わる。今度は彼が塀を背にした格好だ。

「望みどおりの答えなんか言わないわよ! あなたのことなんか気にしない、そう心に決めるたびにあなたは突然現れる。わたしの部屋、今度はパーティー、あなたって……」

「ここはぼくの妹の家だからね」彼の開き直りにさらに腹が立つ。わたしは拳を握りしめた。

「もういやっ! あなたといるとこっちの頭がおかしくなりそう! わたしが欲しいの、欲しくないの、どっち?」

ライルはすっと背筋を伸ばすと、一歩、わたしに歩み寄った。「もちろん、きみが欲しい。でも誤解しないでくれ。きみを欲しいと思いたくないんだ」

その言葉にわたしは一気に脱力した。ひとつには苛立ちから、そしてもうひとつには彼の言葉によってもたらされた震えからだ。こんなふうになるなんて自分で自分が嫌になる。

わたしは首を振った。「わかってないのね」声が弱々しくなる。あまりの敗北感で、彼に向かって叫び続けるエネルギーもない。「あなたが好き。そしてあなたが求めているのは一夜限りの関係だけだってわかっているのが悔しい。もしこれが数カ月前なら、あなたとセックスして、それで終わりにできたかもしれない。あなたはわたしの前から姿を消して、わたしはいつもどおりの毎日を続けることができた。でもあれから数カ月がたっている。長く待ちすぎて、わたしはあなたにすっかり心を奪われている。お願い。もうこれ以上、思わせぶりな態度でからかわないで。わたしの写真なんか飾らないで。花を贈るのもやめて。そんなことをされても全然嬉しくない。それどころか傷つくだけ」

そこまで一気に言うと、わたしは疲れ切ってその場をあとにしようとした。ライルは無言のままこちらを見つめている。反論の時間を与えたのに、何も言わない。そのあとわたしに背を向けたまま塀にもたれ、何もきこえなかったかのように通りを見下ろした。

わたしは屋上を横切り、階段へ通じるドアをあけた。心の片隅で、彼がわたしの名前を呼んで、行かないでくれと言うのを期待しながら。でもアリッサの家に戻ったときには、そのかすかな望みも消え失《う》せていた。ひしめく客をかき分け、デヴィンを探す。四つ目の部屋で、ようやくデヴィンが見つかった。デヴィンはわたしの顔を見るなり、ただうなずき、部屋を横切ってわたしのもとへやってきた。

「帰る?」デヴィンはそっとわたしの腕をとった。

わたしはうなずいた。「うん。今すぐ」

リビングで見つけたアリッサとマーシャルに、店のオープンで疲れているし、明日も仕事があるからと言って別れを告げる。アリッサはわたしをハグして、玄関まで送ってくれた。

「また月曜日、店でね」アリッサはわたしの頬にキスをした。

「お誕生日おめでとう」わたしは言った。デヴィンがドアをあける。でも廊下へ出た瞬間、誰かがわたしの名前を叫ぶ声がきこえた。

　ライルだ。振り向くと、ライルが客をかき分けて部屋の向こうからやってくる。「リリー、待ってくれ！」叫びながら、わたしたちのところへ来ようとしている。とたんに胸の鼓動が不規則になる。彼は混みあう客の中を、早足で歩いてくる。客と客の切れ目からわたしの目をじっと見つめながら。その足取りに迷いはない。ライルの迫力に気おされてアリッサは一歩脇によけ、彼はまっすぐにわたしのところへやってきた。キスするつもり？　でなけりゃ屋上でさっきわたしが言ったことへ言い訳をするの？　どちらでもなかった。驚いたことに、わたしをすばやく抱きあげた。

「ライル！」わたしは落ちないよう、彼の首に腕を回して叫んだ。「おろして！」彼はわたしの膝の下に片腕を差し入れ、もう一方の腕を背中に回している。

「デヴィン、今夜、リリーを借りるよ。いいだろ？」

　わたしは驚きに目を見張り、デヴィンに向かって首を振った。デヴィンはにやりと口の端をゆがめた。「どうぞ、ご自由に」

　裏切り者っ！

　ライルは向きを変えると、リビングへと歩き出した。そばを通った瞬間、わたしはアリッサを見た。アリッサも目を丸くして、ぽかんとしている。「あなたのお兄さん、殺しちゃってもいい？」わたしはアリッサに叫んだ。

次の瞬間、部屋じゅうの注目が集まった。恥ずかしすぎる。ライルの胸に顔をうずめると、彼は廊下を抜け、自分の寝室へ向かった。ドアをしめ、足からゆっくりわたしを床におろす。わたしはすぐさま叫び、彼を突き飛ばしてドアへ向かおうとした。でも、手首をつかまれ、ドアに押しつけられた。つかんだ手首をわたしの頭の上で押さえたまま、彼は言った。「リリー？」

思いつめたまなざしに、わたしはあらがうのをやめて息を止めた。彼の胸に胸が押され、背中がぴったりとドアにつく。やがて重なりあった唇にじわりとあたたかさが広がった。

強く押しつけられても、ライルの唇はシルクの滑らかさだ。自分でも驚くほど、甘いため息が口からもれる。そしてもっと驚いたのは、かすかに口をひらいて、自ら求めてしまったことだ。彼はわずかな隙間に舌を差し入れ、手首をとらえていた手を離すと、わたしの顔を両手で包みこんだ。深く侵入してくる舌に、わたしは髪をつかんでライルを引き寄せ、全身で彼のキスを感じた。

狂おしいキスに、吐息とあえぎが混じりあう。もっと、もっと、互いに激しく求めあう。彼は手をおろし、わたしの両脚をつかんで自分の腰に巻きつけさせた。

どうしよう。ライルはキスがうまい。計算されつくした、巧みなプロの技だ。ドアから引き離された瞬間、わたしははっと気づいた。そう、彼の口はいろんなことができる。できていないのは、わたしが屋上できいた質問にすべて答えることだ。

負けそう。わたしは彼の望み、一夜限りの関係を叶えようとしている。でも、それだけは、今ここで許すわけにはいかない。

わたしは体を引き、彼の肩を押した。「おろして」

ベッドへと歩き続けている彼にわたしはもう一度言った。「ライル、今すぐわたしをおろして」

ライルは立ち止まり、わたしを床におろした。あとずさり、彼に背を向けて、頭を整理しようとする。まだキスの感触が残っているうちに、彼を見るのは耐えられそうにない。

ウエストに腕が回され、肩に頭が押しつけられる。「ごめん」ささやき、わたしを振り向かせると、彼は両手でわたしの顔を包みこんで、親指で頬をなでた。「今度はぼくの番だ、いい？」

わたしは無表情を貫いた。腕を組み、じっと待つ。彼の手に反応するのは、何を言うのかきいてからにしよう。

「ぼくがあの作品を作ったんだ。写真を撮った次の日に。もう数カ月、あの場所に飾っている。きみはぼくがこれまで見た中でもっとも美しいものだから。毎日眺めていたいと思った」

嘘でしょ？

「あの夜、きみの部屋に押しかけたよね？　探しに行ったのは、きみみたいにどうしても忘れられない人には今まで会ったことがなくて、どうすればいいのかわからなかったからだ。今週、花を贈ったのは、夢を追いかけるきみを心から誇らしく思ったからだ。でも贈りたいと思うたびに花を贈っていたら、きみの部屋に入りきれないほどになってしまう。それほどきみのことばかり考えている。それに、リリー、たしかにぼくはきみを苦しめているかもしれない。でもぼく自身も苦しんでいる。そして今夜、ようやく……その理由がわかった」

そんな言葉をきいてしまったら、どうすれば彼を突き放すことができるのかわからない。

「なぜ、あなたが苦しむの？」

ライルはわたしの額に額をつけた。「何をどうしたいのか、自分でもわからないからだ。きみのことを考えると、違う自分になりたいと思う。でも、どうやったらきみが求めている男になれるのかわからない。こんな気持ちは初めてだ。ぼくが一夜限り以上の関係を求めていることをきみに証明してみせたいんだ」

今、目の前の彼はひどくもろくて弱々しい。ライルの真摯なまなざしを信じたい。でも初めて出会ったあの日以来、ずっと頑《かたく》なだった彼がそんなに簡単に変わるとは思えない。それに、もし望みのものを与えたら、わたしのもとを去ってしまうんじゃないかと怖い。

「どうすればわかってくれる、リリー？　言ってくれ、きみの言うとおりにする」

どうしよう。彼のことはまだほとんど何も知らない。わたしが望むのはセックス以上の関係だ、それはわかってる。でもどうしたらわかるの？　彼が求めているのがセックスだけじゃないってことが……。

わたしはじっと彼を見つめた。「だったら、わたしとセックスしないで」

ライルはしばらくの間、わたしを見つめた。呆然とした表情だ。だが次の瞬間、ようやくその意味を理解した。「わかった」何度もうなずく。「わかった、リリー・ブルーム。きみとセックスはしない」

ライルはわたしのそばをすり抜けて、ドアまで行くと鍵をかけた。そしてひとつを残して部屋じゅうの明かりをすべて消すと、シャツを脱いでわたしのもとへ歩いてきた。

「どうするつもり？」

ライルは靴を脱ぎ、着ていたシャツを椅子にかけた。「一緒に寝よう」

わたしは彼のベッドを、そして彼をちらりと見た。「今？」

ライルはうなずくと、さっとわたしのドレスをたくしあげ、頭から脱がせた。気がつくとわたしは下着だけで寝室に立ちつくしていた。あわてて手で体を覆ったけれど、彼は目もくれない。手をとられベッドまで行くと、彼は上掛けを持ちあげ、わたしを中に滑り込ませた。そして自分も反対側からベッドに入った。「初めてじゃないだろ。ぼくらは前にも何もせずに一緒に寝た。慣れっこだ」

わたしは笑った。彼がドレッサーに手を伸ばし、スマホを充電ケーブルにつなぐ。わたしは寝室を見渡した。見たこともないゴージャスな部屋だ。広さはわたしの寝室三つ分ほどもある。向こうの壁際にソファーが置かれ、テレビの前に椅子が一脚置かれている。寝室の先にのぞく書斎らしき場所には、造りつけの棚に床から天井まで本がぎっしりと並んでいる。明かりが消えても、わたしはまだ部屋の様子に目を凝らしていた。

「アリッサはとんでもなくリッチね」彼が上掛けを引きあげるのを感じながら、わたしは言った。「いったい、なんだって一時間十ドルの仕事なんかしようと思ったのかな。十ドル札をトイレットペーパーにするとか？」

ライルはおもしろそうに笑い、わたしの腕をつかんで指に指を絡めた。「たぶん、アリッサは小切手を現金化はしない。調べてみた？」

調べていない。でも調べてみよう。

「おやすみ、リリー」

にやにやせずにはいられない。これって変なシチュエーション。けど、すごくいい感じだ。

「おやすみ、ライル」

迷子になってしまいそう。

何もかもが白くて、清潔で、目がくらむ。わたしは足音を忍ばせていくつかある部屋を抜け、キッチンへ向かった。昨日の夜、着ていたドレスが見つからずに、ライルのシャツをひっかけた格好だ。シャツはわたしの膝まである。腕に合わせてサイズを選んだら、この丈になったに違いない。

いくつもある窓からあふれるほどの陽ざしが差し込んでいる。わたしは目の上に手でひさしを作り、コーヒーを探した。

キッチンのドアをあけると、コーヒーメーカーが目に入った。

よかった。

豆をセットし、次はマグを探す。そのとき後ろでドアがひらいた。振り向くと、アリッサがいた。いつもと違ってジュエリーもつけず、崩れたままのメイク、髪はてっぺんで絡まり、マスカラが頬で筋になっている。無防備なその姿になんだかほっとする。アリッサはコーヒーメーカーを指さした。「わたしにもお願い」そう言うと体を引きずるようにして、アイランドキッチンのカウンターに座った。

「きいてもいい？」わたしは言った。

アリッサが気だるくうなずく。

わたしは手でさっとキッチンを示した。「これは魔法？　どうやったらこうなるの？　昨日のパーティーからわたしがここに入ってくるまでの時間で、こんなしみひとつない状態になるなんて。徹夜で掃除をしたの？」

アリッサは笑った。「そういうのが専門の〝スタッフ〟がいるの」

「スタッフ？」

アリッサはうなずいた。「なんでもやってくれる人たちがいるの。お金さえ出せば、大抵のことは人任せにできるわ」

「食料品の買い出しは？」

「任せてる」とアリッサ。

「クリスマスのデコレーションは？」

アリッサはうなずいた。「それも任せてる」

「誕生日のプレゼント選びは？　たとえば家族のための」

彼女はかすかに笑った。「ええ、任せてる。わたしの家族は誕生日にみんなプレゼントとカードを受けとる。でもわたしがそのために自分の手を煩わせることはない」

わたしは頭を左右に振った。「すごい、いつからそんなにリッチなの？」

「三年くらい前かな」アリッサは言った。「マーシャルが、自分が作ったアプリをアップルに売って、大金を手にしたの。今は六カ月ごとに、アップデートのプログラムを作って、それを売ってる」

コーヒーのドリップがゆっくりになると、わたしはマグをとってコーヒーを注いだ。「何か入れる？」わたしはたずねた。「それとも、それも任せる人がいるの？」

アリッサは笑った。「ええ、リリーに任せる。砂糖をお願い」

わたしはマグに砂糖を入れ、かき混ぜると彼女に渡した。それから自分のマグにもコーヒーを注ぐ。クリームをかき混ぜる間、わたしは無言でアリッサがライルとわたしの関係について、何かきくのを待った。きっときかれるに決まっている。

「この気まずさ、なんとかしない？」アリッサが言った。

わたしはほっとして言った。「ええ、こんなの嫌よね」アリッサに向き直り、コーヒーを一口飲む。アリッサは自分のマグを脇に置いて、カウンターの縁を握りしめた。

「どうしてこういうことになったの？」

わたしはのろけているとは思われないよう、真顔になって首を振った。アリッサに弱い人間、あるいはライルに屈した軽い女だと思われたくない。「わたしとライルは以前、会ったことがあるの」

アリッサは首を傾げた。「待って。わたしたちが仲よくなる前？　それともそれよりもっと前ってこと？」

「わたしたちが知りあうずっと前よ」わたしは言った。「ある夜、ほんの短い時間を一緒に過ごしたの。わたしがあなたに会う、六カ月ほど前に」

「短い時間？　それって……行きずりの関係ってこと？」

「いいえ、違う。昨日の夜まで、わたしたちはキスもしなかった。説明するのはむずかしいけど、それからずっとつかず離れずの関係でいて、昨日の夜、お互いの気持ちがピークに達したってわけ。それだけよ」

アリッサはもう一度マグをとりあげ、ゆっくりとコーヒーを飲んだ。しばらくじっと床を見つめている。少し悲しげな表情だ。

「アリッサ？　怒ってる？」

彼女はすぐさま首を振った。「違うの、リリー。ただ……」アリッサはマグをカウンターに置いた。「兄さんのことは大好きだし、理解しているつもり。誰よりもね。でも……」

「でも、何？」

アリッサとわたしは声のした方向を見た。ライルが腕組みをしてキッチンの入り口に立っていた。グレーのジョガーパンツを腰ばきにして、上半身は裸だ。**このショットを頭の中のコレクションに加えよう。**

ライルはドアを押して、キッチンに入ってきた。わたしのもとへ歩いてくると、手からマグをとりあげる。そして体をかがめ、わたしの額にキスをすると、カウンターにもたれて一口コーヒーを飲んだ。

「邪魔はしないよ」彼はアリッサに言った。「どうぞ、おしゃべりを続けて」

アリッサはくるりと目を回した。「嫌な言い方」

ライルはわたしにコーヒーを返し、棚から自分のマグを取り出すと、ポットからコーヒーを注ぎはじめた。「ぼくに気をつけろ、そうリリーに言いたそうにきこえたからさ。何を言われるのか興味がある」

アリッサはカウンターからおりると、マグをシンクに置いた。「リリーはわたしの友達よ。こと女性に関しては自慢できる過去はないでしょ」マグを洗うと、シンクに身を乗り出して、ライルに向き直る。「わたしは友達として、リリーがこれからつきあおうとしている男について、アドバイスする権利があるの。それが友達ってものだから」

兄と妹の間に漂うただならぬ雰囲気に、どうしたらいいのかわからない。ライルはコーヒーを飲むのをやめ、アリッサに向かってつかつかと歩いてくると、マグの中身をシンクにぶちまけ、彼女の正面に立った。でもアリッサはライルを見ようともしない。

「兄としてもう少し信頼してもらいたいね。それがきょうだいってもんだろ」

ライルは叩きつけるようにドアをあけ、キッチンから出ていった。アリッサは大きく息を吐いた。頭を左右に振りながら、顔をさすっている。「ごめんなさい」無理に笑顔を作ろうとしている。「シャワーを浴びてくるわ」

「さすがにシャワーは誰かに代わってもらえないものね」

アリッサは笑いながらキッチンを出ていった。わたしはシンクでマグをすすぎ、ライルの部屋に戻った。ドアをあけると、彼はソファーに座ってスマホの画面をスクロールしていた。数秒たっても、顔をあげようともしない。わたしにも腹を立てているのかもしれない。だが次の瞬間、彼はスマホを脇に投げやると、ソファーに深々と背中を預けた。

「ここにおいでよ」

ライルはわたしの手をつかみ、向かい合わせになる格好でわたしを自分の上に座らせた。それからわたしを引き寄せ、情熱的なキスをした。アリッサの言うことなんて嘘だ、そう証明するかのように。

ライルは唇を離すと、わたしの体をじっと見つめた。「ぼくの服を着たきみが好きだ」

わたしはにっこり笑った。「でも、そろそろ仕事に行かなくちゃ、残念だけど。ずっとこの格好ではいられないわ」

彼はわたしの顔にかかった髪をなでつけた。「ぼくも大事な手術に向けて準備をしなくちゃ。たぶん二、三日は会えない」

わたしはがっかりした表情を見せまいとした。でも、もしこれからずっとつきあっていくなら、こういうことにも慣れるしかない。彼の仕事が忙しいのは、すでにわかっている。

「わたしも忙しいの。グランドオープンは金曜日よ」

「じゃあ、金曜日までに会いに行くよ。約束する」

もう笑みをこらえきれない。「了解」

ライルはもう一度、わたしにキスをした。それはたっぷり一分ほど続き、やがてわたしをソファーにおろすと、さっと体を離した。「だめだ。好きになりすぎたら、約束を守れなくなる」

わたしはソファーに寝そべって、身支度を整える彼を見ていた。

嬉しいことに、彼はスクラブを着た。

8

「話があるの」ルーシーが言った。

ソファーに座る彼女の頬に、涙で流れたマスカラが黒い筋を作っている。

やだ、何ごと？

バッグを投げ出し、彼女のもとに駆け寄る。隣に座ったとたん、ルーシーが泣き出した。

「どうしたの？　アレックスと別れた？」

激しく首を振るルーシーにわたしはあわてた。**頼むから、癌とか言わないで。**思わず彼女の手を握った瞬間、指にはまったそれが目に入った。「ルーシー、婚約したのね」

ルーシーはうなずいた。「ごめんね。まだ賃貸の契約が六カ月も残っているのに。でも彼が一緒に住もうって」

わたしは一分間、彼女をまじまじと見つめた。**それで泣いてるの？　ルームシェアをやめたいから？**　ルーシーはティッシュに手を伸ばし、目を拭った。「最悪の気分よ。あなたを一人ぼっちにするなんて。わたしが出ていったら、あなたには誰もいなくなる」

びっくり……。

「ルーシー、あの……わたしは大丈夫よ。ほんとに」

ルーシーは希望に満ちた表情でわたしを見上げた。「本当？」わたしはもう一度うなずいた。「本当。怒ってもいない。おめでとう」

いったい今まで、わたしのことをどう思ってたわけ？

ルーシーは腕を伸ばし、わたしをハグした。「ありがと、リリー！」泣きながらくすくすと笑っている。わたしを放すと、ルーシーはぴょんと立ちあがって言った。「アレックスに知らせなきゃ！　彼も心配していたの。あなたが違約金を払えって言うんじゃないかって！」そう言うとバッグをつかみ、靴を引っかけて、玄関から出ていった。

わたしはソファーに寝そべって天井を見上げた。**もしかしてはめられた？**

笑いがこみあげる。今初めて、自分がこの瞬間をどれだけ待ち望んでいたのかがわかった。

やっとこの部屋を独り占めできる！

さらに嬉しいのは、これから先、ライルとセックスすることがあっても、いつでも好きなだけ声を出せるってことだ。最後に彼と話したのは土曜日、彼のアパートメントを出たときだ。わたしたちはお試しでつきあうことにした。まだ正式にはつきあわず、お互いうまくいきそうかどうか、成り行きを見守るつもりだ。でも、今は月曜日の夜で、彼から連絡がないことに、わたしは少しばかりがっかりしていた。土曜日の別れ際、電話番号を渡したけど、メッセージを送るべきかどうかわからない。とくに今はお試し期間だ。

とにかくこっちから最初のメッセージを送るつもりはない。

代わりに、わたしは十代の悩みとエレン・デジェネレスの思い出に浸ることにした。セックスもしていない男に、ただ手招きされるのを待っているつもりはない。なぜだかわからないけれど、初めてセックスした相手のことを考えると、まだセックスしていない相手のことを考えずに済む気がする。

大好きなエレンへ

わたしのひいおじいちゃんの名前はエリスなの。ずっと、エリスって、昔の人にしてはすごくしゃれた名前だと思ってた。ひいおじいちゃんが死んだあと、わたしは墓標の文を読んだの。そしたらびっくり！　エリスは本当の名前じゃなかった。本当の名前はレヴィ・サンプソンだったなんて、そんなの考えもしなかった。

エリスって名前がどこからきたのか、おばあちゃんにきいたら、ひいおじいちゃんのイニシャルがL《エル》とS《エス》だったから、ずっとそのイニシャルで呼ばれていて、そのうちそれが名前みたいになったたって教えてくれた。

L《エル》とS《エス》↓エリスになったたってわけ。

今、あなたの名前を見ているときに、そのことを思い出したの。エレンって本名？　それともひいおじいちゃんみたいに、イニシャルを使っているの？

L《エル》とN《エヌ》。

〝エレン〟そうでしょ？

名前といえば、アトラスって変な名前だと思わない？

昨日、彼と一緒にあなたの番組を見ていたの。わたしがアトラスの名前の由来をたずねると、彼は知らないって言った。何も考えず、ママにきいてみればって言ったわたしを、アトラスはちらりと見て言った。「もう手遅れだ」って。

どういう意味なのかわからない。彼のママが死んだとか、彼は養子に出された子だとか……？　アトラスとは友達になってまだ二、三週間だし、彼についても、なぜ住むところがないのかも知らない。きこうとしたけれど、そこまで話してもらえるほど信用されている自信がなかった。人を信用することを怖がっているみたいだし、それもあたり前かなと思ったから。

心配なの。今週、気温がさがりはじめて、来週はもっと寒くなると思う。電気がなければ、ヒーターも使えない。せめてブランケットがあればいいけど。もしアトラスが凍え死んだりしたら……考えるだけで耐えられない。ぞっとする。

今週、ブランケットを何枚か見つけて、彼に渡すつもり。

――リリー

大好きなエレンへ

もうすぐ雪の季節になるから、今日、庭の収穫をすることにしたの。ラディッシュはすっかり抜いたから、今日はそこに肥料《コンポスト》をまいて、マルチ（植物の根のまわりを覆うウッドチップ）を敷いてしまいたい。一人でもそんなに時間はかからないと思う。でもアトラスはどうしても手伝うって言い張った。

アトラスはガーデニングについていろいろ質問をした。彼がわたしの好きなことに興味を持ってくれるのが嬉しい。わたしはコンポストとマルチで、雪の被害を防ぐ方法を説明した。

わたしの庭はすごく小さい。縦三メートル、横四メートルくらいかな。裏庭でパパが許してくれたのはそこだけだった。

作業は全部アトラスがやってくれた。その間わたしは芝生にあぐらをかいて、その様子を見ていた。怠けたわけじゃないの。彼がやらせてくれって言ったから。彼は働き者だと思う。忙しくすることで、いろいろなことを考えまいとしているのかも。だからわたしのことも手伝いたがるのかもしれない。

作業を終えると、アトラスはわたしの隣にすとんと腰をおろした。

「なぜ、いろいろなものを育てたいと思ったの？」彼がたずねた。

わたしは彼をちらりと見た。あぐらをかいて座り、わたしのことをじっと見ている。そのとき思った。お互いのことはほとんど知らなくても、アトラスはわたしの一番の友達だって。学校に友達はいるけど、その子たちがわたしの家にくることはない。ママはいつもパパのことを心配している。パパのかんしゃくがみんなに知られるんじゃないかって。わたしが友達の家にいくのも許されない。なぜだか理由はわからない。たぶん、わたしが他の人の家で過ごすのをパパが嫌がったんだと思う。いい夫がどんなふうに妻を扱うのか、わたしが見るかもしれないから。きっとママに対する自分の態度が普通だと思わせたいんじゃないかな。

アトラスはうちにきた初めての友達で、わたしがどれほどガーデニングを愛しているかを知っている一番目の友達、そして今、なぜわたしがガーデニングをするのかをたずねた一番目の友達になった。

わたしは手を伸ばして雑草を引っこ抜き、それを細かく裂きながら彼の質問にどう答えようか考えた。

「十歳のとき、ママが『なんの種かな？』っていうウェブサイトの購読をさせてくれたの」わたしは言った。「毎月、わたしのもとに何も書いていない種の袋が、育て方や注意を書いた紙と一緒に郵便で送られてくる。芽を出すまで、それがなんの種なのかわからないの。毎日、学校から帰ったら、裏庭に走っていって、種の成長を観察した。それが楽しみになったの。何かを育てるのは、ごほうびみたいなものよ」

アトラスがわたしを見つめているのを感じた。「何に対するごほうび？」

わたしは肩をすくめた。「植物をちゃんと愛したことに対するごほうび。植物はわたしが愛情を注いだ分だけ育ってくれる。もし手荒く扱ったり、世話をしなかったりすれば、何も与えてくれない。でも心をこめて世話をすれば、野菜や果実、それに花といった形でプレゼントをくれる」わたしは手の中で切れ切れになった雑草を見つめ、指の間にくっついたそれをさっと払い落とした。

視線を感じて、アトラスのほうを向くことができなかった。代わりに、わたしはマルチで覆われた庭を見渡した。

「ぼくたちは似ている」アトラスが言った。

わたしは目をぱちくりさせた。「わたしとアトラスが？」

彼は首を振った。「違う。植物と人間だ。植物が生きていくためにはちゃんと愛されることが必要だ。人間も同じだ。赤ん坊のときから親に頼って、愛されて、生き続けていくことができる。両親がちゃんと愛情を注げばよりよい大人になる。でなけりゃ……」

声が小さくなる。すごく悲しそうな顔だった。アトラスは膝に手をこすりつけ、土を払い落とした。「もしかまってもらえなければ、ホームレスになって、生きる意味を見出《みいだ》せなくなる」その言葉に、わたしの心はばらばらに砕けた。さっきアトラスが庭に敷いたマルチのウッドチップみたいに。どう答えればいいのかわからない。彼は本当に自分のことをそんなふうに思っているの？

彼が立ちあがろうとした瞬間、わたしは彼の名前を呼んだ。

アトラスはもう一度、芝生に座った。わたしは庭の左手、フェンスのそばにずらりと植えられた木を指さした。「あの木が見えるでしょ？」真ん中の木はオークで、どの木よりも背が高い。

アトラスは木をちらりと見て、そのてっぺんに視線を向けた。

「あの木はひとりで大きくなったの」わたしは言った。「大抵の植物は、大きくなるために何かしらの世話を必要とする。でも強くて、誰にも頼らず自分だけの力で大きく育つ木もある」

漠然とした言い方だったから、言いたかったことがちゃんと伝わったかどうかはわからない。でも、知らせたかったの。彼なら何が起こっても生き抜く強さがある、そうわたしが思っていることを。まだアトラスのことはあまりよく知らないけど、それでもどんなことにも負けない強さがあるのはわかる。もしわたしが同じ境遇にいたら、彼ほど強くはなれなかったと思う。

アトラスは長い間、じっと木を見つめていた。そしてようやくまばたきをすると、かすかにうなずき、芝生に目を落とした。口がぴくりと動いて、しかめっつらをするのかと思ったら、かすかにほほ笑んでいるのがわかった。

わたしはその笑みにはっとした。まるで永い眠りから覚めたように、その瞬間、自分が見ている世界が変わった気がした。

「ぼくたちは似ている」彼はもう一度言った。

「植物と人間ね？」

彼は首を振った。「違う、きみとぼくだ」

わたしは驚きに息をのんだの、エレン。気づかれてなきゃいいけど……。その瞬間、思わず息をのんでしまった。その言葉になんと答えればいいと思う？

わたしは何も言えず、ただそこに座っていた。やがて彼はわたしに背を向け、ボロ家に帰ろうとした。

「アトラス、待って」

彼が振り返ると、わたしは彼の両手を指さして言った。「帰る前に大急ぎでシャワーを浴びたほうがいいわ。コンポストは牛のウンチからできてるのよ」

彼は自分の両手と、それからコンポストまみれの服を見下ろした。

「牛の？　ほんとに？」

わたしはいたずらっぽく笑ってうなずいた。彼も小さな声で笑った。そしてすばやくそばにくると、自分の手をわたしの体で拭いた。おまけにそばにあったコンポストの袋に手をつっこみ、その手をわたしの腕になすりつける。それから二人して大きな声で笑った。

エレン、わたしがこれから書こうとしているのは、これまで誰も書いたり、言ったりしなかったことよ。

アトラスが牛のウンチがついた手をわたしになすりつけようとした、それがわたしにとって、一番胸きゅんの瞬間だったの。

それからしばらく、わたしたちは息を切らし、笑いながら並んで地面に寝っ転がっていた。でも、両親が帰ってくる前にシャワーを浴びたいなら、ぐずぐずしていられないと気づいた。彼は立ちあがり、わたしの手を引っ張って立たせてくれた。

アトラスがシャワーを浴びに行くと、わたしはシンクで手を洗って、ぼうっとそこに立ちつくしていた。わたしたちは似ている、さっき彼が何を思ってそう言ったのか考えながら。

それってほめ言葉かな？　そんな気もする。わたしは強い、そう言いたかったの？　でもそれは違う。自分を強いと思ったことはほとんどない。彼のことを考えるたびに、悲しくて、泣きたい気分になる。彼のそばにいるときに感じはじめたこの気持ちについて、どうすればいいのかわからない。

同時に考えたのは、このあといつまでアトラスのことをパパやママに内緒にしておけるだろうってことだった。彼はどれだけ長くあの家にいられる？　メインの冬は厳しい寒さだから、ヒーターがなければきっと凍え死んでしまう。

せめてブランケットが……。

わたしはあわてて余っているブランケットを探した。シャワーから出てきたら、それを渡すつもりだった。でももう五時で、彼はあたふたと帰ってしまった。

明日、必ずブランケットを渡すつもりよ。

――リリー

大好きなエレンへ

ハリー・コニック・ジュニア（ニューオーリンズ出身の歌手・ピアニスト・俳優）って最高に愉快よね。今まで彼がゲストにきたことがあったっけ？　実は番組が始まって以来、一度か二度、見逃したことがあるの。でも、もしまだなら絶対に呼ぶべきよ。『コナン・オブライエンのレイト・ナイト』をみたことがある？　毎回、アンディって名前の男の人がソファーに座っているの。ハリーがいつも、あなたのソファーに座っていたらいいのに。彼はいつも気のきいた一言を言うの。あなたとハリーが組んだら、きっと大人気になると思う。

あなたにありがとうって言いたいの。わかってる。あなたは別にわたしを笑わせるために番組をやってるんじゃない。でも、もしかしたらそうなのかもって思うときがある。ときどき、わたしの人生には、もう笑ったりできる瞬間はないかもって気分になる。でもエレンの番組をみたら、どんなひどい気分のときでも、終わったときにはずっと気分がよくなってる。

ね、だから、ありがとう。

アトラスについて新しい情報がききたいでしょ。すぐに話すわ。でもまず、昨日何が起こったのか話させて。

ママはプリマー小学校で補助教員をしているの。車で結構かかる場所にあるから、五時前に家に帰ってくることはない。パパの職場はここから四キロほど離れたところで、いつも五時過ぎに帰ってくる。

うちにはガレージがあるけど、パパのものがいろいろ置いてあって、車が一台しか入らない。いつもパパがそのガレージに車を入れて、ママは家の前の私道に車を停めておくの。

でも昨日はママが少し早めに家に帰ってきた。アトラスがまだうちにいて、もう少しであなたの番組が終わるっていうときに、ガレージのドアがあく音がきこえた。アトラスはあわてて裏口から飛び出して、わたしはリビングを飛び回って、ソーダの缶とスナックを片付けた。

お昼頃から雪が激しく降りはじめていたし、たくさん荷物を抱えていたから、ママは裏口から荷物を運び入れようとガレージに車を停めた。荷物は仕事の資料と食料品だった。ママが荷物を中に入れるのを手伝っていると、パパの車が私道に入ってきた。パパはママの車がガレージに停まっていることにキレて、クラクションを鳴らしはじめた。たぶん、雪の中で車から出たくなかったんだと思う。それしか理由は考えられない。パパは荷物をおろすのを待つ代わりに、今すぐママにそこから車を移動させようとした。でも考えてみれば、なぜいつもパパがガレージを独占してるわけ？　男なら自分の愛する女性にガレージを譲るべきじゃない？

とにかくパパがクラクションを鳴らしはじめた瞬間、ママはひどく怯《おび》えた目をして、車を移動させるから、荷物をテーブルに置いておいてってわたしに頼んだ。

ママが外に出ていってすぐに、がしゃんという大きな音とママの悲鳴がきこえた。わたしはてっきりママが凍った地面で足を滑らせたんだと思って、ガレージに走っていった。

エレン……次に目にしたのは、口にするのもおぞましい光景だった。まだショックで信じられない。

ガレージのドアをあけたらママの姿はなくて、パパが車の後ろで何かをしているのが見えた。

一歩近づくと、ママの姿が見えない理由がわかった。パパがママをボンネットに押し倒して喉に手をかけていた。

パパがママの首を絞めている！

その光景を思い出すと今も叫びそうになるの。パパはママをどなりつけ、憎しみのこもった目でにらみつけていた。こんなに一生懸命働いているおれをないがしろにしやがってとか、そんなことを言いながら。パパがなぜそんなに怒っているのか、わからない。きこえたのは、ママが苦しそうにもがく音だけだった。それからの数分間はよく覚えていない。わたしは叫びながらパパの背中に飛びついて、頭の横を殴り続けた。

次の瞬間、わたしの叫び声は止まった。

何が起こったのかわからない。たぶんパパに投げ飛ばされたんだと思う。覚えているのは、パパの背中に手をかけた次の瞬間、地面に倒れて、おでこに鋭い痛みを感じたってこと。ママはそばに座って、わたしの頭を抱えて、ごめんねって言い続けていた。パパの姿を探したけれど、見あたらなかった。わたしが頭を打ったあと、自分の車に乗ってどこかへ行ってしまった。

ママがハンカチをくれて、それで頭を押さえなさいって言った。血が出てるからって。それからわたしを助け起こして車に乗せ、病院へ連れていった。病院へのドライブの間に、ママが言ったのはたった一言だった。「何があったのかきかれたら、氷で滑ったって言うのよ」

その言葉をきいたとたん、わたしは窓の外をながめて泣きはじめた。最後の望みが断たれた気がした。パパがわたしを傷つけたら、さすがのママもパパと別れるだろうと思っていた。でもそのときわかった。ママは絶対に別れない。わたしは絶望に打ちのめされた。でも怖くてママに何も言えなかった。

わたしはおでこを九針縫った。何に頭をぶつけたのかは今もわからないけれど、もうそんなことは問題じゃなかった。問題なのは、けがの原因がパパで、そのパパが、わたしが大丈夫かどうか確かめもしなかったことだ。わたしたちをガレージに残して出ていった。

夜遅く家に帰ると、痛み止めのせいですぐに眠りに落ちた。

今日の朝、バス停まで歩いていくとき、おでこの傷に気づかれたくなくて、アトラスのほうを見ないようにした。前髪をおろしていたから、すぐに気づかれることはなかった。バスに並んで座ると、床に荷物を置いた瞬間、彼と手が触れた。

彼の手は氷のように冷たかった、本当に氷のように。

その瞬間、昨日の夜、ママが思ったより早く帰ってきたせいで、彼にブランケットを渡すのを忘れていたことに気づいた。それからガレージの一件で頭の中がいっぱいで、すっかり忘れていた。一晩じゅう、雪が降り続けて、道が凍っていた。それなのに彼は暗闇の中、たった一人であの家にいた。彼の手は冷たくて普通にしていられるのが不思議なくらいだった。

わたしは彼の両手をつかんで言った。「アトラス、凍えてる」

彼は何も言わなかった。わたしは彼の手をさすって、あたためようとした。頭を彼の肩にのせて……そして自分でもびっくりしたことに、泣きはじめたの。大泣きしたわけじゃない。でも昨日起こったことのせいでまだ動揺していたし、ブランケットを届けるのを忘れた罪悪感もあった。いろんな思いが一気に押し寄せた。アトラスは無言だった。ただ自分の手をわたしの手から引き抜いて、わたしの手にそっと重ねた。それからバスが学校に着くまで、わたしたちはただ頭を寄せあって、手と手を重ねたまま座っていた。

そんな悲しい状況じゃなかったら、うっとりしたかもしれない。

帰りのバスの中で、アトラスはようやくわたしの額の傷に気づいた。

正直なところ、わたしも傷のことは忘れていた。授業中も誰にも気づかれなかったから、バスでアトラスが隣に座ったときも傷を前髪で隠すのを忘れていた。彼はわたしの顔をじっと見つめて言った。「そのおでこ、どうしたの?」

なんと答えていいかわからない。わたしはただ傷を押さえて窓の外を見た。これまでずっと、わたしのことをもっと信頼してもらおうとしてきた。なぜ住む家がないのか、そのわけを話してもらえるように。だから嘘はつきたくない。でも、本当のことも言いたくない。

バスが動き出すと彼が言った。「ぼくがきみの家を出たあと、何か音がきこえた。誰かのどなり声だ。それからお父さんが出ていく音がした。大丈夫だったか確かめようと外に出たとき、きみがお母さんの車に乗って出かけるのが見えた」

きっとガレージでの喧嘩の音もきいたに違いない。わたしがママと病院に行くのも見ていた。ましてうちに様子を見にきたなんて信じられない。もしパパの服を着ているところを見つけられたらどうなっていたか? 彼はまだパパがどんな人間か知らない。

わたしは彼を見つめた。「だめよ。パパやママが家にいるときにうちに来るなんて」

アトラスはしばらく黙って、やがて言った。「きみの悲鳴がきこえたんだよ、リリー」きみの身の安全が何より大切だ、アトラスの言葉はそうきこえた。

しまった、わたしは思った。彼はわたしを助けようとしてくれたのに。でも、そんなことをしたらもっと厄介なことになる。

「転んだの」わたしは言った。そのとたん嘘をついた後ろめたさに襲われた。実際、彼がわたしにがっかりしたように見えた。きっとわかっていたと思う。わたしがただ転んだだけじゃないってことが。

アトラスはシャツの袖をまくって、腕をわたしに見せた。

エレン、恐ろしくてぞっとしたわ。ひどい傷跡、そこには無数の小さな傷があったの。いくつかはまだ新しくて、煙草《たばこ》の火を押しつけられたような跡だった。

彼が腕をひねると、内側にも傷があった。「リリー、ぼくも前はよく転んだよ」それから袖をおろすと、それ以上、何も言わなかった。

ほんの一瞬、違う、パパはぶったりしない、ただわたしを振り払おうとしただけなの、そう言いたくなった。でもすぐに気づいた。自分がママと同じ言い訳をしようとしていることに。うちで何が起こっているか知られたと思うと、ちょっと恥ずかしくなった。何をどう言えばいいのかわからなくて、バスに乗っている間はずっと、ただ窓の外を見つめていた。

家に帰ると、ママの車が停まっていた。もちろんガレージじゃない、私道に。

つまり今日はアトラスが家にきて、一緒にエレンの番組をみられないってことだ。あとでブランケットを持っていく、そう言おうとしたけど、彼はまるで怒っているみたいに、何も言わずに通りを歩き去ってしまった。

今は両親が眠るのを待っているの。もう少ししたら、ブランケットを持っていくつもり。

――リリー

大好きなエレンへ
困ったことになったの。

やっちゃいけないとわかっていても、やらなきゃならない、そんな経験をしたことある？　ややこしい言い方だけど、それ以外にどう言えばいいのかわからない。

つまり、わたしはまだ十五歳で、男の子を自分の寝室に入れて、夜じゅう一緒にいるなんて本当はすべきじゃない。でも、もし誰かが居場所をなくして困っていたら、人として助けてあげるべきじゃない？

昨日の夜、両親が眠ったあと、裏口から出てアトラスにブランケットを届けに行ったの。外は暗いから懐中電灯を持っていった。まだ雪は激しく降っていて、彼の家に着く頃にはすっかり体が凍えていた。裏のドアをノックして、ドアがあくと、わたしは寒さから逃れようと、彼の許しを得るのも待たずに中に入った。

でも……逃れることはできなかった。部屋の中はもっと寒かった。手に持っていた懐中電灯でリビングやキッチンを照らすと、そこには何もなかった！

ソファーも椅子もない。マットレスも。わたしは彼にブランケットを渡して、あたりを観察し続けた。キッチンの上の天井に大きな穴があいていて、風と雪が吹き込んでくる。懐中電灯でリビングを照らすと、片隅にいくつか物が置いてあるのが見えた。彼のバックパック、それからわたしがあげたバックパック、他にもパパの服とか、わたしがあげたものが重ねて置いてあった。それから床にタオルが二枚あった。たぶん一枚を敷いて、もう一枚をかぶって寝ているんだと思う。

わたしはあまりの驚きに口に手をあてた。まさか彼がこんなところで何週間も過ごしていたなんて！

アトラスはわたしの背中に手をあてて、裏口のドアへと促した。「ここにいちゃだめだ。ばれたら叱られるだろ」

わたしは彼の手をつかんで言った。「アトラスもここにいちゃだめ」そのままドアへ向かったけれど、彼はぐっと手を引いた。わたしは言った。「今夜はわたしの部屋の床で寝て。寝室の鍵をかけるから大丈夫。こんなところで寝ちゃだめ、アトラス。寒すぎる。肺炎を起こして死んじゃうわ」

アトラスは困った顔をしていた。うちの寝室にかくまわれるのも、肺炎で死ぬのも、どっちも恐ろしいと思ったに違いない。リビングの自分の場所を振り返って、それからうなずいた。

「わかった」

ねえ、言って、エレン。昨日の夜、彼を泊めたのは間違いだと思う？　間違いじゃないよね？　わたしは正しいことをしたと思ってる。でも、もしばれたら、大変なことになったのもわかる。彼は床に寝て、わたしはただあたたかく眠れる場所を提供した。それ以上のことは何もなかったけれど。

その夜、アトラスについてもう少しいろんなことがわかった。裏口から彼をそっと家に入れて、わたしの部屋のドアに鍵をかけたあと、ベッドの隣の床に彼の寝床を作ったの。アラームを六時にセットして、パパとママが目を覚ます前に起きて、出ていくよう彼に言った。朝、ときどき、ママがわたしを起こしに来るから。

ベッドに入ると、おしゃべりをする間、アトラスの顔を見られるよう、わたしはベッドの端に体を寄せた。どのくらいあの家にいることになりそうかきいたけれど、彼はわからないって答えた。わたしはあの家に住むようになった理由をたずねた。まだテーブルランプがついていて、わたしたちはささやき声で話していた。でも、その質問をしたとたん、彼は突然、無言になった。ただ頭の後ろで手を組んで、じっとわたしを見上げていたけれど、やがて話しだした。「ぼくは本当の父親を知らないんだ。顔も見たことはない。生まれたときから、ずっと母さんと二人だった。でも五年ほど前、母さんは再婚した。義父《とう》さんはぼくを邪魔者扱いして、言い争いが絶えなかった。数カ月前、ぼくが十八になったとき、大喧嘩をして、義父さんはぼくを追い出した」

アトラスは大きく息をついた。これ以上は話したくない、そんな表情だ。でも次の瞬間、ふたたび口をひらいた。「友達の家に居候をしていたけれど、その子の父さんがコロラドに転勤になって一家は引っ越すことになった。もちろんぼくを連れていくことはできない。しばらく置いてもらったことだけでも、友達の両親にはありがたいと思っていた。だから嘘をついた。母さんと話をして、家に戻ることにしたって。一家が引っ越しをした日、どこにも行くあてがなかった。家に戻って、卒業するまで置いてくれって母さんに頼んだけれど、断られた。きっと義父さんが気を悪くするからって」

アトラスは首をひねって壁のほうを向いた。「二、三日、このあたりをうろうろしていたら、あの家を見つけたんだ。他に何かいい方法を思いつくか、高校を卒業するまで、あそこにいようと思った。五月には海兵隊に入隊することになっているから、それまでなんとか乗り切るつもりだ」

五月……五月なんて六カ月も先なのよ、エレン。

アトラスの話が終わったとき、わたしは涙目だった。なぜ、誰かに助けを求めなかったの？わたしの問いに彼は言った。助けを求めようとした、でも十八歳で、年齢的には大人の自分が助けを求めるのは小さな子供より大変だって。知り合いがアトラスにシェルターの連絡先を教えてくれた。この半径三十キロの範囲にシェルターは三つある。でもそのうちの二つは女性のためのものだ。もうひとつはホームレスのための施設だけれど、ほんの数台しかベッドがないし、そこから毎日学校に通うには遠すぎる。おまけにベッドを確保するまでには長い列に並んで待たなきゃならない。一度並んでみたけれど、シェルターを利用するよりは、あの古い家のほうが安全だと思ったって。

今考えたら、なんてばかな質問をしちゃったんだろうって思うけど、わたしはきいたの。

「でも、他にどうしようもなかったの？　お母さんの仕打ちをスクールカウンセラーに話すとか？」

アトラスは首を横に振ってこう言った。自分は十八歳で、養育権で守られるには年齢がいきすぎている。だから家に戻ることを拒否しても、彼のママは逮捕されたりすることはない。先週はフードスタンプをもらおうと電話をしたけど、配布の場所に行く手段もお金もなかった。もちろん車を持っていないから、探してはいるけれどアルバイトにも不利だ。午後、わたしの家を出たら、いくつか応募しようと思うけれど、応募書類に書ける住所や電話番号もないから、採用されるのはむずかしい。

エレン、アトラスはなんとか苦境を乗り越えようと、やれることはすべてやっていた。なのに彼のような人たちを助ける仕組みはほとんどない。わたしは猛烈に腹が立って、言った。軍に入りたいなんてどうかしてるって。「どうしてあなたをひどい境遇に放りっぱなしにしておく国のために働こうなんて考えるの？」思わず声が大きくなっていたと思う。

そしたら彼がなんて言ったと思う？　目を大きく見開いてこう言ったの。「母さんがぼくのことをかまわないのはこの国のせいじゃない」それから手を伸ばして、ベッドサイドの明かりを消した。「おやすみ、リリー」と付け加えて。

そのあとも、しばらく眠れなかった。腹が立って仕方がなかった。でも誰に腹を立てているのかもわからない。この国について、そして世界について考えた。人々が助けあわない世界なんてどうかしてる。いつから人は自分のことだけを考えるようになったんだろう？　でもそれは今に始まったことじゃないのかもしれない。アトラスみたいな人がいったい何人いるのかわからない。もしかしたら学校の他の子たちだって、ホームレスになる可能性があるかもしれない。

わたしは毎日学校に通って、ほとんどの時間を心の中で文句ばかり言いながら過ごしている。学校が唯一のほっとできる場所だと思う子がいるなんて、考えたこともなかった。学校は今、アトラスにとって、毎日通えて、食べ物を手に入れることのできる唯一の場所なの。

もうリッチな人たちをすごいなんて思えない。困っている人たちを助けるよりも、自分の物欲を満たすためにお金を使う人たちだから。

怒らないでね。エレンがリッチだってことは知ってる。でもあなたたちのことを言ってるんじゃないの。エレンが他の人のためにいろいろなことをしているのは知ってる。チャリティを支援していることも。でも自己中のお金持ちがたくさんいることも知っている。貧しい人々にも自分のことしか考えない人はいる。もちろんミドルクラスの人にも。たとえばわたしのパパとママがそう。大金持ちじゃないけれど、貧しい人を助ける余裕がまったくないわけじゃない。でも、パパがこれまでチャリティのために何かしたことはないと思う。

思い出した。あるとき食料品店の入り口で、おじいさんが寄付を募るためにベルを鳴らしていた。少しお金をあげてもいいかきくと、パパはだめだって言った。一生懸命働いたお金を誰かにあげることはできない、働こうとしない人がいるのは自分のせいじゃないからって。そして買い物の間じゅう、政府からお金を巻きあげようとする人たちのことについて話し続けた。政府が彼らに補助を与えるのをやめるまで、問題はなくならないって。

エレン、わたしはパパの話を信じたの。それは三年前のことで、そのときには人がホームレスになるのは、その人が怠け者だったり、ドラッグ中毒だったり、働くことをいやがったりしたせいだと思っていた。でも今は違うと知っている。たしかにパパが言うような人もいるかもしれない。でもそれは数少ない悪質なケースで、皆が好きこのんでホームレスになるわけじゃない。十分な援助を受けられなかったことでホームレスになってしまったんだって。

問題なのはパパみたいな人たちよね。人を助ける代わりに、そういう悪質なケースをとりあげて、自分たちの欲深さを正当化している。

わたしはそんなことはしない。エレンに約束するわ。大人になったら、他の人を助けるためになんでもする。きっとエレンみたいな大人になる。エレンほどリッチにはなれないと思うけど。

――リリー

9

わたしは日記を胸の上にぱたんと置いた。自分でも驚いたことに、頬に伝う涙を感じる。これまでもこの日記を手にとるたびに、大丈夫、これはずっと昔の出来事で、もう当時の気持ちに戻ることはないと自分に言いきかせてきた。

甘かった。日記を読むと、わたしの過去に関わった人たちをハグしたくなった。とくにママのことを。パパが亡くなるまで、ママがどんな思いに耐えてきたのか、考えることもなかった。たぶん今もまだ、ママの心は傷ついていると思う。

ママに電話をしようとスマホをとり、スクリーンを見つめる。そこにはライルからのメッセージが四通もあった。天にも昇る気持ちだ。**嘘でしょ、サイレントモードにしてた！** わたしはくるりと目を回した。こんなにどきどきするなんて、自分で自分にあきれる。

ライル　寝てる？
ライル　たぶん寝てるよね
ライル　リリー……
ライル　:(

悲しい顔の絵文字が送られたのは十分前だ。わたしは返信を打ち込んだ。「ううん。起きてる」十秒後、返事がきた。

ライル　よかった。今、きみの部屋に向かって階段をあがってる。二十秒で着く

わたしはにっと笑ってベッドから飛び出た。バスルームに駆け込んで、顔をチェックする。まあまあだ。すぐに玄関へ行き、ライルが階段をあがりきった瞬間にドアをあけた。ライルは文字どおり、重い足を引きずって階段の踊り場にたどり着き、部屋の前で一息ついた。ひどく疲れた顔だ。充血した目の下にはクマができている。ライルはわたしの腰に腕を回し、ぐっと引き寄せると、首元に顔をうずめた。

「いい匂いだ」

わたしは彼を部屋の中に引き入れた。「お腹《なか》すいてない？　何か作ろうか？」

ライルは疲れた様子でジャケットを脱ぎながら、首を振った。その様子を見て、わたしはキッチンを抜け、寝室へ向かった。ライルもあとをついてくる。椅子の背にジャケットをかけると、脱いだ靴を壁際へ蹴り飛ばした。

スクラブ姿だ！

「疲れてるみたいね」

彼は笑って、わたしのお尻に手をあてた。「くたくただ。十八時間かかる大手術の助手を務めた」体をかがめ、鎖骨のタトゥーにキスをする。

どうりで疲れているわけだ。「想像もつかないわ。十八時間ぶっとおしで手術をするなんて」

ライルはうなずき、わたしをベッドサイドへ引っ張っていくと、自分の隣に横たわらせた。

わたしたちはひとつの枕に頭をのせて向かいあった。「だよね。でも最先端の技術を駆使した、すばらしい手術だった。同僚が医学雑誌に論文を書くはずだ。そしてぼくの名前もそこに載る。だからグチは言わない。でも、へとへとだ」

顔を寄せて、彼の唇に軽くキスをする。彼は片手をわたしの頭の脇にあて、そっと離した。

「ホットで激しいセックスをする気満々かもしれないけど、今夜はそのエネルギーがない。ごめん。でも、ずっと会いたかった。きみの隣にいると、なぜかぐっすり眠れる。ここにいても?」

わたしはにっこりした。「もちろん」

ライルはおでこにキスをした。わたしの手をとり、枕の上で握りしめる。彼が目をとじても、わたしは目をあけたまま、見つめ続けた。あまりに整った顔立ちに、見ているこっちが気恥ずかしくなる。でもわたしはずっとこの顔を見続ける。遠慮して目をそらしたりしない。だって彼はわたしのものだから。

たぶん。

これはお試し期間だ。そのことを忘れちゃだめ。

一分後、ライルの指から力が抜け、わたしの手を放した。その手をじっと見つめて、考える。長い間、ずっと立ちっぱなしで、細かな手技を続けるなんて……どんなに大変だろう。今、彼がどれほど疲れているか想像もできない。

わたしはベッドから出て、バスルームからローションをとってくると、彼の隣にあぐらをかいて座った。ローションを少し手にとり、彼の手を自分の膝の上にのせる。ライルが目をあけて、わたしを見た。

「何してるの？」小さな声だ。

「しーっ、眠って」わたしは親指で彼の手のひらを押した。付け根から指先へ、もみほぐしていく。彼はふたたび目をとじ、枕に向かって気持ちよさそうにうめき声をあげた。五分ばかりマッサージを続け、今度は反対の手をとる。彼は目をとじたままだ。両手が終わると、今度はうつぶせにして背中にまたがる。シャツを脱がせようとするわたしに、彼は体をもぞもぞと動かして協力した。でも腕はだらりと力を失ったままだ。

肩、首、それから背中と腕をマッサージする。すべてが終わると、わたしは彼の背中からおりて、そばに横たわった。

髪を指でさらりとすき、頭皮をマッサージすると、彼が目をあけた。「リリー」ささやいて、真顔でわたしを見た。「きみは今までぼくに起こった、最高のラッキーかもしれない」

その言葉はあたたかなブランケットのようにわたしを包みこんだ。なんと返事をすればいいかわからない。頬を優しくなでられ、彼のまなざしにお腹の奥がうずく。ゆっくりと彼は顔を寄せて、キスをした。ごく軽いキスを想像していたのに、さらにキスは続いた。唇を割って、深く差し込まれたあたたかな舌に、わたしは思わず低くうめいた。

あおむけにされると、彼の右手がわたしの体の上を滑り、腰へ向かっていく。彼はさらに体を寄せ、太ももをなでた。密着度が増したとたん、体が一気に火照る。わたしは彼の髪をつかみ、唇を押しつけたままささやいた。「もう我慢競べは終わり。今すぐ、わたしをファックして」

彼はエネルギーを取り戻し、うなり声をあげると、わたしのシャツを脱がせにかかった。手、あえぎ、舌と汗、すべてが混じりあって一体となる。初めて大人の男に触れられた気がした。ライルの前にも彼氏は何人かいたけれど、皆、どこか子供っぽかった。ぎこちない愛撫《あいぶ》、おどした口づけ。けれどライルは自信に満ちている。わたしのどこに触れ、どこにキスすればいいのかを、ちゃんとわかっている。

唯一、彼がわたしの体から注意をそらしたのは、床に手を伸ばし、財布からコンドームを取り出すときだけだった。上掛けの下に戻り、それを装着すると、ライルはためらうことなくわたしの中に入ってきた。一気に貫かれ、わたしはあえぎ、体をこわばらせた。

飢えた唇がむさぼるように、わたしの全身にキスの雨を降らせる。わたしはめまいを覚え、ライルに屈する他なくなった。彼のファックは容赦がない。片手をヘッドボードとわたしの頭の間に置くと、何度も、何度もわたしを貫いた。そのたびにベッドが壁にぶつかって、ぎしぎしと音を立てる。

鎖骨に顔をうずめている彼の背中に、わたしは爪を立ててささやいた。

「ライル」

「すごい」少し声が大きくなる。

「ライル！」わたしは叫んだ。

わたしは彼の肩に歯を立て、絶頂に続くあえぎ声をできるだけ押し殺そうとした。快感に全身が震える。それは頭のてっぺんからつま先へと駆けおり、ふたたび背中をはいのぼってきた。

気を失うかも……一瞬、本気でそう思った。脚を巻きつけ、強く締めつけると、彼の硬さも増す。「リリー、すごい」ライルは細かに体を震わせ、最後に強く一突きすると、うっという声とともにわたしの上で動かなくなった。わたしの中にすべてを解き放つ瞬間、彼の体がびくりと動き、わたしは枕の上で頭をそらした。

それからしばらく、二人とも動くことができなかった。動こうともしなかった。ライルは枕に顔を押しつけて深い息を吐いた。「やばい……」体を引き、わたしを見下ろす。何か言いたげな目だ……それが何かはわからないけれど。ライルはキスをして、つぶやいた。「きみの言ったとおりだ」

「何が？」

ライルは腕で体を支えると、ゆっくりとわたしの中からそれを引き抜いた。「前にぼくに警告したよね。わたしは一度じゃ終わらない女だ、やれば癖になるって。でも、これほどとは言わなかった」

10

「個人的なことをきいてもいい？」

アリッサはまもなく配達に回す予定のブーケを完成させるとうなずいた。グランドオープンまであと三日、店は日ごとに忙しくなっている。

「何？」アリッサが言った。カウンターにもたれかかり、爪をいじっている。

「答えたくなければ、答えなくてもいいけど」わたしは言った。

「きかなきゃ、わからないわ」

それもそうだ。「マーシャルとアリッサは、チャリティに寄付したりする？」

困惑がアリッサの顔をよぎる。「ええ、なぜ？」

わたしは肩をすくめた。「何がどうってわけじゃないけど、ちょっときいてみたかったの。最近、チャリティを始めるのもいいなぁと思って」

「どんなチャリティ？」アリッサは言った。「今、お金に余裕があるから、いくつか協力しているチャリティがあるわ。でも一番やってよかったと思うのは、海外に学校を建てる運動よ。去年だけで三つの学校の建設に協力した」

やっぱり、アリッサと気が合うわけだ。

「そんなにお金はないけど、何かチャリティをしたいと思うの。何をするかは、まだわからないけど」

「まずグランドオープンを成功させて、それからチャリティについて考えましょ。二兎《にと》を追うものは一兎をも得ず、よ」アリッサはカウンターを回って、反対側へ行くとゴミ箱をつかんだ。ゴミでいっぱいになった袋を持ちあげ、口をぎゅっと縛る。やっぱり不思議だ。なんでもやってくれる〝スタッフ〟を雇える彼女が、なぜ自分の手を汚して、ゴミを出すような仕事をしたいと思うんだろう？

「なぜ、この店で働くの？」

アリッサはちらりとわたしを見上げて、ほほ笑んだ。「あなたのことが好きだからよ」でも、ゴミを捨てるために裏口へ向かおうと、わたしに背を向ける直前、彼女の目から笑みが消えたのをわたしは見逃さなかった。

わたしは戻ってきた彼女をまじまじと見つめ、もう一度同じ質問をした。

「アリッサ、なぜこの店で働くの？」

彼女は手を止め、ゆっくりと深呼吸をした。その様子で、今度は正直に答えようとしていることがわかる。やがて彼女は足首を交差させて、カウンターにもたれた。

「どうしてかっていうと」アリッサは足元に目を落とした。「わたしは子供ができないの。二年間、二人で努力したけど、だめだった。だから何か一生懸命になれることを見つけようと決めたの」壁から体を離し、まっすぐに立つとジーンズで手を拭う。「ここにいれば、リリー・ブルームがわたしをこき使ってくれるもの」アリッサはわたしに背を向けると、すでにできあがっていたブーケをふたたびいじりはじめ、それから三十分もかけて完成させた。カードをとりあげ、ブーケに差し込む。それから振り向くと、わたしに差し出した。「ところで、これはあなたによ」

アリッサが話を終わらせようとしているのは明らかだ。わたしは彼女からブーケを受けとった。「どういうこと?」

彼女はくるりと目を回し、わたしをオフィスへ追い払う手ぶりをした。「カードに書いてあるわ。それを読んで」

うんざりした口調で、それがライルからのプレゼントだとわかった。思わず口元がゆるむ。わたしはオフィスに駆け込み、デスクに座ってカードを取り出した。

リリー

禁断症状がひどい。

――ライル

わたしはにっこり笑って、カードを封筒に戻した。スマホをとりあげ、ブーケを抱えて、舌を突き出した自分の写真を撮ってライルに送る。

リリー　警告したでしょ

彼はすぐに返信を打ちはじめた。わたしはどきどきしながら、スクリーンに点滅するドットを眺めた。

ライル　次の注射が必要だ。三十分で仕事が終わる
　　　　どこかで夕食でもどう？

リリー　今日は無理。ママにつきあって、新しくできたレストランに行くことになってる

ライル　ママは食にはちょっとうるさいの
　　　　ぼくは好き嫌いはないし、なんでも食べるよ。どこに行くの？

リリー　マーケットソンにある〈ビブズ〉って店

ライル　もう一人増えてもいいかな？

わたしはしばらくの間、そのメッセージをじっと見つめた。ライルがママに会う？　まだ正式につきあってもいないのに？　まあ……わたしは別にかまわない。ママが彼を気に入らないわけがない。でも、ライルは恋愛なんかいらないと言ってたはずだ。それがわずか五日で、お試し期間に同意して、おまけに親に会う気になるなんて……。すごい。わたしって、まさしくドラッグらしい。

リリー　いいわ。じゃあ三十分後に

わたしはオフィスを出て、アリッサのところへ行った。スマホを彼女の顔の前に掲げてみせる。「彼がママに会いたいって」

「誰？」

「ライル」

「兄さんが？」アリッサは驚いた表情だ。

わたしはうなずいた。「そう、あなたの兄さんがわたしのママに」

アリッサはわたしのスマホをつかんで、さっきのやりとりを見た。「嘘、すごいじゃない」

わたしは彼女の手からスマホを取り戻した。「ありがと。その言葉をきいて安心した」

アリッサは笑って言った。「わかるでしょ。あのライルよ。ライル・キンケイドが彼女の親に会うなんて、今までありえなかったことよ」

その言葉に、わたしはほほ笑んだ。でももしかしたら、彼はわたしを喜ばせるためにそう言ったのかもしれない。自分はあまり気が進まないけれど、わたしがステディな関係を望んでいると知っているから……。

次の瞬間、わたしの笑みはさらに大きくなった。それが答え？　好きな人をハッピーにするために、犠牲を払うってこと？

「ライルはわたしのことが大好きみたいね」おどけてそう言いながら、アリッサを見る。一緒に笑ってくれると思っていたのに、彼女の顔に笑みはなかった。

アリッサはうなずいた。「そうね。そうかも」カウンターの下からバッグを取り出す。「今日はもう帰るわ。どうなったか教えて、いい?」わたしのそばを通って、入り口へ向かっていく。彼女が出ていったあとのドアを、わたしはしばらくの間、じっと見つめた。

なんだか様子がおかしい。もしかしてアリッサはわたしがライルとつきあうことを喜んでいないのかもしれない。その原因は、彼女のわたしに対する感情、あるいはライルに対する感情、どちらと関係があるのだろう?


二十分後、わたしはドアにかけたプレートをひっくり返して、クローズにした。グランドオープンまであと数日だ。ドアに鍵をかけ、車へと歩いていく。でもすぐに立ち止まった。男が一人、わたしの車にもたれている。それがライルだとわかるまでに数秒かかった。わたしに背を向けて、スマホで話をしている。

てっきり現地集合だと思っていたのに……まあ、いいけど。

車のロック解除のボタンを押すと、その音でライルが振り向いた。わたしを見つけて笑顔になる。「ああ、ぼくもそう思う」そう言いながら、わたしの肩を抱き、つむじにキスをする。「また明日話そう。切るよ。大事な用があるんだ」

ライルは通話を終えると、スマホをポケットに滑り込ませ、もう一度わたしにキスをした。軽い挨拶のキスじゃない。ズットアイタカッタヨの息もつかせぬキスだ。彼の腕にすっぽりと包みこまれ、車に押しつけられて何度も何度もキスをされると、めまいを覚える。ようやくライルは体を引き、いとおしげにわたしを見下ろした。

「きみのどこがぼくを夢中にさせるかわかる?」わたしの唇をいじりながらたずねる。「これさ、唇だよ。髪の毛と同じくらい赤い。口紅がいらないほどだ」

わたしはにやりと笑って、彼の指にキスをした。「ママに会ったときのあなたの反応が楽しみね。みんな言うの、わたしの唇はママにそっくりって」

ライルはわたしの唇の上に指を置いたまま、真顔になった。「リリー、それはちょっと……いや、なんでもない」

わたしは笑って、車のドアに手をかけた。「車はどこ？」

彼はわたしのためにドアを大きくあけた。「ウーバーできたんだ。一緒にきみの車で行こうと思って」


店に着いたとき、ママはすでにテーブルにいた。入り口に背中を向けて座っている。おしゃれなレストランだ。わたしの目はあたたかくナチュラルな色の壁とフロアの真ん中に置かれた大きな木に惹きつけられた。木はまるで、床から直接生えているように見える。店全体がこの木を中心にデザインされたようだ。ライルはわたしの腰に手を添え、すぐ後ろをついてくる。テーブルにつくと、わたしはジャケットを脱いだ。「お待たせ、ママ」

ママはスマホから目をあげて言った。「あら、きたのね」スマホをバッグにしまい、さっと手でレストランの中を示す。「この店、いいでしょ。ライティングもすごくすてき」それからママは例の木を指さした。「ほら、あの木、昔、あなたが庭で育てていた木とそっくり」次の瞬間、ママは、わたしがブースに座るのを隣に立って待っていたライルに気づいた。ママはライルに向かって笑みを浮かべた。「水を二つお願いできる？」

わたしはライルと目を合わせ、それからママを見た。「ママ、彼はわたしの連れよ。ウエイターじゃないの」

ママが怪訝《けげん》な顔でライルをもう一度見上げる。ライルは笑顔で手を差し出した。「お間違えになるのもごもっとも。ライル・キンケイドです」

ママは握手し、わたしと彼を交互に見た。ライルはママの手を放すと、するりとブースに座った。一瞬、ママはうろたえた表情を見せ、それからおもむろに口をひらいた。「ジェニー・ブルームです。お会いできて光栄だわ」わたしをじっと見て、片眉をひょいとあげる。「お友達?」

しまった。その質問に答える心の準備がまったくできていなかった。いったい、彼をどう紹介したらいい? お試し期間中の相手? 彼氏でもないけど、ただの友達でもない。**求婚者……やだ、古くさっ!**

わたしが固まっているのに気づいて、ライルはわたしの膝の上に片手を置くと、その手にぐっと力をこめた。「妹がリリーの店でスタッフとしてお世話になっています。まだお会いになっていませんか? アリッサに」

ママはブースの中で身を乗り出した。「アリッサ! もちろん覚えてるわ。そう言われれば妹さんにそっくりね。とくに目、それから口も」

ライルはうなずいた。「二人とも母親似です」

ママはわたしを見て、ほほ笑んだ。「うちもよく言われるわ。リリーはわたしにそっくりだって」

「たしかに。口元が同じですね。怖いくらいに」ライルがテーブルの下でもう一度わたしの膝を握る。わたしは笑いを噛み殺した。「失礼。ちょっとトイレへ」彼は立ちあがりざま、体をかがめてわたしの耳の脇にキスをした。「ウエイターがきたら、水を頼む」

ママは歩き去るライルを見送ったあと、ゆっくりとわたしに向き直った。彼の座っていた場所を指さす。「どうして教えてくれなかったの？」

わたしは苦笑いを浮かべた。「まあちょっと……いろいろ……」この状況をどう説明すればいいのかわからない。「彼は仕事人間なの。だから、まだまともにデートもしていないわ。一度も。外で食事をするのも今夜が初めてよ」

ママはいぶかしげに眉をあげた。「本当？」シートに背中を預ける。「そんな感じでもなかったけど。というより、彼、あなたにぞっこんみたい。とても出会ったばかりには見えないわ」

「出会ったばかりじゃないの」わたしは言った。「初めて会ったのは一年ほど前よ。それから何度か顔を合わせたけど、デートじゃなかった。彼は仕事が忙しくて」

「どこで働いているの？」

「マサチューセッツ総合病院よ」

ママはぐっと身を乗り出した。大きくひらいた目が今にも飛び出しそうだ。「リリー！」一段と声が甲高くなる。「彼、ドクターなの？」

わたしは笑いをこらえてうなずいた。「脳神経外科のね」

「飲み物のご注文は？」

「そうね」わたしは言った。「じゃあ、何か……」

次の瞬間、わたしは言葉を失った。

わたしはウエイターをじっと見つめた。向こうもこっちを見つめ返している。心臓が口から飛び出しそうだ。驚きすぎて言葉がうまく出てこない。

「リリー」ママがウエイターを手で示した。「飲み物のオーダーは？」

わたしは首を振りながら言った。「えっと……あの……」

「水を三つお願い」しどろもどろのわたしをママがさえぎった。ウエイターははっと我に返り、手元のメモに鉛筆を走らせた。

「水を三つですね。承知いたしました」そしてくるりと向きを変えると、歩き去ってしまった。でもキッチンへ通じるドアを押しあける直前、わたしをちらりと振り返った。

ママがテーブルに身を乗り出した。「どうしたの？」

わたしは肩越しに後ろを指さした。「あのウエイター」信じられない思いに、わたしは首を振った。「彼って、そっくり……」

〝アトラス・コリガンに〟そう言いかけたとき、ライルが戻ってきて、さっと席に座った。

ライルはわたしとママを交互に見た。「なんの話？」

わたしはごくりと唾をのんで、首を振った。アトラスのはずがない。でも、あの目、あの口元。最後に見たのは何年も前だけれど、見間違えるわけがない。絶対にアトラスだ。そして彼もわたしに気づいている。二度目に目が合ったとき……幽霊を見たような顔をしていた。

「リリー？」ライルがわたしの手を握った。「大丈夫？」

わたしはうなずき、無理に笑顔をつくって咳ばらいをした。「大丈夫。あなたのことを話していたのよ」ママをちらりと見る。「ライルは今週、十八時間の大手術の助手をしたの」

身を乗り出したママに、ライルが手術の話を始めた。ウエイターが戻ってきた。でもさっきとは別人だ。ウエイターからメニューとシェフのおすすめの説明を受けて、それぞれに料理を注文する。わたしは余計なことは考えまいとした。でも、目はどうしてもアトラスを探して店内をさまよってしまう。**落ち着かなきゃ。**数分後、わたしはライルの耳元でささやいた。

「ちょっと化粧室へ」

ライルが立ちあがり、わたしをブースの外に出した。化粧室へ向かいながら、ウエイター全員の顔を確認する。ドアを押しあけ、通路へ出る。一人になった瞬間、わたしは背中を壁にもたせかけ、体を軽く丸めて大きく息をついた。店内に戻る前に、なんとか気持ちを落ち着けたい。両手を額にあて、目をとじた。

別れの日からずっと、アトラスはどうしているのだろうと考えていた。九年間ずっと。

「リリー？」

わたしは顔をあげて、はっと息をのんだ。彼が通路のつきあたりに立っていた。まるで過去から突然現れた亡霊のように。思わず彼の足元に目をやり、足があることを確かめる。足はある。幽霊じゃない。彼が今、目の前に立っている。

なんと言えばいいのかわからない。わたしは壁にもたれたまま、ただ立ちつくした。「アトラス？」

その名前を口にしたとたん、彼がほっとしたようにため息をつき、大きく三歩踏み出した。わたしも同じく前に出る。わたしたちは中間地点で互いに手を取りあった。「驚いた」アトラスはわたしを強く抱きしめた。

わたしもうなずく。「ほんと、驚いた」

彼はわたしの肩に手を置き、一歩さがるとあらためてわたしを眺めた。「少しも変わってないね」

あまりの驚きに口に手をあてたまま、わたしも彼を眺めた。顔は変わっていない。昔のままだ。でも、もはやわたしが知っている、やせこけた少年じゃない。「あなたは……変わったわ」

アトラスは自分の体を見下ろして、おもしろそうに笑った。「たしかにね。きみも八年、軍隊にいればこうなる」

それからしばらく、どちらもあまりの驚きに無言のままだった。信じられない思いに、ただ首を振るばかりだ。彼が笑い、わたしも笑った。ようやく、彼はわたしの肩を放し、胸の前で腕を組んだ。「なぜボストンにいるの?」

さりげない口調に、わたしはほっとした。昔、ボストンについて交わした会話を、覚えていないのかもしれない。おかげで決まりの悪い思いをしなくて済む。

「ここに住んでるからよ」彼と同じくらいさりげなく答える。「パーク・プラザでフラワーショップを経営しているの」

アトラスは納得したようにほほ笑んだ。まったく驚いていない。もう戻らなきゃ、そう思い、わたしはドアをちらりと見た。それに気づいて彼はあとずさり、無言のままわたしの目を見つめた。静かすぎる。話したいことはたくさんあるのに、お互いどこから始めていいかわからない。彼は瞳に笑みをたたえたまま、手でドアを示した。「テーブルに戻ったほうがいい。いつか店をのぞきに行くよ。パーク・プラザだよね？」

わたしはうなずいた。

彼もうなずく。

ドアが勢いよくひらき、女性がよちよち歩きの子供を連れて入ってきた。母子がわたしたちの間を通り、アトラスとわたしにさらに距離ができた。わたしはドアに向かって、一歩を踏み出した。けれど彼はまだその場に立ちつくしている。歩き出そうとして、わたしはくるりと振り向き、にっこり笑った。「会えてよかった、アトラス」

彼の口元がかすかにゆがむ。でも目は笑っていなかった。「ぼくもだよ、リリー」


そのあと食事をしている間、わたしはいつもより口数が少なかった。ライルやママがそれに気づいたかどうかはわからない。ママは矢継ぎ早に質問を浴びせ、ライルはそれをすばやくかわしていく。あざやかな切り返しに、ママはすっかり彼に夢中だ。

思いがけないアトラスとの再会に心がざわつく。でもライルと話すうちに、食事が終わる頃には、穏やかな気持ちを取り戻した。

ママはナプキンで口元を拭い、わたしを見た。「この店、新しいお気に入りね。すばらしいわ」

ライルはうなずいた。「まったく。今度アリッサを連れてきます。妹も新しい店に行くのが大好きなので」

食事はおいしかった。でも、二人のどちらとも、二度と一緒にこの店にはきたくない。「まあまあよね」わたしは言った。

ライルは支払いをすべて済ませ、どうしてもママを車のところまで送っていくと言い張った。今夜、きっとママから電話がかかってくるはずだ。さすが我が娘と言わんばかりの、得意げな表情でわかる。

ママがいなくなると、ライルはわたしを車まで送った。

「きみに送ってもらわなくてもいいように、ウーバーを頼んだんだ。たぶんあと……」彼はスマホを見下ろした。「一分半でここに到着する」

わたしは笑った。ライルはわたしを抱きしめ、キスをした。まずはうなじ、それから頬に。「きみの家に行きたいけど、明日は朝早くから手術だ。きっと患者は、ぼくが夜の大半をきみの中で過ごさないよう祈ってるはずだ」

わたしはお返しのキスをした。残念。でもほっとした。「わたしもあと三日でグランドオープンよ。帰って寝るわ」

「次の休みはいつ？」彼がきいた。

「ないわ。あなたは？」

「ないの？」

わたしは首を横に振った。「わたしたち、結ばれない運命よね。二人の間には、あふれる野心と仕事が立ちはだかっている」

「つまりぼくたちは八十になっても、まだ新鮮でいられるってことだ」彼は言った。「金曜日のグランドオープンに行くよ。そのあと四人で開店祝いをしよう」車が一台、わたしたちのそばで停まった。彼はわたしの髪をさらりとなで、サヨナラのキスをした。「お母さん、すてきな人だね。ディナーの仲間に入れてくれてありがとう」

ライルがあとずさり、車に乗り込む。わたしは駐車場から出ていく車を見送った。

なんだか彼とはうまくいく気がする。

わたしはほほ笑み、回れ右をして車へ向かった。でも次の瞬間、目の前に現れた人影に、胸に手をあて、驚きに息をのんだ。

アトラスがわたしの車の後ろに立っていた。

「悪い。驚かせるつもりじゃなかったんだ」

わたしは大きく息を吐いた。「ええ、でも驚いた」へなへなと車にもたれかかる。アトラスはわたしから一メートルほどの場所に立ち、通りに目をやった。「で、あのラッキーガイは誰？」

「彼は……」声が震える。胸が締めつけられ、みぞおちがよじれる。それがライルのキスの名残のせいなのか、それとも突然現れたアトラスのせいなのかわからない。「ライルよ。一年前に出会ったの」

一年前……わたしはすぐにその言い方を後悔した。きっとアトラスはずいぶん長くつきあっていると思っただろう。まだ正式なデートもしていないのに……。「あなたはどう？　結婚してる？　彼女は？」

ただ話を引き延ばそうとしたのか、本当に答えを知りたいのか、自分でもわからない。

「ああ、いるよ。キャシーって名前で、ちょうどつきあって一年だ」

胸やけがする。胸やけ……だと思う。一年？　わたしは胸に手をあててうなずいた。「よかった。幸せそうで」

彼が幸せに見える？　わからない。

「ああ。えっと……きみに会えてよかった、リリー」アトラスはわたしに背を向け、歩き出した。でも次の瞬間、ズボンのポケットに手を突っこんだまま振り向き、わたしを見た。「あの……もしこれが一年前だったら……」

わたしは首をすくめ、それがどういう意味か考えまいとした。彼はふたたび前を向き、レストランへ戻っていった。

バッグを探って鍵を取り出し、ボタンを押してロックを解除する。車に乗り込み、ドアをしめてハンドルを握ると、なぜだか涙が頬を滑り落ちた。大粒の、ナンデナイテルノの涙だ。わたしはさっと涙を拭い、車を発進させた。

アトラスに会って、これほど胸が痛むとは思ってもみなかった。

でも、これでいい。こうなったのは必然だ。ライルと向きあうために、過去にけりをつけることが必要だ。アトラスと再会したことで、次に進める。

これでいい。

そう。わたしは泣いている。

でも、泣けばきっと気分がよくなる。人間ってそういうものだ。古い傷を癒やして、新しい組織が再生する。

ただそれだけのことだ。

11

わたしはベッドで丸くなって、それを見つめていた。

日記はほとんど終わりに近い。あと数日分を残すのみだ。

日記をとりあげ、枕の上、頭のすぐ横に置く。

「もうあなたを読まないわ」わたしはささやいた。

でも、これを読んでしまえば、アトラスへの想《おも》いを終わらせることができる。今夜、アトラスに再会して、彼がパートナーと仕事、そして家も手に入れたことがわかった。物語の結末としては十分だ。だから残りを読み終わったら、これをまたシューズボックスに入れて、永遠に封印してしまうことができる。

わたしは結局、日記をとりあげ、ごろりとあおむけになった。「エレン・デジェネレス、あなたってホントにやな女よね」

大好きなエレンへ
「ただ泳ぎ続けるの」

これ、知ってる？『ファインディング・ニモ』でドリーがマーリンに言うセリフなの。「泳いで、泳いで、ただ泳ぎ続けるの」って。

別にアニメが大好きってわけじゃない。でも、あれはいい作品だと思う。わたしが好きなのは、ただ笑わせるだけじゃなく、何かを感じさせるアニメよ。今日からニモがわたしの一番お気に入りになった。だって最近、ずっと溺れかかっている気がしていた。だからときどき、泳ぎ続ける必要があることを思い出させてくれる何かが必要なの。

アトラスが病気になった。すごく具合が悪かったの。

数日前から、彼は窓からわたしの部屋に入ってきて、床で眠るようになっていた。でも昨日の夜、現れたのを見たとき、これは大変だって思ったの。ひどい姿だった。目が真っ赤で肌は青白い、寒がっているのに、髪は汗でじっとり湿っている。「大丈夫？」なんてきかなくても、大丈夫じゃないってすぐにわかった。おでこに手をあてると熱くて、あまりのことにママを呼ぼうかと思ったくらい。

「大丈夫」アトラスは床に自分の寝床を作りはじめた。

「待ってて」わたしはそう言うと、キッチンでグラスに水を注ぎ、キャビネットにあった薬――たぶん、インフルエンザの薬よ――をとってきて、なんの病気かわからないけれど、とにかく彼にのませた。

アトラスは床に横たわり、丸くなった。三十分ほどした頃、彼は言った。「リリー、ゴミ箱ある？」

わたしは飛びあがり、机の下にあったゴミ箱をつかむと、ひざまずいてアトラスの前に差し出した。ゴミ箱を抱えるやいなや、彼は体をかがめ、胃の中のものをぶちまけた。

つらそうだ。病気なのに、バスルームも、ベッドも、家もないし、ママもいない。一緒にいるのはわたしだけで、そのわたしは何をしたらいいのかもわからず、おろおろしている。

彼が胃の中のものをすべてぶちまけてしまうと、水を少し飲ませ、ベッドに横になるように言った。彼はいやだって言ったけれど、わたしは耳を貸さなかった。ゴミ箱をベッドの脇に置いて、彼をベッドへ移動させた。

ひどく熱い体で、アトラスはぶるぶると震えていた。床に寝かせておくなんてできない。わたしは彼の隣に横たわった。それからの六時間、彼は一時間ごとに吐き、そのたびにわたしはバスルームへ行って、ゴミ箱の中のものをトイレに流した。正直言って、わたしまで吐きそうになった。今まで生きてきた中で最悪の夜だ。でも他にどうすればいい？　アトラスは助けを必要としていて、彼にはわたししかいない。

今朝、部屋からアトラスを出さなくちゃならない時間になると、わたしは彼にボロ家に戻って待ってて、あとで様子を見に行くからって言った。彼は窓からはい出るのもやっとだった。わたしはゴミ箱をベッドの脇に置いて、ママがわたしを起こしにくるのを待った。部屋に入ってきたママはゴミ箱を見て、あわててわたしのおでこに手をあてた。「リリー、大丈夫？」

わたしはうめき声をあげ、首を振った。「だめ、昨日の夜じゅう気分が悪かったの。今はもう大丈夫だけど、ほとんど眠れなかった」

ママはゴミ箱をとりあげ、寝ているように言った。学校には今日はお休みすると連絡するからって。ママが仕事に行ってしまったあと、わたしはアトラスのところに行って、今日は一日、家にいられることを伝えた。まだ具合が悪そうだったから、わたしの部屋で寝かせてあげることにしたの。三十分ごとに様子をチェックしていると、昼頃になって、ようやく吐き気がおさまってきた。彼はシャワーを浴びて、わたしはスープを作ってあげた。

アトラスはあまり食欲がなかった。わたしたちは二人で並んでソファーに座り、一枚のブランケットにくるまった。寄り添っているのは、最初はぎこちなかったけれど、すぐに居心地がよくなった。数分後、彼はわずかに体を傾け、わたしの鎖骨、ちょうど肩と首の間にキスをした。すばやいキスで、ロマンチックな気分からじゃない。たぶん言葉じゃなく、ありがとうって気持ちを表したかったんだと思う。でも、そのキスはわたしの心にさまざまな思いをもたらした。あれから数時間たった今も、まだ彼の唇を感じられる気がして、その部分をそっと指でさわってるの。

彼にとっては人生最悪の日だったかもしれない。でもね、エレン、わたしにとっては、最高の一日だった。

彼には申し訳ないけど……。

わたしたちは『ファインディング・ニモ』をみたの。マーリンがニモを探す場面で、希望を失いそうになるニモにドリーが言った。「ピンチになったら、何をしなくちゃならないと思う？……泳ぎ続けるの。泳いで、泳いで、ただ泳ぎ続けるの」

ドリーがそう言った瞬間、アトラスがわたしの手をぎゅっと握った。ガールフレンドの手を握る、そんなふうじゃない。ただぎゅっと強く握った。まるでその言葉がわたしたちに向けられたものであるかのように。彼はマーリン、わたしはドリーで、わたしは彼が泳ぎ続ける手助けをしている。

「ただ泳ぎ続けるの」わたしはささやいた。

――リリー

大好きなエレン

怖い、すごく怖いの。

アトラスのことが大好き。一緒にいると彼のことばかり考えちゃうし、一緒にいないときには彼のことが心配でたまらない。わたしの毎日は彼を中心に回りはじめているけれど、それってまずい気がする。でも自分ではどうにもならないし、どうすればいいかもわからない。それに彼はこの街を出ていってしまうかもしれない。

昨日、『ファインディング・ニモ』が終わると、彼はあの家に戻っていった。そしてママとパパがベッドに入ったあと、ふたたびわたしの部屋に忍び込んできた。その前の夜、アトラスは具合が悪くて、わたしのベッドで眠った。そんなのすべきじゃないってわかってたけど、今日、わたしはベッドに入る前に、彼のブランケットを洗濯機に入れたの。そしてぼくのブランケットはどこってきかれたとき、こう言った。また具合が悪くなったら大変だし、ブランケットを洗濯したいから、ベッドで一緒に寝ようって。

彼は窓から出ていこうか迷っているように見えた。でも次の瞬間、窓をしめると、靴を脱いで、わたしと一緒にベッドに潜りこんだ。

アトラスの病気はよくなった。でも彼が隣に横たわったとき、みぞおちのあたりがもぞもぞして、今度はわたしが病気になったのかもって思った。でもたぶん違う。だって彼がそばにくると、いつもこのもぞもぞを感じるから。

わたしたちは向かいあって、横たわっていた。「いつ、十六になるの？」

「あと二カ月」わたしはささやいた。目と目が合って心臓の鼓動がどんどん速くなっていく。

「いつ十九になるの？」呼吸が荒くなったのをきかれないよう、わたしはしゃべり続けた。

「十月になったら」アトラスは言った。

わたしはうなずいた。なぜ、アトラスはわたしの歳にこだわるんだろう？　十五歳だからどうだっていうの？　わたしを子供だって思ってる？　妹みたいに？　わたしはもうすぐ十六歳になるし、二歳半の歳の差なんて大したことない。十五歳と十八歳は大きな差に思えるけど、十六歳と十八歳ならきっと誰も気にしない。

「言わなきゃならないことがあるんだ」

アトラスの言葉に、わたしは息をのんだ。いったい何を言うつもり？

「今日、おじさんに連絡をした。ボストンにいた頃、母さんとぼくは、おじさんと一緒に暮らしていたんだ。おじさんは出張から戻ったら、家にきてもいいって」

その瞬間、喜ぶべきだと思った。にっこり笑って、よかったねって。でも目を伏せてしまった自己中で子供っぽい自分に心底がっかりした。

「行っちゃうの？」わたしはきいた。

彼は肩をすくめた。

「さあね。まずきみに話そうと思って」

ベッドの上で、アトラスはわたしのすぐそば、吐息のあたたかさが感じられる距離にいる。わたしはミントの香りが漂っていることに気づいた。うちにくる前に歯磨きをしたみたい。わたしはいつも、彼が家に戻るたびにボトルの水を何本も持たせていたから。

わたしは枕に片手をのせ、縫い目から飛び出している羽根を引き抜きはじめた。引き抜いては、その羽根を指の間でよりあわせる。

「どう言えばいいのかわからない。アトラスに居場所ができたことはよかったと思う。でも、学校はどうするの？」

「ボストンで卒業するよ」

わたしはうなずいた。もう心が決まっているみたいな言い方だった。「いつ向こうに行くの？」

ボストンって、どのくらい遠いんだろう？　たぶん、ここから二、三時間？　でも車を持っていないわたしには、世界の果てに思える。

「まだはっきりとは……」

わたしは羽根を枕の上に戻し、手を体の脇に置いた。「行かない理由がある？　おじさんが家に置いてくれるんでしょ。よかったじゃない、ね？」

彼は唇をきゅっと結んでうなずいた。それからわたしがいじっていた羽根をつまみあげ、指の間でそれをひねって枕に置くと、思いがけない行動に出た。アトラスは指でわたしの唇に触れたの。

ねえ、エレン。そのとき、その場で死んじゃうかもと思った。一度にあれほどいろいろな感情を覚えたのは初めてよ。彼はじっと指をわたしの唇に置いたままで言った。「ありがとう、リリー。何もかも」アトラスはその指を上に移動させ、わたしの髪をなでた。そして体を前に倒して、おでこにそっとキスをしたの。息ができない。わたしは口をあけ、大きく息を吸おうとした。アトラスの胸も、わたしの胸と同じくらい激しい動きを繰り返していた。彼の目は、わたしの唇をじっと見つめていた。「リリー、キスされたことある？」

わたしは首を振り、彼の目を見て、かすかにあごをあげた。なぜならその事実を彼に変えてほしかったから。でなきゃ、息が詰まってしまいそうだった。

次の瞬間――まるで壊れ物を扱うように――アトラスはそっとわたしにキスをした。次にどうすればいいのかわからないけれど、そんなのどうでもいい。一晩じゅう、唇が触れあっているのを感じられたら、それだけで十分だと思った。

唇をとじたまま、彼の手がかすかに震えている。何をしようとしているのかを知って、わたしはかすかに口をひらいた。舌の先が唇に軽く触れた。目がでんぐり返って裏側に行ってしまいそうだった。アトラスはもう一度、それからもう一度、同じことをした。わたしもまねをした。初めて舌が触れあったとき、わたしはちょっぴり笑っちゃったの。ファーストキスについてはいつも考えていた。どこで、誰とするんだろうって。でも、こんな感触だなんて想像もしなかった。

アトラスはわたしをあおむけにし、頬に手を添えてキスを続けた。緊張が解けるにしたがって、どんどん気持ちがよくなっていった。わたしが大好きなのは、一瞬、彼が体を引いて、わたしを見つめたあと、よりいっそう激しく求めてくる瞬間よ。どれだけキスをしていたのかわからない。長い時間だった。あまりに長くて、唇がひりひりして、目もあけていられなくなった。眠りに落ちた瞬間も、まだわたしたちの唇は重なっていたと思う。

アトラスもわたしも、もう二度とボストンについて話さなかった。

彼がこの街を出ていくのかどうか、まだわからない。

——リリー

大好きなエレンへ

あなたに謝らなきゃならないの。

最後にこの日記を書いてから一週間、そしてあなたの番組をみてから一週間が過ぎた。心配しないで。ちゃんと録画してるから、視聴率には影響しないはずよ。あれから毎日、バスを降りると、アトラスがシャワーを浴びて、キスやおしゃべりをするのが日課になっていた。

毎日。

最高の時間よ。

アトラスがどう思っているのかはわからない。でも、わたしは彼といると安心できる。優しくて、思いやりがあって、わたしが嫌だと思うことはしない。今までしようとしたこともない。

こんなこと、まだ会ったこともないエレンに、どこまで話していいかわからないけど、彼はもう知ってるの。

たとえばわたしの胸がどんな感触なのか……とか。

こんなに誰かを好きになって、他の人はみんな、どうして毎日いつもどおりの生活ができるんだろう？　できることなら、ずっとキスをしていたい。昼も夜も。ほんのちょっぴりのおしゃべり以外は何もせずに。アトラスはときどきおもしろい話をしてくれる。めったにないことだけれど、おしゃべりモードになったときの彼は最高よ。身ぶり手ぶりを交えて、笑いながら話してくれる。彼の笑顔はキスよりもっと好き。でも時には黙って、笑うのも、キスするのも、おしゃべりもやめてって言うの。じっと見つめていられるように。彼の目が好き。すごく青くて、部屋の向こうから見ても、青だってことがすぐにわかる。たったひとつ、気に入らないところがあるとすれば、それはキスをするとき、ときどき目をとじるってことよ。

そして……まだボストンのことを話していない。

——リリー

大好きなエレンへ
昨日の午後、並んでバスに乗っているとき、アトラスがわたしにキスをしたの。もう何度もキスをしているから、とくになんとも思わなかった。でも他の人がいるところでキスをしたのは初めてだった。アトラスといると、彼以外の何もかもがどこか遠くへ消えていく気がする。たぶん彼も他の人に気づかれるなんて考えなかったんだと思う。でも、ケイティは気づいた。

わたしたちの後ろのシートに座っていて、彼が身を寄せて、キスをしたとたんに言った。「気持ち悪い」って。

ケイティは隣に座っている子に話しかけた。「信じられない。リリーがあんな子に自分の体をさわらせるなんて。ほとんど毎日同じ服を着ているのに」

わたしはすごく腹が立って、それからアトラスがかわいそうになった。彼はわたしから体を離した。ケイティの声がきこえたんだと思う。わたしは振り向いて、ケイティをどなりつけようとした。自分がよく知りもしない人のことを悪く言わないでって。でも彼がわたしの手をつかんで、首を振った。

「やめろ、リリー」

だからどならなかった。

でも、そのあとバスに乗っている間じゅう、わたしはずっと腹を立てていた。ケイティがあまりにも愚かな言葉を口にして、自分が下に見る相手を傷つけたことに。そして傷ついてもいた。そんな心ない言葉を投げつけられることに、アトラスが慣れっこになっている様子に。

キスしているところを見られたって、全然かまわない。わたしがそう思っていることを彼に知ってほしい。わたしは誰よりアトラスのことを知っている。たとえどんな格好をしていようと、家にきてシャワーを浴びる前にはどんな臭いだったとしても、すごくいい人だってことを。

わたしはアトラスに体を寄せて、頰にキスをした。それから肩に頭をもたせかけた。

「知ってる？」わたしは言った。

彼はわたしの指に指を絡めて、ぎゅっと握った。「何？」

「アトラスはわたしの一番大好きな人よ」

彼がくすりと笑うのを感じて、わたしも笑顔になった。

「何人のうちの一番？」

「わたしのまわりにいる人たち、ぜーんぶの中で」

アトラスはわたしの頭のてっぺんにキスをして言った。「きみはぼくの一番好きな人だよ、リリー。とびっきりの一番だ」

バスが家のある通りに着くと、彼はわたしの手を握ったまま席から立ちあがった。アトラスが先に立って通路を歩き、わたしはそのあとをついていく。だから彼は気づかなかった。わたしが振り向いて、ケイティに向かって中指を立てたのを。

そんなこと、すべきじゃなかったのかもしれない。でも、そのときのケイティの顔を見たら……やったかいはあったって思ったわ。

家に着くと、アトラスはわたしの手から鍵をとりあげ、玄関の鍵をあけた。なんだか変な気分だった。今は彼がわたしの家で、すっかり勝手を知ってふるまっている。家に入り、わたしはドアに鍵をかけた。でも部屋に入った瞬間、停電していることに気づいたの。窓の外を見ると、通りの先に、作業中の電力会社のトラックが停まっていた。つまりエレンの番組がみられない。でもわたしはそれほどあわてなかった。つまりそれは一時間半ほど、アトラスといいちゃできるってことだから。

「オーブンは電気？　それともガス？」アトラスがたずねた。

「ガスよ」なんでまたオーブンのことを……わたしは思った。

アトラスは靴を脱ぎ捨てると（まあ、その靴って、そもそもうちのパパの靴なんだけど）、キッチンに向かった。

「何か作るよ」

「料理、できるの？」

アトラスは冷蔵庫をあけると、食材を物色しはじめた。「ああ。たぶんきみがガーデニングを好きなのと同じくらい、ぼくは料理が好きなんだ」いくつかものを取り出し、オーブンの予熱を始める。その様子を、わたしはカウンターにもたれかかって眺めていた。彼はレシピを調べようともしない。すべて目分量で材料をボウルに入れて、混ぜあわせていった。

パパはキッチンでは指一本動かさない。どうやってオーブンを予熱するかなんて、想像もつかないと思う。男の人はそんなものだと思っていたけれど、手慣れた様子でキッチンを動き回るアトラスを見ていると、それは間違いだってわかった。

「何を作るの？」わたしはアイランドキッチンのカウンターに手をつくと、ひょいとその上に腰かけた。

「クッキーだ」アトラスは言った。彼はわたしにボウルを持たせ、その中にスプーンを突きさした。彼がわたしの鼻先に持ちあげたスプーンで味見をする。クッキー生地はわたしの大好物のひとつよ。それは今まで味わったなかで、一番のおいしさだった。

「おいしいっ！」わたしは唇をなめた。

アトラスはボウルをカウンターに置くと、体をかがめ、わたしにキスをした。クッキー生地とアトラスの唇、二つが合わさると天国にいる気分。それを知らせたくて、思わず猫みたいにゴロゴロ喉を鳴らしたわたしに、アトラスは声をあげて笑った。彼はキスを続け、その間も笑いっぱなしで、さらにわたしの心をとろけさせた。幸せそうなアトラスを見ると、うっとりしてしまう。彼を幸せにするためなら、なんでもしてあげたい気分になるの。

彼のキスを受け止めながら、わたしは考えた。誰かを愛するってこういうことなのかなって。これまでボーイフレンドがいなかったから、この気持ちを比べることはできない。実際、アトラスに出会うまでは誰かとつきあいたいとも思わなかった。夫が自分の愛する妻をどう扱うか、いいお手本とはほど遠い家庭でわたしは育った。だから他人を信じることができなくて、男の子とのつきあいにも臆病だった。

いつか男の人を信頼することができるようになるのかな……いつもそう思っていた。男の人が嫌いだった。なぜなら自分が知っている唯一の例がパパだから。でもアトラスと過ごすことで、自分が変わりはじめているのを感じる。ドラマチックな変化じゃない。今もほとんどの人は信頼できないと思ってる。でもアトラスとつきあううちに、彼は他の人とは違うって信じることができるようになった。

アトラスはキスをやめ、ボウルをとりあげた。カウンターの向こう側へ歩いていくと、クッキー生地をスプーンですくって、二枚のクッキングシートに落としていく。

「ガスオーブンで料理をするときのコツを知りたい？」アトラスはたずねた。

これまで料理に興味を持ったことはなかった。でもそう言われると、なんでも知りたくなる。料理について語る彼はすごく幸せそうだ。

「ガスオーブンにはホットスポットがあるんだ」アトラスはオーブンのドアをあけ、中にクッキー生地を並べたシートを滑り込ませた。「だから焼きムラができないよう、ときどき、天板の向きを変えなきゃならない」ドアをしめ、オーブン用のミトンから手を引き抜く。それからミトンをぽんっとカウンターに置いた。「ピザ用のストーンも役に立つ。オーブンに入れておけば、ピザ以外のものを焼くときでもホットスポットができるのを防いでくれるからね」

アトラスは歩いてくると、カウンターに座るわたしの両側に、自分の手を置いた。シャツの襟に触れられた瞬間、体に電流が走った。彼は肩のいつもの場所にキスをして、背中に手を回した。信じられないと思うけど、彼がここにいない今も、ときどき鎖骨に彼の唇を感じることがあるの。

唇にキスをしようとしたとき、私道を入ってくる車の音、それからガレージのドアがあく音がきこえた。わたしはカウンターから飛び降りて、大あわてでキッチンを見回した。彼はわたしの頬に手を添え、自分のほうを向かせた。

「クッキーを見てて。二十分したらできあがりだ」アトラスはキスをすると、わたしから手を離し、大急ぎでリビングにあったバックパックをつかんだ。彼が裏口から出ていったとき、パパの車のエンジンが止まる音がきこえた。

そこらに散らばった粉や砂糖を集めていると、パパがガレージからキッチンへ入ってきた。キッチンを見回したパパは、オーブンに火がついているのに気づいた。

「料理をしてるのか?」

どきどきしていたから、ただうなずいた。返事をしたら、声が震えていることに気づかれるかもしれないと思ったの。わたしはしばらく、汚れてもいないカウンターをこすってから、咳ばらいをして答えた。「クッキーよ。クッキーを焼いているの」

パパはブリーフケースをキッチンテーブルに置いて、冷蔵庫まで行くとビールを取り出した。

「停電してたの」わたしは言った。「退屈だから、電気がつくまでオーブンでクッキーを焼こうと思って」

パパはテーブルに座り、それから十分ばかり、学校とか勉強について質問をして、大学に行くつもりかってきいた。ときどき、二人だけのときには、パパとごく普通の親子みたいなやりとりができるときもある。わたしはしばらくキッチンテーブルに座って、学校とか、大学とか、将来の夢についてパパと話した。パパがいつもこんなふうだったらと思わずにいられない。もしそうだったら、ずいぶんいろいろなことが違ったと思う。わたしたちみんなにとって。

わたしはアトラスに言われたように、天板の向きを変えた。そして焼きあがるとオーブンから出して、クッキーをひとつ、パパに差し出した。そんなことはしたくなかった。アトラスのクッキーをひとつだって、無駄にしたくなかったけど。

「ほう」パパは言った。「こりゃ見事な出来だ」

わたしは無理やり「ありがとう」をひねり出した。わたしが作ったわけじゃないけど、それを言うわけにはいかない。

「学校に持っていくけど、ひとつだけ食べてもいいわよ」わたしは嘘をついた。そして粗熱のとれたクッキーを密閉容器に入れ、自分の部屋に持っていった。たとえひとつでも、アトラスがいないところでは食べたくない。だからその日の夜遅く、彼がくるのを待った。

「熱いうちにひとつ食べてみればよかったのに」アトラスは言った。「あったかいうちが一番おいしいんだよ」

「一緒に食べたかったの」わたしは言った。わたしたちはベッドに座り、壁に背中をもたせかけてクッキーを半分ほど食べた。おいしい、そうわたしは言った。でも今まで食べた中で一番おいしいとは言わなかった。あんまり彼を得意にさせたくない。謙虚なところが好きだから。

わたしはもうひとつクッキーをつまもうとした。でも、彼が容器を引っこめて、ふたをしめてしまった。「食べすぎで気分が悪くなったら、もう二度とぼくのクッキーを食べたくなくなるからね」

わたしは笑った。「そんなのありえない」

アトラスは水のボトルを持って立ちあがると、ベッドの上にいるわたしに向き直った。「きみのために作ったんだ」彼はポケットに手を突っこんだ。

「他にもクッキーを？」

アトラスはにっこりして首を振り、握り拳を差し出した。手を出すと、彼がわたしの手のひらに何か硬いものをぽとりと落とした。それは五センチ四方ほどの大きさで、平べったい木彫りのハートだった。

わたしは嬉しすぎてにやにやしないように気をつけながら、何度もそのハートを親指でさすった。もちろんそれは本物の心臓《ハート》の形じゃない。でも普通のハートマークにも見えない。左右非対称で、真ん中がくりぬかれている。

「これ、作ったの？」わたしは彼を見上げた。

彼はうなずいた。「あの古い家で見つけた古い彫刻刀で作ったんだ」

完全なハートじゃない。ハートの一番上の部分にわずかな隙間がある。なんと言えばいいのかわからない。彼がふたたびベッドに座った。手の上のハートから目を離せない。彼にありがとうと言うのも忘れていた。

「枝から彫ったんだ」アトラスはささやいた。「ここの裏庭にある、あのオークの木の枝だ」

エレン。何かをこれほど大切に思えるなんて……。でもたぶん、今、わたしが感じている愛はこのプレゼントに対してじゃない、彼に対してよね。わたしはハートをしっかりと握り、体をかがめて何度もキスをした。彼は後ろに倒れ、ベッドにごろりと横たわった。わたしが太ももにのると、彼はわたしのウエストをつかんで、唇越しにほほ笑んだ。

「こんなお礼がもらえるなら、あのオークから家だって作ってみせるよ」

わたしは笑った。「これ以上完璧にならないで」わたしは言った。「だってアトラスはもうとっくに、わたしの大好きな人だから。これ以上完璧を目指したら、他の人たちがかわいそうよ。あなたにかなう人は誰もいないもの」

彼はわたしの頭の後ろに手を添えて、わたしをあおむけに横たえた。今度は彼が上だ。

「じゃ、ぼくの計画は成功だね」彼はもう一度キスをした。

キスの間じゅう、わたしはハートを握りしめていた。それがなんの理由もない、ただのプレゼントであってほしいと願いながら。でも心のどこかでは、彼がボストンに行ったときに、わたしが彼を忘れないために、それをくれたんじゃないかと心配していた。

彼を覚えてなんかいたくない。覚えてなくちゃならないってことは、彼がもうわたしの毎日の一部じゃなくなるってことだから。

ねえ、エレン、アトラスにボストンに行ってほしくないの。そう考えるのは自己中だってわかってる。だって彼がずっとあの家に住み続けられるわけない。でも自分がどっちをより恐れているのかわからない。アトラスが出ていくのを見ることか、それとも自分が行かないでってなり振りかまわず彼を引き止めてしまうことか。

わかってる。話をしなくちゃね。今夜、ボストンについてきいてみるつもり。昨日はどうしてもその話を持ち出したくなかった。だって、あまりにも完璧な一日だったから。

——リリー

大好きなエレンへ

泳ぎ続けて、ただ泳ぎ続けて。

アトラスがボストンへ行ってしまう。

そんな話したくない。

——リリー

大好きなエレンへ

これはママの隠し事の中でも、とびっきりの秘密よ。

パパはいつも、ママを殴るとき、誰にも見られない場所を選んで殴っている。たぶん、パパが一番困るのは、自分がママにしていることを、この街の人たちに知られることだと思う。ママを蹴ったこともあった。首を絞めたり、背中やみぞおちを殴ったり、髪を引っ張ったりすることも。たまには顔だって。でもそのときにはいつも平手打ちで、ママの顔にあざが長く残らないようにしていた。

だけど昨日、わたしが見たのは今までにない光景だった。

昨日の夜、二人は遅い時間に家に帰ってきた。週末で、パパとママは一緒に地域のパーティーに出かけていた。パパは不動産会社を経営していて、この街の市長なの。だからチャリティの夕食会とか、公の場に行かなきゃならないことがよくある。それって皮肉よね。パパはチャリティが大嫌いなのに。でもたぶん、みんなにいい顔をしたいんだと思う。

ママとパパが家に帰ってきたとき、アトラスはわたしの部屋にいた。二人が玄関から入ってくるとすぐに、言い争う声がきこえた。押し殺した声だから、はっきりとはきこえなかったけれど、他の男の人に愛想よくしたとかなんとか、パパがママを責めているような内容だったと思う。

ママは絶対にそんなことをしない。たぶん、男の人がママに色目を使って、それをパパが嫉妬したに決まってる。ママはすごく美人なの。

パパがママを「この浮気女」ってののしる声がきこえた。そしてママを殴る最初の音も。わたしはベッドから出た。でも、アトラスに引き戻された。けがをするかもしれないからって。わたしは言った。行かなきゃ、そうすれば最悪の事態は避けられる、わたしが割って入れば、パパも引きさがるって。

わたしはアトラスを振り切って、リビングへ向かった。

エレン
見たの……

パパがママの上にのって……

二人はソファーの上にいた。パパの片手はママの喉をつかんで、もう片方の手は、ママのドレスをたくしあげていた。パパの手を振り払おうとするママを見て、わたしは呆然とその場に立ちつくすしかなかった。お願い、やめて、そう言い続けるママの頬を、パパは平手で打って、黙れって言った。そのときパパが言った言葉は一生忘れないと思う。「男にちやほやされたいんだろ？　だったら、おれがかわいがってやる」その瞬間、ママは静かになって、ぴたりと抵抗をやめた。ママの泣き声と、それからこう言うのがきこえた。「お願い、静かにして。リリーがいるのよ」

お願い、レイプするなら静かにして、そう言ったの。

エレン、人がこれほどの憎しみを覚えることができるって、初めて知った。パパのことじゃない。自分のことを言ってるの。

わたしは一目散にキッチンに行って、引き出しをあけ、一番大きなナイフをつかんだ。そして……どう言えばいいのかわからない。それはまるで幽体離脱のような、不思議な感覚だった。ナイフを手にキッチンから歩いていく自分が見えたの。実際にそれを使うつもりはなかったけれど、パパをひるませ、ママを助けるために、自分より強い何かが必要だと思ったから。でもキッチンから出たとたん、後ろから二本の腕が腰に伸びてきて引き戻された。ナイフが床に落ちて、パパにはきこえなかったけど、ママは気づいた。ママと目が合った瞬間、わたしは寝室に連れ戻された。部屋に戻ると、わたしは彼の胸を叩いて、ママのところに戻ろうとした。泣いて、暴れて……でもアトラスはびくともしなかった。

ただ黙って、わたしを抱きしめた。「リリー、落ち着いて」何度も何度もそう言いながら、ずっとそのままの姿勢でいた。そしてもうキッチンに戻らないことを確信すると、わたしを自由にした。

アトラスはベッドへ行くと、ジャケットをつかんで靴を履いた。「隣の家に行こう。警察に通報するんだ」

警察……。

以前、ママに警察は呼ばないでって言われたことがある。そんなことをすれば、パパの仕事に支障が出るからって。でも正直そんなのどうでもよかった。パパが市長で、支持者は誰もパパの恐ろしい一面を知らないってことも。ただ、ママを救いたい一心だった。だからわたしはジャケットを着て、靴をとりにクローゼットへ行った。クローゼットから出たとき、アトラスが寝室のドアを見つめていた。

ドアがひらきかけていた。

ママが部屋に入ってきて、すばやくドアをしめて鍵をかけた。そのときのママの姿はけっして忘れられない。唇からは血が流れ、目のまわりが腫れはじめていた。肩の上で、もつれた髪が束になっている。ママはアトラスを見て、それからわたしを見た。

男の子と部屋で一緒にいるところを見られたのに、わたしは平気だった。心配なのはママのことだ。ママの手をとり、ベッドまで連れていく。それからもつれたママの髪をなでつけた。

「彼が警察に電話するって。いいよね」

ママは目を大きく見開いて、首を振った。「だめ、だめよ。やめて」

窓に足をかけ、外に出ようとしていたアトラスが止まって、わたしを見た。

「パパは酔ってるのよ、リリー」ママは言った。「あなたの部屋のドアがしまるのをきいて、寝室に行ったわ。あれ以上は何もしなかった。もし警察を呼んだりしたら、また暴れ出すかもしれない。眠らせておきましょ。明日になれば、機嫌が直っているはずだから」

わたしは頭を振って、こみあげる涙を払おうとした。「ママ、パパはママをレイプしようとしたのよ！」

ママは一瞬びくっとして顔をしかめた。それからもう一度首を振った。「それは違うわ、リリー。わたしたちは夫婦で、結婚っていうのは……まだ子供のあなたにはわからないわよね」

一分以上黙り込んでから、わたしは言った。「そんなの一生、わかりたくない」

その言葉をきいたとたん、ママが泣きはじめた。頭を抱えてすすり泣いている。わたしにできたのは、ただママの体に腕を回して一緒に泣くことだけだった。あんなにとり乱したママを見るのは初めてだった。あんなに傷ついて、あんなに怯えたママを見るのも。胸がつぶれそうだった。

わたしの中で何かが壊れた。

ママとわたしがようやく泣きやんだとき、アトラスの姿は消えていた。わたしはママと一緒にキッチンに行って、ママの唇や目のまわりについた血を拭った。ママはアトラスについて何も言わなかった。ただの一言も。外出禁止、てっきりそう言われるものと思っていたのに。たぶん見なかったことにしたんだと思う。ママのいつものやり方よ。自分にとって見たくないものにはすべてふたをして、二度と触れようとしない。

――リリー

大好きなエレンへ

ボストンのことについて話す心の準備ができたわ。

今日、彼は行ってしまった。

わたしはずっとカードをシャッフルし続けた。何度も何度も、手が痛くなるまで。今のこの気持ちを書かずにはいられない。そうしなければどうにかなってしまいそう。

最後の夜はうまくいかなかった。最初、わたしたちは何度もキスをした。でも悲しすぎてキスどころじゃなかった。二日の間に二度、アトラスは気が変わって、ボストンには行かないって言った。わたしをこの家に残しては行けないって。でもわたしはパパやママと十六年近く一緒に住んでいる。彼がわたしのためにせっかくのおじさんの申し出を断って、ホームレスでいるなんてばかげている。二人ともわかっているけれど、やっぱり別れはつらかった。

わたしは悲劇のヒロインになるまいとした。だからベッドに並んで横たわっているとき、ボストンがどんな街なのかたずねた。そしていつか学校を卒業したら、わたしもボストンに行くかも……そう言った。

ボストンについて話しはじめたアトラスは、今まで見たことのないうっとりとした目をしていた。彼は言った。ボストンのアクセントは独特で、たとえば車《car》は〝カア〟じゃなくて、〝カー〟っていうふうに、最後のRが巻き舌にならないんだって。自分の語尾も巻き舌になっていないことには気づいていないんだと思う。九歳から十四歳までボストンで暮らしていたらしいから、そのアクセントが身についたのね。

　おじさんはすごくすてきなルーフトップデッキのあるアパートメントに住んでいる、そんなことも言った。

「ボストンにはルーフトップがあるアパートメントは多いんだ。プールが付いてる建物もある」って。

　プレソラでは、ルーフトップがあるような高いビルはほとんどない。そんな高いところにあがったら、どんな気分がするんだろう？　ルーフトップにあがったことはあるのかっていうわたしの質問に、彼はあるって答えた。幼い頃、ときどき、そこにあがって、座って街を眺めて考え事をしていたって。

　それから料理の話もしてくれた。彼が料理好きなのは知っているけれど、どれくらい好きなのかは知らなかった。あのボロ家にはコンロも、キッチンもないから、料理について話したのは、クッキーを焼いてくれたときが初めてだった。

　アトラスはボストンの港のことや、再婚前のママと二人で釣りに行ったことも話してくれた。

「別にボストンが他の大都市とどこが違うってわけじゃないんだ。大きな都市ってどこも似ている。ただ……なんだろう、ボストンは活気があって、いいエネルギーにあふれている。ボストンに住んでるって言うとき、誰もがちょっと誇らしげな顔をする。そういうことが懐かしくなるときがある」

わたしは指で彼の髪をすいた。「アトラスの話をきいていると、ボストンが世界のどこよりステキな場所に思えてくるわ。ボストンでは、すべてがどこよりすばらしい《エヴリシング・イズ・ベター・イン・ボストン》ってね」

アトラスはわたしを見た。でもその目は悲しげだ。「ボストンではほとんど何もかもがどこよりすばらしい。でも女の子のことは別だ。ボストンにはきみがいないから」

その言葉に頬が熱くなる。そっとキスをされて、わたしは言った。「ボストンにまだわたしはいない。でもいつかボストンに住むようになったら、きっとあなたを探してみせるわ」

彼はわたしにいつかボストンに引っ越すことを約束させた。わたしがくれば、ボストンはすべてが最高の街になる、世界で一番ステキな街になるって。

わたしたちはそれから何度かキスを交わした。他にもいろいろしたけど、それについてしゃべってあなたをうんざりさせたくない。その話が退屈だとは言わないけど。

全然、退屈なんかじゃないけど。

そして今日の朝、別れのときはやってきた。抱きしめられ、何度もキスをされた。彼が行ってしまったら、死んじゃうんじゃないかと思った。

でも死ななかった。アトラスは行ってしまった。だけどわたしは今、ここにいる。まだ生きて、息をしている。

どうにか……ね。

――リリー

わたしは次のページをめくって、ぱたんと日記をとじた。あともう一日分の日記が残っている。今、それを読んだらどんな気分になるんだろう？　あるいは今までに読んでいたら……。アトラスとの思い出の章はここで終わりだ。わたしは日記をクローゼットに戻した。今、彼は幸せにやっている。

わたしも今、幸せだ。

時は傷を癒やす。

少なくとも、ほとんどの傷を。

わたしはランプを消すと、スマホを充電ケーブルにつないだ。未読のメッセージがある。二つはライルから、もう一つはママからだ。

ライル　ネイキッド・トゥルース。準備はいい？　三……二……

ライル　心配だったんだ。誰かとつきあえば、負担が増えるんじゃないかと思っていた
だからずっと恋愛を避けてきた。ぼくにはやるべきことがたくさんあるし、結婚生活がもたらすストレスについては、両親を見ていればよくわかる
友人の中には、結婚が破綻した連中もいる
同じ失敗を犯したくないと思った。でも今夜わかった
そうなった人は、たぶんやり方を間違えたんだ
なぜなら、ぼくたちの間に起こっていることは負担なんかじゃない

それは人生のごほうびに思える。今、うとうとしながら、ぼくはそれを与えられる価値のある人間なのだろうかと思っている

わたしはスマホを胸にあててほほ笑むと、そのメッセージをスクリーンショットした。これは永久保存版だ。それから三つ目のメッセージを見た。

ママ　彼はドクターなの、リリー？　それにあなたは経営者よね
いいなぁ、大きくなったら、リリーみたいになりたいな

わたしはママのメッセージもスクリーンショットした。

12

「このかわいそうな花たちをどうするつもり？」アリッサがわたしの背後からたずねた。

もうひとつ、シルバーのワッシャーを締め、それを茎に通す。「スチームパンクよ」

二人そろって少しさがった位置からブーケを眺める。せめて……アリッサにはこの魅力をわかってもらいたい。結局のところ、それは思ったより、はるかにすばらしい出来だった。花用の染料で白いバラを濃い紫に染めあげ、小さな金属のワッシャーやギアといったスチームパンクの部品をあしらう。ブーケを束ねるレザーのストラップに、瞬間接着剤で小さな時計までつけた。

「スチームパンク？」

「トレンドなの。ＳＦのサブジャンルだけど、最近はアートとか音楽とか、他のジャンルにも広がっている」わたしはアリッサを振り向くと、ブーケを持ってにっこりした。「だから……花も、ね」

アリッサはわたしから花を受けとると、それを自分の前で高く持ちあげた。「すごく……斬新ね。でも気に入ったわ」ブーケを抱きしめる。「これ、わたしがもらってもいい？」

わたしはブーケを取り返した。「だめよ。グランドオープンのときに飾るの。売り物じゃないわ」ブーケを持ったまま、昨日作った花器を手にとる。先週、フリーマーケットで見つけた、女性用の古い編みあげブーツだ。それを見たとたん、スチームパンクのイメージが湧いて、アレンジのアイデアを思いついた。先週、ブーツをきれいに洗って、乾かし、歯車やワッシャーといった金属の部品をいくつも接着剤でくっつけ、さらにブラシで手芸用ののりを塗り、中にライナーを貼って、水を入れてももれないようにした。

「アリッサ」わたしは花をテーブルの真ん中に置いた。「これはわたしのライフワークになる気がするわ」

「スチームパンクが？」とアリッサ。

わたしは笑って、くるりと回ってみせた。「花を使ったアートよ！」まだ十五分早いけれど、ドアのプレートをひっくり返してオープンにする。

グランドオープンのその日、店は思っていたとおりの忙しさだった。店を訪れる客はもちろん、電話やネットのオーダーも多い。二人とも昼休みをとる時間もなかった。

「もっとスタッフを雇わなくちゃ」アリッサがブーケを二つ、両手に抱えて、わたしのそばを通り過ぎざまに言った。それが一時のことだ。

「もっとスタッフを雇わなくちゃ」二時に、アリッサがもう一度言った。耳に電話を押しつけ、オーダーを書きとっている。その間にも誰かがレジで呼び鈴を鳴らしていた。

午後三時過ぎ、マーシャルが店に顔を出し、調子はどうかとたずねた。アリッサは言った。

「もっとスタッフを雇わなくちゃ」

午後四時、わたしは女性客がブーケを車に運ぶのを手伝った。店に戻ったわたしと入れ替わりに、アリッサが別の客のブーケを抱えて出ていく。アリッサはちょっと怒ったように言った。

「もっとスタッフを雇わなくちゃ」

午後六時、アリッサがドアに鍵をかけ、プレートをクローズにした。ドアを背にしてずるずると床に座りこみ、わたしを見上げる。

「わかってる」わたしは言った。「もっとスタッフを雇わなくちゃ、ね」

アリッサは無言でうなずいた。

わたしたちは二人とも大笑いした。わたしは床に座りこんでいるアリッサのところまで歩いていくと、隣に腰をおろした。頭を寄せあって、店の中を眺める。店の前面、中央にスチームパンクのディスプレイがある。その特別なブーケを売ることは断ったけれど、すでに八つ、同じものを作ってほしいというオーダーが入っている。

「リリー、やったわね」アリッサが言った。

わたしはにっこりした。「あなたがいてくれたおかげよ、イッサ」

わたしたちは数分間、そこに座ったまま、ようやく立ちっぱなしの脚に訪れた休息を楽しんだ。間違いなく、今日はわたしの人生で最高の一日だ。でもライルが店にこなかったことに、どうしても寂しさを感じずにはいられない。メッセージもなかった。

「今日、ライルから連絡があった？」わたしはたずねた。

アリッサは首を振った。「ない。きっと忙しかったのよ」

わたしはうなずいた。たしかに彼は忙しい。

誰かがノックする音に、わたしたちははっとドアを見上げた。ライルが指を双眼鏡のようにして、顔をガラスに押しつけている。わたしは笑みをこぼした。ようやく下を見たライルが、床に座りこんでいるわたしたちに気づいた。

「噂《うわさ》をすれば……」アリッサが言った。

わたしはぴょんと立ちあがり、ドアの鍵をあけてライルを迎え入れた。ドアをあけたとたん、彼が勢いよく転がりこんできた。「もう閉店？　間に合わなかったよね？」ライルはわたしをハグした。「ごめん、もっと早くくるつもりだったんだけど」

わたしはハグを返した。「気にしないで。今、きてくれたでしょ。完璧よ」彼が店にきてくれた、それだけで嬉しくてめまいがしそうだ。

「きみこそ完璧だよ」彼はキスをしながら言った。

アリッサがわたしたちの脇をすり抜けていく。「きみこそ完璧だよ」ライルの口調をまねする。「ねえ、ライル。どう思う？」

ライルが言った。「何？」

アリッサはゴミ箱をつかむと、カウンターにどんと置いた。「リリーはもっとスタッフを雇わなくちゃって思うの」

わたしはアリッサの繰り返しがおかしくて、声をあげて笑った。ライルはわたしの手をぎゅっと握った。「大盛況だったみたいだね」

わたしは肩をすくめた。「悪くなかった。つまり……わたしに脳の手術はできないけど、商売の才能はあるみたい」

ライルは笑った。「掃除を手伝うよ」

アリッサとわたしはライルの助けを借りて大忙しの一日の後片付けをし、それが終わると明日の準備にとりかかった。そろそろ準備も終わりに近づいた頃、マーシャルが店に入ってくると、抱えていた大きな袋をカウンターの上に置いた。中から包みを三つ取り出し、一人一人に投げてよこす。わたしはもらった包みをひらいた。

中に入っていたのはワンジーだ。

一面に子猫がプリントされている。

「ブルーインズの試合をみて、ただでビールを飲めるんだぞ。さあ、着替えた、着替えた」

アリッサはうんざりしたようにうめいた。「マーシャル、今年六百万ドルを稼いだでしょ。ほんとにただのビールが必要？」

マーシャルは人差し指をアリッサの唇にあて、強く押しつけた。「しーっ！　イッサ、そんな金持ち娘みたいな口をきくんじゃない。バチがあたるぞ」

アリッサが笑うと、マーシャルは彼女の手からワンジーをとりあげた。ファスナーをおろし、彼女をその中に入れる。全員が着替えると、わたしたちはドアに鍵をかけて、バーへ向かった。

こんなにたくさんのワンジー姿の男を見るのは人生で初めてだ。女性でワンジーを着ているのはアリッサとわたししかいないけれど、悪くない気分だ。けど、うるさい。ブルーインズのナイスプレーのたびに、思わず手で耳をふさがずにはいられない。半時間ほどたった頃、一番上のブースがあいたのを見て、わたしたちはその場所をゲットしようと階段を駆けあがった。

「かなりマシね」ブースに滑り込むと、アリッサが言った。ここまでくれば、一階にいるよりはるかに静かだ。でも、普通なら、それでもうるさいと思ったに違いない。

ウエイトレスがきて飲み物のオーダーをとった。わたしが赤ワインを頼んだとたん、マーシャルが椅子から飛びあがった。「ワインだって？」大きな声で叫ぶ。「せっかくワンジーを着てるのに？　ワインはただにならないよ！」

マーシャルがウエイトレスにビールを持ってくるように言い、ライルがワインを持ってくるように言った。そこへアリッサが水を頼むと、マーシャルはさらにムキになった。もう一度マーシャルがウエイトレスにビールを四本オーダーすると、ライルが言った。「ビールを二本、それから赤ワインと水だ」ウエイトレスは目を白黒させてテーブルを離れた。

マーシャルはアリッサの肩を抱き、キスをした。「もうちょっと酔わなきゃ、今夜、子作りに励めないだろ？」

一瞬で変わったアリッサの表情に、わたしはあわてた。もちろんマーシャルはふざけているだけだ。でも、嫌な気分になったに違いない。数日前、アリッサは子供ができないという悩みをわたしに打ち明けていたばかりだ。

「ビールは飲めないの」

「じゃあ、ワインでもいい。酔っぱらうと、もっとぼくのことが好きになるよ」マーシャルは自分で自分の言葉に笑った。だが、アリッサはにこりともしなかった。

「ワインも飲めない。アルコールは全部だめなの」

マーシャルは笑うのをやめた。

え、嘘……胸がどきどきする。

マーシャルはブースに入ってくると、アリッサの肩をつかみ、自分のほうを向かせた。「アリッサ？」

アリッサは何度もうなずいている。一番先に誰が叫ぶだろう……わたし、マーシャル、それともアリッサ？「ぼくが父親に？」マーシャルは叫んだ。

アリッサはまだうなずいている。わたしはヒステリックに叫び、マーシャルはブースの中で、飛び跳ねて大声で叫んだ。「おやじになるんだ！」

この瞬間がどんなものだったか、言葉で説明するのはむずかしい。ワンジーを着た大の男がバーのブースで立ちあがり、自分が父親になるとあたりかまわず叫びまくっているなんて。マーシャルはアリッサの手を引っ張って立たせ、今は二人してブースで立ちあがった。マーシャルはアリッサにキスをした。それはわたしが今まで見た中で、一番甘いキスだった。

ふとライルを見ると、下唇を噛みしめ、涙をこらえている。わたしの視線に気づくと、彼はさっと目をそらした。「黙れ」ライルは言った。「アリッサはぼくの妹だからね」

わたしはにっこり笑って、彼にもたれかかり、頬にキスをした。「おめでと、ライルおじさん」

未来のパパとママがブースではしゃぐのをやめると、ライルとわたしは立ちあがって、二人におめでとうを言った。アリッサは言った、しばらく体調が悪くて、今日の朝、グランドオープンの前に自分で検査してみた、今夜、家に帰ったらマーシャルに教えるつもりでいたけど、待ちきれなかった、と。

飲み物がくると、わたしたちは料理をオーダーした。ウエイトレスが行ってしまうと、わたしはマーシャルを見た。「二人はどうやって知りあったの？」

「その話はアリッサにきいたほうがいい」マーシャルが言った。

アリッサはさっと背筋を伸ばすと、身を乗り出した。「最初は大嫌いだったの。マーシャルはライルの親友で、しょっちゅううちにきてた。うざい奴だと思ってたの。ボストンからオハイオに越してきたばかりで、ボストン訛《なま》りがあった。自分じゃそれがイケてると思ってたみたいだったけど、わたしは彼が口をひらくたびに、ひっぱたいてやりたいと思ってた」

「アリッサってすごく優しいだろ」マーシャルは皮肉を言った。

「マーシャルはほんとクズだったわよね」アリッサはくるりと目を回した。「とにかく、ある日ライルとわたしは友達を家に呼んだ。パーティーとかじゃないけど、パパとママが旅行に出かけたから、ちょっとした集まりをひらいたの」

「三十人はいたね」ライルが口を挟む。「れっきとしたパーティーだ」

「そうね、パーティーだった」アリッサは言った。「わたしがキッチンに入っていったら、マーシャルがそこでビッチを壁に押しつけていたの」

「ビッチじゃないよ」とマーシャル。「いい子だった。キスはスナック菓子の味だったけど……」

アリッサにじろりとにらまれ、マーシャルは口をつぐんだ。アリッサはわたしに向き直った。

「わたしは腹が立って、ヤルなら家でやれってどなったの。その子はすっかり怯えて、ドアから走り出て二度と戻ってこなかった」

「きびしいよね」マーシャルが言った。

アリッサは彼の肩にパンチを入れた。「とにかくそのビッチを追い払ったあと、わたしは自分の部屋に駆け込んだ。自分で自分が恥ずかしくなったの。それは嫉妬以外の何ものでもなかった。そのとき初めて気づいたの。自分がマーシャルのことをすごく好きだったんだって。彼が他の女の子のお尻をなでているのを見た、その瞬間にね。わたしはベッドに突っ伏して、泣きはじめた。数分後、彼が部屋にやってきて、大丈夫かってきいた。わたしはごろりと寝返りを打って、天井を見ながら叫んだ。『好きよ、このクソバカヤロウ！』って」

「そして二人は幸せに暮らしましたとさ……」マーシャルが言った。

わたしは笑った。「やだ、クソバカヤロウって。かわいい」

ライルは人差し指を立てた。「まだ一番おもしろい部分をきいてないよ」

アリッサは肩をすくめた。「そう。で、マーシャルはわたしのところにきて、わたしをベッドに押し倒すと、さっき例のビッチにキスしたばかりの口でわたしにキスをしたの。三十分ばかりいちゃついていると、ライルが部屋に入ってきて、マーシャルをどなりつけた。そしたらマーシャルはライルを部屋から押し出して、ドアに鍵をかけたの。で、わたしたちはそれからさらに一時間、いちゃついたってわけ」

ライルは首を振った。「親友に裏切られた」

マーシャルはアリッサを抱き寄せた。「アリッサが好きなんだ、このクソバカヤロウ」

わたしは笑った。でも、ライルは真顔でマーシャルを見つめている。「それから一カ月、こいつとは口もきかなかった。腹を立ててたから。でも、結局は許すことにした。ぼくたちは十八で、アリッサも十七だ。二人を別れさせようにも、できることはほとんどなかった」

「なるほど」わたしは言った。「ときどき、あなたたちきょうだいが一歳しか違わないってことを忘れそうになるわ」

アリッサが笑った。「三年間に子供が三人なんて、パパとママもかわいそうよね」

一瞬、テーブルが静かになった。なぜだかアリッサがライルに向かって、ばつの悪そうな表情を浮かべている。

「三人？」わたしは言った。「もう一人きょうだいがいるの？」

ライルは背筋を伸ばし、ビールを一口飲むとグラスをテーブルに置いた。「兄がいたんだ。子供の頃に亡くなったけど」

さっきまでのお祝いムードが、たったひとつの質問で一変した。さいわいマーシャルが名司会者よろしく話題を変えた。

その夜、残りの時間、わたしは二人の子供時代の話をきいて過ごした。それほど笑ったことは今までなかったかもしれない。

試合が終わると、四人一緒に車が置いてある店まで歩いて帰った。ライルはウーバーできたから、帰りはわたしと一緒に帰ると言った。別れ際、わたしはアリッサにちょっと待っていてと言い、急いで店に入るとスチームパンクのブーケを持って、車のそばにいた二人に駆け寄った。ブーケを渡した瞬間、アリッサの顔がぱっと明るくなった。

「妊娠おめでとう。でもこれはそのお祝いじゃないの。ただ、もらってほしくて……。だってあなたは親友だから」

アリッサはわたしを強く抱きしめ、耳元でささやいた。「ライルと結婚できたらいいね。そしたらわたしたち、いい姉妹になれるわ」

アリッサは車に乗り込み、二人は去っていった。わたしは黙ってそこに立ちつくし、彼らの車を見送った。これまでの人生で、アリッサみたいな友達がいただろうか……そう考えながら。ワインに酔ったせいかもしれない。でも、今日は最高の一日だ。すべてに愛を感じる。とくに車に背中をもたせかけて、わたしを見ているライルに。

「ハッピーな気分のきみは、最高にきれいだ」

もうっ！　今日って、完璧！

アパートメントの部屋へ向かう階段をあがっている途中で、ライルがわたしのウエストに腕を回し、壁にわたしを押しつけてキスを始めた。

「せっかちね」わたしはささやいた。

彼は笑って、両手でわたしのお尻をつかんだ。「違う。このワンジーのせいだ。これを店のユニフォームにするべきだよ」ライルはもう一度、キスをして、誰かがそばを通り過ぎ、階段をあがっていくまでずっと唇を離さなかった。

体を斜めにして、わたしたちのそばをすり抜けた瞬間、男が小声で言った。「ワンジー、いいね。ブルーインズが勝ったんだろ？」

ライルがうなずいた。「三対一でね」男には目もくれず答える。

「やったね」男が言った。

男が行ってしまうと、わたしは体を引いた。「このワンジーっていったい何？　ボストンじゅうの男たちの公然の秘密？」

ライルは笑いながら言った。「無料ビールだよ、リリー。ビールがただで飲めるからさ」そう言いながら、わたしの手を引いて階段をあがる。玄関へ入ると、ルーシーがキッチンテーブルのそばに立ち、自分のものを詰めた箱にテープを貼っている姿が目に入った。ひとつ、まだ封をしていない箱がある。その箱からのぞいているボウルは、間違いなくわたしがお気に入りのキッチングッズの店で買ったものだ。ルーシーは来週にはすべての荷物を運び出すつもりだと言ったけれど、どさくさまぎれに、わたしのものまでいくつか運び出されている気がする。

「誰？」ルーシーはライルを上から下までじろりと見た。

「ライル・キンケイド、リリーの彼氏だ」

リリーの彼氏。

きいた？

彼氏だって。

ライルが初めて自分のことをわたしの彼氏だって言った。しかもきっぱりと。「今、わたしの彼氏って言った？」わたしはキッチンで、ワインのボトルとグラスを二つ取り出した。

ワインを注ぐわたしの背後に、ライルがやってきてわたしの腰を抱いた。「そう、きみの彼氏」

わたしはワインの入ったグラスを彼に渡した。「つまり、わたしはあなたの彼女ってこと？」

ライルはグラスを持ちあげ、わたしのグラスにかちりとぶつけた。「お試し期間の終わりと正式なつきあいの始まりに」

わたしたちはほほ笑みを交わし、ワインを飲んだ。

ルーシーが箱を積みあげ、玄関のドアに向かって歩いていく。「なんだか、わたしの引っ越しはすごくタイミングがよかったみたいね」

ルーシーが出ていって、ドアがしまると、ライルが片方の眉をあげた。「きみのルームメイトはぼくのことが嫌いらしい」

「ルーシーはわたしのこともあまり好きじゃないと思う。でも昨日、結婚式にブライズメイドになってくれって頼んできた。それってたぶん、花代をただにしてもらうのが目的よ。ちゃっかりしてるの」

ライルは笑って、冷蔵庫に背中をもたせかけた。彼の視線が〝ボストン〟と書かれたマグネットに注がれる。ライルはそのマグネットをつまみあげ、ふたたび眉をあげた。「いかにも土産物のこんなマグネットを大事にするなんて、いつまでたってもボストン煉獄から脱出できないよ」

わたしは笑い、ライルからマグネットを取り返して、冷蔵庫に戻した。出会った最初の夜に話したことを、彼が覚えてくれているのが嬉しい。「プレゼントでもらったの。自分で買ったのなら、ただのお土産だけど」

ライルはわたしのところへ歩いてくると、わたしの手からグラスを取りあげた。そしてグラスを二つともカウンターに置くと、体をかがめ、酔いに任せて情熱的なキスをした。彼の舌はワインのフルーティーな味がした。彼の手がわたしのワンジーのファスナーにかかる。「さてと、この中からきみを救出しよう」

彼はわたしの手をとり、寝室へ向かっていく。お互い体をくねらせてワンジーを脱ぐ間も、キスを続ける。どうにか寝室にたどり着いたときには、わたしはブラとショーツだけになっていた。

突然、寝室のドアに押しつけられ、わたしは息をのんだ。

「動かないで」ライルはわたしの胸に唇を押しつけると、ゆっくり下へ下へとキスをしていく。

やだ、今日がこれ以上最高の日になるの？

彼の髪に指を差し入れたとたん、両手首をつかまれ、ドアに押しつけられた。その姿勢のまま、唇がわたしの体をはいのぼってくる。ライルはまるで警告するように、片方の眉をぐっとあげた。「言ったろ……動くなって」

こらえようとしても、にやけてしまう。わたしの体をついばみながら、彼はゆっくりとわたしの下着を足首まで引きさげた。でも動くなって言われていたから、足首に引っかかったそれを蹴って脱ぐことはしなかった。

ライルの唇が太ももからその上へ……。

今日って、

ほんとに、

最高の、

一日。

13

ライル　家にいる？　それともまだ店？
リリー　まだ仕事中。あと一時間くらいかな
ライル　そっちに行ってもいい？
リリー　もちろん、いいに決まってるでしょ。こういう質問って、マヌケよね
ライル　:)

三十分後、彼が店の入り口をノックした。もう閉店から三時間はたっているけれど、わたしはまだそこにいて、この一カ月の間にたまった雑用を片付けようとしていた。オープンからまだ一カ月だから、店がうまくいっているのかどうか判断はできない。うまくいっていると思う日もあるけれど、暇でアリッサに早めに帰ってもらう日もある。けど、これまでのところは悪くないと思う。

そしてライルとの関係も。

わたしは鍵をあけ、彼を中に入れた。今日もライトブルーのスクラブを着て、まだ首から聴診器をかけたままだ。仕事が終わってすぐに飛び出してきたらしい。シフトあがりのライルを

見るたびに、どうしてもにやにやしてしまう。わたしはすばやく彼にキスをすると、向きを変えてオフィスへ行った。「もう少しだけ、やっておきたいことがあるの。それが終わったら一緒に帰りましょ」

彼はわたしのあとをついてオフィスに入ってくると、ドアをしめた。「ソファーはある？」

オフィスを見回す。

今週、オフィスのインテリアを整えたばかりだ。容赦なくあたりを照らす蛍光灯が嫌で、ランプを三個買った。おかげで、部屋はまろやかな明かりに照らされている。いくつか観葉植物も買った。庭は無理でも、いつも近くに緑を感じていたい。よくここまですてきになったと思う。なんてったってこの部屋は最近まで野菜の木箱が積みあげられた倉庫だった。

ライルはソファーまで歩いてくると、どっとうつぶせに倒れこんだ。「ゆっくりやって」クッションに顔を伏せてつぶやく。「仕事が終わるまで、ここでうとうとしてるから」

いつもどれほどの激務をこなしているのだろう、ときどき心配になる。でもそれをとやかく言うつもりはない。わたしだって今日も、十二時間オフィスにこもりっきりで仕事をしている。だから野心家すぎることについて、彼に何か言える立場にない。

十五分ほどかけて注文を終えると、わたしはノートパソコンをとじ、ライルを見やった。寝ているものとばかり思っていたのに、彼は頬杖をついていた。ずっとこちらを見ていたらしい。彼の笑みに頬が熱くなり、わたしは椅子を引いて立ちあがった。

「リリー、ぼくはきみが好きすぎると思うんだ」わたしが近づくと、彼が言った。

ソファーの上で上半身を起こした彼の膝の上に横座りになると、わたしはくしゃっと顔をしかめてみせた。「好きすぎる？　なんだかまるで悪いことみたいにきこえるけど」

「それがいいかどうかも、ぼくにはわからない」ライルはそう言うと、わたしを自分の膝にまたがらせ、ウエストに腕を回した。「これはぼくにとって初めての恋愛だ。こんなに好きになって、きみが引いてしまわないか心配だ」

わたしは笑った。「心配しなくても大丈夫。でも、仕事が忙しすぎて、わたしにかまっている暇はないでしょ」

ライルの手が、わたしの背中をはいのぼってくる。「仕事ばかりのぼくが嫌にならない？」

わたしは首を左右に振った。「ならない。でもときどき心配にはなる。燃えつきてほしくないから。だけどあなたの仕事への情熱はよくわかる。実を言うと、そういう野心家のところが大好きなの。セクシーだから」

「ぼくがきみのどこを好きだかわかる？」

「その答えはもうわかってる」わたしは笑った。「唇でしょ」

彼はソファーに頭を戻した。「そう、まず唇だ。じゃ、その次に好きなところは？」

わたしは首を振った。

「ぼくが到底なれない何かになれって、プレッシャーをかけないところだ。ありのままのぼくを受け入れてくれる」

わたしはほほ笑んだ。「まあ、でもそれはわたしのせいだけじゃなくて、あなたも出会ったときとは少し変わったわ。もう一夜限りの男じゃないしね」

「きみがそうさせたんだ」彼はわたしのシャツの中に手を差し入れた。「きみといると無理しなくていい。ずっと求めてきたキャリアを手に入れて、しかも、やる気が出て、仕事も十倍はかどる。きみといるのは、ぼくにとっておいしいことばかりだ」

今、ライルの両手はわたしのシャツの下で、背中に押しつけられている。彼はその手でぐっとわたしを引き寄せ、キスをした。わたしは彼の唇を感じながら、にんまり笑ってささやいた。

「つまりあなたが食べた中でわたしは最高の味の女ってこと？」

彼が慣れた手つきでブラのホックをはずす。「もちろんさ。でもその感想が間違いないってことを確かめるために、もう一度味わってみる必要がある」そう言うとわたしのシャツとブラを一気にたくしあげ、頭から引き抜いた。ジーンズを脱ごうと、かすかに体を浮かせる。でもすぐに膝の上に引き戻された。彼は聴診器をつけると、先端のチェストピースをわたしの心臓の上に押しあてた。

「どうして胸の鼓動がこんなに激しいのかな？」

わたしはおどけて肩をすくめた。「たぶんキンケイド先生のせいかも」

彼はわたしを膝からおろすと、ソファーに座らせた。広げたわたしの脚の間で膝立ちになり、ふたたび胸に聴診器をあてる。もう一方の手で自分を支えながら、わたしの心臓の音に耳をすました。

「脈拍は九十くらいだ」

「それっていいの、悪いの？」

ライルはにやりとして、わたしの上にかがみこんだ。「百四十くらいになれば、ぼくは満足できる」

たしかに。百四十になれば、わたしも満足するってことだ。

彼が胸に唇を近づける。わたしは目をとじ、胸をはう彼の舌を感じた。キスが唇に移っても、聴診器をあて続けている。「今、百ぐらいだね」、首にさっと聴診器をかけ、体を引いてわたしのジーンズのボタンをはずした。するりとジーンズを脱がせ、今度はわたしをうつぶせにする。わたしはソファーのアームから、だらりと両腕を垂らした格好になった。

「膝をついて」

わたしは言われたとおりにした。体勢を整える前に、ふたたびひんやりとした聴診器を胸に感じる。今、ライルは後ろから手を伸ばし、わたしの胸の鼓動に耳を澄ましている。もう一方の手がおもむろにわたしの脚の間を探りながら、下着の中へ、そしてわたしの中へと入ってきた。彼がわたしの鼓動をきいている間、わたしはソファーをつかみ、じっとしていた。

「百十」不満げな声だ。

ライルはわたしを自分のほうへ引き寄せた。スクラブを脱いだらしい。片手でわたしのお尻をつかみ、もう一方の手で下着を横にずらす。次の瞬間、彼は一気にわたしを貫いた。

思わずソファーをつかんだわたしの胸にふたたび聴診器をあてる。「リリー」彼は残念そうに言った。「百二十だ、まだ足りない」

聴診器がふたたび見えなくなり、彼の腕がわたしのウエストをとらえた。みぞおちから脚の間へ、ライルの手が滑りおり、わたしの脚の間をまさぐる。彼のリズムに翻弄されて、膝をついているのもやっとだ。片手でわたしの体を支え、もう一方の手で、最高の技でわたしをかき乱していく。わたしが震えはじめたのを見ると、わたしの腰を自分の胸に密着させた。そして指を中に入れたまま、後ろから前に手を伸ばし、もう一度胸に聴診器をあてた。

思わず声をあげたわたしに、ライルが耳元でささやく。「しーっ、黙って」

三十秒間も声をあげずにいるなんて、どう考えても拷問だ。彼はわたしの後ろから腕を回し、聴診器を胸にあて続けた。左の腕はわたしのみぞおちに押しつけられ、指は脚の間で巧みな動きを繰り返している。その指の動きに、わたしは思わず体を引こうとした。全身に快感のさざ波が広がっていく。脚が震え、わたしは横に手を回して彼の太ももをつかんで、必死に彼の名前を叫ぶまいとした。

震え続けるわたしの手を持ちあげ、手首に聴診器をあてる。数秒後、彼は聴診器を乱暴にはずし、床に放り投げた。「百五十」満足げにそう言うと指を引き抜き、わたしをあおむけにして、キスとともにふたたび中に入ってきた。

疲れ果て、動くことも、目をあけることすらできない。彼は何度かすばやい動きでわたしを突くと、そこで動きを止め、唇越しにうめいた。そして体を震わせながら、わたしの上で力尽きた。

ライルは首からハートのタトゥーへと唇をはわせ、わたしの鎖骨に顔をうずめてため息をついた。

「今夜、もう言ったっけ？　ぼくがどれだけきみを好きか？」

わたしは笑った。「一、二度ね」

「じゃあ、これで三度目だ。きみが好きだ。きみのすべてがね、リリー。きみの中にいるときも、外にいるときも、それからそばにいるときも、全部」

わたしはにっこり笑った。彼の言葉が肌をなで、やがて心の中にしみこんでいく。口をひらき、どれだけ愛しているかを告げようとする。だがその瞬間、彼のスマホの着信音がわたしの声をかき消した。

わたしのうなじに顔をうずめたまま低くうめき声をあげると、彼は体を引き、スマホに手を伸ばした。でもスクラブを着ながら、発信者の名前を見て笑った。

「母さんだ」ライルは体をかがめ、ソファーの背もたれに預けたわたしの膝がしらにキスをした。そしてスマホを脇に放り投げて立ちあがり、デスクにあったティッシュの箱をつかんだ。

セックスの後始末をするのは、いつだって決まりが悪い。けど、こんなに決まりが悪かったことはないと思う。何しろ着信音の向こうにいるのは彼のママだ。

服を着たわたしは、ソファーにいるライルに引き寄せられ、彼に覆いかぶさってソファーに寝そべり、胸に頭をのせた。

十分間その姿勢でいて、あまりの心地よさにこのまま一晩眠ってしまいそう……そう思った瞬間、ライルの電話がもう一度鳴って、ボイスメールの着信を知らせた。彼がどんなふうに応対するのか考えて、わたしはほほ笑んだ。アリッサから両親について少しはきいている。でもライルが実際に親と話すのをきいたことはない。

「ご両親とはいい関係なの？」

ライルの腕がわたしの腕に優しく触れた。「ああ、まあね。二人ともいい人だよ。十代の頃はいろいろあったけど、もう反抗期も終わったしね。今は母さんとほとんど毎日電話してる」

わたしは彼の胸の上で、自分の腕にあごをのせて彼を見上げた。「もっとお母さまについてきかせて。アリッサはご両親が二、三年前にイギリスへ引っ越したって。それにバケーションでオーストラリアにいる、とも。でもそれは一カ月ほど前の話よね」

ライルは笑った。「母さんについて？　そうだな……かなり口うるさいね。決めつけが激しい。とくに自分が愛する人たちに対してはね。毎週欠かさず教会に行く。ドクター・キンケイド以外の呼び方で、父を呼んだことはない」

辛辣な物言いにもかかわらず、ライルは楽しそうだ。

「お父さまもドクターなの？」

ライルはうなずいた。「精神科医だ。その分野を選んだのは普通の生活ができるからだ。利口だね」

「二人はボストンにいるあなたたちを訪ねてきたりする？」

「こない。母さんは飛行機が大嫌いなんだ。だからぼくとアリッサが、年に二、三回は二人に会いにイギリスへ行く。母さんはきみに会いたがってるから、次は一緒に行こう」

わたしはにっと笑った。「もうわたしのことを話したの？」

「もちろん」彼は言った。「大ニュースだ。ぼくに彼女ができたんだよ。母さんは毎日電話してきて、何かへまをしなかったかかってきくんだ」

わたしが笑ったのを見て、彼はスマホに手を伸ばした。「冗談だと思う？　保証してもいい。きっとこのメッセージでも、きみのことを言うはずだ」さっとスクリーンにタッチして、メッセージを再生する。

「ライル、元気？　昨日から連絡がないけど、どうしてるの？　わたしの代わりにリリーをハグしておいてね。彼女と会ってる？　アリッサはあなたが彼女のことばかり話してるって。まさか別れたりしてないわよね？　あら、グレッチェンが来た。これから一緒にハイティーをいただくの。じゃあね、愛してるわ」

わたしは彼の胸に頬を押しつけて笑った。「まだつきあって二、三カ月なのに。どれだけわたしのことをしゃべったの？」

ライルはわたしの片手を持ちあげ、キスをした。「しゃべりすぎだ。しゃべりすぎだよね」

わたしはにっこり笑った。「ご両親に会うのが楽しみだわ。すばらしい娘だけじゃなくて、息子も育てたんだから。きっとすばらしいご両親よね」

彼はわたしをぎゅっと抱きしめて、つむじにキスをした。

「お兄さんの名前はなんだっけ？」わたしはたずねた。

その質問に彼の体がほんの少しこわばった。しまった、そう思ったけれど、あとの祭りだ。

「エマーソンだ」

その声で、今、その話題に触れたくないのがわかった。だから、さらに質問を重ねる代わりに、頭をあげ、すばやく彼にキスをした。

しまった。ライルとわたしの間では、キスがキスだけで終わるはずはなかった。数分もしないうちに、ふたたび彼の昂《たか》ぶりがわたしの中に入ってきた。でもさっきとは違う。

今度はゆっくりと時間をかけて、愛を交わした。

14

スマホが鳴った。手にとり、相手の名前を見て、わたしはちょっと驚いた。ライルが電話をかけてきたのは初めてだ。これまで彼とはもっぱらメッセージのやりとりだった。つきあって三カ月目で初めての電話だなんて、考えてみればなんだか変だ。

「もしもし？」

「やあ、ぼくの彼女」

彼の声に、思わずにやつかずにいられない。「なあに？　わたしの彼氏」

「きいて」

「何？」

「明日、休みをとったんだ。明日は日曜日だから店のオープンは一時だろ？　今、ワインを二本持って、きみの家に向かってる。彼氏と一緒に、パジャマパーティーはどう？　一晩じゅう酔っぱらってセックスして、昼まで寝坊する」

その言葉をきいて、自分の体に起こった変化に恥ずかしくなる。わたしは笑いながら言った。

「ねぇ、きいて」

「何？」

「今、あなたのために夕食を作ってるの。エプロン姿で」

「そうなの？」

「エプロンだけよ」わたしは電話を切った。

数秒後、メッセージが着信した。

ライル　写真、送って
リリー　ここにきて、自分で撮れば

もうほとんどキャセロールの中身ができあがった頃、ドアがあいた。中身をグラスパンに流し込む。彼がキッチンに歩いてくる音がしても、わたしは振り向かなかった。エプロンしか着けていないと言ったのは本当だ。本当に下着も身に着けていない。

手を伸ばし、ちょっとばかり遠すぎる位置からキャセロールをオーブンに入れたとたん、はっと息をのむ音がきこえた。オーブンのドアをしめたあとも、彼をふり返りもせず、クロスを手に、オーブンを拭く。右、左、できるだけお尻を大きく振りながら。次の瞬間、右のお尻にちくりとした痛みを覚えて、わたしは小さな悲鳴をあげた。振り向くと、ライルが二本のワインを手ににやにや笑っていた。

「やったわね」

彼はひょうひょうとした顔だ。「刺されたくなきゃ、サソリを誘惑しないことだね」ワインをあけている間も、ライルの目はわたしの頭のてっぺんからつま先を行ったりきたりしている。

グラスに注ぐ前に、彼はボトルをさっと持ちあげて言った。「ヴィンテージだ」

「ヴィンテージ！」わたしはわざと大げさな声を出した。「何か特別のお祝い？」

ライルはわたしにグラスを渡した。「ぼくがおじさんになることに。できたてほやほやのホットなガールフレンドに。それから月曜日、おそらく一生に一度できるかどうかの珍しい頭蓋結合双生児の分離手術を任されることに」

「頭蓋……何？」

ライルはグラスのワインを飲み干すと、もう一杯注いだ。「頭蓋結合双生児。くっついた双子だ」頭のてっぺんを指さして、軽く叩く。「ここがくっついてる。生まれたときから担当していた双子だ。すごく珍しい手術なんだ。ものすごくね」

初めて見るライルのドクターらしい一面に、思わず体が熱くなる。これまでも仕事に対する情熱や献身をすてきだと思っていた。でも今、手術について、熱く語る彼はまじでセクシーだ。

「どのくらいかかるの？」

彼は肩をすくめた。「わからない。まだ幼いから、あまり長く全身麻酔をかけるのも心配だ」右手をあげて、指をくねくねと動かす。「でもこれは五十万ドル近くかけて教育を受けた特別な手だ。この手を信じる」

わたしはそばへ行くと、ライルの手のひらに唇を押しつけた。「わたしもこの手がちょっと好きよ」

彼はわたしの首筋に手を滑らせ、後ろを向かせた。カウンターに押しつけられると、顔が熱くなる。思いがけない展開に、わたしははっと息をのんだ。

彼は後ろからぴったりと体を添わせ、わたしの脇腹にゆっくりと手をはわせていく。わたしは御影石《みかげ》のカウンターに手をつき、目をとじた。すでにワインでほろ酔い加減だ。

「この手」ライルがささやいた。「この手はボストンでもっとも頼りになる手だ」

ライルにうなじを押され、わたしはカウンターに前のめりの姿勢になった。彼の手がゆっくりと、膝の内側をたどって上へ移動していく。やだ、おかしくなっちゃいそう。

ひらいた脚の間に指を入れられ、わたしはあえぎながら、何かつかまるものを探した。蛇口をつかんだとたん、魔法の指使いが始まった。

でも次の瞬間、本物の魔法みたいに、ライルの手がぱっと消えた。

彼がキッチンから出ていく音がする。目をあけると、カウンターの前を歩いていくのが見えた。ウインクとともに、グラスに残ったワインを一気に飲み干して言った。「さっとシャワーを浴びてくるよ」

いじわる。

「ばか！」わたしは彼の背中に向かって叫んだ。

「ぼくはばかじゃない！」寝室から声がきこえた。「有能な脳外科医だ！」

わたしは声をあげて笑い、グラスにもう一杯、ワインを注いだ。

次はわたしがいじめてあげる。

三杯目のワインを飲んでいるとき、ライルが寝室から出てきた。

わたしはソファーでママと電話をしながら、彼がキッチンでグラスにワインを注ぐのを横目で眺めていた。

このワイン、すごくおいしい。

「今夜、何をしているの？」ママがたずねた。

わたしはスマホをスピーカーにした。ライルは壁にもたれ、ママと話すわたしを見ている。

「とくに何も。ライルの研究を手伝ってるの」

「それは……あんまり楽しそうに思えないけど」ママは言った。

ライルがわたしにウインクをした。

「実はそれがすごく楽しいの。よく手伝うのよ。ほとんどが手の運動神経のコントロールについての研究だけどね。今日はおそらく徹夜よ」

三杯目のワインがわたしを大胆にさせている。信じられない、ママと電話で話しながら、彼といちゃつくなんて。**悪趣味すぎる。**

「もう切るわ」わたしはママに言った。「明日の夜は、アリッサとマーシャルをディナーに招待するの。だから月曜日に電話するね」

「あら、二人をどこへ連れていくつもり？」

いい加減にして。空気が読めないにもほどがある。「さあね。ライル、二人をどこに連れていくの？」

「きみのお母さんと食事したレストランだよ」ライルは言った。「〈ビブズ〉っていったっけ？六時に予約した」

わたしの心は一気に沈んだ。ママの声がきこえる。「あら、いいチョイスね」

「かもね。賞味期限切れのパンが好きな人には。じゃあね、ママ」わたしは電話を切って、ライルを見た。「あそこには行きたくないな。あんまり好きじゃないの。まだ行ったことのない店にしようよ」

なぜ、あの店にもう一度行きたくないのか、そのわけは言えない。あたり前だ。初恋の相手に会いたくないからなんて、つきあいはじめたばかりの彼氏に言えるわけがない。

ライルは壁から背中を離した。「楽しく過ごせるよ。ぼくがほめたせいで、アリッサがあの店で食事をするのを楽しみにしてる」

もしかしてラッキーなら、その日アトラスは店にいないかもしれない。

「食事といえば」ライルが言った。「飢え死にしそうだ」

キャセロール！

「大変っ！」わたしは笑いながら言った。

ライルがキッチンに駆け込み、わたしも立ちあがってあとを追う。キッチンに入るなり、彼はオーブンのドアをあけて煙を手で払った。黒焦げだ。

三杯もワインを飲んだ上に、突然立ちあがったせいで、わたしはめまいに襲われた。ライルのそばでカウンターをつかんだ瞬間、彼が焦げたキャセロールをオーブンから取り出した。

「ライル！　手……」

「うわっ！」

「ミトンを」

キャセロールが彼の手を離れ、床に落ちて四方八方に飛び散った。ガラスの破片や床に落ちたマッシュルームチキンを踏まないよう、つま先立ちになる。彼が素手で天板をつかんだことを知って、わたしは声をあげて笑いはじめた。

ワインのせいだ。すごくアルコール度数が高かったから。

ライルは叩きつけるようにオーブンのドアをしめると、シンクに移動して悪態をつき、流水で手を冷やした。わたしは笑いをこらえようとした。けれど、ワインと、さっきの数秒の出来事のせいで、笑いがこみあげる。大惨事になった床を見たとたん、こらえていた笑いが爆発した。ライルの手をのぞきこみながらも、まだ笑いが止まらない。ひどいやけどじゃなければいいけど……そう思っていたのに。

でも次の瞬間、わたしはもう笑っていなかった。片手で目尻を押さえて、床の上にいた。

突然現れたライルの腕が、わたしを後ろに突き飛ばした。それはバランスを崩して倒れるのに十分な強さだった。ふらつき、倒れた瞬間、わたしはキャビネットの扉の取っ手に思いっきり顔をぶつけた。

こめかみのそば、目の端に鋭い痛みを感じる。

そして何が起きたのかわかった。

事の重大さがいきなり体にのしかかり、押しつぶされそうになる。圧倒的な力で心までも。そしてすべてが砕け散った。

涙、心、笑い、魂、すべてがガラスのように粉々に砕け散って、わたしのまわりに降り注いだ。

わたしは腕で頭をかばいながら願った。どうかさっきの十五秒が夢でありますように。

「くそっ」ライルの声がきこえた。「何がおかしい？　この手はぼくのキャリアそのものだぞ」

わたしは顔をあげて、ライルを見ようともしなかった。今はもう、彼の声がわたしの体を震わせることはない。それはぐさりとわたしの心を突き刺した。刃のような鋭さで。次の瞬間、彼はわたしの隣にきて、そのおぞましい手を背中に置いた。

さすっている。

「リリー」ライルは言った。「ごめん、リリー」頭を抱えているわたしの腕をほどこうとする。でも、わたしは頑なに拒んだ。激しく頭を振り、さっきの十五秒をなかったものにしようとする。十五秒。たったそれだけの時間で、一人の人に対する見方が完全に変わってしまった。

取り返しのつかない十五秒。

彼はわたしを引き寄せ、つむじに何度もキスをした。「ごめん。ただ……手にやけどをして、パニックになった。きみが笑って……悪かった、とっさの出来事だ。突き飛ばすつもりはなかったんだ、リリー。許してくれ」

今きこえているのはライルの声じゃない。パパの声だ。

「悪かった、ジェニー。ついうっかり。許してくれ」

「悪かった、リリー。ついうっかり。許してくれ」

とにかく彼から離れたい。わたしは手に、そして足にあらん限りの力をこめて、ライルを押した。

彼は後ろに倒れ、床に手をついた。その目には本物の悲しみがあふれている。けれど、すぐに悲しみ以外の何かでいっぱいになった。

不安？　パニック？

ライルはゆっくりと右手をあげた。べっとりと血がついている。手のひらから滴った血が、手首へと流れていく。床を見ると、キャセロールの割れたガラスが散らばっていた。彼の手が……。わたしが押した拍子に、割れたガラスの上に手をついた。

ライルはわたしに背を向け、立ちあがった。蛇口から流れる水の下に手を差し出し、血を洗い流しはじめる。わたしが立ちあがると、彼は手のひらからガラスの破片を引き抜き、カウンターの上に投げた。

心は怒りでいっぱいだった。でも、それより彼の手が心配だ。わたしはタオルをつかむと、ライルに差し出した。血が止まらない。

けがをしたのは右手だ。

月曜日には手術がある。

わたしは止血を手伝おうとした。けど、体の震えが止まらない。「ライル、手が……」

ライルは右手を引くと、左手をわたしのあごに添えて上を向かせた。「気にするな、リリー。ぼくの手なんかどうでもいい。きみは大丈夫？」彼は探るようにわたしの目を左右交互に見て、顔の傷の程度を見極めた。

肩が震えはじめ、痛みに満ちた涙が頬を伝う。「大丈夫じゃない」わたしはパニックになった。体の中で、心が壊れていくのを感じる。きっと彼にもその音がきこえたはずだ。「あなたがわたしを突き飛ばした、ライル。あなたが……」実際に起こった出来事よりも、それが何を意味するのかに気づいたことが、はるかに大きな痛みをもたらした。

ライルはわたしの首に腕を絡め、夢中で抱き寄せた。「ごめん、リリー。悪かった」わたしの髪に顔をうずめ、すべての感情とともに抱きしめる。「お願いだ、ぼくを嫌いにならないでくれ。頼む」

ふたたびゆっくりとライルの声が戻ってきた。みぞおちに、つま先に、彼の声を感じる。彼のキャリアがすべて、その手にかかっている。その手を気にするなと言うなんて、よっぽどのことだ。そうでしょ？　わたしは混乱した。

あまりにもたくさんのことが一気に起こりすぎた。煙、ワイン、割れたガラス、飛び散った料理、血、怒り、謝罪、多すぎて受け止めきれない。

「ごめん」ライルはもう一度言った。体を引くと、彼の目が真っ赤になっているのが見えた。こんなに悲しそうなライルを見るのは初めてだ。「パニックになった。きみを突き飛ばそうとしたわけじゃない。ただ気が動転して。考えたのは月曜の手術のことで、ぼくの手が……ごめん」彼はわたしの唇にキスをして、息を吐いた。

ライルはパパとは違う。同じはずがない。ライルはあの思いやりのかけらもない最低の男とはまったく違う。

わたしたちは二人とも気が動転して、キスして、混乱して、悲しんでいる。こんな瞬間――それはあまりに醜く、痛みを伴う――は初めてだ。でもなぜだかライルによってもたらされた痛みを和らげることができるのは、彼しかいない、そんな気がした。わたしの涙は彼の悲しみによって拭われ、唇を重ねることで心が癒やされる。彼の手はわたしの手をしっかりと握っていた。

彼はウエストに腕を回し、わたしを抱きあげた。慎重な足取りで、ついさっき起こったばかりの騒動の残骸の中を進んでいく。わたしはどちらにより失望しているのだろう？　ライルに対して？　それとも自分自身に対して？　怒りで我を失った彼に失望している。でも同時に、彼の謝罪をたやすく受け入れる自分にも失望していた。

ライルはわたしを抱いたまま、何度もキスをしながら寝室へ向かった。ベッドにわたしをおろしたときも、まだキスとともにささやいていた。「ごめん、リリー」そしてキャビネットの角にぶつけた、目の縁にキスをした。「すまない」

唇に彼の唇を感じる。熱くて、濡れたキスだ。自分で自分がよくわからない。心は傷ついているのに、体は彼の謝罪を求めている。唇や手による謝罪を。彼を突き放したい。パパがママに暴力をふるうたびに、そうしてやればいいのにと思っていたように。でも心のどこかで信じたい自分がいる。これは事故だ。ライルはパパじゃない。パパとはまったく違う。

ライルの悲しみを、そして彼の後悔を感じる必要がある。キスでその二つが伝わってくる。わたしは脚を広げ、彼の悲しみをもうひとつの形で受け入れた。ゆっくりと、遠慮がちに、彼が何度も抜き差しを繰り返す。自らの昂りをわたしの中に突き入れるたびに、謝罪の言葉をささやく。そしてどういうわけか、彼がそれを引き抜くたびに、わたしの体から怒りが出ていく気がした。

肩に彼の唇を感じる。それから頬、まぶたにも。彼はまだわたしの上にいて、優しくわたしに触れていた。今までこんなふうに……こんなにも優しく、誰かに触れられたことがあっただろうか？　わたしはキッチンで起こった出来事を忘れようとした。でも、忘れられるはずがない。

彼がわたしを突き飛ばした。

ライルがわたしを突き飛ばした。

十五秒の間に、わたしは彼じゃない彼の一面を見た。わたしもわたしじゃなかった。本当なら心配すべきだったのに、彼を笑った。彼はわたしに触れるべきじゃなかったのに、わたしを振り払った。わたしが彼を突き飛ばして、彼は手に切り傷を負った。

考えるとぞっとする。すべてがたった十五秒の間の出来事だ。何もかもがおぞましい。もう二度とそのことを考えたくない。

彼が手に巻いたままのタオルが、血で真っ赤に染まっている。わたしは彼の胸をそっと押しやった。

「待ってて」わたしの言葉に彼はもう一度キスをすると、寝返りを打ってわたしの上からおりた。わたしはバスルームへ行き、ドアをしめると、鏡の中の自分を見つめて、大きく息を吐いた。

血だ。髪にも、頬にも、そして体にも。ライルの血がついている。タオルを手にとり、その血を洗い流し、シンクの下にある救急箱を探す。彼の手の傷がどれほどひどいのかわからない。やけどをした上に切り傷を負っている。ほんの一時間前、彼は月曜日の手術がどれほど大事なものか語っていたのに。

もうワインは飲まない。絶対にヴィンテージのワインなんか……。

わたしは救急箱を抱えて、寝室に戻った。ライルもキッチンから、氷の入った袋を持って戻ってきた。彼はその袋をひょいとあげてみせた。「きみの目のためにね」

わたしは救急箱をあげてみせた。「あなたの手のためにね」

わたしたちは顔を見合わせると、にっこり笑ってベッドに座った。ヘッドボードにもたれている彼の手を、膝の上にのせる。わたしが彼の傷の手当てをしている間、彼は氷の入った袋をわたしの目の脇にあて続けた。

彼の指のやけどに抗生剤の軟膏《なんこう》を塗りこむ。思ったほどはひどくなさそうだ。「水ぶくれにならないと思う？」

ライルは首を振った。「だめだね。第二度のやけどだ」

月曜日、指に水ぶくれがあっても手術ができる？　そうききたい。けれど、きく勇気はない。それを一番心配しているのは、きっと彼自身だ。

「切り傷に何かあてがったほうがいい？」

ライルはうなずいた。もう血は止まっている。縫合が必要なら、わかるはずだ。何も言わないところをみると、必要ないらしい。わたしは救急箱から包帯を取り出して、彼の手に巻いた。

「リリー」ライルがささやく。わたしは顔をあげ、彼を見た。ヘッドボードに頭をもたせかけた彼は、今にも泣き出しそうだ。「ひどい気分だ。もし取り消せるなら……」

「わかってる」わたしは彼の言葉をさえぎった。「そうよね、それはひどいことよ。あなたはわたしを突き飛ばした。そのせいで、これまであなたについて知っていると思っていたことが、すべて信じられなくなった。でも、あなたが悪かったと思っているのもわかっている。なかったことにはできないし、もう二度とこんなことは起きてほしくない」包帯をしっかりとめ、彼の目を見る。「でも、もしまた同じことが起こったら……これが単なる事故じゃないとわかる。そうしたらすぐにあなたと別れるわ」

ライルはしばらくの間、わたしを見つめた。眉尻のさがった後悔の表情だ。「もう二度と、こんなことは起こらない。約束する。ぼくは彼とは違う。あの人のことを考えてるんだろ。でも、誓って……」

わたしはライルを押しとどめるように首を振った。彼の声にこめられた痛みを受け止めることができない。「わかってる。あなたはパパじゃない。ただ……お願いだから、わたしがあなたを疑いたくなるようなことは二度としないで。お願いだから」

ライルはわたしの額にかかった髪をかきあげた。「きみはぼくの人生で一番大切な宝物だ。きみを悲しませたくない。幸せにしたいんだ」わたしにキスをすると、立ちあがって、わたしの頰に氷が入った袋を押しあてる。「もう十分ほど、これで冷やしておいて。腫れるのを防いでくれる」

わたしは袋を受けとり、自分でこめかみにあてた。「どこに行くの？」

ライルはわたしの額にキスをした。「キャセロールまみれの床を片付けてくる」

彼はそれから二十分かけてキッチンの掃除をした。ガラスを集めてゴミ箱に入れる音、ワインをシンクに流す音もきこえる。わたしはバスルームに行くと手早くシャワーを浴び、ライルの血を洗い流して、ベッドのシーツを取り換えた。ようやくキッチンの片付けが終わると、彼がグラスを持って寝室に入ってきた。わたしにグラスを差し出す。「ソーダだ。カフェインが効く」

わたしはそれを一口飲んだ。泡がはじけながら喉を滑りおりていく。今、まさにこの瞬間にぴったりな飲み物だ。わたしはもう一口飲んで、グラスをナイトテーブルに置いた。「これって何に効くの？　二日酔い？」

ライルはさっとベッドに滑り込むと、上掛けを引きあげて首を振った。「別になんにも。ただ、子供の頃、何か気分の滅入《めい》るようなことがあると、母さんがいつもソーダを出してくれた。そうしたらほんの少し気分がよくなった」

わたしはほほ笑んだ。「たしかに、よくなる」

ライルはわたしの頰をそっとなでた。彼のまなざしに、わたしに触れる仕草に、少なくとも一度は彼を許すべきものがある。許す方法を見つけられないとしたら、それはわたしが今もパパに対して抱いている怒りをライルにぶつけているせいかもしれない。彼はパパじゃない。ライルはわたしを愛している。わたしにはわかる。わたしも彼を愛している。今夜、キッチンで起こったような出来事は、もう二度と起こらない。彼はわたしを傷つけたことに対して、あんなにもうろたえていた。

人間は誰でも過ちを犯す。その人の人となりを決めるのは、どんな過ちを犯したかじゃない。過ちを犯したときに言い訳をせず、そこから何を学ぶかだ。

今、ライルの瞳は以前にも増して、誠実な輝きを放っている。体を傾け、わたしの手にキスをした。わたしたちはただそこに向かいあって横たわり、見つめあった。その夜がわたしたちの間に残した、いくつもの穴を埋めていく無言のエネルギーを分かちあいながら。

数分後、ライルはわたしの手をぎゅっと握った。「リリー」彼の親指が親指をさするのを感じる。「愛してる」

わたしは全身で彼の言葉を感じ、ささやいた。「わたしも愛してる」それはこれまで彼に語った中でも、とびっきりのネイキッド・トゥルースだ。

15

わたしは約束の時間に十五分遅れてレストランに到着した。今夜、まさに店をしめようとしたときに、葬儀のための花を注文するお客が入ってきた。断ることはできない……悲しいことに……葬儀はまたとないビジネスチャンスだ。

ライルに手招きされ、わたしはあたりを見回さないよう、最大限の努力を払いながら、まっすぐにテーブルへ向かった。アトラスに会いたくない。二度、店を変えようと努力してみたけれど、アリッサがどうしてもここで食事をするといってゆずらなかった。ライルが散々この店をほめたせいだ。

ブースの中に滑り込むと、ライルが体を寄せて、わたしの頬にキスをした。「やあ、ぼくの彼女」

アリッサはうめいた。「やだ。二人ともなんだか初々しくて、見ているこっちが恥ずかしくなりそう」わたしはほほ笑んだ。アリッサの目はすぐにわたしの目尻に向けられた。一日たった今、傷は思ったほどひどくは見えない。たぶん、ライルが冷やせと言ってくれたせいだろう。

「やだ、ひどい」アリッサは言った。「ライルからきいたわ。でもこんなにひどいなんて……」

わたしはちらりとライルを見た。いったいアリッサにどう説明したのだろうと考えながら。

本当のことを話したの？　ライルは笑いながら言った。「そこらじゅうオリーブオイルまみれだった。その上を滑ったときのリリーは、バレリーナも顔負けの優雅さだった」

嘘だ。

しょうがない。わたしだって同じことをしただろう。

「ほんとドジよね」わたしは笑いながら言った。

なんとか無難にディナーは終わった。アトラスの姿もない。昨夜のことを思い出すこともなかったし、ライルもわたしもワインは飲まなかった。料理が終わると、ウエイターがテーブルに近づいてきた。「デザートはいかがですか？」

わたしは首を横に振ったけれど、アリッサがぴんと背筋を伸ばした。「何にする？」

マーシャルはその様子をおもしろそうに眺めている。「二人分食べなくちゃね。何かチョコレートを使ったものをもらうよ」マーシャルは言った。

ウエイターがうなずいて去っていく。アリッサはマーシャルを見た。「赤ちゃんは今、ちっちゃな虫くらいの大きさよ。まだこれから何カ月もあるのに悪い習慣がついちゃいそう」

ウエイターがデザートワゴンとともに戻ってきた。「おめでとうございます。これからお母さまになられるお客さまに、シェフがデザートをプレゼントさせていただきたいそうです」

「本当に？」アリッサははしゃいだ声を出した。

「さすがよだれ掛け《ビブズ》って名前だけある」マーシャルは言った。「シェフは赤ん坊が好きなんだ」

わたしたちは一斉にワゴンを見た。「おいしそう」ワゴンに並ぶデザートに、思わず声が出る。

「さすがわたしのお気に入りのレストランね」アリッサが言った。

わたしたちは四人で三種類のデザートを選び、それがくるまでの間、産まれてくる子の名前について話した。

「いやよ」アリッサがマーシャルに言った。「州にちなんだ名前にはしないから」

「でも、ネブラスカが気に入ってるんだ」マーシャルは悲しげだ。「アイダホは？」

アリッサは頭を抱えた。「どうやらこれでわたしたちの結婚は終焉《デマイズ》を迎えることになりそうね」

「デマイズ」マーシャルが繰り返す。「それもいい響きだね」

デザートが運ばれてきたおかげで、マーシャルは命拾いをした。ウエイターがアリッサの前にチョコレートケーキを置き、一歩脇によけると、もう一人、別の男性が他の二つを持って控えていた。ウエイターは、あとからデザートを置いた男性を手ぶりで示して言った。「シェフがお祝いを申しあげたいそうです」

「お食事はいかがでしたか？」シェフはアリッサとマーシャルを見た。

その声……もしかして……わたしははっとした。目が合う。アトラスはじっとわたしを見つめていた。驚きのあまり、思わず質問が口をついて出た。「あなたがシェフ？」

ウエイターがアトラスの後ろからひょいと顔をのぞかせて言った。「シェフで、オーナーです。でも時にはウエイターや皿洗いもします。自ら先頭に立って仕事をするのが信条です」

誰も気づいていなかったけれど、それからの五秒は、まるでスローモーションに思えた。アトラスの視線がわたしの目元の傷に注がれた。

そしてライルの手の包帯にも。

アトラスはふたたびわたしの目を見た。

「わたしたち、このレストランが大好きなの」アリッサは言った。「すてきなお店だわ」

アトラスはアリッサには目もくれなかった。ごくりと唾をのんだ拍子に喉ぼとけが動き、固く口を結んだまま、何も言わずに歩き去った。

サイアク。

「どうぞごゆっくり」アトラスのぶっきらぼうな態度を取り繕おうと、ウエイターは必要以上に歯を見せて笑い、そそくさとキッチンへ消えた。

「なんだかがっかり」アリッサは言った。「せっかくお気に入りのレストランが見つかったのに、シェフは変人ね」

ライルが笑った。「ああ、けど、優秀なシェフには変人が多い。三つ星シェフのゴードン・ラムゼイもそうだろ？」

「たしかに」マーシャルが言った。

わたしはライルの腕に手を置いた。「ちょっと化粧室へ」

ライルがうなずき、わたしがブースから出るときも、マーシャルは話し続けていた。「ウルフギャング・パックは？　あいつも変人か？」

わたしはうつむいたまま、早足でフロアを突っ切った。例の通路を通り、歩き続ける。ドアを押して女性用のバスルームへ入ると、わたしはすぐに鍵をかけた。

サイアク、サイアク、サイアク。

アトラスの目に浮かんだあの表情。怒りに歯を食いしばっていた。

彼が何も言わず歩き去ったことにとりあえずはほっとした。でも、店を出たら、外で待っていて、ライルに殴りかかってきたりすることも、まったくないとは言えない。

鼻から大きく息を吸い、口からゆっくりと吐く。わたしは何度も深呼吸を繰り返しながら手を洗い、タオルで拭いた。

席に戻ったら、ライルに気分が悪いと言おう。もうこの店に二度とくることもないだろう。三人がシェフを変人だと思うのなら、それがいい理由になる。

わたしはドアの鍵をあけた。だがドアを引いてあけようとした瞬間、反対側から誰かがドアを押すのを感じて、あとずさった。アトラスだ。アトラスが中に入ってきて鍵をかけた。ドアに背中をもたせかけ、じっとわたし、わたしの目尻の傷を見つめている。

「何があった？」

わたしは首を横に振った。「何も」

アトラスは目を細めた。アイスブルーの瞳に怒りの炎が燃えている。「嘘だ」

わたしは作り笑いを浮かべ、やり過ごそうとした。「ちょっとしたアクシデントよ」

アトラスは笑い、次の瞬間、真顔になった。「あいつと別れろ」

ライルと別れる？

アトラスは傷のことを誤解しているに違いない。わたしは一歩前に出て、首を振った。「彼はそんな人じゃないの。違う。ライルはいい人よ」

アトラスは首を傾げ、かすかに身を乗り出した。「おかしいね。その言い方、きみのママそっくりだ」

彼の言葉が胸に突き刺さる。わたしはあわてて彼のそばをすり抜け、ドアに向かった。だが、その瞬間、手首をつかまれた。「あいつと別れるんだ、リリー」

わたしはぐっと手を引いた。アトラスに背中を向け、大きく息を吸う。息をゆっくりと吐きながら、ふたたび彼に向き直った。「今のわたしが怖いのは、彼より、むしろあなたよ」

わたしの言葉にアトラスは押し黙った。そして小さくうなずき、もう一度大きくうなずくと、立ちはだかっていたドアの前から脇によけた。「きみを怖がらせたり、不安にさせたりするつもりはないんだ」手でドアを示す。「きみはいつもぼくのことを心配してくれたから、そのお返しがしたくて……」

わたしはじっとアトラスを見つめた。彼の言葉をどうとるべきかわからない。きっとまだ心の中で腹を立てているに違いない。でも表面上は冷静で落ち着いて見える。わたしを引き止めようとはしない。わたしは手を伸ばし、ドアを引いてあけた。

次の瞬間、わたしははっと息をのんだ。そこにライルがいた。ちらりと肩越しに振り返ると、わたしに続いて、アトラスがドアから出てこようとするところだった。

わたしを見て、アトラスを見たライルの目は困惑でいっぱいだ。「これは……どういうこと？」

「ライル」声が震える。**まずい、きっと誤解されてしまう。**

アトラスがわたしのそばをすり抜け、キッチンへ続くドアへと向かっていく。まるでライルがそこにいないかのように。ライルの目はアトラスの背中に釘付けだ。**お願い、歩き続けて、**

アトラス。

アトラスはキッチンの入り口にたどり着いた瞬間、立ち止まった。

だめ、だめ、だめ。歩き続けて。

次の瞬間、アトラスは振り返り、ライルに向かってつかつかと歩いてくると、彼の胸ぐらをつかんだ。間髪いれず、ライルがアトラスをとらえ、壁に押しつける。アトラスはライルを突き飛ばし、向かいの壁に押しつけると、喉元を腕で押さえ込んだ。

「このくそ野郎、今度リリーに手をあげたら、その手をぶった切って喉に突っこんでやる」

「アトラス、やめて！」わたしは叫んだ。

アトラスは勢いよくライルを突き放し、大きく一歩さがった。次の瞬間、息を荒らげ、アトラスをにらみつけていたライルが、はっとしたようにわたしを見た。「アトラス？」まるでその名前を以前から知っていたみたいな口ぶりだ。

なぜ、ライルがアトラスの名前を？　アトラスのことをライルに言ったっけ？　いや、一度も話したことはない。

待って。

話した。

あのルーフトップで初めて出会った夜だ。

ライルは信じられないとばかりに笑い声をあげ、アトラスに指を突きつけた。でも、目はわたしを見つめたままだ。「こいつがアトラス？　きみが**同情でファックしたホームレス？**」

ひどい……。

通路は一瞬にして乱闘の場になり、やめてと言うわたしの叫び声が響いた。ウエイターが二人、背後のドアから飛び出てきて、ライルとアトラスを通路の右と左に引き離した。

二人はそれぞれの側の壁に押しつけられ、息を荒らげてにらみあっている。わたしはどちらの顔も見ることさえできなかった。

ライルがあんなことを言ったあとで、どんな顔でアトラスを見ればいいのだろう？　ライルを見ることもできない。たぶん彼は今、最悪のことを考えているはずだ。

「失せろっ！」ライルをにらみつけ、アトラスはドアを指さして叫んだ。「おれの店から出ていけ！」

ライルがわたしのそばをすり抜けて歩き出した瞬間、目が合った。その中に何が見えるのか、知るのが怖い。でも、そこにあるのは怒りじゃなかった。

痛み。

無数の痛みだ。

一瞬、ライルは何か言いたげに立ち止まった。でも、あきらめたように首を振ると、ブースに戻っていった。

わたしはようやく顔をあげ、アトラスを見た。その顔にはわたしへの失望が見てとれる。ライルの言葉を説明しようとする間もなく、背を向け、キッチンへ消えた。

わたしははっとして向きを変え、ライルのあとを追った。彼はブースからジャケットをつかむと、アリッサやマーシャルには目もくれず、出口に向かって歩いていく。

アリッサは両手をあげ、目を白黒させてわたしを見た。わたしは首を振って、バッグをつかんだ。「話せば長くなるの。明日ね」

ライルは駐車場へと向かっていく。走って追いつくと、立ち止まり、拳で空を殴りつけた。

「ちくしょう、車を持ってこなかった！」

わたしがバッグから鍵を取り出すと、彼はその鍵をひったくり、車へ歩いていく。ふたたびわたしはあとを追った。

どうすればいいの？　今、ライルがわたしと話をしたいかどうかもわからない。彼は鍵のかかった化粧室で、昔の男と二人きりでいるわたしを見つけた。そしていきなり、その男に殴られた。

いったいどうすれば……。

車までやってくると、彼は運転席側のドアへ回り、助手席を指さして言った。「乗れよ」

運転中、ライルは一言も口をきかなかった。一度、名前を呼んでみたけれど、まだ言い訳をきく余裕はないと言わんばかりに首を左右に振った。

アパートメントのガレージに車を入れるやいなや、彼はエンジンを切って車から降りた。一刻も早く、わたしから離れたいとでもいうように。

彼が車のそばをうろうろと歩き回る中、わたしも外に出た。「違うの。誤解よ、ライル」

はたと立ち止まったライルの目を見たとたん、わたしの心臓は倍のスピードで鼓動を刻みはじめた。今、彼の目に痛みが見える。でも彼がその痛みを感じる必要はない。すべてはつまらない誤解のせいだ。

「もうたくさんだ」ライルは言った。「だから恋愛なんかしたくなかったんだ！　ぼくの人生にこんな煩わしさはいらない！」

たとえさっき目にした光景のせいだとしても、その言葉は聞き捨てにできない。「じゃあ、別れましょ」わたしは言った。

「なんだって？」

さっと手のひらを上にして両手をあげる。「あなたのお荷物になりたくないの。悪かったわね、あなたの人生において、わたしが耐えられない存在だなんて！」

彼は一歩前に出た。「リリー、そういう意味じゃないんだ」さっと手をあげると、わたしの行く手に回りこむ。車に背中をもたせかけ、腕を組んでいる。何か言うのかと思ったけれど、長い沈黙が続いて、やがて上目遣いでわたしを見た。

「リリー、今、ここで真実をききたいんだ。答えてくれる？」

わたしはうなずいた。

「奴があの店で働いていることを知ってた？」

わたしはきゅっと唇を結ぶと、右手で左の肘をつかんだ。「知ってた。だからあの店に行くのがいやだったの。ばったり会いたくなかったから」

わたしの答えで、かすかにライルの表情がゆるんだ。片手で顔をさすっている。「奴に昨日の夜のことを話した？　ぼくたちの喧嘩について？」

わたしは一歩前に出るときっぱりと首を横に振った。「話してない。彼が気づいたの。わたしの目とあなたの手を見て、何があったのかを察したみたい」

ライルはふぅーっと息を吐くと、体をそらして車のルーフを見やった。次の質問をするのがつらすぎて、ためらっているようだ。

「なぜあいつと一緒にあの場所に？」

わたしはさらにもう一歩、彼に歩み寄った。「化粧室に入ったら、あとからアトラスがきたの。でも、知らなかった。まさかあのレストランのオーナーだなんて……。ただのウエイターだと思っていた。今はもう、彼とはなんの関わりもない。本当よ。ただ……」わたしは腕を組んで、声を落とした。「彼もわたしも、虐待がまかり通る家庭で育った。わたしの顔を見て、あなたの手を見たら……きっとわたしのことを心配したんだと思う。ただ、それだけ」

ライルは両手をあげて、口元を覆った。指の間からもれる吐息の音がきこえる。背筋を伸ばして立ち、わたしの言葉を噛みしめ、理解しようとしていた。

「ぼくの番だ」彼は言った。

彼は車から離れ、わたしに向かって三歩前に出た。ついさっきまでわたしたちを隔てていた距離だ。それから両手でわたしの頰を包みこむと、じっと目を見た。「もしぼくと別れたいなら……今、ここでそう言ってくれ。彼と一緒にいるきみを見たとき……胸が締めつけられた。二度とあの痛みを感じたくない。今でさえこんなにつらいのに、一年後に別れ話を切り出されるなんて、考えるだけで耐えられない」

自分の頰を伝う涙を感じる。わたしは彼の手に両手を重ねて首を振った。「他の誰でもない。わたしにはあなたが必要なの、ライル」

ライルはこれまで見た人の中で、一番悲しげな笑みを浮かべると、わたしを引き寄せ、抱きしめた。わたしも彼の体に腕を巻きつける。ライルはわたしの耳の上に唇を押しつけてささやいた。

「愛してる、リリー。大好きだ」

彼にしがみつき、肩にキスをする。「わたしもよ」

この二日間のすべてを水に流してしまえたら……わたしは目をとじ、心の中で願った。

アトラスはライルを誤解している。

どうかアトラスが、そのことに気づいてくれますように……。

16

「つまり……気持ちはわかるけど、あのデザートを食べたら……」アリッサがうめいた。「めちゃくちゃおいしかったんだから」

「もう、あの店には行かないわ」わたしは言った。

アリッサは駄々っ子のように足をばたばたさせた。「でも……」

「いやよ。ライルもそう言ったでしょ」

アリッサは腕を組んでいる。「わかるわ、ライルの気持ちはわかる。でも、なんでまた多感な十代のリリーの恋の相手が、よりにもよってボストン一のシェフなわけ？」

「知りあったときはシェフじゃなかった」

「たしかに」彼女はそう言うとオフィスから出て、ドアをしめた。

スマホが鳴り、メッセージが着信した。

ライル　今ちょうど五時間が終わった。あと五時間だ
　　　　今のところうまくいってる。手も大丈夫

わたしはほっとため息をついた。今日、手術ができるかどうか心配だったけれど、どうやら大丈夫らしい。

リリー　ボストン一の頼れる手だものね

わたしはノートパソコンをひらき、メールをチェックした。目に飛び込んできたのは『ボストン・グローブ』からのメール、ボストンの店に関する記事を書いている記者からのものだった。わたしが返信を書きはじめたとき、ノックの音がきこえ、アリッサが頭だけをのぞかせて言った。

「ねえ」

「何？」

アリッサは指で軽くドア枠を叩いた。「リリーがもう〈ビブズ〉には行けないのは、元彼がオーナーで、ライルに悪いって思うからでしょ？」

わたしは椅子にもたれてのけぞった。「何が言いたいの、アリッサ？」

アリッサはいたずらっぽく鼻にしわを寄せた。「もしオーナーのせいであの店に行けないなら、彼がここにくるっていうのはどう？」

どういうこと？

わたしはノートパソコンをとじて、立ちあがった。「嘘でしょ？　彼がここに？」

アリッサはうなずいて、するりとオフィスに入ってくると、後ろ手にドアをしめた。「きてる。あなたがいるかって。わかってる。リリーは兄さんの彼女で、わたしは妊娠中よ。でも、今、この瞬間だけ、何も言わず、ただ彼のイケメンぶりを眺めて楽しむことはできない？」

うっとりした表情のアリッサに、わたしはあきれてくるりと目を回した。

「アリッサったら」

「だって彼の瞳、たまらない」アリッサがドアをあけ、店に歩いていく。あとをついていくと、アトラスの姿があった。「お待たせしました」アリッサは言った。「コートをお預かりしましょうか？」

まさか、冗談でしょ。

オフィスから顔をのぞかせたわたしに、アトラスが目をあげる。でも、すぐにアリッサを見て、首を振った。「いや、大丈夫。すぐ失礼します」

アリッサはカウンターに身を乗り出し、肘をついてあごを手にのせている。「好きなだけゆっくりして。っていうか、副業のバイトを探したりしてない？　リリーにはもっとスタッフが必要なの。重いものを運んでくれる力持ちを募集中よ。臨機応変に対応できて、他にもいろいろやってくれる人」

わたしはアリッサを横目でにらみ、声は出さず口だけ動かした。や・め・て。

アリッサはいたずらっ子みたいに肩をすくめた。わたしはドアをあけ、アトラスをオフィスに通した。でも、彼がそばを通る瞬間、目は見ないようにした。昨日のことで申し訳ない気持ちでいっぱいだし、罪悪感もある。けれど、同時に怒りも感じている。

デスクを回って、自分の椅子に腰をおろし、これから始まるやりとりに身構える。でもいざ彼を前にすると、言葉が出てこない。

アトラスは笑顔だ。わたしの向かい側の椅子に腰をおろし、さっと部屋を手で示した。「すごいよ、リリー」

「……ありがとう」

アトラスの笑顔に、心からわたしを誇らしく思ってくれている気持ちが伝わる。彼は持ってきた荷物をデスクに置くと、わたしのほうへ押しやった。「プレゼント。あとであけて」

なぜプレゼントを？　アトラスには彼女がいるし、わたしにもライルがいる。わたしたちの過去は、わたしたちの現在《いま》にすでに十分すぎるほどの問題を引き起こしている。プレゼントなんていらない。もらったら、もっと厄介なことになる。

「なぜ？」

彼は椅子に深々と腰かけて、腕を組んだ。「三年前に買ったんだ。きみにばったり会うことがあったら渡そうと思って、ずっと持ってた」

優しいアトラス。昔のままだ。どうすればいいの？

わたしはその包みを手にとり、デスクの後ろの床に置く。どうにか緊張を和らげようとしたけれど、とても無理だ。彼を前にすると、緊張せずにはいられない。

「ここにきたのは謝りたかったからだ」アトラスは言った。

わたしは手を振り、そんな必要はないことを知らせた。「気にしないで。ちょっとした誤解なの。ライルの機嫌も直ったから」

彼はくすっと笑った。「そのことじゃないんだ。きみを守ろうとしたことを謝りはしない」

「守ってないし」わたしは言った。「全然、守れてない」

アトラスは首を傾げ、わたしを見た。昨日と同じ瞳。きみにはがっかりだ、そう言いたげなまなざしだ。みぞおちの奥がきりきりと痛む。

わたしは咳ばらいをした。「じゃあ、なぜ謝るの？」

彼はしばらく間を置いてから、おもむろに口をひらいた。「謝りたいのは『きみのママそっくり』って言ったことだ。ひどい言い方だった。すまない」

なぜだかわからないけれど、アトラスのそばにいるといつも泣きたい気分になる。彼のことを考えるときや、彼の記事を読むときも。まだわたしの心はアトラスにつながっていて、その糸をどうしたら断ち切れるのかわからない、そんな気がする。

彼はデスクに目を落とすと、三つのものを手にとった。ペン、付箋、わたしのスマホ。

彼は付箋に何かを書きつけた。スマホをケースからはずすと、そこに付箋を入れ、わたしのほうへ押しやる。わたしはスマホを見て、それから彼を見上げた。アトラスは立ちあがり、デスクの上にペンをぽんと置いた。

「ぼくの電話番号だ。何かのときのために、そこに隠しておいて」

わたしはかすかに首をすくめた。必要ないかも……そういう仕草だ。「いらないと思うけど」

「だといいね」彼はドアへ向かい、ノブに手をかけた。わたしにはわかった。今しかない。彼が永遠にわたしの人生から出ていく前に言わなきゃならないことがある。

「アトラス、待って」

勢いよく立ちあがった拍子に、椅子が床を滑って壁にぶつかった。彼は肩越しに振り返って、わたしを見た。

「ライルが昨日、あなたに言ったことだけど、わたしは一度だって……」震える手を思わず首にあてる。「あんなふうに言ったことはない。ライルは傷ついて、動揺して、ずっと前に話したことを勘違いしてるの」

アトラスの口元がかすかにゆがんだ。ほほ笑もうとしているのか、顔をしかめようとしているのかわからない。でもまっすぐわたしに向き直った。「わかってる。あれは同情のファックなんかじゃない。誰よりぼくが一番知ってる」

彼がドアを出ていくと、わたしはへなへなと椅子に座りこんだ。

けど……椅子はそこになかった。わたしは勢いよく床に尻もちをついた。

アリッサがあわてて駆け込んできたとき、わたしはデスクの後ろの床にあおむけに倒れていた。「リリー？　大丈夫？」

わたしは親指を立ててみせた。「大丈夫。座りそこねちゃった」

アリッサは手を伸ばし、わたしを助け起こした。「何があったの？」

わたしはドアをちらりと見て、椅子を引き戻した。あらためて腰をおろし、スマホを見つめる。「何も。ただ彼が謝りにきたの」

アリッサは切なげなため息をつくと、ドアを振り返った。「ってことは、ここで働かないのね？」

負けた。こんなに心がかき乱されているときでも、アリッサはわたしを笑わせることができる。「仕事に戻って。でなきゃ、給料を減らすわよ」

笑ってオフィスを出ていこうとする彼女に、わたしはペンでデスクをこつこつと叩いた。「アリッサ、待って」

「わかってる」アリッサはわたしの言葉をさえぎった。「アトラスがきたことは、兄さんには内緒ね」

わたしはにっこり笑った。「ありがと」

アリッサはドアをしめた。

わたしは床に手を伸ばし、三年越しのプレゼントが入った袋を持ちあげた。あけなくても形から、それが本だとわかる。ラッピングの薄紙を破った瞬間、思わずのけぞった。

表紙はエレン・デジェネレスの写真だ。タイトルは『マジに……ふざけてる』くすりと笑って、それから本をひらく。そこにエレン直筆のサインとメッセージを見つけて、驚きに息をのんだ。

リリー、アトラスが言ってるわ。「ただ泳ぎ続けるんだ」だって。

——エレン・デジェネレス

わたしは彼女のサインを指でなぞった。それからデスクに本を置いて、突っ伏したまま額を本につけ、表紙に向かって泣きまねをした。

17

　家に戻ったのは午後七時を過ぎていた。ライルからは一時間前に、今夜は帰れないという電話があった。頭蓋なんとか、まあ、なんだかよくわからないけど分離手術は成功した。でも今夜は病院に泊まって、二人に合併症がないことを確認するらしい。

　わたしは静かにアパートメントの玄関に入った。それから静かにパジャマに着替え、静かにサンドイッチを食べた。そして静かに寝室で横たわって、新しく手に入れた本を静かに読んだ。いつしか自分の気持ちが静まることを願って。

　たっぷり三時間が過ぎ、本がほとんど終わりに差しかかった頃、この数日間、こらえていた感情が堰《せき》を切って流れ出した。わたしはしおりをページに挟み、本をとじた。

　じっとその本を見つめる。ライルのことを考え、アトラスのことを考える。そして自分の人生について考えた。自分の人生はたしかな方向へ向かっている、何度そう思っても、ごくわずかな流れの変化で、人は思わぬ方向へ向かってしまうことがある。

　わたしはアトラスのプレゼントを手にとると、それをクローゼットの中のシューズボックスにしまい、代わりに彼との思い出が詰まった日記の一冊をとりあげた。ついに最後の部分を読むときがきた。これでようやく、日記を永遠に封印することができる。

大好きなエレンへ

実はほとんどの場合、あなたがわたしの存在さえ知らなくて、あなたにあてて書いたこの手紙のどれも、実際に送りつけなかったことにほっとしているの。

でもときどき、とりわけ今夜みたいなときには、あなたがわたしのことを知ってくれていたらいいのにと思うことがある。誰かに心の中のすべてを話してしまえたらって。最後にアトラスと会ってから、ちょうど六カ月よ。今、彼がどこにいるのかも、どうしているのかも知らない。あなたに最後の手紙を書いた日から、あまりにたくさんのことがあった。アトラスがボストンに引っ越していったとき、これからしばらく、アトラスに会うことはないだろうと思っていた。でもそうじゃなかった。

別れて数週間後、わたしは彼に会った。わたしの十六歳の誕生日のことだったの。アトラスが突然現れて、その日は人生で最高の一日になった。

でも、それは最悪の一日にもなった。

アトラスがボストンに行ってから、正確に言えば四十二日たった日だった。日にちを数えていたのは、そうすることで気持ちが落ち着く気がしたから。きっと鬱に近い状態だったと思う。今もまだ、同じよ。ティーンエイジャーは大人みたいに人を愛することができないって言う人もいる。たしかにそういう部分もあると思う。わたしは大人になったことがないから、比べることはできない。十代の恋愛は大人の恋愛とは違うのかもしれない。きっと大人の恋愛は現実的な部分が多いだろうし、より落ち着いて、互いを尊重する、責任のある関係が築けると思う。でも年齢によって形は違っても、愛の重みは変わらない。何歳だって、その重みは感じている。肩や、お腹、心臓にも、ずっしりと。わたしは毎晩泣いて、小さな声で自分に言いきかせている。「ただ泳ぎ続けるんだ」って。でも泳ぐのは本当につらくて、時には溺れてしまいそうになることもある。

今、わたしはこう思ってるの。たぶん、これも悲しみを乗り越えるひとつのステップなんだろうなって。否認、怒り、取引、抑鬱、そして受容。十六歳の誕生日の夜は、鬱の真っただ中だった。ママはどうにかして、わたしを元気づけようとしてくれた。ガーデニングの道具を買ってくれて、好物のケーキを作ってくれた。それから二人で夕食に出かけた。でも夜、ベッドに入っても、悲しみを振り払うことはできなかった。

泣いていると、窓をこんこんと叩く音がきこえた。最初は雨が降りはじめたんだと思ったの。でも彼の声がした。わたしは飛び起きて、窓に駆け寄った。心臓がありえないほどにどきどきしてた。アトラスが暗闇の中に立って、にっこり笑っていた。わたしが窓をあげて、中に入れると、彼はわたしをハグして、わたしが泣きやむまで、じっとそこで抱きしめていてくれた。

すごくいい匂いだった。抱きしめられた瞬間、別れてからたった六週間なのに、少しふっくらしていることに気づいた。彼は体を引いて、わたしの頬の涙を拭って言ったの。「どうして泣いてるの、リリー？」って。

わたしだって自分の涙にとまどっていた。その月は泣きすぎるほど泣いた。おそらく人生でもっとも泣いた一カ月だったと思う。たぶん思春期特有のホルモンのアンバランスに、パパのママへの仕打ちやアトラスとの別れが重なったせいよ。

わたしは床からシャツを拾いあげ、涙を拭ってベッドに座った。アトラスはヘッドボードに背中を預けて、後ろからわたしをハグした。

「どうしてここに？」

「誕生日だろ」アトラスは言った。「今もきみはぼくの大好きな人だ。ずっと会いたかったよ」

おそらく彼がここにいられるのは、どんなに遅くても十時くらいまでだろうと思っていた。でも話したいことがありすぎて、次に時計を見たときには十二時を過ぎていた。何を話したのかさえ覚えていないけど、何を感じたかは覚えている。彼はすごく幸せそうで、瞳を輝かせていた。以前は見たことのない表情で、ついに自分の居場所を手に入れたように見えた。

話したいことがある、アトラスはそう言ったの。そして急に真剣な声になった。目と目を見て話したい。そう言うアトラスに、わたしは向きを変え、彼の膝にまたがって向きあう格好になった。わたしは思った。たぶんアトラスはガールフレンドができたと言おうとしているのかも、あるいは軍に入隊するのが早まったとか。けど、次に彼が口にしたのは、驚くような話だった。

彼は言った。あの古い家に行った最初の夜、それはどこかに寝る場所を見つけるためじゃなかった。

自ら死を選ぶためにそこに行ったたって。

わたしは両手を口にあてた。まさかあのとき、彼がそこまで追いつめられていたなんて……。もう生きていたくないと思うほどに。

「きみにはそんな孤独を知ってほしくない」アトラスは言った。

彼の話はこうだった。あの家にいた最初の夜、彼はリビングルームに座って、手首に剃刀《かみそり》の刃をあてた。そして刃を肌に立てようとした瞬間、わたしの寝室の明かりがついた。「きみがまるで天使に見えた。天国で、背後から差す光に照らされて。ぼくはきみから目が離せなくなった」

アトラスはしばらくの間、わたしが寝室を歩き回るのを見ていた。ベッドに寝そべって、日記を書く姿も。やがて彼は剃刀を置いた。その一カ月、何を見ても、何をしても、どんな感情も湧いてこなかった。でも、わたしを見たときに心が動いた。すべてを終わらせようとするほど麻痺していた彼の心に、その瞬間、感情が戻った。

それから一日か二日後、わたしが彼の食べ物を用意して、裏口に置くようになった。そのあとどうなったかは前にも書いたわよね。

「リリー、きみはぼくの命を救ってくれたんだ。自分でも気づかないうちにね」

彼は体を前に倒し、わたしの鎖骨にキスをした。いつもの場所だ。またそこにキスをされたのが嬉しかった。自分の体を好きだと思ったことはあまりない。でも、アトラスのおかげで、鎖骨が自分の体の中で一番好きな場所になった。

彼はわたしの手を握りしめて言った。もうすぐ軍に入るけれど、その前にどうしてもありがとうと言いたかった。四年間は軍にいるつもりだ。十六歳のわたしに、連絡のないボーイフレンドのことばかり考えているような生活は送ってほしくないって。

そして涙にうるんで一段と澄んだアイスブルーの瞳で言ったの。「リリー、人生はこっけいだね。ぼくたちは限られた時間を生きている。だからその中で、できる限りのことをしなくちゃならない。人生を充実した日々にするために。いつか起こるかもしれないけれど、いつまで待っても起こらないかもしれないことのために、時間を無駄にするわけにはいかないんだ」

彼の言いたいことが、わたしにはわかった。軍に入って、アトラスがいない間、わたしにずっと自分のことばかり考えていてほしくないってことだ。わたしたちが一緒にいたのは、ごく短い期間だけだ。だからそもそも別れるとか、別れないとかも考えていないと思う。わたしたちはそれぞれ別の人格で、お互いが必要なときに助けあって、互いの心をひとつにしてきた。

誰かに手を離されるのはつらい。とくにまだ、わたしのことをしっかりつかんでもいない相手から。でも一緒にいる間も、わたしたちはどちらも、今の状態がずっと続くとは思っていなかった。たぶんわたしたちが普通の、平均的なティーンエイジャーで、ごく幸せな家庭に育っていたら、カップルにならなかったかもしれない。一瞬で惹かれあって、残酷に引き裂かれる運命を経験することもなかったと思う。

その夜、アトラスの決心を変えさせようとは思わなかった。わたしたちには地獄の炎に焼かれても切れない絆《きずな》があると感じていたから。これから彼は軍で数年を過ごし、わたしも残りの十代を自分なりに過ごす。そしていつかのタイミングで、二人の関係があるべき形に落ち着くはず、そう思っていた。

「約束するよ」彼は言った。「ぼくの人生が、きみとつきあうのにふさわしいものになったら、きっときみを迎えに行く。でもだからといって、ぼくを待たないでほしい。もしかしたら、そのときは永遠にこないかもしれないから」

そんな約束は嫌だ。なぜならそれはつまり、彼が、もしかしたら軍で危険に巻き込まれて命を落とすとか、あるいは彼の人生が永遠にわたしにふさわしいものにならないかもしれないと考えていることを意味するから。

わたしにとっては、今のアトラスで十分に思える。でも、わたしはうなずいて、無理に笑顔を作った。「もし迎えにこなかったら、こっちからあなたを探しに行くわ。覚悟してね、アトラス・コリガン」

彼はわたしの脅しに声をあげて笑った。「まあ、意外に簡単に見つかったりしてね。きみはぼくがどこに行くか、ちゃんと知っているから」

わたしはにっこり笑った。「すべてがよくなる街《エヴリシング・イズ・ベター》」

アトラスもにっこり笑った。「ボストン《イン・ボストン》」

そして、キスをした。

エレン、あなたは大人だから、それからどうなったかわかるでしょう。まだ恥ずかしくて、そんなの話す心の準備ができていない。でも、わたしたちはたくさんキスをして、たくさん笑った。そしてたくさん愛しあって、ささやきあって、息を弾ませた。見つからないよう口を手で覆って、できるだけ静かにじっとしていなくちゃならなかったけど。

最後にもう一度、彼はわたしを抱きしめた。肌と肌を触れあわせ、心臓の上に手を置くと、キスをしてわたしの目をのぞきこんだ。

「愛してる、リリー。きみはぼくのすべてだ。愛してる」

そんなの、お決まりのありふれた言葉だってわかってる。とくにティーンエイジャーにとっては。ほとんどの場合、お互いに若すぎて、なんの効力も持たない。けれど彼がその言葉を言ったとき、軽い気持ちじゃないってことはわかった。わたしたちの間にあるのは、そんな種類の〝愛してる〟じゃない。

あなたの人生で出会うすべての人々を思い浮かべてみて。すごくたくさんいるでしょ。その人たちは波のようにやってきて、潮の流れとともに寄せたり引いたりする。すごく大きな波もあって、他の波より大きな影響を残すこともある。そして時には、海の底からいろいろなものを運んできて、砂浜に打ちあげたりもする。砂に残った跡は、潮が引いたあともなお、波がそこにいたことを示している。

「愛してる」って言ったとき、アトラスはそういうことを伝えたかったんだと思う。わたしは彼が出会った一番大きな波だったって。そしてわたしが多くのものをもたらして、その印象はいつまでも残っている。たとえ潮が引いてしまったあとでも。

そのあと、彼は小さな茶色い紙袋に入った誕生日プレゼントをくれた。「つまらないものだよ。今のぼくにはこれしかできなくて」

わたしは袋をあけて、今までもらった中で最高のプレゼントを取り出した。それはマグネットだった。上のほうに〝ボストン〟って文字が見える。そしてその下には小さな文字で〝すべてがよくなる街〟って書いてあった。ずっと大切にする、わたしはそう約束した。それを見るときはいつも、彼のことを考えるって。

この手紙のはじめで、わたしは十六歳の誕生日が人生で最高の日になったって言ったよね。それは本当に最高の一日だった、これから話す出来事が起こる瞬間までは。

そのあとの数分は最悪だった。

アトラスはその夜、突然現れて、わたしは彼がくるなんて思ってもいなかった。だから寝室のドアに鍵をかけていなかった。パパが誰かと話すわたしの声をききつけて、いきなりドアをあけて、わたしと一緒にベッドにいるアトラスを見つけた。パパは今まで見たことのない剣幕だった。そして不意を突かれたアトラスは身を守るすべがなかった。

その瞬間を、生きている限り忘れないと思う。無防備のわたしたちのところへ、パパは野球のバットを持ってやってきた。わたしの悲鳴の合間にきこえたのは、骨が砕ける音だけだった。

誰が警察を呼んだのか、今もわからない。きっとママだと思う。けど、六カ月たった今もまだ、ママとその話をしたことはない。警察官が来てパパを引き離したときには、アトラスは血まみれで誰だかわからないほどだった。

わたしはパニックになったの。

パニックに。

アトラスが救急車で搬送されたあと、息ができないわたしのために、もう一台救急車が呼ばれた。それはわたしが経験した初めてで、唯一のパニックの発作だった。

彼がどこにいて、無事なのかどうか、誰も教えてくれなかった。パパは自分のしたことで逮捕さえされなかった。アトラスがあのボロ家にいて、ホームレスだったという噂が流れた。パパは自分のしたことを、英雄的な行い――娘をだまして、セックスさせようとしたホームレスから娘を救った――として正当化した。

パパは言った。ゴシップの種になるなんて、おまえは一家の恥さらしだって。街の人たちは今も、そのことを噂している。バスの中でも、ケイティが誰かに話すのがきこえた。アトラスには気をつけるよう、わたしに注意した。自分はあの子を見たとたん、関わらないほうがいいとわかったって。そんなの嘘だ。もしアトラスがそばにいたら、たぶん以前もそうしたように、黙って大人な対応をしたと思う。でも、アトラスはいない。だからわたしはくるりと後ろを向いて、地獄に落ちろってケイティに言ったの。それからアトラスはあんたなんかよりずっと上等の人間よ、もし今度彼の悪口を言ったら、後悔することになるって。

ケイティはあきれたように目を回した。「驚いた。洗脳されたのね？　相手は不潔で、こそ泥みたいなホームレスよ。たぶんドラッグもやってる。食料とセックスを手に入れるためにあなたを利用したのに、まだかばうの？」

ケイティはラッキーだった。ちょうどそのとき、バスがわたしの降りるバス停に到着した。わたしはバックパックを引っつかんでバスから降りた。そして家に入ると、寝室で三時間ぶっとおしで泣いた。そのあと頭が痛くなって、気分をよくする唯一の方法は、すべてを紙に書くことだって思い出したの。もう六カ月もこの日記を書いていなかったから。

気を悪くしないでね、エレン。日記を書いても、まだ頭痛は治らない。たぶん昨日より今日のほうがひどくなってる。この手紙を書いても少しもよくならない。

あなたに手紙を書くのをしばらくやめようと思うの。書けば彼のことを思い出して、つらすぎるから。アトラスが迎えにきてくれる日まで、大丈夫なふりを続けるつもり。たとえただ浮いているだけだったとしても、泳ぐふりをしながら、どうにか水の上に頭を出しているつもり。

――リリー

わたしは次のページをめくった。でもそこには何も書かれていなかった。エレンに書いた手紙はそこで終わっていた。

それ以降、アトラスから連絡はなかった。彼を責める気持ちはない。パパのせいで、アトラスは殺されかかった。許せないと思って当然だ。

彼があのけがでも死なずに、元気でいることはわかっている。どうしても好奇心に逆らえなくて、ネットで検索したから。大して情報はなかったけれど、生きていて、軍にいるってことがわかった、それで十分だった。

今もまだ、彼のことを頭の中から完全に消し去ったわけじゃない。でも時間がたつにつれて、つらさは薄れた。ときどき、ふとした拍子に思い出して、物思いにふけることはあった。でも大学に通うようになる頃には、そんな時間もなくなっていった。何人かの男の子とデートをするうちに、もしかしたらアトラスはわたしの人生のすべてじゃないのかもしれないと思うようになった。たぶん、人生の一部にすぎなかったんだって。

もしかしたら、愛って永遠に完全に丸い円にはならないものなのかもしれない。人生に現れる人のように、あるいは満ち引きする潮のように、出たり入ったりするものなのかもしれない。

大学に通っていた頃、ある夜、たまらなく寂しくなって、ふらりとタトゥーパーラーに入り、昔、アトラスがよくキスをした鎖骨にタトゥーを入れた。親指ほどの小さなハートだ。それは、彼があのオークの木で作ったハートにそっくりだった。上の部分が完全にとじていない。アトラスのことを考えるたびに、いつもそんなふうに感じる。そこにはふさがらない小さな穴があって、その穴から空気が出ていくみたいに。

　大学を卒業すると、わたしはボストンに行った。彼にばったり会えるかもと思っただけじゃない。ボストンですべてがよくなるなら、それを自分の目で確かめてみたいと思ったからだ。どのみちプレソラにいても何もないし、できるだけパパから離れたかった。その頃にはもうパパは病気で、ママを殴ることはなくなっていたけれど、同じ州にいると思うだけで耐えられなかった。

〈ビブズ〉でアトラスに会ったとき、わたしの心にはさまざまな思いがあふれた。その思いをどうすればいいのか、自分でもわからない。わたしの助けがいらなくなった彼を見るのは嬉しかったし、元気そうな姿に安心した。でもかつて約束したように、わたしを迎えにきてくれなかったことに、傷つかなかったと言えば嘘になる。

　アトラスを愛している。まだ今も、そしてこれからもずっと。彼は大きな波で、わたしの人生にたくさんの痕跡を残した。きっと人生最後の日まで、その愛の重みを忘れることはないだろう、そう思って生きてきた。

　でも、今はすべてが変わった。今日、彼がわたしのオフィスを出ていったあと、じっくりと考えた。わたしたちの人生はこれからどこに向かおうとしているのだろう？　わたしにはライルがいる、そしてアトラスにも彼女がいる。二人とも仕事、ずっと憧れていた仕事がある。わたしたちは同じ波に乗れなかったかもしれないけれど、まだこの同じ海にいる。

　ライルとの関係は始まったばかりだ。でも、かつてアトラスに感じた絆をライルにも感じている。ライルはかつてのアトラスと同じように、わたしを愛している。アトラスだってライルの人となりを知れば、きっとわたしのために喜んでくれるはずだ。

時には予期せぬ波にのみ込まれて、その波がどこかに打ちあげてくれないこともある。わたしはライルという予期せぬ大きな波にのまれて、今、そのすばらしい波の上を泳いでいる。

PART TWO

18

「どうしよう、吐いちゃうかも」

ライルはわたしのあごの下に親指をあて、上を向かせた。にやにや笑っている。「平気さ、そんなに緊張しないで」

わたしは手を振って、エレベーターの中でぴょんぴょん飛び跳ねた。「無理よ。あなたとアリッサから散々お母さまについてきかされたんだから、緊張するに決まってるでしょ」わたしは大きく目を見開き、口に手をあてた。「ねえ、ライル、信仰についてきかれたら、どう答えたらいい？　わたしは教会には行かないし……聖書を読んだことはあるけど、あれこれトリビアな質問には答えられないわよ」

ライルは声をあげて笑いだし、わたしをぐっと引き寄せると、頭の脇にキスをした。「そんな質問するもんか。母さんはきみのことが大好きなんだ。ぼくがいろいろ話しているからね。いつもどおりのきみでいればいい」

わたしはうなずいた。「いつものわたしね、わかった。たぶん一晩なら、いつもの自分のふりができると思う。そうよね？」

ドアがひらくと、エレベーターを出て、アリッサの部屋へと向かう。ライルがドアをノックするのを見るのはなんだか変な感じだ。でも彼はもうここに住んでいない。この数カ月間、ほとんどの時間をわたしのところで過ごしている。服も、洗面用具も、すべてわたしのアパートメントにある。先週はついに、あのブレた写真を寝室にかけて、わたしたちの関係を正式なものにした。

「わたしたちが一緒に住んでいることはご存じ?」わたしはたずねた。「それってヒンシュクだって思われない? まだ結婚もしていないのに。お母さまは毎週、日曜日に教会に行くのよね。どうしよう、ふしだらな女だと思われたら?」

ライルがあごでドアを示す。くるりと振り向くと、彼のママが驚いた表情を貼りつかせて玄関に立っていた。

「母さん」ライルが言った。「リリーを紹介するよ。ぼくのふしだらな彼女だ」

なんてこと……。

彼のママは手を差し伸べると、わたしをさっと引き寄せ、ハグをした。朗らかな笑い声に、一気に緊張が解けた。「リリー!」体を引いて、わたしをまじまじと見つめる。「ふしだらだなんて思うもんですか。あなたは天使、この十年間、ライルの膝に舞い降りてくれますようにって、わたしが祈り続けたエンジェルよ!」

ライルのママはわたしたちをアパートメントの中へ招き入れた。次にわたしをハグで歓迎してくれたのはライルのパパだ。「全然ふしだらなんかじゃない。マーシャルとは大違いだ。まだたったの十七歳だったうちの娘に牙を立ててたんだからな」そう言って、ソファーに座っているマーシャルをちらりと見た。

マーシャルは笑った。「それは誤解です、ドクター・キンケイド。先に牙を立てたのはアリッサのほうです。ぼくが狙ってたのは別の女の子で……」

脇腹にアリッサの肘鉄を食らって、マーシャルは体を二つに折った。

すべてがそんな調子で、わたしの不安はひとつ残らず消えた。ライルの両親は完璧で、しかも普通だ。変に上品ぶったりせず、マーシャルのジョークにも笑っている。

義理の両親としては最高だ。

三時間後、わたしはアリッサのベッドに、彼女と並んで寝そべっていた。アリッサの両親は時差ボケで疲れているからと、早めに寝室へ引きとった。ライルとマーシャルはリビングでスポーツ中継をみている。わたしはアリッサのお腹に手を置いて、赤ん坊がお腹を蹴る瞬間を待っていた。

「今、足がここにあるの」アリッサはわたしの手を数センチ動かした。「じっとしてて。彼女、今夜はすごく元気よ」

わたしたちは二人とも息を詰めて、赤ん坊のキックを待った。そしてそれを感じると、わたしは笑いながら叫んだ。「すごい！　お腹にエイリアンがいるみたい」

アリッサはほほ笑みながら、お腹に手をあてている。「これから出産まで、まだ二カ月半もあるのよ。早く会いたくてたまらない」

「わたしもよ。おばさんになるのが待ちきれない」

「わたしはリリーとライルの赤ちゃんが待ちきれない」アリッサは言った。

わたしは頭の後ろで手を組み、天井を見上げた。「ライルが赤ちゃんを欲しいかどうか、わからない。そんなの話したこともないから」

「兄さんが子供を欲しいかどうかなんて問題じゃないわ」アリッサは言った。「欲しくなるに決まってる。リリーと出会う前は、ステディな関係も結婚も望んでいなかった。でも今はいつプロポーズしてもおかしくない、わたしにはわかるの」

わたしは頬杖をついて、彼女のほうを向いた。「わたしたち、つきあってようやく六カ月よ。ライルはきっと、もっと時間が必要だと思ってる」

ライルをせかして、事を性急に進めたくはない。今のままでも十分楽しいし、結婚するにはお互い忙しすぎる。だから彼が時間が必要だと言っても、まったくかまわない。

「リリーはどうなの？　もしプロポーズされたら、イエスって言う？」

わたしは笑った。「もちろん、今夜にだって結婚する」

アリッサは笑いを噛み殺した表情で、わたしの肩越しに寝室のドアを見つめた。

「ライルがいるのね？」わたしは言った。

彼女はうなずいた。

「今の話、きいてた？」

もう一度うなずく。

振り向くと、そこにライルはいた。ドア枠に軽くもたれかかって、腕を組んでいる。わたしの言葉をきいて、どう思っているのかわからない。にこりともせず、口をきゅっと結んだまま、目を細めてこちらを見ている。

「リリー」ライルはごく冷静な声で言った。「ぼくだってすぐにでも結婚したくてたまらない」

彼の言葉に、にやけたところを見られまいとして、わたしはクッションに顔を押しつけた。

「やだ、ありがと、ライル」クッション越しにくぐもった声で言う。

「二人とも子供みたい」アリッサの声がきこえた。「兄さんもかわいいところがあるのね」

クッションから顔をあげると、ライルがわたしを見下ろして立っていた。「行くよ」

突然、胸の鼓動が速くなる。「今？」

彼はうなずいた。「ちょうどこの週末は、両親がくるからって休みをとってる。店は人に任せればいい。ラスベガスに行って結婚しよう」

アリッサはベッドで上半身を起こした。「だめよ。リリーは女の子なんだから。花とか、ブライズメイドとかがそろった、ちゃんとした結婚式をしたいの」

ライルはわたしを見た。「花とか、ブライズメイドとかがそろった、ちゃんとした結婚式がしたいの？」

わたしは一秒考えた。

「うーん、でもないかな」

わたしたちは三人とも、一瞬押し黙った。やがてアリッサが大喜びで、ベッドの上で足をばたばたさせた。「結婚するのね！」叫びながらベッドから転がり出て、リビングに駆け込んでいく。「マーシャル、荷物をまとめて！　ベガスに行くわよ！」

ライルは手を伸ばし、わたしを引っ張ってベッドから立ちあがらせた。にこにこしている。でも、本当に彼がそれを望んでいるのか、もう一度確かめたい。

「ライル、本当にいいの？」

彼はわたしの髪をさらりとすくと、顔を寄せて、軽く唇にキスをした。「ネイキッド・トゥルース」彼はささやいた。「きみの夫になれるのが嬉しい。嬉しすぎて、おもらししちゃいそうだ」

19

「もうあれから六週間よ、ママ。いい加減に勘弁して」

ママは電話の向こうでため息をついた。「たった一人の娘なのよ。あなたの結婚式をずっと楽しみにしていたのに、何もできなかったなんて」

結婚式には立ち会えたけれど、ママは今もまだわたしを許していない。アリッサが航空券を予約する前に、わたしたちはママに電話をした。ママを叩き起こし、ライルの両親も起こして、真夜中のラスベガス行きの便に乗るように言った。空港に到着する頃には、ママにも察しがついていたはずだ。わたしとライルがついに結婚を決めたことを。だから、それについてはどうこう言わなかった。でも、わたしが生まれた日からずっと、ドレス選びや、ケーキの試食や、盛大な結婚式をどれだけ夢見てきたかを、ことあるごとにわたしに思い出させようとする。

わたしはソファーにひょいと足をあげた。「いったいどうしたらいいの？　子供を作るって決めたときには、自然に授かるのを待ちます。けっしてベガスで買ったりしませんって約束すればいい？」

ママは笑ってため息をついた。「いつか孫を産んでくれるなら、許してあげてもいいわ」

ベガスへのフライトの間、ライルとわたしは子供について話した。残りの人生を共に歩む誓いを立てる前に、将来、子供を持つ可能性について確かめたかったからだ。もちろん話しあう余地はある、彼はそう言った。わたしたちは他にも、この先、問題になりそうなたくさんのことについて話しあって、互いの不安を解消した。わたしからの要求はこうだ。家計は別々にしたい。でも、彼のほうが稼ぎははるかに多いから、プレゼントでしょっちゅう喜ばせてほしい。彼はその条件をのんだ。ライルもわたしに約束をさせた。絶対に菜食主義《ビーガン》にはならないって。そんなのお安い御用だ。なぜならわたしはビーガンになるにはチーズが好きすぎる。わたしはアリッサとマーシャルのように、何か夫婦でチャリティを始めることも提案した。すでにチャリティをしている、ライルがそう答えたのをきいて、ますます結婚が待ちきれなくなった。彼はわたしに投票に行く約束もさせた。民主党、共和党、独立党、どこに投票してもいいから、とにかく選挙に行くという約束だ。わたしたちはその点でも合意した。

　飛行機がラスベガス空港に着陸する頃には、わたしたちは完全にわかりあっていた。

　玄関の鍵があく音に、わたしはさっと背中を伸ばした。「切るわ。ライルが帰ってきたから」ライルがドアをしめるのを見ながら、にっこり笑う。「待って、違う。夫が帰ってきたから」

　ママは笑って、またねと言った。電話を切ると、わたしはスマホを脇に投げ出した。頭の上に腕をあげて、ソファーのアームに気だるくもたれかかる。それから脚をソファーの背に引っかけると、スカートがめくれ、太ももがあらわになった。ライルはわたしの姿を眺め、笑いながら近づいてきた。ソファーに膝をつくと、ゆっくりとわたしの体をはいのぼってくる。

「奥さんのご機嫌はいかがかな？」ささやきながら、何度も唇にキスをする。わたしの脚の間に彼自身を押しつけ、のけぞったわたしの首にキスした。

最高に幸せ！

二人とも、ほとんど毎日仕事をしている。ライルはわたしの倍は働いていて、わたしがベッドに入る前に家に戻るのは、週に二度か三度だ。でも一緒に過ごせる夜には、必ず彼を求めた。彼も喜んで応じた。

わたしの首の感じやすい部分を探りあて、彼は痛くなるほどその部分にキスをした。「痛いっ」

ライルがわたしに覆いかぶさり、唇をつけたままささやく。「キスマークをつけるよ。動かないで」

わたしは笑って、でも彼のしたいようにさせた。今までキスマークなんてつけられたことはない。

彼の唇がうなじの同じ場所を、何度も何度も吸ってキスをすると、最後には痛みも感じなくなった。互いの体が密着し、スクラブ越しに彼のふくらみを感じる。わたしはスクラブをさげ、自分の中に彼が入ってこられるようにした。ライルはキスを続けながら、ソファーの上でわたしを高みへと導いた。


まず彼がシャワーを浴び、入れ替わりにわたしがバスルームに入った。アリッサ夫妻と夕食を共にする前に、セックスの匂いを洗い流さなくちゃならない。

アリッサの出産まで、あと二、三週間だ。最近アリッサはよく、わたしたち夫婦を交えて、四人で一緒に夕食をとりたがる。子供が生まれたら、わたしたちが彼らの家を訪ねなくなるのではと心配しているらしい。でもそんなの心配しすぎだ。二人の家を訪ねる回数は、これからますます増えていくはずだ。わたしはすでに、まだ見ぬ姪《めい》っ子のことを誰より愛している。まあ、誰よりっていうのは大げさかも。でもそれに近い。

髪の毛が濡れないよう注意しながら、シャワーを浴びる。遅刻しそうだ。剃刀をつかんで脇の下にあてた瞬間、がしゃんという大きな音がきこえて、わたしは手を止めた。

「ライル？」

何もきこえない。

ムダ毛の処理を終え、石鹸《せっけん》を洗い流す。その瞬間、もう一度、何かが割れるような音がきこえた。

いったい何をしているの？

水を止め、タオルを手に体を拭く。「ライル！」

相変わらず返事はない。わたしは急いでジーンズをはくと、ドアをあけ、頭からシャツをかぶった。「ライル？」

ベッドのそばのナイトテーブルが倒れていた。リビングに行くと、ソファーの端にライルが座っていた。片手で頭を抱えている。うつむき、もう片方の手に持った何かをじっと見つめていた。

「何をしてるの？」

彼は目をあげ、わたしを見た。その表情からは、何を考えているのかわからない。わたしは困惑した。何か悪いニュースでも……まさか、アリッサ？

「驚かさないで。いったいどうしたの？」

ライルは手にしたわたしのスマホを高くあげた。知っているくせに……そう言いたげだ。わけがわからず、首を振るわたしに、一枚の紙切れを掲げてみせた。「おもしろいものを見つけたんだ」自分の前のコーヒーテーブルにスマホを置く。「うっかりきみのスマホを落としたんだ。そしたらケースがはずれて、裏からこの番号が出てきた」

どうして……。

違う、違う、違う。

ライルは番号が書かれたメモをぐしゃりと握りつぶした。「おかしいな。リリーがぼくに隠し事をしているはずがない、そう思った」立ちあがると、わたしのスマホをとりあげた。「だから、この番号に電話をかけた」スマホをさらに強く握りしめる。「ラッキーな奴だ。留守番電話だった」ライルはスマホを部屋の向こうに投げつけた。それは壁にあたり、大きな音を立てて床に落ちた。

三秒の間に、このあと彼がとりうる二つの選択が頭に浮かんだ。

出ていく。

わたしを殴る。

ライルは髪をかきあげ、ドアに向かってまっすぐに歩き出した。

出ていくのね。

「ライル！」わたしは叫んだ。

どうしてあの番号を捨ててしまわなかったんだろう!?

わたしはドアをあけて、ライルのあとを追った。彼は二段飛ばしで階段をおりていく。二階の踊り場で、ようやく追いついた。彼の前に立ちはだかり、シャツを両手で握りしめる。「ライル、お願い。話をきいて」

ライルはわたしの手首をつかみ、突き離した。


「動かないで」

彼の手を感じる。優しく、頼りになる手だ。

なぜか涙があふれ、目が痛む。

「リリー、お願いだ、じっとして」

なだめるような声。頭が痛い。「ライル?」目をあけようとしたけれど、光に目がくらんだ。目の端に刺すような痛みを感じて、顔をしかめずにはいられない。上半身を起こそうとしたけれど、彼に肩を押さえられた。

「終わるまでじっとしてて」

ふたたび目をあけると、天井が見えた。寝室の天井だ。「何が終わるの?」しゃべると口も痛い。わたしは口を押さえた。

「きみは階段から落ちたんだ」ライルが言った。「けがをしてる」

彼と目が合った。心配そうな目、でも痛みや、怒りも浮かんでいる。頭にさまざまな思いが交錯しているらしい。そしてわたしが感じているのは困惑だけだ。

わたしはふたたび目をとじ、ライルの怒りの原因を思い出そうとした。そしてなぜ彼が傷ついているのかも。
わたしのスマホ
アトラスの番号
階段
わたしが彼のシャツをつかんで
彼がわたしを突き飛ばした。

「階段から落ちたんだ」

違う、落ちてなんかいない。

彼がわたしを突き飛ばした。また。
これで二度目だ。

ライル、あなたがわたしを突き飛ばしたのよ。

涙がこぼれ、体が震える。けががどの程度なのかわからない。でも、もうそんなことはどうでもいい。今、この瞬間の心の痛みに比べれば、体の痛みなんてささいなことに思える。わたしは彼の手を振り払った。とにかくわたしから離れてほしい。ライルがベッドから立ちあがる気配に、わたしは体を丸めた。
てっきりわたしをなだめにかかるものと思っていた。前回、そうしたように。でも違った。彼が寝室を歩き回る足音がきこえる。何をしているのかわからない。まだ泣いているわたしの前に、彼は膝をついた。
「脳震盪《のうしんとう》を起こした可能性がある」事務的な言い方だ。「唇に小さな切り傷がある。目の上の傷には絆創膏《ばんそうこう》を貼った。縫合は必要ない」

冷たい声。

「他に痛いところは？　腕とか、脚は？」

夫というより、ドクターそのものの口調だ。

「あなたがわたしを突き飛ばしたのよ」泣きながらそう言うのが精いっぱいだ。

「きみは階段から落ちたんだ」彼は静かに言った。「五分前。ぼくが嘘つき女と結婚したことがわかったとき」わたしの頭の脇、枕の上に何かを置いた。「もし何か必要なら、この番号に電話をすればいい」

頭の脇の丸めた紙切れ、そこにはアトラスの電話番号が書いてある。

「ライル」わたしは泣きながら言った。

何がどうなってるの？

玄関のドアが大きな音を立ててしまった。

わたしを取り巻く世界が一気に崩れ落ちた。

「ライル」誰にともなくささやく。わたしは両手で顔を覆い、絶望に打ちひしがれて、これ以上はないほど激しく泣いた。

五分。

それが一人の人間を破壊するのにかかった時間だ。


数分が過ぎた。

十分くらいだろうか？

まだ涙が止まらない。わたしはベッドにじっとしていた。鏡を見るのが怖い。ただ……怯えていた。

ふたたび玄関があき、大きな音を立ててドアがしまったかと思うと、寝室の入り口にライルが現れた。彼に腹を立てるべきかどうかわからない。

それとも恐れるべき？

申し訳なかったと思うべき？

三つの感情が一気に押し寄せた。

ライルは寝室のドアに額を押しつけ、わたしの見ている前で、ドアに頭を打ちつけた。一度、二度、三度。

それから向きを変えると、わたしに駆け寄り、ベッドの脇にひざまずいた。わたしの手をとり、強く握りしめる。「リリー」苦痛にゆがんだ顔だ。「頼む。奴とは何もないと言ってくれ」

ライルは震える手でわたしの顔を包みこんだ。「こんなの耐えられない、無理だ」体をかがめ、わたしの額に何度もキスをして、それから自分の額を押しつける。「頼む、もう奴には会わないと言ってくれ。お願いだ」

その言葉を言えるかどうかもわからない。今は、とにかく彼と口をききたくない。

ライルはその姿勢のまま、わたしの髪をそっとすいた。「胸が痛いよ、リリー。きみをこんなにも愛してるのに」

わたしは頭を振った。本当のことをきけば、彼だって自分が大きな過ちを犯したとわかるだろう。「そこに彼の番号が入っているのも忘れていたの」わたしは静かに言った。「レストランでケンカをした次の日……彼が店にきた。アリッサにきいてくれればいいわ。アトラスが店にいたのは、たった五分だった。彼はわたしのスマホをとりあげて、その紙をケースの中に入れた。あなたがわたしに何かするんじゃないかと心配したから。わたしはメモの存在さえ忘れていて、それを取り出してみたこともなかった」

ライルは不規則な呼吸とともに、安心したようにうなずいた。「言ってくれ、リリー、ぼくたちの結婚、生活、すべてに誓って、その日以来、彼とは話してもいないと」体を引き、わたしの目をじっと見つめる。

「誓うわ、ライル。でも、あなたはわたしに事情を説明する時間さえ与えずに、怒りに身を任せた」わたしは言った。「出てって。わたしの家から」

わたしの言葉をきいて、彼は息をのんだ。よろよろとあとずさり、壁にぶつかると、そこで座りこんだままこっちを見つめている。「リリー」消え入りそうな声だ。「きみは階段から落ちたんだ」

彼がわたしを説得しようとしているのか、自分を納得させようとしているのか、どっちかわからない。

わたしは静かに、きっぱりと繰り返した。「出ていって」

彼はその場に凍りついたままだ。わたしはベッドの上で上半身を起こした。ずきずきと痛む目を手で押さえる。ライルが立ちあがり、一歩前に出た瞬間、わたしは思わず体をすくめた。「きみはけがをしてる。一人にはしておけない」

わたしはクッションをつかみ、彼に投げつけた。それがまるで武器であるかのように。「出てって!」もうひとつ、クッションをつかんでベッドに立ちあがり、彼に向かって振り回した。「出てって! 出てって! 出てって!」

玄関のドアが大きな音を立ててしまった瞬間、わたしはぽとりとクッションを床に落とした。リビングに駆け込み、ドアの鍵をかける。

寝室に戻り、ベッドに突っ伏した。夫と夜を共に過ごしたベッド、ライルがわたしを愛したベッドに。

事が終わって、彼が自分の後始末をする間、わたしを横たえた、まさにそのベッドに。

20

昨日の夜、眠る前に、なんとかスマホを復活させようとしてみたけれど、無理だった。それは完全に破壊されている。わたしは時計のアラームをいつもより早めにセットした。出勤の途中でショップに立ち寄って、スマホを買うつもりだ。

心配していたほど、顔はひどい見た目にはならなかった。もちろん、アリッサはすぐに気づくだろう。でも、別にかまわない。髪を横分けにすると、ライルがわたしの目の上に貼った絆創膏もほとんど見えない。どうしても隠せないのは唇の切り傷だけだ。

それからうなじのキスマークも。

笑える。最高の皮肉だ。

バッグを抱え、玄関のドアをあけたとたん、わたしは足元でうずくまる塊にぎょっとして立ち止まった。

動いている。

ライル、それはライルだった。**ここで寝たの？**

ドアがあいたことに気づくなり、ライルはよろよろと立ちあがった。すがるような目でわたしを見ると、頬にそっと触れ、唇にキスをした。「ごめん、悪かった」

わたしはあとずさり、上から下へじろりと彼を見た。**ここで寝たの？**

玄関を出て、ドアをしめる。わたしは平静を装って、彼のそばをすり抜け、階段をおりた。彼は車までずっとあとをついてきて、頼む、話をきいてくれと言い続けた。

きくつもりはない。

わたしはその場を去った。


一時間後、わたしは新しいスマホを手に入れた。ショップの駐車場で車の中に座り、電源を入れる。スクリーンには十七ものメッセージが表示された。すべてアリッサからだ。

当然、ライルからのメッセージはない。彼は昨日の夜から、わたしのスマホが使い物にならないことを知っている。

メッセージをひらいたとたん、着信音が鳴り響いた。アリッサだ。

「もしもし？」

アリッサはほっとしたように大きく息を吐いた。「リリー！　いったいどうなってるの？　はらはらさせないで、わたしのお腹には赤ちゃんがいるのよ！」

わたしはエンジンをかけ、スマホをブルートゥースに接続すると、店に向かって車を走らせた。今日、アリッサは非番のはずだ。あと二、三日で産休に入る。

「大丈夫」わたしは言った。「ライルも大丈夫よ。喧嘩をしたの。連絡しなくてごめん、スマホを壊されたから」

やや沈黙があって、アリッサが言った。「兄さんがそんなことを？　リリー、大丈夫？　ど

た。

「大丈夫。今、店に向かってる」

「よかった。わたしももうすぐ店に着くところよ」

大丈夫、こなくても……そう言おうとしたけれど、その前にアリッサは電話を切ってしまった。

到着したときには、アリッサはすでに店にいた。

入り口のドアをあけながら、矢継ぎ早に飛んでくる質問に答え、彼女の兄を家から叩き出した理由を説明する心の準備をする。次の瞬間、わたしははたと立ち止まった。カウンターに二つの人影がある。ライルがカウンターにもたれ、アリッサはライルの手に自分の手を重ねて何か話しかけていた。

わたしの背後でドアがしまった音に、二人が一斉にわたしを見た。

「ライル、リリーに何をしたの？」アリッサがカウンターから出て、わたしをハグした。「リリー」わたしの背中をさするアリッサの目に、涙が浮かんでいる。アリッサの反応にわたしはとまどった。ライルが何をしたか知っている様子だ。でも、もし知っていれば、いつものアリッサなら彼を責めるか、少なくともどなりつけるはずだ。

アリッサがライルに向き直ると、彼は申し訳なさそうにわたしを見上げた。手を伸ばしてわたしをハグしたい、でも触れるのが怖い、そんな様子だ。もちろんそうだろう。

「リリーにちゃんと話して」アリッサがライルを促した。

その瞬間、彼は頭を抱えた。

「言いなさい」強い口調でアリッサが迫る。「リリーには知る権利があるわ。彼女は奥さんよ。兄さんが言わないなら、わたしが言うわ」

ライルは肩を丸め、カウンターに突っ伏している。アリッサが何を言わせようとしているのか知らないけれど、彼は苦悶《くもん》の表情のまま、わたしを見ようともしない。胃がねじれ、体の奥から怒りがふつふつと湧きあがった。

アリッサはわたしに向き直ると、肩に手を置いた。「お願い。ライルの話をきいて。許してくれとは言わないわ。昨日の夜、何があったのかも詳しくは知らない。でもお願いだから、義理の妹で、親友であるわたしに免じて、せめて話をきいてやってほしいの」


これから一時間、もう一人のスタッフが出勤してくるまで店番は自分がするから、アリッサはそう言った。でも、ライルがそばにいると動揺が収まらない。彼と同じ車に乗りたくない。ライルの提案で、彼はウーバーを頼み、わたしたちは家で落ちあうことになった。

家へと車を走らせながら、わたしは考えあぐねた。ライルが言わなきゃならなくて、アリッサが知っていて、わたしが知らないことって何？　さまざまな可能性が頭に浮かんでは消える。不治の病にかかっている？　浮気をしてる？　仕事を首になった？　アリッサは昨日の夜の一件について、詳しいことは知らない様子だった。だから余計に、それが昨日の出来事とどう関係しているのかがわからない。

十分遅れでライルが玄関に入ってきたとき、わたしは爪のささくれをいじりながら、ソファーに座っていた。

ライルがゆっくりと歩いてきて、椅子に腰をおろした。入れ替わりに、わたしは立ちあがり、うろうろと歩き回る。彼は体を軽く前に倒し、手を組んだ。

「座ってくれ、リリー」

懇願の口調だ。怯えたわたしを見るのは耐えられないとでもいうように。わたしはソファーに戻った。アームに身を寄せ、ソファーの上にあげた脚をしっかり抱えると、手で口をおおう。

「ライル、死んじゃうの？」

彼は驚きに目を見張り、大きく首を横に振った。「まさか、そんなことじゃない」

「じゃあ、何？」

早く言ってほしい。わたしの手は震えはじめた。どれほどわたしを怯えさせているのかに気づいて、ライルはわたしが顔にあてていた手をとり、自分の手で包みこんだ。昨日あんなことがあったばかりで、彼に触れられたくない。でも心のどこかで、大丈夫だと言ってほしい気持ちもある。彼が何を言うのかと思うと、不安で吐きそうだ。

「誰も死なない。浮気もしていない。これから言うのは、きみを傷つけるようなことじゃない。すべて過去のことだ。でもアリッサは、きみがそれを知る必要があると思っている。そして……ぼくもそう思う」

わたしがうなずくと、彼はわたしの手を放した。今度は彼が立ちあがり、コーヒーテーブルの後ろを行ったりきたりする。自分を奮い立たせて、何をどう言おうか言葉を探しているようだ。わたしはさらに不安になった。

彼はふたたび椅子に座った。「リリー、ぼくたちが出会った夜のことを覚えてる？」

わたしはうなずいた。

「屋上にぼくが出ていったときのことを。ぼくがどれだけ腹を立てていたかを」

わたしはもう一度うなずいた。ライルはデッキチェアを蹴りつけていた。そして散々蹴ったあげく、それがびくともしないことに気づいて、ようやく蹴るのをやめた。

「ぼくが話したことも覚えている？　なぜそれほど腹を立てていたのかを」

わたしはうつむき、その夜のことを思い出そうとした。彼が語ったすべてを。結婚なんて、考えるだけで吐き気がする。望むのは行きずりの一夜で、子供が欲しいと思ったことはない。その夜、救えなかった子供の親に腹を立てている。

わたしはうなずいた。「小さな男の子……それが、あなたが腹を立てていた理由だった。男の子が死んで、あなたはそのことに動揺していた」

ライルは安心したように、短く息を吐いた。「そう、それがぼくの怒りの理由だ」もう一度立ちあがった瞬間、彼の魂が音を立てて崩れていくさまが見える気がした。目に手のひらを押しつけ、こぼれそうな涙を押しとどめている。「その子に何が起こったのかを話したとき、ぼくが言ったことを覚えてる？」

なぜだかわからないけれど、わたしは泣き出したい衝動に駆られた。「覚えてる。あなたに言ったよね。そんなことを目撃したら、その子の弟がどうなってしまうのか想像もつかないって。事故とはいえ、兄を撃ってしまうなんて」唇が震える。「そしたらあなたは言った。『その子の人生はきっとめちゃくちゃになる。ぼくにはわかる』って」

何？

何が言いたいの？

ライルはわたしの前でがっくりと膝をついた。「そう、間違いなくその子の人生は台無しだ。彼の受けたショックがどれほどのものか、ぼくには手にとるようにわかる……なぜなら、それはぼくに起こったことだからだ。アリッサとぼくの兄に……」

涙があふれ、わたしは声をあげて泣きはじめた。ライルはわたしの腰に手を回し、膝に顔をうずめた。「ぼくは兄さんを撃った。ぼくの親友、ぼくの兄を。ぼくはまだ六歳で、自分が本物の銃を手にしていることさえ知らなかった」

ライルは体を震わせ、いっそう力をこめてわたしにすがった。わたしは彼の髪にキスをした。今、彼はブレイクダウン寸前だ。あの、ルーフトップの夜と同じように。今もまだ、彼に腹は立っている。でも愛が冷めたわけじゃない。ライルの、そしてアリッサの過去の悲劇を知って、やりきれない気持ちだ。わたしたちはずっと、そのままの姿勢で、しばらく無言で座っていた。

「事件が起こったとき、アリッサは五歳だった。エマーソンは七歳だ。ぼくたちはガレージにいて、長い間、誰もぼくたちの悲鳴をきかなかった。ぼくはただ、そこに座って、そして……」

彼はわたしの膝から顔をあげると、立ちあがり、顔をそむけた。しばらく沈黙が続き、がっくりと肩を落として、もう一度ソファーに座った。「ぼくはなんとか……」うつむき、つらさにゆがんだ顔を手で覆う。「エマーソンの頭の中に、すべてを戻そうとした。そうすれば元どおりにできると思ったんだ」

わたしはさっと口を手で覆った。けど、思わず息をのんだのを隠すことはできなかった。

わたしは立ちあがり、大きく息を吸おうとした。

でも、だめだった。

息ができない。

ライルはわたしに歩み寄ると、手をとって抱きしめた。「きみにこの話をするつもりはなかった。自分がやったことの言い訳にはならないと思ったからだ」わたしの目をじっと見つめる。「でもアリッサはきみにすべてを話せと言った。なぜならその事件以来、ぼくには自分でコントロールできないことがある。激怒したり、記憶を失ったりする。そのせいで六歳の頃からずっとセラピーに通っている。これは言い訳じゃない。ぼくの現実だ」

彼はわたしの涙を拭って、自分の肩にもたせかけられたわたしの頭をそっとなでた。

「昨日きみがぼくのあとを追ってきたとき、けがをさせるつもりはなかった。ただ腹が立って、気が動転していた。ぼくの中で何かがぷつんと切れた。どんなふうにきみを突き飛ばしたのか、その瞬間のことは覚えていない。でも突き飛ばしたことは覚えている。あとを追ってくるきみを見たとき、とにかく逃げなきゃと思ったんだ。そばに階段があるなんて考えていなかった。自分のほうがきみより力が強いことも。どうかしてた。どうかしてたんだ」

ライルはわたしの耳に口を近づけ、かすれた声で言った。「ぼくはきみの夫で、モンスターからきみを守るべき立場だ。モンスターになるべきじゃない」わたしにしがみつき、震えている。これまで生きてきて、一人の人間からこれほど多くの痛みが放出されるのを感じたのははじめてだ。

それはわたしを打ちのめし、体の中から引き裂いた。彼をしっかりと包みこんであげたい、心からそう思った。

でも、ライルの話をすべてきいても、許すにはまだ葛藤がある。二度とこんなことを繰り返させるわけにはいかない。わたしは彼にも、そして自分自身にも、きっぱりと言い放った。もしまた傷つけられるようなことがあれば、すぐに別れる、と。

目を合わせないまま、わたしは彼から離れた。寝室へ行き、バスルームで洗面台の縁を握りしめて、息を整えようとする。でも立っていることができず、涙とともに、ずるずると床にくずおれた。

こんなはずじゃなかった。これまでずっと、自分がどうするべきかわかっていると思っていた。もし誰かが、パパがママを扱ったように、自分のことを扱ったら……。答えは簡単だ。その男とは別れる、それで終わりだ。

でも、別れなかった。そして今、わたしはここにいる、あざと傷だらけの姿で。そのあざや傷を作ったのは、わたしを愛するべき男、わたしの夫である男の手だ。

おまけにわたしは、自分に起こった出来事を正当化しようとしている。

それは事故だった。ライルはわたしが浮気をしていると誤解して、傷つき、腹を立てて、そこへわたしが彼を引き止めようとしたから。

わたしは手で顔を押さえて、すすり泣いた。今、わたしが感じている胸の痛みは、自分自身より、子供時代につらい経験をしたライルのためだ。でも、だからといって、自分が優しくて強い人間だとは思わない。むしろ弱くてだめな人間だ。わたしは彼を憎むべきだ。ママがけっしてなれなかった強い女性になるべきなのに……。

わたしがママと同じことをすれば、ライルもパパと同じことをするだろう。でも彼はパパじゃない。ライルと自分を両親に重ねるのはやめよう。わたしたちは二人とは別の人間だし、状況はまったく違う。パパは怒りを爆発させた理由を説明しなかったし、すぐに謝ることもなかった。パパのママへの仕打ちは、ライルのわたしに対する仕打ちよりはるかにひどい。

ライルは、今まで誰にも打ち明けなかったであろう事実をわたしに話してくれた。苦しみながらも、わたしのためによりよい人間になろうとしている。

たしかに、昨夜の彼はどうかしてた。でも今、ここにいて、過去を打ち明け、なぜそんな行動に出たのかを説明しようとしている。人は誰しも完璧じゃない。自分が知っている唯一の結婚の形を基準に、自分たちの結婚を測るのはやめよう。

わたしは涙を拭って立ちあがった。鏡をのぞきこむ。そこにママはいない。見えるのは、夫を愛し、彼の力になろうとしている一人の若い女性だ。ライルとわたしには、きっとこの苦しみを乗り越える強さがある。わたしたちの愛は、こんなことに負けたりしない。

バスルームからリビングに戻ると、ライルが立ちあがって、わたしを見た。怯えた顔だ。わたしの許しを得られないのではと恐れている。わたしだって許せるかどうかわからない。でも許さなくても、そこから何かを学ぶことはできる。

わたしはそばへ行き、彼の手をとった。そして包み隠さず真実を語った。

「あの夜、屋上でわたしに話したことを覚えている？　言ったよね。『どうしようもない人間なんていない。ただ、人間は時にどうしようもないことをする』って」

ライルはうなずき、わたしの手を握り返した。

「あなたは悪人じゃないわ、ライル。それはわかってる。そして今も、わたしを守ることができる。怒りを覚えたら、ひとまずその場を離れて。わたしもその場を離れる。お互いその場を離れて、落ち着いたら話をしましょう、いい？　あなたはモンスターじゃない、人間よ。自分の痛みや苦しみをすべて一人で背負おうとは思わないで。押しつぶされてしまわないよう、時にはその重荷を愛する人と分かちあわなきゃ。でもあなたが助けを求めてることがわからなければ、わたしもあなたを助けることはできない。助けを求めて。一緒に乗り越えよう。わたしたちなら、きっとできるから」

ライルは大きく息を吐いた。まるで昨日の夜からずっと、息を止めていたみたいに。そしてわたしを抱きしめ、髪に顔をうずめてささやいた。「助けてくれ、リリー。きみの助けが必要だ」

ライルはわたしを抱きしめた。今、わたしは正しいことをしている、心の奥で声がした。彼の中には悪を凌駕《りょうが》する善がある。彼がそのことに気づくまで、できることはなんでもするつもりだ。

21

「今日はあがるわ。何か他にしておくことはある？」

わたしは書類から目をあげ、首を振った。「お疲れさま、セリーナ。また明日ね」

セリーナはうなずき、オフィスのドアをあけっぱなしで出ていった。

アリッサが最後に出勤したのは二週間前だ。もういつ出産してもおかしくない。わたしはフルタイムの従業員を二人雇った。セリーナとルーシーだ。

そう、あのルーシーだ。

ルーシーは数カ月前に結婚して、二週間前に雇ってほしいと店を訪ねてきた。実際、それは好都合だった。よく働くし、彼女が店にいても、オフィスのドアをしめておけば、歌は一切きかなくて済む。

あの階段の一件から一カ月がたった。たとえ彼の子供時代についてすべてをきいても、ライルを許すのはたやすいことじゃなかった。

ライルは怒りのコントロールができない。それは初めて出会った夜の、まだ言葉を交わす前の彼の行動からも明らかだ。キッチンでのあの恐ろしい出来事や、わたしのスマホケースの中にメモを見つけたときのことからも。

でも、わたしはライルとパパの違いを発見してもいた。ライルは思いやりがある。パパとは大違いだ。チャリティに寄付をするし、他の人のことを気にかける。それに何よりわたしを優先してくれる。絶対に、ガレージを独り占めして、私道に車を停めさせるようなことはしない。

その違いをいつも心にとめておく必要がある。でも、時にはわたしの中の頑固な女の子――パパの娘――が顔を出して、わたしに言う。彼を許すべきじゃなかった、一度目の出来事が起こったときに別れるべきだったって。そうだったのかもしれないと思うこともある。でも次の瞬間には、ライルを知っているわたしが言う。結婚は完璧じゃない。長い結婚生活の間には、お互い後悔する瞬間もあるって。それにもし一回目のあの事件で彼と別れていたら、今、どう思うだろう？　彼がわたしを突き飛ばしたことは許されない。でもわたしだって間違ったり、へまをしたりすることはある。それにすぐに別れるのは、結婚の誓いにそむくことにならないだろうか？　**よいときも、悪いときも共に歩む**っていう。結婚生活をそんなに簡単にあきらめてしまいたくない。

わたしは強い。生まれてからずっと、虐待はわたしの身近にあった。だからママのようにはならない。絶対に。そう信じている。そしてライルもパパのようにはならない。階段での一件は、わたしたちには必要なことだったと思う。それがあったからわたしは彼の過去を知り、今、二人でそれを乗り越えようとしている。

先週、わたしたちはまた喧嘩をした。

怖かった。前の二回は散々な結果に終わった。今度のケンカは、彼が怒りをコントロールし、わたしが彼をうまくサポートできるかどうかを試すテストのようなものだ。

ケンカの原因はライルのキャリアについてだ。今、彼は研修期間を終え、イギリス、ケンブリッジで三カ月の特別な研修に志願している。結果はまもなくわかる予定だ。だけどもめたのはそれが原因じゃない。研修はすばらしいチャンスだし、引き止めるつもりはない。三カ月なんて、忙しいわたしたちにとってはあっという間だ。雲行きが怪しくなったのは、ケンブリッジでの研修が終わったあとの計画について話しはじめたときだ。

ライルは言った。ミネソタにあるメイヨークリニックでの仕事をオファーされている、わたしも一緒に引っ越してほしい。脳神経外科の分野で、マサチューセッツ総合病院は世界第二位だけれど、メイヨークリニックは第一位らしい。

初めからボストンにとどまるつもりはなかった、彼はそう言った。わたしは言った。でも、それならベガスへのフライトのときにそう言うべきだった。わたしはボストンを離れられない。ママもいるし、アリッサもいる。彼は言った。〝ミネソタまではたった五時間のフライトだ。いつでも好きなときにボストンに遊びに来ればいい〟わたしは言った。〝州をいくつも隔てた場所に住んで、フラワーショップを経営するのは無理だ〟

言い争いは続き、エスカレートして、突然、ライルが花の入った花瓶をテーブルから叩き落とした。二人して一瞬押し黙り、割れた花瓶を見つめる。怖い、彼のもとにとどまり、問題を一緒に乗り越えようとしたのは間違いだったかもしれない、そんな思いがわたしの頭をかすめた。でも次の瞬間、ライルは深呼吸をして言った。

「一、二時間、出かけてくるよ。外を歩いて頭を冷やす。戻ったら、また話をしよう」

彼はドアから出ていき、その言葉どおり、一時間後に、ずっと落ち着いた様子で戻ってきた。鍵をテーブルに置くと、わたしが立っている場所までつかつかと歩いてきて、両手でわたしの顔を包みこんで言った。

「脳神経外科の分野で第一人者になりたい。出会った晩にそう言った。その気持ちに少しの嘘もない。でも、世界最高峰の病院で仕事をすることと、妻を幸せにすること、どちらかを選ばなきゃならないとしたら……きみを選ぶ。きみはぼくにとっての最高の成功だ。きみが幸せなら、どこで働こうと関係ない。ボストンにいよう」

やっぱり、あのときの決断は間違っていなかった、わたしはそう思った。誰でも、やり直すチャンスを与えられる権利がある。とくにそれがもし、自分にとって大切な人だった場合には。

その喧嘩から一週間がたっても、ライルは二度と引っ越しの話は持ち出さなかった。わたしの中に、かすかな罪悪感は残った。自分のせいで彼の計画をつぶしてしまった気がする。でも、結婚に妥協はつきものだ。自分一人じゃなく、二人にとって何が一番いいのかを考えなくちゃならない。ボストンにいるのは、わたしの家族にとっても、彼の家族にとっても、よりよい決断だ。

家族のことを考えた瞬間、スマホにアリッサからのメッセージが着信した。

アリッサ　仕事は終わった？　家具についてのアドバイスが欲しいの

リリー　十五分で行くわ

アリッサが今、産休中のせいもあって、最近はわたしも自宅より、アリッサの家で過ごすことが多くなっている。わたしは店をしめると、彼女のアパートメントへ向かった。

エレベーターから降りると、部屋のドアにメモが貼りつけられていた。わたしの名前が書いてある。わたしはメモをはがした。

リリー

七階の七四九号室にきて

――A

アリッサはこのアパートメントに、余分な家具を置いておくためだけの部屋を持っているの？　リッチなのは知っているけれど、さすがにやりすぎだ。わたしはエレベーターに乗り、七階のボタンを押した。ドアがひらき、廊下を歩いて七四九号室へ向かう。部屋に着いたけれど、ノックをすればいいのか、そのまま中に入ればいいのかわからない。わかっているのは、誰かがそこに住むってことだ。彼女の言う〝スタッフ〟の一人かもしれない。

ノックをすると、ドアの向こうから足音がきこえた。

勢いよくドアがひらくと、そこに立っていたのはライルだった。

「えっ」わたしはとまどった。「ここで何をしてるの？」

ライルはにやりとして、ドア枠にもたれかかった。「ここに住んでるんだ。きみこそここで何をしてるの？」

ちらりとドアの隣にある真鍮《しんちゅう》の部屋番号のプレートに目をやり、ふたたび彼を見る。「どういうこと？　あなたはわたしと一緒に住んでるとばかり思っていたけど……。ずっとこの部屋を持ってたの？」ある日突然、夫から、自分の知らないアパートメントの存在をきかされるなんて、心穏やかではいられない。

実際、だまされた気分で不愉快だ。今こそ、本気で腹を立てたほうがいいかもしれない。

ライルは笑って、ドア枠から体を離した。頭の上に手をあげ、ドア枠いっぱいに立ちはだかる。「この部屋のことをきみに話すチャンスがなかったんだ。今日の朝、契約書にサインしたばかりだから」

わたしはあとずさった。「待って、どういうこと？」

ライルはわたしの手をとり、中に入れた。「リリー、ようこそ我が家へ」

わたしは玄関の広間《フォイヤー》で立ち止まった。

そう、それは実際、広間と言ってもいいスペースだった。

「このアパートメントを？　買ったの？」

ライルはおもむろにうなずき、わたしの反応をうかがっている。

「このアパートメントを買ったの？」わたしはもう一度言った。

彼はまだうなずいている。「買ったんだ。よかった？　一緒に住みはじめたから、もう少し広いほうがいいかなって」

わたしはゆっくりと回って、部屋を見渡した。まず目を奪われたのはキッチンだ。アリッサの家のキッチンに負けない広さがある。真っ白で、どこもかしこもピカピカだ。わたしの家にはないワインクーラーや食器洗い機もある。中に入ってみたけれど、怖くて何もさわれない。これが本当にわたしのキッチン？　嘘でしょ。

大聖堂を思わせる丸天井のリビングをのぞくと、巨大な窓からはボストンハーバーが一望できた。

「リリー？」ライルが後ろから声をかけた。「怒ってないよね？」

くるりと振り向き、彼を見る。彼が息を詰めてわたしの反応を待っていることはわかっている。でも言葉が出てこない。

わたしは首を振りながら口元に手をあて、消え入りそうな声で言った。「たぶん……ね」

彼は歩み寄り、わたしの両手をつかんで胸の高さで握りしめた。「たぶん？」まだ不安そうな表情だ。「頼む、きみの本音をきかせてくれ。もしかしたら、こんなサプライズをするべきじゃなかった？」

わたしは硬材のフロアを見下ろした。ナラか、チークだろう。とにかく本物の木だ。「そうね」ふたたび彼を見つめる。「わたしになんの相談もせず、アパートメントを買うなんてどうかしてる。それって二人で決めるべきことでしょ」

ライルはうなずき、今にも謝罪の言葉を口にしそうだ。わたしは話を続けた。

「でも、わたしの本音は……完璧よ。なんて言ったらいいのかわからない。何もかも真新しくて、動くのも怖い。もし汚したりしたら……」

ライルはほっと安堵《あんど》のため息をつき、わたしを抱き寄せた。「汚してもいいんだよ。全部きみのものだから。好きなだけ汚して」耳の横にキスをされても、まだありがとうの言葉も出なかった。あまりに大きすぎるプレゼントに、どうすればいいのかわからない。

「いつ引っ越すの？」

彼は肩をすくめた。「明日はどう？　休みをとってる。必要なものを全部そろえるのは無理だけどね。これから少しずつ新しい家具を買おう」

わたしはうなずき、頭の中で明日のスケジュールを思い浮かべた。すでにライルが休みをとっているのは知っていたから、わたしも何も予定を入れていない。

突然、座りこまずにはいられなくなった。椅子はない。でもさいわいなことに床はピカピカだ。「ちょっと座らせて」

ライルの手を借りて、わたしは床に座った。彼もわたしの前に座る。まだわたしの手を握ったままだ。

「アリッサは知ってるの？」わたしはきいた。

彼はにっこり笑って、うなずいた。「このアパートメントの購入を考えてるって言ったとき、大喜びしてた。ボストンにとどまるって決めたあと、この計画を思いついて、きみを驚かせようと思ったんだ。アリッサが手助けをしてくれた。でもきみに秘密をばらされるんじゃないかと思って、気が気じゃなかった」

まだちゃんと理解できない。わたしがここに住む？　アリッサとご近所さんになるの？　けど、なぜだかかすかに心に引っかかるものがある。こんなにわくわくしているのに……。

ライルはほほ笑んだ。「びっくりで、すぐにはのみ込めないよね。でも一番の見どころはこれからだ。きみに見せるのが待ちきれない」

「見せて！」

彼はにやりと笑い、わたしを引っ張って立たせた。リビングを出て、廊下を進む。ドアをあけるたびに、その部屋の説明をした。でも中へ入る時間は与えてくれなかった。主寝室にくるまでにわかったのは、これからわたしたちは寝室が三つとバスルームが二つあるアパートメントに住むってことだけだ。書斎もある。

主寝室に入ったときも、その美しさを楽しむ暇はなかった。彼はわたしの手を引いて、部屋を横切り、窓際へ行くと、カーテンの前でくるりと振り返ってわたしを見た。「木を植えられるほどスペースはない。でもいくつか鉢植えを置けば、庭らしくなる」

カーテンを寄せ、ドアをあけると、現れたのは広いバルコニーだった。ライルについて外に出たときには、早くもわたしの頭の中に、このバルコニーにぴったりの鉢植えを使ったアレンジのプランが浮かんでいた。

「ここから見えるのは屋上からと同じ眺めだ」ライルは言った。「ぼくたちが出会った夜と同じ眺めを、いつでも見ることができる」

しばらくわたしは呆然としていた。でも次の瞬間、徐々に事態がのみ込めると、涙がこみあげた。ライルはわたしを胸に引き寄せ、しっかりと抱きしめた。

「リリー」ささやきながら、わたしの髪をなでる。「泣かせるつもりじゃなかったんだ」

わたしは泣きながらほほ笑んだ。「ここに住むなんて信じられない」体を引いて、彼を見上げる。「わたしたちってそんなにリッチだったっけ？　お金は大丈夫？」

ライルは笑った。「きみの夫は脳神経外科医だよ、リリー。きみはお金のために働く必要はないんだ」

彼の言葉はわたしを笑わせ、そして泣かせた。やがて誰かがドアを激しく叩く音がして、初めての客が我が家にやってきたことを知らせた。

「アリッサだ」ライルは言った。「ずっと廊下で待たせたままだった」

わたしはあわてて玄関に走っていき、ドアをあけた。アリッサと抱きあい、子供のようにはしゃいで、それからまたちょっぴり泣いた。

わたしたちはその夜、残りの時間を新しい我が家で過ごした。ライルが中華のデリバリーを注文し、マーシャルも上の部屋からおりてきて仲間に加わった。まだテーブルも椅子もない。四人でリビングの床の真ん中に座って、容器から直接料理を食べる。インテリアについてあれこれ相談し、ご近所さんになったら、どんなことができるか話しあいながら。まもなく生まれてくる、アリッサの赤ちゃんのことも話した。

これ以上望むものなど何もない。

ママに話をするのが待ちきれない。

22

アリッサの出産予定日から三日が過ぎた。

新居に住みはじめてから、かれこれ一週間になる。ライルが休みをとった日に、なんとかすべてのものを新居に運び込むことができた。それから二日目に、わたしはアリッサと一緒に家具を買いに行き、三日目にはそこに住みはじめた。昨日は初めて、郵便物が配達された。電気料金の請求書だ。それですべてが正式になった気がした。

結婚して、すばらしい夫がいて、すてきな家もある。たまたまだけれど、親友が義理の姉で、もうすぐ姪っ子も誕生する。

こんなの言うのも怖いけど……わたしの人生ってどこまでよくなるんだろう？

わたしはノートパソコンをとじて、閉店の準備を始めた。このところ、以前より帰宅の時間が早くなっている。新しい家に帰るのが楽しみだからだ。ちょうどオフィスのドアをしめようとしたとたん、ライルが合鍵で店の入り口から入ってきた。両手がふさがっているせいで、ドアがばたんと大きな音を立ててしまった。

ライルは脇の下に新聞を挟み、左右の手にひとつずつコーヒーを持っていた。少しばかりあわてた様子にもかかわらず、にこにこしている。「リリー」わたしに向かってまっすぐに歩いてくると、コーヒーを差し出し、脇から新聞を引き抜いた。「用件は三つだ。まず……この新聞を読んだ？」新聞をわたしに渡す。ライルは中表に折った紙面の記事を指さした。「やったね、リリー。選ばれたよ！」

わたしは希望を持つまいとして、記事を見下ろした。違う、きっと彼が言ってるのは、わたしが考えているのとは別のことだ。でも見出しを見たとたん、それがわたしの思ったとおりのことだとわかった。「わたしが？」

ボストン・ベスト・ニュービジネス賞の候補になっていることは知らされていた。それは年に一回、新聞社が主催し、一般の消費者が好きな店を選ぶ賞だ。『リリー・ブルーム』は、新規開業の店の部門でノミネートされた。候補になるための条件は、ボストンで二年以内にオープンした店であることだ。先週、記者から電話があり、いくつか質問をされたから、もしかして……とは思っていた。

見出しに〝ボストン・ベスト・ニュービジネス――あなたの投票で選ぶ十の店！〟の文字が躍っている。

にっこり笑ったとたん、コーヒーをこぼしそうになった。ライルがわたしを抱き寄せて、自分のほうを向かせたからだ。

でも、ライルは三つ、ニュースがあるって言った。これがひとつ目のニュースってことは、あとの二つがどれほどいいニュースなのか想像もつかない。「二つ目のニュースは何？」

彼はわたしを床におろした。「嬉しすぎて、一番いいニュースから伝えたんだ」コーヒーを一口飲む。「ケンブリッジの研修メンバーに選ばれた」

わたしは満面の笑みを浮かべた。「ほんとに？」ライルはうなずき、それからわたしをハグして、くるりと一回転した。「すごい」わたしは彼にキスをした。「二人とも、大成功ね。怖くなるくらい」

彼は笑った。

「三つ目は？」

「ああ、三つ目ね」彼はくつろいだ様子でカウンターにもたれかかると、ゆっくりとコーヒーを飲んで、カップをカウンターに置いた。「いよいよ生まれそうだ」

「なんですって？」わたしは叫んだ。

「ああ」コーヒーをあごで示す。「だから、きみのためにカフェインを買ったんだ。今夜は眠れそうにないからね」

わたしは手を叩いて、飛び跳ねた。大あわてでバッグを探す。それからジャケット、鍵、スマホを持って、電気を消して……。ドアにたどり着く寸前に、ライルはあわててカウンターに戻り、新聞をつかんで脇に挟んだ。わたしは興奮に震える手で、ドアに鍵をかけた。

「わたしたち、おばさんになるのよ！」車へ向かいながら叫ぶ。

ライルは笑いながら言った。「おじさんだよ、リリー。おじさんになるんだ」

足音を忍ばせて廊下に出てきたマーシャルを見て、ライルとわたしは、さっと背筋を伸ばした。もう三十分近く、静寂が続いている。アリッサの叫び声——もうすぐ赤ん坊が生まれる印だ——がきこえてくるのを待っているのに、なんの音もきこえてこない。もちろん産声もきこえなかった。わたしは口元に手をあて、マーシャルの表情に最悪の事態を想像した。マーシャルの肩が震え、目から涙があふれ出た。「父親になった」片手でガッツポーズをする。「おやじになったんだ！」

マーシャルはまずライルを、そして次にわたしをハグした。「十五分だけ、家族水入らずにしてくれ。そのあと部屋に入って、娘に会ってやってくれてかまわない」

ドアがしまると、ライルもわたしも大きな安堵のため息をもらした。二人で顔を見あわせ、ほほ笑む。「何かあったんじゃないかと思っただろ？」

わたしはうなずき、笑顔で彼をハグした。「おじさんになったのね」

ライルはわたしの頭にキスをした。「きみはおばさんだ」

三十分後、わたしたちはベッドのそばに立ち、生まれたばかりの赤ん坊を抱くアリッサを眺めていた。赤ん坊は非の打ちどころのない美しさだ。まだ生まれたばかりで、どっちに似るのかはわからない。でも、どっちにしてもきっと美人になるはずだ。

「姪っ子を抱っこしてみる？」アリッサはライルに言った。

一瞬、ライルは体を硬くして、それからうなずいた。アリッサは抱き方を教えると、体を前に倒して、彼の腕に赤ん坊を抱かせた。彼は心配そうに赤ん坊を見つめ、ソファーまで歩いていくと、そこに腰をおろした。

「もう名前は決めた？」

「決めたわ」

アリッサは目をうるませ、ほほ笑んでいる。「マーシャルとわたしにとって、大切な人にちなんだ名前にしようと思ったの。だからライル《Rile》にEをつけて、ライリー《Rilee》って呼ぶことにするわ」

　わたしははっとしてライルを見た。彼も驚き、小さな息を吐くと、ライリーを見下ろして笑った。「驚いたな」かすれた声でつぶやく。「なんて言えばいいのかわからない」

　わたしはアリッサの手をぎゅっと握ると、ソファーへ行き、ライルの隣に腰をおろした。もうこれ以上愛せないほどに彼を愛していると思っていた。でも違った。生まれたばかりの姪っ子を見つめる様子を見ていると、さらに彼への愛がこみあげてくる。

　ベッドでアリッサの隣に座るマーシャルが言った。「イッサがすべてを平然とやってのけたのに気づいた？　本当に泣き声ひとつもらさなかった。麻酔も使わなかった」マーシャルはアリッサの肩に腕を回すと、彼女の隣に寝そべった。「ウィル・スミスの『ハンコック』って映画の中にいる気分だった。スーパーヒーローと結婚したのかと思ったよ」

　ライルは笑った。「アリッサは子供の頃、しょっちゅうぼくのケツをぶっとばしていたからね。驚かないよ」

「やめろ、ライリーがいる」マーシャルが言った。

「ケツだよ」ライルがライリーにささやく。

　わたしたちは声をそろえて笑った。ライルにライリーを抱っこしたいかときかれて、わたしはさっと手を出した。さっきから待ちきれなくてうずうずしていた。ライリーを腕に抱きとると、あまりのいとおしさに軽くめまいを覚えた。

「父さんと母さんはいつ来るの？」ライルがアリッサにたずねた。

「明日のランチまでには、到着するはずよ」

「じゃあ、家に帰って、少し寝るよ。長時間のシフトあがりだからね」ライルはわたしを見た。

「一緒に帰る？」

わたしは首を横に振った。「もう少しここにいるわ。わたしの車に乗って帰って。タクシーを拾うから」

ライルはわたしの頭にキスをすると、額をくっつけ、ライリーを見下ろした。「ぼくたちの子供も作らなくちゃね」

嘘？　わたしは耳を疑い、彼を見上げた。

ライルはウインクをした。「家に戻ってぼくが寝ていたら起こして。さっそく今日から始めよう」ライルが別れを告げ、マーシャルが彼を下まで送っていった。

横を見ると、アリッサがにこにこ笑っていた。「言ったでしょ。ライルもきっと子供を欲しくなるはずだって」

わたしはくしゃっと鼻にしわを寄せて笑い、ベッドのそばへ行った。アリッサが少し横に移動して、わたしの座る場所をあける。ライリーをアリッサに返し、わたしたちはベッドの上で肩を寄せあって、ライリーの寝顔を見つめた。それはこれまでに見た、もっとも気高い光景だった。

23

三時間後、十時過ぎにわたしは家に戻った。ライルが出ていったあと、アリッサと一緒にさらに一時間を過ごし、それからオフィスに戻って、これから二日間は出勤しなくてもいいように、いくつか仕事を片付けた。ライルが休みのときにはいつでも、彼に合わせて休みをとることにしている。

玄関を入ると、家の中は暗かった。ライルは眠ってしまったらしい。

家へ戻るタクシーの中で、わたしは彼の言ったことを考えていた。子供に関する会話がこれほど早くできるとは思わなかった。わたしはもうすぐ二十五歳だ。でも頭の中では、家族を作るためにあと二、三年はかかる気がしていた。自分自身も、まだ子供を持つ準備ができているかわからない。でも今、ライルがそれを望んでくれたことは、わたしをとんでもなく幸せな気分にさせた。

彼を起こす前に、少し何かお腹に入れるつもりだ。まだ夕食をとっていないから、お腹がぺこぺこだ。キッチンの明かりをつけた瞬間、わたしは悲鳴とともに胸に手をあて、カウンターを背にして床に座りこんだ。「ライル！　何をしてるの？」

冷蔵庫の脇の壁にもたれて、ライルが立っていた。足首を交差させ、わたしを鋭い目でにらみつけている。手にした何かをひらひらと振った。

彼の左にあるカウンターに視線を落とすと、そこに空のグラスが置かれていた。さっきまで、ときどき彼が寝酒に飲むスコッチが入っていたはずだ。

ふたたび目をやると、ライルがにやりと笑った。その表情にたちまち体が火照る。次に来るのが何かを知っているからだ。今やこのアパートメントには、キスの痕跡と服がそこらじゅうに散らばっている。ここに越してきて以来、わたしたちはすべての部屋で愛を交わした。でも、キッチンだけはまだ手つかずだ。

わたしは笑みを返した。でも、まだ心臓は暗がりの中で彼を見つけた驚きで、不規則な鼓動を刻んでいる。ライルが手元に目を落とした瞬間、彼が手にしているのが、前のアパートメントから持ってきて、ここの冷蔵庫にくっつけておいたボストンのマグネットだと気づいた。

ライルはそのマグネットを冷蔵庫に戻し、指で軽く叩いた。「これをどこで手に入れた?」

わたしはマグネットを見て、それから彼を見た。十六歳の誕生日にアトラスからもらったものだなんて、絶対に言えない。それはただでさえ避けたい話題だ。これから起こる出来事に胸を高鳴らせているこの瞬間に。

わたしは肩をすくめた。「覚えてないわ。ずっと前から持っていた気がする」

ライルは黙ってわたしを見つめ、それからすっと背中を伸ばすと、二歩近づいた。わたしはカウンターに寄りかかり、息をついた。彼の手が腰にかかった。ジーンズとお尻の間に手を差し入れ、ぐっとわたしを引き寄せる。そしてキスをしながら、ジーンズをさげた。

そうよ。これを待っていたの。

うなじを滑りおりていく唇を感じる。靴を蹴って脱ぐと、彼がわたしの脚から、ジーンズを引き抜いた。

何かを食べるのはあとにしよう。まずはこっちが先だ。

キスを続けながら、ライルはわたしを抱きあげ、カウンターの上に座らせた。わたしの膝を割って、その間に立つ。吐息からスコッチが漂う。悪くない。あたたかな唇の感触に、わたしは息を荒らげた。ライルはわたしの髪をつかむと、ぐっと引っ張って、ゆっくりと自分のほうを向かせた。

「ネイキッド・トゥルース？」ささやきながら、飢えた目でわたしを見る。

わたしはうなずいた。

もう片方の手が、たったひとつの場所を目指して、ゆっくりと太ももをのぼっていく。ライルはじっとわたしの目を見つめながら、指を二本、わたしの中に差し入れた。彼のまなざしにさらされながら、大きくあえぎ、腰に脚を巻きつける。わたしは甘やかなうめき声をあげ、彼の手の動きに合わせて体をくねらせた。

「リリー、どこであのマグネットを手に入れた？」

何？

心臓がさっきまでとは違うビートを刻みはじめる。

なぜ、そんなことを？

彼の指はまだ、わたしの中で動き続けている。わたしを求めるまなざしもそのままだ。**でも彼の手……。**彼の手がつかんだ髪の毛を引っ張る力が、強く、強くなっていく。わたしは痛みに顔をしかめた。

「ライル」恐ろしくて体は震えはじめているけれど、できるだけ穏やかに声をかける。「痛いわ」

指が止まった。でも、目はまだわたしを見つめたままだ。ライルはゆっくりと指を引き抜き、その手をわたしの喉にかけて、じわりと力をこめた。キスと同時に、彼の舌が口に入ってくる。わたしはそれを受け入れた。いったい何をしようとしているの？　自分が感じている恐怖が思い過ごしでありますように……わたしはそう祈った。

体が密着すると、ジーンズ越しに、硬くなった彼を感じる。だが次の瞬間、ライルはさっと体を引いた。わたしから手を離し、冷蔵庫にもたれて、むさぼるようなまなざしでわたしの体を眺めている。今すぐ、このキッチンでわたしを抱きたい、そう思っているのがわかる。少し胸の鼓動が落ち着いた。**やっぱりわたしの思い過ごしだ。**

彼は自分の脇に手を伸ばし、コンロの横にあった新聞をとりあげた。数時間前、見せてくれた新聞、賞の記事が載っている新聞だ。その新聞を高く掲げ、ぽんと投げてよこした。「まだ、読んでないの？」

わたしはほっと大きく息を吐いた。「まだよ」

「声を出して読んでみて」

ライルをちらりと見上げて、ほほ笑む。不安にみぞおちがよじれそうだ。今日の彼はどこかいつもと違う。でもそれがなんだかわからない。

「記事を読めって言うこと？」わたしはたずねた。「今、すぐ？」

気まずい。半裸のまま新聞を手に、キッチンのカウンターに座っているなんて。ライルはうなずいた。「まずシャツを脱いでもらいたいね。それから声を出して、その記事を読むんだ」

わたしはじっとライルを見て、彼の考えを推し量ろうとした。もしかしたらスコッチのせいで、ちょっとばかりみだらな気分になっているのかもしれない。ほとんどの場合、わたしたちのセックスは、愛を交わすといった表現にふさわしいものだ。でも時には羽目をはずすこともある。今の彼のまなざしのように、少し危険なのも悪くない。

わたしは新聞を置いてシャツを脱いだ。それからふたたび新聞を手にとり、声を出して記事を読みはじめる。だが、ライルが一歩わたしに近づいた。「全部じゃなくていい」新聞を裏返すと、真ん中の数行を指さす。「この最後の数行を読むんだ」

わたしは困惑し、目を伏せた。でも、とにかくこれが終わればベッドに入って……わたしは指示された場所を読みはじめた。

「もっとも多くの票を集めたのは、予想どおり、マーケットソン通りでひときわ目を惹くレストラン、〈ビブズ〉だ。トリップアドバイザーによれば、同店は昨年の四月にオープンし、瞬く間にもっとも評価の高いレストランの仲間入りを果たした」

わたしはライルを見上げた。もう一杯、グラスにスコッチを注いで飲んでいる。「続けろ」彼はわたしの手の中の新聞をあごで示した。

口の中がねばつく感覚に、わたしはごくりと唾をのんだ。震える手を押さえながら、記事を読み続ける。「オーナーのアトラス・コリガンは、元海兵隊のシェフでもあり、二度も栄誉ある賞に輝いた。大人気の彼のレストランの名前、Bib's（ビブズ）はBetter In Boston《ベター・イン・ボストン》の頭文字をとって名づけたという」

わたしははっと息をのんだ。**ボストンではすべてがよくなる《エヴリシング・イズ・ベター・イン・ボストン》。**

昂る気持ちを抑え、みぞおちの痛みをこらえながら、さらに記事を読み進む。「だが今回の受賞に際して受けたインタビューで、シェフはついにその店名の裏にあるエピソードを明かした。**『長い話です』**コリガンは言った。**『店の名前には、ぼくに大きな影響を与えた人への感謝の気持ちがこめられています。ぼくの人生にとって大きな意味を持つ人へのね。そして彼女は今もなお、ぼくにとって大切な人です』**」

わたしはカウンターに新聞を置いた。

「もう読みたくない」喉の奥で声がかすれる。

ライルはさらに二歩、すばやく歩いてくると、新聞をつかんだ。そしてわたしが読むのをやめた部分の続きを、怒りをこめて大声で読みはじめた。「その女性は、あなたがレストランを自分にちなんで名づけたことをご存じですか……そうたずねると、コリガンは思わせぶりな笑みを浮かべて言った。『次の質問を』と」

ライルの声に含まれた怒りに、吐き気がこみあげた。「ライル、やめて」できるだけあわてた声を出すまいとする。「飲みすぎよ」わたしは彼のそばを通り、キッチンから早足で寝室へと続く廊下を歩き出した。あまりにたくさんのことがありすぎて、頭がまだ混乱している。

アトラスが誰のことを言っているのか、記事には書かれていなかった。アトラスはそれがわたしだとわかっている。もちろんわたしも。でもライルはいったいどうやって、わたしたち二人を結びつけたのだろう？

おまけにマグネット……。なぜ、記事を読んだだけで、マグネットがアトラスからもらったものだとわかったんだろう？

たぶん、ライルの思い過ごしだ。

彼がついてくる気配を感じながら、寝室へ向かう。ドアをあけたとたん、わたしはぎょっとして立ち止まった。

ベッドにものが散乱していた。引っ越しの際に使った、〝リリーのもの〟と書かれた空の段ボール箱、それからその箱に入っていたさまざまなもの。手紙……日記……空のシューズボックス。わたしは目をとじ、ゆっくりと息を吸った。

彼は日記を読んだ。

そんな……。

彼が、日記を、読んだ。

彼の腕が後ろからわたしの腰をとらえた。片手がみぞおちを通り、わたしの胸をわしづかみにする。もう片方の手はわたしの肩からうなじへ、そして髪の毛のなかに差し込まれた。ぎゅっと目をつむると、彼の指がわたしの肌の上を通って、肩先へ、それからゆっくりと心臓の上へ向かっていくのを感じた。全身に震えが走る。ライルはわたしの肌をむさぼり、タトゥーに唇を押しつけると、思いっきりその部分に歯を立てた。わたしは悲鳴をあげた。

逃れようと夢中でもがく。けれど彼の腕にとらえられ、身動きできない。鎖骨を貫く傷の痛みが、肩へ、そして腕へと伝わっていく。涙がこぼれ、わたしはすすり泣きはじめた。

「ライル、放して」わたしは懇願した。「お願い、ここを離れて」ライルはわたしの腕に腕を絡め、後ろから羽交い締めにしている。

くるりと体の向きを変えさせられても、わたしは目をあけなかった。あまりの恐ろしさに彼を見られない。両手で肩をつかまれ、ベッドに押し倒される。抵抗はしたけれど、力でかなうはずもない。おまけに彼は憤り、傷ついている。そして今の彼はライルじゃない。

ベッドに突き飛ばされ、わたしはヘッドボードに背中をつけて体を丸め、ライルから逃れようとした。「なぜ、まだ奴がここにいる？」キッチンにいたときとは打って変わった、怒りに満ちた声だ。「奴はいたるところにいる。冷蔵庫のマグネット、それからクローゼットの中に置かれたシューズボックスに入った日記。ぼくが大好きだった、きみの鎖骨にあるタトゥーにも！」

彼がベッドにあがってきた。

「ライル、お願い。説明させて」あふれた涙がこめかみを伝い、髪の毛の中へ流れていく。「あなたは今、怒りでわけがわからなくなっているの。お願い、殴らないで。いったんここを離れて。戻ってきたら、ちゃんと説明するから」

彼はわたしの足首をつかみ、力任せに自分のほうへ引き寄せ、わたしを組み敷いた。「怒ってなんかいないよ、リリー」今度は不気味なほどに落ち着いた声だ。「ぼくがどれほどきみを愛しているか、これから教えてあげる」彼はわたしに覆いかぶさり、片手で両手首をつかむと、わたしの頭の上でマットレスに押しつけた。

「ライル、やめて」泣きながら、彼の体を押し戻そうとする。「離れて、お願い」

いや、いや、いや。

「ぼくはきみを愛してる」彼の言葉が頰で砕ける。「あいつなんかよりずっと。なぜそれがわからない？」

体が動かない。今はもう、恐怖よりも、怒りで心がいっぱいだ。目をとじると、まぶたの裏にリビングのソファーで泣き叫んでいたママの姿が浮かぶ。パパがママに馬乗りになって……。怒りにもだえ、わたしは狂ったように叫びはじめた。

悲鳴をライルにキスで封じられた。

わたしは彼の舌を嚙んだ。

そして、彼に頭突きをくらわせられた。

次の瞬間、すべての痛みが消え、視界が真っ暗になった。


ライルが何かをつぶやいている。耳に息遣いを感じる。心臓が激しい鼓動を刻み、全身の震えが止まらない。次から次へと涙がこぼれ落ち、わたしは大きくあえいだ。彼の言葉が耳で砕ける。頭がひどく痛んで、何を言われているのか理解できない。

目をあけようとした瞬間、刺すような痛みが走った。右目に何かが滴る。血だ。

わたしの血。

徐々にライルの言葉が理解できるようになった。

「ごめん、すまない。悪かった、まさか……」

手はまだマットレスに押しつけられ、ライルがわたしの上にいる。でも、もうわたしをレイプしようとはしていない。

「リリー、愛してる。すまない」

あわてた声だ。キスをされた。そっと頬に、そして唇に。

彼は我に返り、ライルに戻った。そして今は、自分が何をしたかを理解している。わたしに、そしてわたしたちの未来に。

わたしは彼の動揺に乗じて、逃げるチャンスをうかがった。頭を左右に振り、小さな声でささやく。「大丈夫よ、ライル。あなたは怒りで我を忘れた。わかってる」

唇を押しつけられ、スコッチの味に吐き気がこみあげる。彼が謝罪の言葉をつぶやき続ける中、ふたたびまわりの風景が薄れていった。


わたしは目をとじたまま、まだライルと並んでベッドに横たわっていた。もう彼はわたしの体の上からおりて、そばで横向きに寝ている。わたしの腰に腕を回し、頭を頬に押しつけて。わたしは身を硬くしたまま、自分の置かれた状況を観察した。

ライルは身じろぎもしない。でも息遣いは感じる。深い息だ。気を失っているのか、眠っているのかはわからない。覚えている最後の瞬間は、唇が唇に重なって、涙の味がしたことだ。

それからさらに数分、じっとそこに横たわっていた。意識が戻ってから、分単位で頭の痛みがひどくなっている。わたしは目をとじ、思い出そうとした。

バッグはどこ？

鍵は？

スマホは？

たっぷり五分はかけて、慎重に体を引き抜いた。一度に大きな動きをするのは危険だ。だからほんの少しずつ、そろそろと……やがてするりと床におりることができた。体に彼の手を感じなくなった瞬間、突然の涙がこみあげる。あわてて手を口にあて、立ちあがって寝室から走り出た。

バッグとスマホはすぐに見つかった。でも鍵をどこに置いたのかわからない。必死に鍵を探す。リビング、キッチン。でも前がほとんど見えない。頭突きをされたとき、きっと額に切り傷ができたに違いない。目に入った血のせいで、視界がぼやける。

わたしはめまいを覚え、ドアのそばで床に座りこんだ。指が激しく震える。三度やり直して、ようやくスマホのパスワードを正しく打ち込むことができた。

スクリーンをひらき、電話をしようとして、はたと考え込んだ。まず考えたのは、アリッサとマーシャルに連絡をすることだ。でも、できない。今、二人に連絡をするなんてとても無理だ。アリッサは数時間前に出産を終えたばかりだ。こんな話をきかせるわけにはいかない。

警察に通報することはできる。でも、まだ何が起こったのかわたし自身もよくのみ込めていない。あれこれ事情を説明したくない。彼のキャリアに大きな傷がつくことがわかっていて、それでも被害届を出したいかどうかもわからない。アリッサを怒らせたくない。何も考えられない。警察には通報せずに様子を見ることにしよう。今のわたしに、どうするかを決めるエネルギーはない。

スマホを握りしめて考える。ママ……。

番号をタッチしかけて、事情をきいたママがどんな気持ちになるかを考えると、また涙がこぼれた。この騒動にママを巻き込むわけにはいかない。ママはすでにつらい思いを山ほどしている。それにライルはわたしを探し出そうとするだろう。そうしたら、真っ先にママのところへ行くはずだ。そしてアリッサとマーシャルのところや、共通の知人のところへも。

わたしは涙を拭いて、それからアトラスの番号をプッシュした。

その瞬間ほど、自分のことを最低な女だと思ったことはない。

サイアクだ。なぜならライルがスマホケースの中に、アトラスの番号を見つけたとき、わたしは嘘をついた。番号がそこにあるのを忘れていた、と。

サイアクだ。アトラスが彼の番号をそこに入れた日、わたしはケースをあけて、それを見た。

サイアクだ。心の奥で、わたしはいつか自分がその番号を必要とするかもしれないと思っていた。**だからその番号を覚えていた。**

「もしもし」

いぶかしげな声だ。誰からの電話か不審に思っているのだろう。彼はわたしの番号を知らない。アトラスの声をきいたとたん、涙がこぼれた。口を手で覆い、どうにか泣き声を抑えようとする。

「リリー?」声が大きくなる。「どこにいるの?」

サイアクだ。**彼にはすぐに何が起こったのかわかった。**

「アトラス」わたしは消え入りそうな声で言った。「助けて」

「どこにいる?」彼はもう一度言った。あわてている様子だ。歩き回り、何かものをとりあげたりしている。やがて電話の向こうで、勢いよくドアのしまる音がきこえた。

「メッセージを送るわ」わたしは小さな声で言った。話し続けるのは危険だ。ライルを起こしたくない。電話を切ると、どうにか力を振り絞って、住所とエントランスのオートロックの番号を送り、それからもうひとつ、メッセージを送った。

着いたら教えて。ドアはノックしないでね

足音を忍ばせ、キッチンに向かうと、ジーンズを見つけ、どうにか足を突っこむ。シャツはカウンターの上にあった。服を着ると、リビングへ向かう。ドアをあけるか、アトラスと階下で落ちあうのかどっちがいいだろう？　でも一人でロビーへおりていくのは怖い。それに額からまだ血が流れている。体に力が入らず、ドアのそばで立って待っていることもできない。床に座りこみ、震える手でスマホを握りしめ、アトラスからのメッセージを待った。

息の詰まるような二十四分が過ぎ、ようやくスマホのスクリーンが光った。

来たよ

わたしはよろめきながら立ちあがり、ドアをあけた。二本の腕に包みこまれ、何かやわらかなものに顔が押しつけられた。涙があふれ、わたしは泣いて、泣いて、震えて、泣いた。

「リリー」アトラスがささやく。自分の名前がそんなに悲しげな声で呼ばれるのを初めてきいた。彼はわたしを自分のほうを向かせた。青い瞳がわたしの顔を上から下へとゆっくり眺める。やがてほっとした表情になると、アパートメントのドアを鋭く見上げた。「まだ、奴はここにいる?」

憤っている。

アトラスの体から怒りが立ちのぼり、ドアに向かって歩きはじめた。わたしは彼のジャケットをつかんだ。「やめて、お願い、アトラス。ただ、ここを離れたいの」

アトラスは足を止め、苦悶の表情を見せた。わたしの言うとおりにしようか、それともドアをあけて乗り込もうか考えているようだ。やがてドアに背を向けると、わたしの体に腕を回した。エレベーターに乗り、ロビーへと向かう。さいわい、一緒に乗りあわせたのはたった一人の住人だけだった。しかもスマホで話をしていたせいで、わたしたちには目もくれなかった。

駐車場にたどり着いたとき、ふたたびめまいに襲われた。少しゆっくり歩いてほしい、そう頼むと、彼はわたしの膝の下に腕を差し入れ、さっと抱きあげた。そしてそのまま車に乗せ、エンジンをかけた。

傷を縫わなきゃならない。

アトラスはわたしを病院に連れていこうとしている。

次の瞬間、わたしの口をついて出たのは、自分でも思いがけない言葉だった。「マサチューセッツ総合病院には連れていかないで。どこか他の病院に行って」

理由はなんであれ、ライルの同僚とばったり出会うリスクは冒したくない。今、わたしは彼を憎んでいる。かつて父を憎んでいたよりもはるかに強く。けれど、それでも彼のキャリアを心配する気持ちが憎しみに勝った。
それに気づいて、ライルに対するのと同じぐらい、自分にも腹が立った。

24

アトラスは診察室の端に立っている。看護師が治療をしている間も、わたしから目を離そうとしなかった。採血のあと、看護師はすぐに戻ってきて、切り傷の消毒にかかった。まだ、あまり多くの質問はしない。でも、わたしの傷が事故じゃないのは明らかだ。肩に残る歯形についた血を拭う瞬間、看護師は気の毒そうな顔でわたしを見た。

消毒が終わると、看護師はちらりとアトラスに目をやった。一歩右に移動して、わたしから彼の姿をブロックする。そしてわたしに向き直って言った。

「いくつか立ち入ったことをきく必要があるの。彼に席をはずしてくれるよう言うわ、いいわね？」

アトラスが加害者として疑われている？　わたしはあわてて首を振った。「彼じゃないの。お願いだから、彼を追い出さないで」

看護師の顔に安堵が広がった。彼女はうなずくと、椅子をひとつ引き寄せ、わたしのそばに座った。「どこか他に痛いところは？」

わたしは首を振った。すべての傷を治療することはできない。ライルがわたしの内部につけた傷までは。

「リリー？」優しい声だ。「レイプされたの？」

涙があふれる。アトラスが顔をそむけ、壁に額を押しつけた。

看護師はわたしがふたたび目を合わせることができるようになるまで待って、話を続けた。

「こういう場合、特別な診察を受けることができるの。性暴力を受けた患者さんのケアを学んだ専門の看護師による診察よ。もちろん、あなたが希望するならだけど。でも、ぜひ受けるべきだと思う」

「レイプじゃないの」わたしは言った。「彼は……」

「本当に？」

わたしはうなずいた。「診察はいらないわ」

アトラスがわたしを見た。数歩こちらへ歩み寄った彼の顔に苦悩が浮かぶ。「リリー、受けたほうがいい」懇願のまなざしだ。

わたしはもう一度首を振った。「アトラス、信じて……」ぎゅっと目をつむり、うなだれ、小声でつぶやいた。「ライルをかばっているわけじゃない。彼は怒りをこらえようとした、でもこらえきれなかったの」

「もし奴を訴えるとしたら、診察が必要だ――」

「診察はいらない」わたしはもう一度きっぱりと言った。

ドアをノックする音がして、ドクターが入ってくると、ようやくアトラスの懇願のまなざしから逃れることができた。看護師が傷について、手短に説明をする。看護師に代わって、ドクターがわたしの頭と肩を診察した。ライトで両眼を照らすと、カルテを見ながら言った。「脳震盪を起こした可能性があります。ですがCTを使いたくないので。しばらく様子を見ることにしましょう」

「CTを使いたくない？」わたしはきいた。

ドクターが立ちあがった。「命に関わる場合をのぞいて、妊婦さんにX線を使うわけにはいきません。合併症がないかどうか、しばらく様子を見て、さらに心配なことがなければお帰りになって結構です」

それからあとの言葉はもう、わたしの耳には入ってこなかった。

一言も。

かっと頭に血がのぼる。心臓、そしてみぞおちにも。思わず、自分が座っていた診察台の端をつかんで、わたしは床をにらみつけた。ようやく看護師とドクターが部屋を出ていった。ドアがしまっても、わたしは無言のまま座っていた。アトラスが近づいてくる。彼の足がわたしの足に触れんばかりの距離に近づいた。彼はわたしの背中を軽くさすった。「知ってたの？」

わたしはふっと息を吐いて、それから息を吸った。頭を横に振る。抱きしめられたとたん、自分でも驚くほどの泣き声が出た。彼はわたしが泣いている間、ずっと抱きしめていてくれた。わたしの怒りも一緒に。

わたしのせいだ。

別れなかったから、こうなった。

これじゃママと同じだ。

「ここを出たい」わたしはつぶやいた。

アトラスは体を引いた。「もう少し様子を見るって。しばらくここにいたほうがいい」

わたしは彼を見上げ、首を振った。「ここから出たい。お願い、ここじゃないどこかに行きたいの」

アトラスはうなずき、靴を履かせてくれた。自分のジャケットを脱ぎ、わたしにかける。そしてわたしたちは誰にも気づかれずに、病院をあとにした。

車を運転している間、彼は無言だった。わたしはといえば、泣き疲れ、じっと窓を見つめていた。あまりのショックに話もできない。体が沈み込んでいく。

ただ泳ぎ続けるんだ。

アトラスの住まいは一軒家だった。ボストン郊外のウェルズリーという小さな町だ。近くの家はどれも平屋で、皆美しく、手入れが行き届いている。高級住宅地だ。車が私道に入っていく直前、もしかしたら彼が結婚しているのではと心配になった。キャシーだ。もし自分の夫が昔の彼女、しかも夫に乱暴されたばかりの女を家に連れて帰ってきたら、どう思うだろう？

きっとわたしを哀れむに違いない。なぜ暴力夫と別れないのかと思うかもしれない。そしてなぜこんなになるまで耐えたのか、とも。わたしがかつて同じような場面を目撃して、自分の母に対して感じたことを思うだろう。なぜそんな男と一緒にいるんだろうって。いつだって世間はそう思う。でも、なぜ男が虐待をするのかと思う人がいないの？　非難されるべきは女を虐待する男なのに。

アトラスはガレージに車を停めた。他に車は停まっていない。手を貸してもらうのを待たず、わたしは自分でドアをあけて車から出た。彼のあとについて、家に入る。セキュリティ解除のコードを打ち込むと、いくつか明かりがついた。わたしはざっとあたりに目を走らせた。キッチン、ダイニング、リビング。すべてが高級な木材とステンレスで作られている。彼のキッチンはブルーグリーン、海の色が基調だ。もしわたしがこんなにも傷ついていなかったら、それを見て、思わずほほ笑んだに違いない。

すごい、アトラスは泳ぎ続けた。そしてはるか彼方《かなた》のカリブの海へたどりついた。

アトラスは冷蔵庫から水のボトルを一本取り出した。ふたをひねり、わたしに渡す。わたしが水を一口飲み、じっと見つめる中、彼はリビングと、そして廊下の明かりをつけた。

「一人暮らしなの？」

彼はうなずき、キッチンに戻った。「お腹はすいてる？」

わたしは首を振った。もし空腹を感じていたとしても、とても食べられそうにはない。

「きみの部屋に案内するよ。必要ならシャワーもある」

必要だ。唇からスコッチの味を洗い流したい。体についた病院の消毒液の匂いを洗い流したい。わたしの人生から、さっきの四時間を洗い流したい。

わたしはアトラスについて廊下を抜け、客用の寝室へ向かった。彼は部屋の明かりをつけた。シーツのかかっていないベッドの上に二つの箱が置かれ、壁際にもいくつか段ボール箱が積みあげられている。壁のそばには、大きすぎるほどの椅子がドアに向けて置かれていた。彼はベッドまで行くと、上にあった段ボールをとり、他の箱と一緒に壁際に積みあげた。

「二、三カ月前に引っ越してきたばかりで、まだインテリアまでは手が回らなくて」アトラスはドレッサーの引き出しをあけた。「ベッドメイキングするよ」そう言ってシーツと枕カバーを取り出す。シーツをかける彼を横目に見ながら、わたしはバスルームに入り、ドアをしめた。

バスルームにいたのは三十分ほどだった。そのうちの何分かは、ただ鏡の中に映る自分の姿を眺めていた。そして数分はシャワーの中にいて、残りの時間はトイレに覆いかぶさっていた。さっきまでの数時間のことを考えると、吐き気が止まらなかった。

タオルを巻いてバスルームから出ると、アトラスの姿はもうなかった。でもきちんと整えられたばかりのベッドの上に服が置いてある。大きすぎる男物のパジャマのズボンと、膝くらいまでの長さのTシャツだ。わたしはズボンのウエストの紐を目いっぱい引っ張って結ぶと、ベッドに潜りこんだ。ランプを消し、上掛けを頭の上まで引っ張りあげる。

わたしは泣いて、泣いた。声は立てずに。

25

トーストか何かが焼ける匂い。

わたしはベッドの上で伸びをして、にっこりした。ライルはトーストがわたしの大好物だと知っている。

でも目をあけたとたん、いきなり頭の中に現実が降ってきた。ふたたびぎゅっと目をとじ、考える。自分がどこにいるのか、なぜここにいるのか、今、うっとりと匂いをかいだトーストは、大好きな優しい旦那さまが、ベッドにいるわたしのために作っている朝食じゃないことも。

また泣きたい気分になり、わたしは無理やり重い体を起こして、ベッドから出た。バスルームを使いながら、空腹に意識を集中させようとした。何か食べて、それから泣こう、そう自分に言いきかせる。また気分が悪くなる前に、何かお腹に入れなきゃ。

バスルームから寝室に戻ると、昨日は壁際に置かれていた椅子が、ベッドのほうを向いていることに気づいた。その上にブランケットが無造作に置かれている。きっとわたしが眠っている間、アトラスがずっと付き添っていてくれたに違いない。

たぶん脳震盪のことを心配したのだろう。

キッチンへ入っていくと、アトラスが冷蔵庫、オーブン、カウンターを行き来して、忙しく立ち働いていた。この十二時間で初めて、苦しみ以外の何かをかすかに感じた。彼がシェフだったことを思い出したからだ。しかもとびきりの腕前の。そしてその優秀なシェフが今、わたしのために朝食を作っている。

アトラスは目をあげ、わたしをちらりと見た。「おはよう」できる限りさりげない口調だ。「お腹がすいているといいけど」彼はカウンターの上で、グラスとオレンジジュースが入ったピッチャーをわたしに向かって滑らせると、オーブンをのぞき込んだ。

「ぺこぺこよ」

アトラスは肩越しにちらりとわたしを振り返り、笑みを浮かべた。オレンジジュースをグラスに注ぎ、キッチンの反対側に歩いていく。そこには朝食をとるためのちょっとしたスペースがあった。テーブルの上に新聞が置いてある。その新聞をとりあげると、ボストン・ベスト・ニュービジネスについての記事があった。わたしはテーブルに新聞を戻し、目をとじて、ゆっくりとオレンジジュースを飲んだ。

数分後、アトラスはわたしの前に皿を置くと、向かいの席に座った。自分の皿も置いて、フォークでクレープを切りはじめる。

わたしは目の前の皿を見下ろした。シロップがかかったクレープが三枚、たっぷりのホイップクリームが添えられている。皿の右側には、スライスしたオレンジとイチゴが並んでいた。

美しすぎて、食べるのがもったいない。でも今のわたしはお腹が減りすぎている。わたしは一口食べて、目をとじた。それが、これまで食べた中で、一番おいしい朝食だってことを彼に気づかせまいとして。

結局のところ、認めずにはいられない。アトラスのレストランはあの賞にふさわしい。ライルとアリッサをあの店に行かせないよう、どんなにがんばったところで、〈ビブズ〉は間違いなく、これまでに行った店の中で最高のレストランだ。

「どこで料理を覚えたの？」わたしはたずねた。

彼はコーヒーを一口飲んだ。「海兵隊にいたときだ」コーヒーカップを置く。「最初に入隊したときに少し訓練を受けて、再入隊でシェフとして採用された」フォークで皿の縁を軽く叩く。「どう？」

わたしはうなずいた。「おいしい。でも軍で料理の腕を磨いたっていうのは違うでしょ。その前から料理が得意だったじゃない」

アトラスが笑った。「覚えてる？　クッキーのこと？」

わたしはもう一度うなずいた。「わたしが食べた中で一番おいしいクッキーだった」

彼はゆったりと椅子の背にもたれた。「基本的なことは自分で身に着けたんだ。ぼくが子供の頃、母は夜勤で働いていた。だから夕食を食べたければ、自分で作るしかなかった。でなきゃ、飢えちゃうからね。ガレージセールで料理本を買って、一年間ですべてのレシピを作った。それが十三歳の頃だ」

思わず笑って、わたしはまだ自分が笑えることにショックを覚えた。「今度どうやって料理を学んだのかきかれたら、その話をするべきよ。海兵隊のエピソードじゃなく」

彼は首を振った。「ぼくの十九歳より前の話を知っているのはきみだけだ。それはそのままにしておきたいんだ」

それからアトラスは海兵隊でシェフとして働いていたときのことを話しはじめた。軍を除隊したときに備えて、どんなふうにお金を貯《た》めて、自分の店をオープンしたのか。まず小さなカフェを始め、それがうまくいって、一年半前に〈ビブズ〉をオープンしたらしい。「わりとうまくやれてるほうかな」謙遜気味に言った。

わたしはキッチンを見て、それから彼を見た。「わりと、なんてもんじゃないわ」

アトラスは肩をすくめ、もう一口クレープを食べた。それからは二人とも何も言わず、ただ黙々とクレープを平らげた。その間も、わたしはレストランのこと、その名前のエピソードについて考えていた。インタビューで彼が話していたことだ。でもレストランについて考えると、わたしの思いはライルへ、そして記事の最後の行を読みあげたときに、ライルの声に含まれていた怒りへと引き戻された。

おそらく、アトラスもわたしの表情の変化に気づいたはずだ。でも何も言わず、テーブルの上の皿を片付けにかかった。

片付けが終わり、テーブルに戻ってくると、彼はわたしの隣の椅子に座った。そして安心させるように、わたしの手に自分の手を重ねた。「二、三時間、仕事に行ってくる。ここにいてくれ。必要なだけいてかまわない。頼むから……今日は家に帰らないでほしい」

心配そうな声に、わたしはうなずいた。「帰らない。ここにいるわ。約束する」

「ぼくが出かける前に、何かきいておくことはある？」

わたしは首を振った。「大丈夫」

アトラスは立ちあがり、ジャケットを手にした。「できるだけ早く戻ってくるよ。ランチの営業が終わったら、何か食べるものを持ってくる。いいね」

わたしは無理に笑った。彼は引き出しからペンと紙を取り出した。何かを書きつけている。アトラスが出ていったあと、わたしはカウンターまで行き、メモを見た。書いてあったのは、セキュリティのアラームのセットの仕方、それからスマホの番号（もう覚えているけど）だ。彼の店の電話番号と、家と店の住所もあった。

そして最後に、この言葉が小さく書かれていた。〝リリー、ただ泳ぎ続けるんだ〟

大好きなエレンへ
久しぶり。わたしよ、リリー・ブルーム。えっと、まあ今は正確には、リリー・キンケイドだけど。
最後に手紙を書いてから、ずいぶんたつわね。すごく昔に思える。アトラスとの間にいろいろあって、日記をひらくことができなかったの。放課後にあなたの番組をみることも。だって、一人でみるのはあまりにつらすぎるから。実際のところ、当時はエレンのことを考えるだけで気が滅入った。あなたのことを考えると、アトラスのことを思い出す。正直に言えば、アトラスのことを考えたくなかったの。だからあなたのことも、自分の生活から締め出さなくちゃならなかった。
ごめんね。もちろん、わたしがエレンを思うほど、あなたがわたしを思っていないのはわかってる。でも時には、誰かにとって一番大切なものが、その人を一番悲しませたり、苦しませたりするものになる。そして、その悲しみを乗り越えるためには、それにまつわるすべてを断たなきゃならない。あなたはわたしの悲しい思い出につながっているから、断たなきゃと思った。そうすることで、ほんの少しでも悲しみから救われる気がしたの。

もちろん、あなたの番組が相変わらず大人気だってことは知ってる。きいたわ、あなたがまだときどき、オープニングで踊っていること。今はわたしも大人になって、あなたのダンスのよさがわかるようになった。大人になった一番の印は、たとえ自分にとっては大したことじゃないと思っても、他の人にとっては大切なものがあるって理解できるようになることよね。

これまで何があったか話すわね。パパは亡くなった。今、わたしは二十四歳よ。大学を卒業して、しばらくマーケティング会社で働いた。今は、自分で店を経営している。フラワーショップよ、夢を叶えたの。勝ち組よ！

結婚もしてる。相手はアトラスじゃない。

そして……ボストンに住んでる。

わかる。ショックよね。

最後に手紙を書いたとき、わたしは十六歳だった。人生のどん底にいて、アトラスのことをすごく心配してた。今はもう、アトラスのことは心配していない。でも、また人生のどん底にいる。あなたに最後に手紙を書いた、そのときよりもはるかに。

ごめんなさい、いい場所にいるときには、あなたに手紙を書く必要はなかった。つらいときこそ、あなたが必要に思えるの。でも友達ってそういうものでしょ。そうよね？

どこから話しはじめたらいいのかもわからない。そう、あなたはわたしの今の生活とか夫、ライルについて何も知らないわよね。こういうとき、わたしたち夫婦がよくやる、ゲームのようなものがあるの。まず〝ネイキッド・トゥルース〟って言う。そしてその言葉を言ったら、お互いに相手のことなんかおかまいなしで、本当に自分が考えていることを正直に告白するの。

だから……始めるね。

覚悟して。

わたしは暴力をふるう男性と恋に落ちた。よりにもよって、自分がそんなことになろうとは思ってもいなかった。

十代の頃、パパがママに暴力をふるったあと、ママは何を考えているんだろうと思うことがしょっちゅうあった。なぜママは、自分を痛めつけるような男を愛し続けることができるんだろうって。パパは何度もママを殴って、何度も、もう二度とこんなことはしないと約束して、そしてまた何度もママを殴った。

今、ママの気持ちがわかる自分が嫌でたまらない。

四時間以上、アトラスのソファーに座って、ずっと自分の気持ちと格闘してる。でも自分ではその気持ちをどうしようもできなくて、どう理解したらいいかもわからない。だから昔のように紙に書けばいいのかもしれないって思ったの。ごめんね、エレン。きっと支離滅裂な話になると思うけど、全部、吐き出してしまいたいの。

もしこの気持ちを何かに例えるとしたら、死だと思う。ただの死じゃない。大切な人の死。世界で一番、近しい人の死よ。その人が死ぬことを想像するだけで、涙があふれてくるような人のね。

それが今のわたしの気持ち。まるでライルが死んだみたい。

それは途方もない悲しみで、とんでもない痛みをもたらす。親友、愛する人、夫、ライフラインを失った感覚なの。でも、この感覚と実際の死には違いがある。それはこの感覚には、誰かが死んだときにはけっして感じない、ある感情が混じっている。

それは怒りよ。

ライルに怒りを感じている。言葉では言い表すことができないほどの。でも、その真っただ中にあっても、どこかに分別のある自分がいるの。「でも、マグネットをとっておくべきじゃなかったのかも。最初からタトゥーについて、打ち明けておくべきだったのかも。日記をとっておくべきじゃなかったのかも」って。

この分別が問題を厄介にするの。それは徐々にわたしの心を蝕《むしば》んでいく。そして怒りがわたしに与えた強さを、少しずつ弱らせていく。分別はわたしに、二人の将来を想像させる。そして彼の怒りをコントロールするために、わたしにできることがあるってことも。もう二度と彼を裏切らない。もう二度と秘密を作らない。もう二度と彼が怒りを爆発させるきっかけを与えない。そうすれば一緒に、この問題を乗り越えていけるはず……って。

よいときも、悪いときも。そうよね？

きっとママの頭にも、同じような思いがよぎったんだと思う。でもママとわたしの違いは、ママには他にも不安なことがたくさんあった。わたしのように安定した収入がなかったから、家を出たらわたしを路頭に迷わせるかもしれない。両親がそろっているのがあたり前の家庭に育ったわたしを、今さら父親のない子にするわけにはいかない。そうやって分別の声に耳を傾け、言い訳を続けることで、ママはさらにひどい目に遭った。

妊娠という事実を突きつけられて、あまりに突然で、まだどうすればいいかもわからない。今、わたしの中には二人で作った小さな命が宿っている。そして彼のもとにとどまる、別れる、どちらの選択をしても、それはわたしが子供のために願った未来じゃない。父親のいない家庭で育つか、それとも虐待がまかり通る家庭で育つか、二つにひとつよ。それもこれもわたしのせいで、わたしはこの子の存在をほんの一日前に知ったばかりなの。

エレン、あなたがわたしに返事を書いてくれれば、何かわたしを笑わせるようなことを言ってくれればいいのに。心からそう思う。これほど孤独を感じたのは初めてよ。そしてこれほど打ちひしがれて、憤って、傷ついたことも。

こういう状況を経験したことのない人は、なぜ女性が自分を虐待する相手のもとに戻るのか不思議がる。どこかで読んだけれど、虐待された女性の八十五パーセントが夫や彼氏のもとに戻るって。自分が当事者になる前にその数字をきいたとき、それはその女性が愚かだから、弱いからだと思った。ママのことも何度もそう思った。

でも時には分別のある女性だって、相手のもとに戻ることがある。なぜなら彼を愛しているから。わたしはライルを愛しているの。彼には愛すべきところがたくさんある。昔、わたしが考えていたとおりに、自分を傷つけた相手に対する思いを簡単に切り捨ててしまうことができたらどれほどいいか……本当にそう思う。愛する人を許したいと思う気持ちを断ち切るのは、ただ許すことよりはるかにつらい。

今、わたしも統計の中の一人よ。たぶん、他の人たちが今のわたしを見たら、以前のわたしと同じことを言うと思う。

「どうしたらそんなひどいことをした相手を愛し続けることができるの？　彼との関係を修復できると思うなんて、どこまでおめでたいの？」って。

悲しい。誰かが虐待されていることを知って、一番先にわたしたちの心に浮かぶのがそんな考えだなんて。虐待した本人より、虐待されて、それでもその相手を愛さずにはいられない人に対して、不快感を覚えるなんておかしくない？

わたしの前に、こういう状況に置かれてきたすべての人々、そしてわたしのあとに、こういう状況に置かれるであろうすべての人々について考えた。愛する人の手による虐待を経験して、わたしたちはいつまで頭の中で同じ言葉を繰り返すんだろう？「よいときも、悪いときも、富めるときも、貧しきときも、病めるときも、健やかなるときも、死が二人を分かつまで」って。

たぶん、そんな誓いの言葉、まともにとらないほうがいい場合もあるのかもしれない。

よいときも、悪いときも？

ばかばかしい。

そんなの。

くそくらえよね。

――リリー

26

わたしは今、天井を見つめながら、アトラスの家で、客用のベッドに横たわっている。ごく普通のベッドだ。すごく気持ちがいい。でも、今のわたしにはウォーターベッドのように感じられる。あるいは、海に浮かぶいかだと言ってもいい。巨大な波に乗っている気分、そしてそれぞれの波がいろいろなものを連れてくる。悲しみの波、怒りの波、涙の波、それから眠りの波。

ときどき、お腹に手をあてると、小さな愛の波がやってくる。なぜ、まだ顔を見てもいない誰かをこれほど愛することができるのか、自分でもわからない。でも、愛している。女の子、男の子、どっち？　どんな名前にしよう？　わたしとライル、どっちに似ているのかな？　いろいろなことを考えてしまう。でも次の瞬間、怒りの波がやってきて、愛の小さな波はかき消されてしまう。

妊娠を知ったとき、本来なら感じるはずの喜びをわたしは奪われた。昨日の夜、ライルの手で。そしてそれが、わたしが彼を憎まなくてはならない、もうひとつの理由だ。

憎むことは疲れる。

わたしは重い体を起こしてベッドから出ると、シャワーに向かった。ほとんどの時間をこの部屋で過ごしている。アトラスは数時間前に家に戻ってきた。彼が寝室のドアをあけ、様子をうかがう気配がしたけれど、わたしは眠っているふりをした。

ここにいるのは決まりが悪い。昨日の夜、ライルが激怒した原因は、他ならぬアトラスだ。なのに結局、わたしはアトラスに助けを求めた。ここにいると、罪悪感でいっぱいだ。そしてほんの少し、屈辱も感じている。わたしがアトラスに電話をかけた、そのことがライルの怒りに根拠を与えてしまう気がして。でも、今のわたしにはここ以外に居場所がない。これからどうするか考えるために、二、三日は必要だ。もしホテルに泊まったら、クレジットカードの使用履歴で、彼に居場所を突き止められてしまう。

ママのところに行っても同じことだ。アリッサや、ルーシーのところでも。ライルはデヴィンにも二、三度会っているから、彼のところにも行く可能性がある。

だけどアトラスのところにまでくるとは思えない。でも、念のために、一週間は、ライルからの電話に出たり、メッセージに返信したりするのはやめておこう。きっと彼は片っ端から心当たりの場所を探すに違いない。でも今のところ、ここは大丈夫な気がする。

たぶん、それが、わたしがここにいる理由だ。他のどこよりも、ここにいると安心できる。何より、アトラスの家にはセキュリティのシステムがある。

アリッサ　リリーおばさん、どうしてる？　今日、退院するの
明日、仕事が終わったら、家にきて

アリッサが送ってきた彼女とライリーの写真に、わたしはほほ笑み、そして涙ぐんだ。やだ、感情の起伏が激しすぎる。

涙が乾くのを待ってリビングへ行くと、アトラスがキッチンテーブルに座って、ノートパソコンで仕事をしていた。わたしに気づいて、彼はにっこり笑ってノートパソコンをとじた。

「やあ」

わたしは笑顔を作り、キッチンを見た。「何か食べるものある?」

アトラスはすばやく立ちあがった。「もちろん。座って。今、用意する」

わたしがソファーに腰をおろすと、彼はキッチンへ向かった。テレビがついたままだ。でもミュートになっている。わたしはミュートを解除して、レコーダーをつけた。彼はいくつか番組を録画していた。そのうちのひとつに目が釘づけになる。『エレンの部屋』だ。わたしはほほ笑み、最新のエピソードを再生した。

アトラスがボウルに入ったパスタと冷たい水のグラスを運んできた。テレビをちらりと見て、わたしの横に座った。

それからの三時間、わたしたちは一週間分のエピソードを全部見た。わたしは六回、声を出して笑った。気分がいい。でも、トイレに席を立ってリビングに戻ってくると、あらためて現実の重みに心が沈んだ。

アトラスの隣で、ソファーに体を預け、深々と座る。アトラスも背中をもたせかけ、足をコーヒーテーブルにのせている。ごく自然に、わたしは彼にもたれかかる形になった。十代の頃と同じだ。頭をアトラスの胸に乗せ、わたしたちは黙ったままそこに座っていた。彼の親指がわたしの肩をさする。ぼくがここにいる、言葉じゃなく、仕草でそう伝えているのがわかった。わたしのことを気遣ってくれている。そう思ったら、昨日の夜、彼が迎えにきてくれてから初めて、ようやくライルとのことについて話す気になった。わたしは彼の肩に頭を預け、片手を自分の膝の上に置いて、もう一方の手で大きすぎるパンツの紐を弄んだ。

「アトラス？」ほとんどきこえないほどの声でわたしは言った。「ごめんね。あの夜、レストランでどなったりして。心の底ではあなたの言うとおりだと思ってた。でもそれを認めたくなかったの」頭をもたげ、アトラスを見て、自嘲気味に笑う。「きっと思ってるよね。だから言っただろって」

アトラスは眉を寄せた。まるでわたしの言葉に傷ついたみたいに。「リリー、この件に関しては、自分の間違いであればよかったのにって思ってる。毎日、そうじゃなければいいけどって願っていた」

わたしははっとした。こんなこと言うべきじゃなかった。アトラスが〝だから言っただろ〟なんて、思うはずはないのに……。

アトラスはわたしの肩を引き寄せると、そっと頭のてっぺんにキスをした。わたしは目をとじ、懐かしさに浸った。彼の匂い、彼の手、彼の優しさ。人はどうすればアトラスのように、いささかも揺るがない強さを持ちながら、これほどまでに優しくいられるのだろう？　思えば、わたしはアトラスのことをずっとそんなふうに見てきた気がする。彼はどんなことにも立ち向かう強さを持っている。けれど他の人が抱える痛みや悲しみに思いを重ねる優しさもある。

どんなに忘れようとしても、彼を忘れることができないのが悔しい。わたしはアトラスの電話番号を巡るライルとの諍《いさか》いについて考えた。それからマグネットのことや、新聞の記事、彼が読んだわたしの日記、タトゥーについても。わたしがアトラスへの想いを断ち切って、すべてを捨ててしまっていれば、問題は起こらなかったし、ライルをあれほど不安に陥れることもなかった。

そこまで考えて、わたしははっと顔に手をあてた。自分がアトラスへの想いに終止符を打てなかったことを言い訳に、ライルの行動を正当化しようとしている自分に愕然《がくぜん》として。

そんなの言い訳にもならない。まったく。

やがて、新たな波が押し寄せてきた。あらがいようもない混乱の波だ。

アトラスはわたしの様子に気づいた。「大丈夫？」

大丈夫じゃない。

大丈夫じゃない。たった今、この瞬間まで気づいていなかった。アトラスがわたしを迎えにきてくれなかったことに、自分がどれほど傷ついていたかに。もし、約束どおりに探しにきてくれたら、ライルと出会うこともなかった。そしてこんなことにもならずに済んだはずだ。間違いない。わたしはひどく混乱している。アトラスを責めるなんて、とんだお門違いだ。

「そろそろ寝たほうがいいわね」わたしは静かに言い、彼から離れた。わたしが立ちあがり、彼も立ちあがる。

「明日はほとんど、家にいないと思う」アトラスは言った。「ぼくが戻るまで、ここにいる？」

わたしは彼の質問にはっとした。もちろん、アトラスはわたしに身の回りのものをまとめて、どこか他に泊まる場所を見つけてほしいと思っているに違いない。いったいわたしはここで何をしているんだろう？　「ううん、そんな……ホテルをとるから大丈夫」わたしはくるりと向きを変えて、廊下を歩き出した。でも、彼はわたしの肩に手を置いた。

「リリー」アトラスはわたしを自分のほうに向かせた。「出ていってほしいんじゃない。ここにいることを確かめたかったんだ。必要なだけ、ここにいてほしい」

彼の目を見れば、その言葉に嘘がないことは明らかだ。今、こんなときじゃなかったら、腕を伸ばしてハグをしていただろう。たしかに、まだここを出ていく準備ができていない。ほんの二、三日だけ、次にどうするか、なんとか考えるまで。

わたしはうなずいた。「明日、二、三時間、店に行くわ。片付けておかなきゃならないことがあるの。でも、もしアトラスさえかまわなければ、もう二、三日ここにいてもいい？」

「もちろんだ。喜んで」

わたしは無理に笑顔を作り、客用の寝室へ向かった。少なくとも、彼は今わたしに安全な場所を提供してくれている。わたしがすべてに立ち向かおうとする前に。

たとえアトラスの存在がわたしの人生を混乱させる原因だったとしても、彼には感謝しても感謝しきれない。

27

わたしは震える手をドアノブに伸ばした。これまで、自分の店に入っていくのを怖いと思ったことはない。これほど緊張したこともなかった。

店の中は暗かった。息を潜めて、明かりをつけた。そろりとドアをあけて、オフィスに入っていく。

彼はどこにもいない。でも、いたるところにいた。

デスクに座り、昨日の夜以来、初めてスマホの電源を入れる。ライルが連絡してくるかどうか心配せずにぐっすり眠りたくて、ずっとオフにしたままだった。

電源を入れたとたん、ライルからのメッセージが二十九通、着信した。去年、ライルがわたしの部屋を見つけるために、片っ端からノックしたドアの数とちょうど同じだ。

あまりの皮肉に笑っていいのか、泣いていいのかわからない。

その日一日は、そんな調子で過ごした。ドアがあくたびに、肩越しにドアをちらりと振り返り、常に彼の影に怯えながら。

ライルから電話がかかってくることのないまま半日が過ぎ、わたしはたまっていた書類に目を通した。ランチのあと、アリッサが電話をしてきた。彼女の声からすると、わたしとライルの諍いについて、まだ何も知らないらしい。ひとしきり赤ん坊のことを話すと、わたしはお客がきたふりをして電話を切った。

ルーシーが昼休みから戻ってきたら、店を出よう。それまでまだあと三十分ほどある。

三分後、ライルが入り口から入ってきた。

店にいるのはわたし一人だ。

彼の姿を見たとたん、わたしは石のように固まった。カウンターの後ろに立って、手をレジの上に置いたままにする。そのそばにはホッチキスがある。ホッチキスが脳神経外科医の手を攻撃するのに向いているかどうかわからないけれど、いざとなったら手近にあるものはなんでも使うつもりだ。

ライルがゆっくりとカウンターへ歩いてくる。あの夜、ベッドで組み敷かれて以来、彼に会うのは初めてだ。あっという間に体がその瞬間に引き戻され、恐怖にのみ込まれる。近づいてくる彼を見て、恐怖と怒りが全身を駆け巡った。

彼は手をあげると、わたしの前、カウンターに鍵を置いた。わたしはその鍵を見下ろした。

「今夜、イギリスに発《た》つ」彼は言った。「三カ月は帰ってこない。光熱費や水道代もすべて払ったから、ぼくが向こうにいる間、その心配はする必要がない」

穏やかな声だ。でも、首に浮きあがった血管を見れば、必死に自分の感情を抑えようとしているのがわかる。

「時間が必要だろ。だからきみに時間をあげようと思って」ライルは口の端をゆがめ、アパートメントの鍵をわたしのほうに押しやった。「家に戻ってくれ。ぼくはいないから。約束する」

彼は向きを変え、ドアへ歩いていく。謝ろうとさえしなかった。でもそのことに腹は立たなかった。理解はできる。謝ったところで、自分のしたことを取り消せないとわかっているのだろう。そしてしばらく距離を置くのが、一番いいってことも。

ライルは自分が大きな過ちを犯したことを知っている……でも、もう少し深くナイフを突き立てて、さらに痛みを感じさせる必要がある。

彼は肩越しにわたしを振り返った。まるでわたしたちの間に壁を築くかのように、その場でただ体を硬くして、わたしが何か言うのを待っている。わたしがこれから言うことが、自分を傷つけると知っているに違いない。

「これの何が最悪かわかる？」わたしは言った。

返事はない。ただわたしを見つめている。

「日記を見つけたとき、なぜわたしの話をきいてくれなかったの？　わたしはいつだって、あなたと正直に向きあおうとしてきた。でもあなたは何もきかなかった。助けを求めようともしなかった。そしてそのせいで、わたしたちはこれからずっと苦しみ続けることになる」

わたしの一語一語に、ライルは苦悶の表情を浮かべてきき入った。「リリー」

わたしは手をあげて、口をひらきかけた彼を押しとどめた。「やめて。もう行って。じゃあね」

ライルの心の中で、葛藤が繰り広げられているのが見える。今、この瞬間、何を言っても、どれだけ必死で許しを請うても、どうにもならないことを彼は知っている。できるのはただひとつ、わたしに背を向け、ドアから去っていくことだけだと。たとえそれが自分のもっとも望まないことであったとしても。

ついに彼が出ていくと、わたしはドアに駆け寄り、鍵をかけた。そして床に座りこみ、膝を抱えて顔をうずめた。体が激しく震える。歯ががたがたと鳴った。

信じられない、今この瞬間も、わたしのお腹の中で、あの男の分身が育っている。信じられない。いつか、彼にそのことを打ち明けなくちゃならないなんて。

28

今日の午後、ライルが鍵を渡しにきたあと、わたしは新居に帰ろうかどうか考えた。実際、タクシーに乗って、アパートメントのそばまで行った。でも車からは出なかった。もし今日戻ったら、おそらくアリッサと顔を合わせることになる。まだ彼女に、額の縫合の跡の理由を説明する心の準備はできていない。ライルが容赦のない言葉でわたしを傷つけたキッチンを見る心の準備も、わたしが完全に破壊された寝室に入っていく心の準備もできていない。

自分の家へは帰らず、わたしはアトラスの家に戻った。その場所だけが、今はわたしの安全地帯だ。ここに隠れているときには、現実と対峙《たいじ》しなくて済む。

アトラスはすでに今日、二度メッセージを送って、様子はどうかとたずねてきた。だから夜、七時少し前にメッセージを受けとったとき、てっきり彼からだと思った。でも、それはアリッサからだった。

アリッサ　まだ家に戻ってないの？　うちにきて。退屈なの

そのメッセージを読んだとき、わたしの心は沈んだ。アリッサはまだ、わたしとライルとの一件を何も知らない。今日、イギリスに発ったことさえも、ライルは彼女に話していないのかもしれない。メッセージを何度も打っては消して、わたしはどうにかアパートメントにいないことについて、うまい言い訳を考えようとした。

リリー　無理よ。今、救急処置室にいる。店の倉庫にいるとき、棚に頭をぶつけたの
今、傷を縫ってもらっているところ

アリッサに嘘をつくのは嫌だ。でもそうでもしなければ、傷のことも、そして今、わたしが家にいない理由も説明しなくちゃならない。

アリッサ　あらら！　ひとり？　兄さんがいないから、マーシャルに行ってもらうわ

よかった。アリッサはライルがイギリスに発ったことを知っている。よかった。そしてまだアリッサは、わたしたち夫婦の間に起こったことを知らない。つまり少なくとも三カ月は、真実を打ち明けなくても済むってことだ。

ほらね、うまいでしょ。ママみたいに、都合の悪いことにはすべてふたをするの。

リリー　ううん、大丈夫。マーシャルがここにくる頃には治療は終わってる。
明日、夜、そっちに行く。わたしの代わりに、ライリーにキスしておいて

わたしはスマホのスクリーンをロックして、ベッドに置いた。外はもう暗い。わたしはすぐに窓の外のヘッドライトに気づいた。車が私道に入ってくる。アトラスの車じゃない。彼はいつも家の脇の私道を通って、ガレージに車を停める。恐怖を感じて、胸の鼓動が一段と速くなった。もしかしてライル？　でも彼はアトラスがどこに住んでいるか知らない。

しばらくすると、玄関のドアを乱暴にノックする音がきこえた。何度も思いっきり叩いている。ドアのチャイムも鳴った。

足音を忍ばせて窓のそばへ行き、カーテンのわずかな隙間から外をのぞく。玄関にいる人の顔まではわからない。私道にトラックが停まっているけれど、ライルの車じゃない。

もしかしてアトラスの彼女？　キャシー？

わたしはスマホを手に階段をおりると、リビングへ向かった。ドアのノックとチャイムの連打が続いている。誰だか知らないけれど、相当のせっかちらしい。もしそれがキャシーだとしたら、相当うざい相手に違いない。

「アトラス！」男の声がした。「とっととこのドアをあけろ！」

別の声――こっちも男だ――もきこえた。「寒くてタマが縮みあがるぜ！　もうレーズンみたいになっちまってる。あけてくれっ！」

ドアをあけ、アトラスが家にはいないと告げる前に、わたしはアトラスにメッセージを送った。もうすぐ彼が私道に車を停めて、二人の相手をしてくれることを願いながら。

リリー　どこにいるの？　男の人が二人、玄関にいる。家にいれていいかどうか、わからなくて

さらにノックとチャイムが続く中、返事を待った。でも返事はこない。仕方なく、ドアのところへ歩いていき、チェーンをかけたまま鍵をあけ、ほんの数センチドアをあけた。

男の一人は背が高い、百八十センチ以上はある。若々しい顔つきだけれど、頭にはちらほら白髪がのぞいている。もう一人は、数センチ背が低い、淡いブラウンの髪のベビーフェイスだ。両方とも二十代後半、あるいは三十代前半かもしれない。のっぽの顔にとまどいが浮かんだ。

「誰？」男がドアの隙間からのぞきこんだ。

「リリーよ。あなたたちこそ誰？」

ベビーフェイスがのっぽの前に出てきた。「アトラス、いる？」

アトラスはいない、そう言いたくない。わたしが一人でここにいるのを知られることになる。とくに今週は、男なんて信用できないと思っている。

握りしめたスマホが鳴り、わたしたちは三人とも、驚いて飛びあがった。アトラスからだ。わたしはスクリーンにタッチして、スマホを耳にあてた。

「もしもし？」

「大丈夫だ、リリー。奴らは友達だ。今日が金曜日だってことを忘れてた。いつも金曜日には集まってポーカーをするんだ。これから奴らに電話して、帰ってくれって言うよ」

わたしはあらためて二人を見た。ドアの外に突っ立って、こっちの様子をうかがっている。

わたしは申し訳ない気分になった。わたしが居候しているせいで、アトラスが約束をキャンセルしなきゃならなくなるなんて。いったんドアをしめるとチェーンをはずし、ドアをあけて男たちを招き入れた。

「大丈夫。約束をキャンセルする必要はないわ。どっちにしても、もう寝室に引っこもうと思っていたの」

「いや、今、そっちに向かってる。奴らには帰れって言うよ」

二人がリビングに入ってきたとき、わたしはまだスマホを耳にあてたままだった。

「じゃあ、待ってる」わたしはアトラスに告げると、電話を切った。それからの数秒、男たちとわたしの間に、互いを見極めようとする奇妙な沈黙が続いた。

「お二人の名前は？」

「おれはダリンだ」のっぽが言った。

「ブラッドだ」ともう一人。

「リリーよ」さっきも名前は言ったけれど、もう一度繰り返す。「アトラスはもうすぐ戻ってくるわ」わたしがドアをしめると、二人は少しくつろいだ様子になった。ダリンはキッチンで、冷蔵庫の中を物色している。

ブラッドはジャケットを脱いで、ハンガーにかけた。「ポーカーのやり方は知ってる？」

わたしは肩をすくめた。「最近はないけど、学生の頃、友達とやったことはあるわ」

二人はダイニングのテーブルへ歩いていく。

「そのおでこ、何があった？」ダリンはテーブルの椅子に座った。その口調からして、それがまさかきいてはいけない、センシティブな問題を孕《はら》んでいるとは思ってもいないようだ。

なぜ、彼にそんなことをぶっちゃける気になったのかわからない。たぶん自分の夫がわたしにしたことを話して、誰かがどんな反応をするのか見たかったのかもしれない。

「夫にやられちゃったの。おとといの夜、喧嘩になって、彼がわたしに頭突きを食らわせた。アトラスが病院に連れていってくれたの。病院で傷を六針縫って、おまけに妊娠してることがわかった。だからこれからどうするか決めるまで、ここにかくまってもらっているの」

気の毒なことに、ダリンは固まった。椅子に座ろうとして、腰をおろしかけた中腰の姿勢のままだ。何をどう言えばいいかわからないのだろう。唖然とした表情からすると、わたしをとんでもない女だと思っているに違いない。

ブラッドは椅子を引いて座ると、わたしを指さした。「ロダン＋フィールズ（スキンケア製品を専門とするマルチ商法会社）を使えよ。あそこのクリームは傷にすごくよく効く」

意表を突く返しに、わたしは思わず吹き出した。

「ブラッド！」ダリンは言い、ようやく椅子に腰をおろした。「そのクリームを知り合いに押し売りしまくってる嫁よりたちが悪いな。まるで歩く通販番組だ」

ブラッドは両手をあげた。「なんだって？」何が悪いのかと言いたげだ。「別に売りつけようってわけじゃない。本当のことを言っただけだ。あれはよく効く。ニキビができたときに使ってみりゃわかる」

「黙れっ」ダリンは言った。

「十代じゃあるまいし」ブラッドは小声で言った。「三十でニキビができるなんて、キモすぎる」

ブラッドがそばにあった椅子を引っ張ってくると、ダリンはトランプをシャッフルしはじめた。「座れよ、リリー。仲間の一人が何をトチ狂ったのか、先週結婚したんだ。そしたら相手の女がもうポーカーナイトに出かけるのは禁止だって。そいつが離婚するまで、代役を頼むよ」

自分の部屋に引っこむつもり満々だったけど、このおもしろそうな二人を残していく手はない。わたしはブラッドの隣に座り、テーブルの向こうに手を伸ばした。「貸して」わたしはダリンに言った。ダリンの手つきはまるで不器用な子供だ。

ダリンは片方の眉をくいっとあげて、テーブルの向こうからわたしのほうへカードを押しやった。カードゲームには詳しくないけど、シャッフルだけは自信がある。

わたしはカードを二つの山に分けると、その山をたわませ、角を合わせて親指を押しつけた。二つの山が見事にひとつになっていく。ダリンとブラッドが呆然とカードの束を見つめる中、ノックの音がきこえ、ドアがあいて、一人の男が入ってきた。高そうなツイードのジャケットを着ている。男は首からマフラーをとると、すぐにドアをしめた。キッチンへ向かいながら、わたしをあごで示す。「きみは誰？」

男は他の二人より年上だ。たぶん四十代半ばだろう。

アトラスはすばらしくバラエティに富んだ友人関係を築いているらしい。

「リリーだ」ブラッドが言った。「クズ野郎と結婚して、そいつの子供を妊娠してることがわかったばかりだ。リリー、こいつはジミーだ。尊大で、傲慢だ」

「愚か者め。尊大と傲慢は同じ意味だ」ジミーはそう言うと、ダリンの隣に椅子を引っ張ってきて、わたしの手の中にあるカードをあごで示した。「アトラスはきみをここに置いて、おれたちをカモにするつもりかな？　そのシャッフルの手つきからすると、とても素人には見えない」

わたしはにっこり笑って、それぞれにカードを配りはじめた。「一度ゲームしてみればわかるわ」

それから三回ほど賭けを繰り返したところで、ようやくアトラスが帰ってきた。彼はドアをしめると、わたしたち四人を見回した。アトラスがドアをあけた瞬間、わたしはブラッドの冗談に大笑いをしている最中だった。アトラスはわたしにちらりと目配せすると、キッチンへ歩いていった。

「おりるわ」テーブルにカードを置いて立ちあがり、アトラスのあとを追った。キッチンで、彼はテーブルに座る男たちから見えないところに立っていた。わたしは彼のそばへ行くと、カウンターにもたれた。

「奴らを帰らせようか？」アトラスは言った。

わたしは首を横に振った。「いや、それはやめて。っていうより、むしろ楽しいの。いろんなことを忘れられる」

うなずいたアトラスから、ハーブのいい香りが漂ってくる。とくに際立っているのは、ローズマリーの香りだ。その香りに、彼がレストランで料理を作っているところが見たくなった。

「お腹すいてない？」アトラスがたずねた。

わたしは首を横に振った。「そんなに。ちょっと前に、残り物のパスタを食べたから」

体の脇で、カウンターに置いた両手をぐっと押しつける。アトラスは一歩近づくと、わたしの手に自分の手を重ね、親指でわたしの手をさすった。わかってる。ただわたしの気持ちを気遣っているだけだ。それ以上の意味は何もない。でも彼に触れられたとたん、あたたかさが胸を駆けのぼってくる。わたしははっとして、自分の手に重ねられたアトラスの手を見た。アトラスはそれを感じて親指の動きを止め、さっと手を引いて、あとずさった。

「ごめん」彼はつぶやき、冷蔵庫をのぞきこむと、その場を取り繕うために、何かを探すふりをはじめた。

わたしはテーブルに戻ると、次のラウンドのためにカードをとりあげた。数分後、アトラスもキッチンから出てきて、わたしの隣に座った。ジミーが新しいカードを全員に配る。「で、アトラス、リリーとはどうやって出会ったんだ？」

アトラスはカードが配られるごとに一枚ずつつまみあげた。「昔、子供の頃、リリーはぼくの命を救ってくれたんだ」平然とした顔で言うと、ちらりとわたしを見てウインクをする。そのウインクにときめいた自分に、わたしは罪悪感を覚えた。なんだってこんなときに、ときめいたりしてるんだろう？

「へえ、そりゃまたロマンチックだ」ブラッドが言った。「リリーがおまえを救って、今はおまえがリリーを救ってるってわけか」

アトラスはカードを握った手をおろし、じろりとブラッドをにらんだ。「なんだと？」

「かりかりすんなって」ブラッドが言った。「もうリリーとおれはダチだ。彼女はおれのユーモアをちゃんと理解してくれてるさ」ちらりとわたしを見る。「今は人生どん底だって思うかもしれないけど、必ずよくなる。信じろ、おれも経験がある」

ダリンが笑った。「殴られて、妊娠して、他の男の家に逃げ込んだことがあるってか？」ダリンがブラッドに言った。

アトラスはテーブルにカードを置くと、椅子を引いた。「ふざけるな」今にもダリンに殴りかかりそうな剣幕だ。

わたしは手を伸ばし、アトラスの手をつかんだ。「落ち着いて。アトラスが帰ってくるまでにいろいろ話してたの。だから、からかわれても大丈夫。っていうか、かえって気が楽になるの」

アトラスは苛立ったように髪をかきむしり、頭を振った。「どういうことだよ。こいつらと会ってまだ十分ほどだろ」

「十分あれば、いろいろわかりあえるわ」わたしは笑って、話をそらそうとした。「で、あなたたちはどういう関係？」

ダリンは身を乗り出して、アトラスを指さした。「おれは〈ビブズ〉でアトラスの助手をしてる」それからブラッドを指さす。「こっちは皿洗いだ」

「今のところはな」ブラッドが口を挟んだ。「これからステップアップしていくさ」

「あなたは？」ジミーにたずねる。

彼はにやりと口の端をゆがめた。「どう思う？」

彼の格好、それに傲慢と呼ばれていたことからすると……。「店のマネージャーか何か？」

アトラスは笑った。「ジミーは駐車場係《バレー》だ」

わたしはジミーをちらりと振り返って、眉をあげた。彼はポーカーのチップを三枚投げて言った。「そのとおり。車を停めて、チップをもらってる」

「きみをからかってるんだ」アトラスが言った。「彼が駐車場係をやってるのは、リッチすぎて退屈してるからだ」

わたしはふっと口元を緩めた。アリッサのことを思い出したからだ。「うちの店にもそういう人がいるの。ただ退屈だから仕事をしている人が。でも実は彼女が一番優秀なスタッフよ」

「よし、ストレートだ」ジミーがつぶやいた。

わたしは自分の手持ちのカードを見た。わたしの番だ。チップを三枚テーブルに投げる。ちょうどそのとき、アトラスのスマホが鳴り、彼はそれをポケットから取り出した。わたしがもう一枚、チップをポットに積みあげると、アトラスは電話に出るためにテーブルを離れた。

「一抜け」ブラッドがテーブルにカードを叩きつけた。

わたしは廊下に目をやり、あわてて消えていくアトラスを見つめた。相手はキャシー？　それとも誰か他の人がいるのだろうか？　彼がどんな仕事をしているかは知っている。少なくとも友達が三人はいることも。でも、女性関係がどうなってるのかはまったく知らない。

ダリンがテーブルにカードを並べた。四枚すべて同じマークだ。わたしがストレートフラッシュを並べ、手を伸ばしてすべてのチップを回収すると、ダリンがうめき声をあげた。

「キャシーはポーカーナイトにこないの？」わたしはアトラスについて、もう少し情報を収集しようとした。本人には怖くてきけない質問だ。

「キャシー？」ブラッドが言った。

わたしは戦利品のチップを自分の前に積みあげながら、うなずいた。「アトラスの彼女、キャシーでしょ？」

ダリンが笑った。「アトラスにつきあってる女はいない。あいつと知りあって二年になるけど、キャシーなんて名前、きいたことがないな」彼は新しいカードを配りはじめる。どういうこと？　わたしはダリンの返事に混乱した。最初の二枚をとりあげたとき、アトラスが部屋に戻ってきた。

「おい、アトラス」ジミーが言った。「キャシーって誰だよ？　なんでおれたちに黙ってたんだ？」

やだ、最悪！

きかなきゃよかった。わたしはカードをぐっと握って、アトラスを見るまいとした。でも、部屋が急に静かになった。これじゃさらに決まりが悪くなるだけだ。

アトラスはジミーをにらみつけた。ジミーはアトラスをにらみ返し、ブラッドとダリンはわたしを見つめている。

アトラスは一瞬、押し黙って、それから言った。「キャシーなんていない」まっすぐにわたしの目を見つめる。ほんの数秒だったけれど、彼の顔にこう書いてあるのがわかった。

キャシーは初めからいなかった。

彼はわたしに嘘をついていた。

アトラスは咳ばらいをした。「きいてくれ。やっぱり今夜はキャンセルすべきだった。今週はなんていうか……」アトラスがあごをさすると、ジミーが立ちあがった。

ジミーはアトラスの肩をつかんだ。「また来週、おれの家でな」

アトラスはほっとしたようにうなずいた。三人がカードとチップを集めはじめる。ブラッドがわたしの指から申し訳なさそうに、そっとカードを引き抜いた。わたしがカードをきつく握りしめたまま、動けずにいたからだ。

「会えてよかったぜ、リリー」ブラッドが言った。わたしはほほ笑み、気力をかき集めて立ちあがると、三人にさよならのハグをした。やがて玄関のドアがしまり、部屋にはアトラスとわたしだけになった。


キャシーなんていない。

キャシーはこの家にきたことはない。なぜなら存在しないから。

いったいどういうこと？

アトラスはテーブルのそばの、立っている場所からまったく動かない。わたしも同じだ。彼は腕組みをして立ちつくしている。ほんの少しうつむき加減だけれど、目はテーブルの反対側にいるわたしをじっと見つめたままだ。

なぜ嘘をついたの？

偶然、あのレストランでアトラスと再会したとき、わたしはライルとまだ正式につきあっていなかった。もしもあの夜、アトラスがわたしたちの間にチャンスがあると思わせてくれたら、わたしは間違いなく、ライルではなくアトラスを選んだ。あのとき、まだライルのことはほとんど知らなかった。

でもアトラスは何も言わなかった。わたしに嘘をついて、一年前からつきあっている彼女がいると言った。なぜ？　どうしてそんなことを？　わたしと自分の間に、希望がないと思わせたかったとしか考えられない。

わたしはずっと勘違いしていたのかもしれない。アトラスは初めからわたしのことなど愛していなくて、キャシーという彼女を作りあげて、永遠にわたしを追い払おうとしたのかもしれない。

それでも、わたしはここにいる。彼の家にかくまわれて。彼の友達とやりとりして、彼の用意した料理を食べ、彼のシャワーを使っている。

目が痛い。涙がこみあげる。けど、彼の前で泣くことだけはしたくない。テーブルを回って、彼の後ろをすり抜ける。その瞬間、彼に手をつかまれた。「待って」

わたしは立ち止まった。でも顔をそむけたままだ。

「きいてくれ、リリー」

わたしは彼の手を振りほどき、リビングの反対側へ逃れた。

振り返り、彼に向き直ると、最初の涙が一粒、わたしの頬を伝った。「なぜ、わたしを迎えにきてくれなかったの？」

わたしの口からその質問が出ることを予想していたらしい。彼は髪をかきあげると、ソファーに座った。そして大きく息を吐くと、わたしを見つめた。

「行ったよ」

わたしは息をのんだ。

呆然と立ちつくし、その答えを理解しようとする。

わたしを探そうとしてくれたの？

彼は体の前で両手を組んだ。

「一度、海兵隊を除隊して、ふたたび入隊する前に、きみを探そうと思って、メイン州へ行った。情報を集めて、きみが通っている大学の名前を突き止めた。きみの前に現れて、どうするつもりかはわからなかった。なぜなら、ぼくたちはもうあの頃のぼくたちじゃない。会わなくなって四年間がたっている。その四年間で、どちらも変わっているに違いないと思ったから」

震える膝に立っていられず、わたしは彼の隣にあった椅子に腰をおろした。**アトラスはわたしを迎えにきてくれたの？**

「一日じゅう、きみを探して、キャンパスを歩き回った。そしてようやく、夕方近くになって、何人かの友達に取り囲まれて中庭に座るきみを見つけた。そのきみをずっと見つめながら、ぼくはなんとか声をかける勇気を奮い起こそうとしていた。きみは楽しそうに笑っていた。すごく幸せそうに。以前とは見違えるほど、生き生きとしていた。人の幸せそうな顔を見て、自分も幸せになったのはあれが初めてだ。きみが大丈夫だと知って……」

彼はしばらくの間黙り込んだ。わたしは痛みを感じて、両手でみぞおちをさすった。アトラスはすぐそばにいた、なのにわたしは気づきもしなかった。

「きみに向かって歩きはじめたとき、一人の青年がきみの背後から現れた。彼はきみのそばに膝をついて座った。きみは笑顔で、彼に腕を絡ませ、キスをした」

わたしは目をとじた。それはわたしが半年ほどだけつきあった相手だ。アトラスに感じたような気持ちのかけらも、彼に対して抱いたことはなかった。

アトラスはふぅーっと大きく息を吐いた。

「それを見て、ぼくはその場をあとにした。楽しそうなきみを見るのは、最高で最悪の気分だった。ぼくの人生はまだ、きみにふさわしいものにはなっていないと感じたんだ。愛以外、ぼくがきみにあげられるものは何もない。でも、きみにはそれ以上のものを与えられるだけの価値がある。次の日、ぼくは海兵隊に再入隊することを決めた。そして……」彼はぱっと手を上にあげた。それからあとは知ってるよね、と言いたげに。

わたしは頭を抱えて、しばらくの間じっとしていた。そのとき、もしかしたら起こっていたかもしれないことを思って。そして現在《いま》と過去を思い、指で肩のタトゥーに触れながら考えた。このハートにあいた隙間は、けっして埋めることができないのかもしれない。

アトラスは今まで感じたことがあるのだろうか？　わたしがこのタトゥーを入れたとき感じたこと、空気が抜けてハートがしぼんでいくような感覚を。

なぜ、レストランで再会したとき、彼が嘘をついたのかわからない。わたしと同じ想いでいたら、そんな作り話をするだろうか？

「どうして彼女がいるって嘘をついたの？」

アトラスは顔をさすった。その仕草を見れば、返事をきかなくても後悔していることがわかる。

「それは……あの夜、きみが幸せに見えたから。奴にまたねと告げるきみを見るのはつらくて、でも同時に安心していた。きみは最高に幸せそうだった。そんなきみに、ぼくのことを心配させたくなかった。そしてわからないけど……たぶん、ちょっと嫉妬していたのかもしれない。自分でもよくわからない。でもすぐに、嘘をついたことを後悔した」

わたしは手を口元にやった。胸の鼓動が速くなり、頭の中にさまざまな思いが駆け巡る。いろいろな〝もし〟が頭に浮かぶ。もし彼がわたしに嘘をつかなかったら、もし自分の思ったままを話してくれていたら、わたしたちは今、どこにいただろう？

なぜそんなことをしたのかききたい。そして、なぜわたしのために闘わなかったのかも。でもきかなくてもわかっている。アトラスはわたしに、わたしが望むものを与えようとした。わたしが幸せであること、彼が願うのはそれだけだ。そしてなぜだかわからないけれど、彼は、彼と一緒にいることで、わたしがその幸せを手にできるとは思わなかった。

いかにもアトラスらしい。

考えれば考えるほど、息が苦しくなる。アトラス、ライル、今夜、そしておとといの夜。頭がパンクしそうだ。

わたしは立ちあがり、寝室へ行った。スマホとバッグを持って、ふたたびリビングに戻ると、彼はまだそこにいた。

「ライルが今日、イギリスへ発ったの」わたしは言った。「もう家に帰ったほうがいいと思う。車で送ってくれる？」

アトラスの瞳に悲しみが浮かぶ。それを見た瞬間、やはりここを出るのが正解だとわかった。わたしたちはまだ、互いへの想いにけりをつけていない。そんなことができるのかどうかもわからない。そもそもけりをつけるなんて、永遠に無理なのかもしれないと思う。でもわたしの人生に起こっているすべての出来事を整理できないままここにいれば、さらに事態を混乱させるだけだ。混乱の種はできるだけとりのぞかなくちゃならない。そして今、この混乱のもっとも大きな原因は、わたしのアトラスへの想いだ。

アトラスは一瞬、唇をきゅっと結ぶと、うなずき、鍵をつかんだ。

わたしのアパートメントへと向かう車の中で、二人とも無言だった。アトラスはわたしをただ車から降ろすことはせず、駐車場へ車を停め、自分も車から降りた。「上まで送っていくよ」わたしはうなずいた。七階へと昇っていくエレベーターの中でも、まだ沈黙が続く。アトラスは部屋までわたしについてきた。バッグから鍵を取り出したものの、手が震えて三回も鍵をあけそこなった。アトラスは黙ってわたしの手から鍵をとり、一歩脇によけたわたしに代わってドアをあけてくれた。

「中に誰もいないことを確かめようか?」彼がたずねる。

わたしはうなずいた。ライルがここにいないのはわかっている。彼は今、ロンドンへ向かう飛行機の中だ。でも正直、一人で家に入っていくのが少しばかり怖かった。

アトラスが先に入り、明かりをつけた。家じゅう、すべての部屋の明かりをつけて回る。リビングに戻ってきたアトラスは、手をジャケットのポケットに突っこみ、大きく息を吸って言った。「さてと、どうするかな」

次にどうするべきかは明らかだ。でもそうしたくない。なぜならわたしもアトラスも、さよならを言うのがどれだけつらいかを知っている。

胸が引き裂かれる思いに、わたしは彼から目をそらした。腕組みをして、床を見つめる。

「わたしにはまず、やり遂げなきゃならないことがいろいろあるの。たくさんね。でも、もしアトラスが一緒にいたら、それをやり遂げることがむずかしくなる気がする」わたしは目をあげた。「気を悪くしないで、これってほめ言葉よ」

しばらくの間、アトラスはじっとわたしを見つめた。わたしの言葉に驚きもしない。言いたいことがたくさんあるのはわかる。わたしも同じだ。でもお互い、今、それを言うべきじゃないとわかっている。わたしは結婚していて、彼じゃない男の子供を身ごもっている。そして今、アトラスが立っているのは、その男がわたしのために買ったアパートメントのリビングだ。今、この状況が、わたしたちがずっと昔に言うべきだったのに言わずにいたことを、すべてぶちまけるのにもってこいだとは思えない。

アトラスはちらりとドアを見た。出ていこうか、話そうか考えあぐねているかのように。あごがぴくりと動き、わたしの目をじっと見つめる。「助けが必要になったら、電話をしてくれ」彼は言った。「でも、緊急事態の場合だけだ。きみとただの友達になるなんてできない」

わたしはアトラスの言葉にたじろいだ。でもほんの一瞬だけだ。わたしとは友達になれない。彼がそれを認めるとは思わなかった。でもそのとおりだ。初めて出会ったあの日以来、わたしたちはずっと、ただの友達なんかじゃなかった。それはオール・オア・ナッシングの関係だ。だから軍隊に入るとき、アトラスはわたしに別れを告げた。彼にはわかっていた。ただの友だちなんて友情がわたしたちの間にはないことを。ただの友達でいるのは、あまりにつらすぎる。

それは今も変わっていない。

「さよなら、アトラス」

その言葉を口にしたとたん、最初のさよならのときと同じように、涙がこぼれた。彼は顔をゆがめ、それから背を向けて、ドアへと歩き出した。ドアがしまったあと、わたしはすぐに鍵をかけ、ドアに額を押しつけた。

二日前、わたしは考えていた。わたしの人生がどこまでよくなるんだろうって。そして今日、考えている。わたしの人生はどこまで悪くなるんだろう？

次の瞬間、きこえたノックの音に、わたしはあとずさった。まだアトラスが出ていってから十秒もたっていない。ノックの主はきっと彼だ。ドアをあけると、突然、何かやわらかなものに包まれた。アトラスの腕だ。彼はしっかりとわたしを抱きしめ、耳の脇にキスをした。

目をとじた瞬間、こらえていた涙が一気に堰を切って流れ出す。この二日間、ライルのために、あまりに多くの涙を流した。アトラスのために流す涙は残っていない、そう思っていたけれど、涙は次から次へと雨のように頬を流れた。

「リリー」わたしを抱きしめたまま、彼はささやいた。「これは今、きみが一番ききたくないことだとわかっている。でも言わなきゃならない。なぜならぼくはこれまで、言いたいことを言わないまま、何度もきみの前から歩き去ったからだ」

アトラスは体を引き、わたしを見た。わたしの涙を見て、頬に触れた。「これから先……もしも奇跡が起こって、きみがまた恋に落ちるようなことがあれば……そのときはぼくと恋に落ちてほしい」そっと頬にキスをする。「きみはぼくの誰よりも好きな人だ、リリー。これからもずっと」

わたしの返事はきかずに、体を離し、アトラスは去っていった。

ふたたびドアをしめ、わたしはへなへなと床に座りこんだ。心臓がどうにかなりそうだ。それも当然だ。二日のうちに、二度も心破れる痛みを味わったのだから。

その痛みのどちらかひとつが癒やされるのにも、長い時間がかかりそうだ。

29

アリッサが、ソファーでライリーを抱くわたしの横に腰をおろした。「寂しくてたまらないわ、リリー。だから週に一度か二度、仕事に復帰しようと思ってるの」

わたしは笑って、でもちょっとどきりとして答えた。「すぐ下の階に住んでいて、毎日のように会ってるじゃない。大げさね」

アリッサは膝を抱えて口をとがらせた。「いいわ、正直に言う。わたしが恋しく思ってるのはあなたじゃないの、仕事よ。それにときどきは外に出たいの」

アリッサがライリーを出産して六週間、そろそろ体も回復して、仕事に復帰しても問題はないはずだ。でも正直なところ、ライリーが生まれたあとも、彼女が仕事を続けるつもりだとは思っていなかった。わたしは体をかがめ、ライリーの鼻にキスをした。「ライリーを連れていくの？」

アリッサは首を横に振った。「まさか。どうせこき使われるんでしょ？　わたしが仕事をしている間は、マーシャルがライリーの面倒を見てくれるわ」

「つまりそのための〝スタッフ〟は雇わないってこと？」

リビングを通りかかったマーシャルが、わたしの声をきいて言った。「しーっ、リリー。ぼくの娘の前で、そんな成金みたいな口をきくのはやめてくれ。バチがあたる」

わたしは笑った。それが週に二、三回、わたしがここにくる理由だ。今、わたしが笑うのは、アリッサの家にいるときだけだ。ライルがイギリスに発って、六週間が過ぎた。そしてまだ誰も、わたしと彼の間に何があったかを知らない。ライルは誰にも話していないし、わたしも誰にも話していない。ママも含めてみんな、ライルがケンブリッジへ行ったのは研修のためで、わたしたちの間は何も変わっていないと思っている。

妊娠のことも、まだ秘密だ。

あれから二度、ドクターの診察を受けて、妊娠が発覚したあの夜、すでに妊娠十二週になっていたことがわかった。つまり今は十八週目だ。なぜ妊娠したのかわからない。十八の頃から、ずっとピルをのんでいた。でも、たまにのみ忘れたことがあったかもしれない。

お腹も多少ふっくらとしてきたけれど、外は寒いから、まだ簡単に隠すことができる。大きめのセーターにジャケットを羽織っていれば、妊娠しているとは誰にも気づかれない。

いずれ遠くないうちに、誰かに話さなくちゃならなくなるだろう。でも、最初に話すのはライルにしたい。しかも電話で済ませたくない。彼が戻ってくるまで、あと六週間だ。それまでなんとか秘密にしておけたら、そのときにどうするか決めるつもりだ。

ふと腕の中を見ると、ライリーが笑った。もっと笑わせたくて、変顔をしてみる。何度もアリッサに妊娠のことを話してしまいたくなる衝動に駆られる。でも、話すわけにはいかない。アリッサはライルの妹だ。秘密を打ち明けて、彼女を板挟みにしたくない。たとえたった一人で秘密を抱え込むことがつらくても。

「兄さんがいなくて大丈夫？」アリッサがたずねた。「もうすぐ帰ってくるんでしょ？」

わたしは何も言わず、ただうなずいた。アリッサがライルに関する話を持ち出したときには、何も言わずにやり過ごすことにしている。

アリッサはソファーに深々と体を預けて言った。「まだケンブリッジが嫌にならないのかしら？」

「みたいね」そう言いながら、ライリーに向かって舌を突き出してみる。ライリーがまた笑った。お腹の子はライリーに似ているのだろうか？　ライリーほどかわいい赤ん坊はめったにいないと思う。だけどちょっとひいき目に見すぎているかもしれない。

「ちゃんと地下鉄に乗れてるのかな？」アリッサが笑った。「兄さんって、何度教えても迷うの。AラインかBライン、どっちに乗ればいいのかって」

「そうね」わたしは言った。「きっと大丈夫よ」

アリッサはソファーの上で上半身を起こした。「マーシャル！」

マーシャルがリビングに入ってきた。アリッサはわたしの手からライリーを抱きあげ、彼に渡した。「おむつを替えてやってくれる？」

なぜ？　おむつはさっき、わたしが替えたばかりなのに。

マーシャルは鼻にしわを寄せ、アリッサの手からライリーを抱きあげた。「くちゃい子は誰かな～？」

二人はおそろいのワンジーだ。

次の瞬間、アリッサはわたしの手をつかんで、すばやくソファーから引っ張りあげた。わたしは驚いて叫んだ。

「どこに行くの？」

アリッサは無言で自分の寝室にわたしを引っ張っていくと、勢いよくドアをしめた。そしてしばらく部屋を歩き回ったあと、立ち止まり、まじまじとわたしを見た。

「リリー、白状しなさい。どういうこと？」

わたしはたじろいだ。いったいなんの話？

はっとしてお腹に手をあてる。もしかして妊娠に気づかれたのかもしれないと思ったからだ。でも、彼女の視線はわたしのお腹にはない。アリッサはぐっと体を寄せると、わたしの胸を指でつついた。「イギリスのケンブリッジには地下鉄なんてないわよ、おばかさん！」

「何？」わたしはとまどった。

「わなを仕掛けたの！」アリッサは言った。「ずっと変だなと思ってた。リリーは親友で、ライルは兄よ。毎週、電話で話をしてるけど、兄さんの態度もなんだかおかしい。何かあったんでしょ？　何があったの？」

まいった。いずれこうなるだろうとは思っていた。

アリッサになんて説明をしよう。わたしはゆっくりと口に手をあてた。どこまで話せばいい？　今、この瞬間に初めて気づいた。アリッサに秘密を抱えていることが、どれほど心の重荷になっていたか。ずばりときかれて、ちょっぴりほっとしている部分もある。

わたしはベッドに近づき、その上に腰をおろした。「アリッサ」小声で言う。「座って」

わたしと同じくらい、きっとアリッサも傷つくだろう。彼女はベッドまで歩いてくると、わたしの両手を握って隣に座った。

「何から言えばいいのかわからないんだけど」

彼女は何も言わず、わたしの手をぎゅっと握りしめた。それからの十五分間で、わたしはすべてを話した。ライルとの諍いのこと、アトラスが迎えに来てくれたこと、病院でのこと、それから妊娠について。

この六週間をどう過ごしていたかについても話した。孤独と不安で、毎晩、ベッドで泣いていたことも。

すべて話し終わると、わたしたちは一緒に泣いた。わたしの話に、アリッサは何度か「まあ、リリー」と言った以外、何も言わなかった。

何も言えなくて当然だ。ライルは彼女の兄だ。アリッサの気持ちはわかっている。一回目の事件が起こったときと同じように、彼のトラウマのせいだと大目に見て、許してやってほしい、彼と一緒に問題を乗り越えていってほしい、そう思っているに違いない。わたしたちは幸せな、ひとつの大きなファミリーであるべきだと。

しばらくの間、彼女は今きいたばかりの話を整理しようとしているのか、黙っていた。そしてようやく顔をあげると、わたしの手をぎゅっと握った。「ライルはリリーのことを愛している。すごくね。リリーに会って、ライルの人生は変わった。今の兄さんは別人みたい。正直、あんなに変わるとは思っていなかった。だから妹としては、なんとか兄さんを許してほしいと思う。でも親友としては、彼のもとに戻るなら、絶交だからねって言うべきだと思う」

アリッサの言葉が心にじわりとしみて、涙がこぼれる。

彼女もすすり泣いている。

アリッサはわたしを抱きしめ、共に泣いた。互いのライルへの愛と、そして怒りゆえに。

ベッドの上で数分間泣きじゃくったあと、彼女はわたしから離れ、ドレッサーへ歩いていくと、ティッシュの箱をとってきた。

二人して涙をぬぐい、鼻をかむと、わたしは言った。「アリッサは最高の親友よ」

アリッサはうなずいた。「知ってる。それにきっと最高のおばさんにもなるわ」ティッシュで拭って、また洟《はな》をすする。でも、今はもう笑顔だ。「リリー、赤ちゃんが生まれるのよ」彼女ははしゃいだ声を出した。その瞬間初めて、わたしは自分の妊娠を喜ぶ気持ちになった。

「言いたくないけど、太ったよね。ライルがいなくなって、寂しくて食べすぎたのかと思ってた」

アリッサはクローゼットの奥に行くと、何かを引っ張り出しはじめた。「おさがりのマタニティウェアがたくさんあるの」

わたしたちは服をより分け、アリッサが出してきたスーツケースに次々と投げ込んだ。

「そんなにたくさんもらっても、全部は着られないわ」まだタグのついているシャツを持ちあげて、わたしは言った。「どれもデザイナーズブランドよ。汚したら大変だし」

アリッサは笑いながら、どんどん服を詰めこんでいく。「返してもらわなくて大丈夫。もしまた妊娠しても、また買い物係のスタッフに頼めばいいいだけだもの」シャツを一枚、ハンガーからはずすと、わたしに手渡す。「ほら、着てみて」

わたしは着ていたシャツを脱ぎ、代わりにマタニティ用のシャツを頭からかぶった。裾を整え、鏡を見る。

やだ……妊婦さん。**ドコカラドウミテモ**妊婦さんだ。

アリッサがわたしのお腹に手を置いて、一緒に鏡をのぞきこむ。「男、それとも女？ どっちかわかってる？」

わたしは首を振った。「知りたくないの」

「わたしは女の子がいいな」アリッサは言った。「娘たちが親友になれるから」

「リリー？」

振り返ると、部屋の入り口にマーシャルが立っていた。わたしのお腹に置かれたアリッサの手を見た。首を傾げている。

「リリー……」びっくりした顔だ。「まさか……まさか、知ってたの？ 自分が妊娠……」

アリッサは落ち着き払ってドアまで行くと、ドアノブに手を置いた。「もう一度言ったら離婚だって言われてることがいくつかあるでしょ。これもそのひとつよ、わかった？」

マーシャルは眉をあげてあとずさった。「わかった、わかったよ。リリーは妊娠なんてしていない」アリッサの額にキスをして、わたしを振り返る。「おめでとうは言わないよ。妊娠してないんだから」アリッサは彼を部屋から押し出すとドアをしめ、くるりとわたしのほうを向いた。

「ベビーシャワーの計画を立てなくちゃね」

「でも、それより先にライルに話さなきゃ」わたしは言った。

そんなのかまわないとでも言いたげに、アリッサはひらひらと手を振った。「ベビーシャワーの話なんて、ライルにしなくて大丈夫。当日まで、わたしたち二人の秘密にしておきましょ」

アリッサはノートパソコンを取り出した。妊娠がわかってから初めて、わたしは新たな命を授かったことに幸せを感じた。

30

アリッサの家から自分の家まで、エレベーターに乗るだけというのはとにかく便利だ。でも、ときどきはこのアパートメントから引っ越したくなる。なんだか変な感じがする。たった一週間住んだだけで、わたしたちは別居を決め、ライルはイギリスに行ってしまった。ここが我が家だと実感する前に、ケチがついた気分だ。あの夜以来、わたしは主寝室で眠ることができなくなって、今は客用の寝室に置かれた自分の古いベッドで眠っている。

妊娠を知っているのは、まだアリッサとマーシャルだけだ。二人に話してから二週間がたっている。つまり出産まで、あと二十週だ。ママにも話すべきだってわかっているけれど、あと四週間で、ライルが戻ってくる。彼は誰より先にこの知らせを知るべきだ。ただし、それまでなんとかママからお腹のふくらみを隠すことができれば……の話だけど。

いずれは電話をかけて、海の向こうのライルに話すことになるかもしれない。でも、まだ大丈夫な気がする。ママとは、この二週間会っていない。ママがボストンに越してきて以来、こんなに長く会わなかったのは初めてだ。いつママがいきなり家に押しかけてきてもおかしくない。

この二週間だけでも、わたしのウエストは倍のサイズになっている。もう少しすれば、親しい人なら、一目でわかるようになるだろう。ただ、今のところ、店の誰も何もきかない。たぶん、まだ「おめでた？」と「ぽっちゃり？」の間ってところなのだろう。

鍵をあけて、家に入ろうとしたとたん、ドアが内側からひらいた。誰？　あわててジャケットをはおり、お腹を隠そうとする。でもそれより先に、ライルの視線がわたしにぶつかってきた。わたしが着ているのは、さっきアリッサからもらったシャツだ。彼が見ても、妊娠していることは一目瞭然だ。

ライル。

ライルが戻ってきた。

心臓が胸壁を激しく打つ。首の後ろが痛い。わたしは手でその部分を押さえ、激しく打つ脈を感じた。

こんなにどきどきするのは、彼を恐れているから。

こんなにどきどきするのは、彼を憎んでいるから。

こんなにどきどきするのは、彼を恋しく思っているから。

ライルの視線がわたしのお腹から顔へ、ゆっくりと移動していく。痛みに満ちた表情、まるでわたしに心臓をナイフでぐさりと刺されたかのような表情だ。彼は口元に手をあて、部屋の中へとあとずさった。

驚き、頭を振っている。裏切られた、そういいたげだ。やがて絞り出すような声で言った。

「リリー？」

わたしは凍りつき、片手でお腹をかばった。もう一方の手で胸を押さえる。恐ろしさのあまり、動くことも話すこともできない。彼がどんな態度に出るのか、見極めるまでこちらからは何も反応したくない。

わたしが瞳に恐怖を浮かべ、小さく息をのんだのを見て、ライルは安心させるように手のひらをこちらに向かってひらいてみせた。

「きみを傷つけるようなことはしない。ここにきたのは、話がしたかったからだ」彼はドアを大きくあけると、リビングを指さした。「見てくれ」一歩脇によけた彼の後ろに、さらに人影があった。

裏切られたのはこっちだ。

「マーシャル？」

マーシャルはわたしを落ち着かせようとするかのように、手をあげた。「こいつが予定より早く家に帰ってくるなんて、知らなかったんだ。突然、手助けを頼んできた。きみにもイッサにも絶対に言わないでくれって。頼むよ、イッサに離婚しろなんて言わないでくれ。ぼくはグルじゃない」

わたしは首を振った。目の前の光景をまだよくのみ込めない。

「マーシャルにここにいるように頼んだのは、そのほうがきみが安心するだろうと思ったからだ」ライルは言った。「奴がここにいるのはきみのためだ。ぼくのためじゃない」

わたしはちらりとマーシャルを見た。マーシャルがうなずく。その様子に、ようやく部屋に入ってもよさそうだと安心できた。ライルはまだ、呆然としている。当然といえば当然だ。彼はわたしのお腹を見つめ、すぐにさっと目をそらすと、両手で前髪をかきあげ、マーシャルに目顔で廊下の先を指した。

「リリーと寝室にいる。もしぼくが……どなり出したら……」

マーシャルはすべてを察した。「ずっとここにいる」

わたしはライルについて、寝室へ行った。これからどうなるんだろう？　ライルが何に腹を立てて、どんな反応を示すのかがわからない。何しろ彼は自分の感情をまったくコントロールできない。

一瞬、ほんの少し彼が哀れに思えた。でもベッドに視線を落とし、あの夜のことを思い出すと、その気持ちはたちまち消え去った。

ライルはドアをしめた。ただし、ほんの少し隙間は残したままだ。会わなかったのはたった二カ月ほどなのに、一年分くらい歳をとったように見える。目の下のたるみ、しわの寄った額、丸めた背中、もし後悔が人間になったら、きっと今のライルそっくりの姿になるだろう。

彼はもう一度、わたしのお腹を見て、ゆっくりと前に出た。さらに一歩、前に出る。それからこわごわ手を伸ばすと、お腹に触れてもいいかとたずねた。わたしはうなずいた。

ライルはもう一歩近づいて、わたしのお腹に手をあてた。今はもう手の震えも止まっている。

わたしは目をとじ、シャツ越しに彼の手のあたたかさを感じた。心の中では、まだ怒りを感じている。でも、彼への想いもまだそこにある。たとえ誰かに傷つけられても、すぐさまその相手を嫌いになれるわけじゃない。人をもっとも傷つけるのは、相手の行動じゃない。愛だ。

もしその行動に愛がなければ、胸の痛みも少しは耐えやすくなる。

ライルがお腹をさする動きに、わたしは目をあけた。彼はまだ信じられないといった表情で、ゆっくりとわたしの前に膝をついた。

わたしの腰に腕を回し、お腹にキスをする。そしてわたしの背中で手を組むと、お腹に額をつけた。

その瞬間、感じた気持ちを言葉にするのはむずかしい。それは美しい瞬間だった。母親なら誰だって、父親となる男性がこれから生まれてくる子供を慈しむ、そんな瞬間を見たいと思うだろう。この瞬間をまわりの皆と喜べないのがつらい。たとえどれほどライルに怒りを覚えているとしても、この瞬間を一緒に喜べないのがつらい。わたしはライルの髪に手を置いた。彼に向かって叫び声をあげて、警察を呼びたい、あの夜、そうすべきだったように。でも、ライルの姿に、ぐったりした兄を抱きしめ、ただなすすべもなく見つめている幼い男の子の姿がちらつく。顔を見るのも嫌だと思いながら、彼を許せたらと思う気持ちもどこかにある。

わたしの腰に回した腕をほどき、マットレスに片手をつくと、ライルは立ちあがってベッドに座った。膝に肘をついて、両手で口元を覆っている。

わたしは彼の隣に座った。話さなきゃ、でも話したくない。「ネイキッド・トゥルース?」

彼はうなずいた。

どちらが先に口をひらくべきなのかわからない。でも、今、わたしから彼に言いたいことはそれほど多くない。わたしは彼の話をきくことにした。

「何から言えばいいのかわからない」ライルは顔をさすった。

「たとえばこう言うのはどう?『きみを殴ってすまなかった』って」

彼は大きく目を見開き、わたしの目をじっと見つめた。「わかってもらえないと思うけど、本当にすまなかったと思ってる。自分が何をしたかを知って、ぼくがこの二カ月どんな思いでいたか、きみには想像もつかないだろう」

わたしは歯を嚙みしめ、思わずそばにあったブランケットを握りしめた。

どんな思いでいたか、わたしには想像もつかない？

わたしはゆっくりと首を振った。「あなたにも想像もつかないでしょうね」

心にみなぎる怒りと憎しみに、思わず立ちあがり、振り返って彼をにらみつける。「想像もつかないわよね！　わたしがどんな思いをしたか！　自分が愛した男に命を脅かされて、何をされたか考えるだけで、むかついて吐き気がする。その気持ちがわかる？　**このクズ男！　ふざけないで！**　自分が何をしたと思ってるの！」

自分の口から出た言葉にショックを覚えて、わたしは大きく息をついた。怒りはまるで波のようにやってきた。涙を拭い、ライルに背を向ける。

「リリー、違うんだ……」

「黙って！」わたしはふたたび彼に向き直った。「まだ終わってないわ！　わたしが言いたいことのすべてを言うまで、あなたには一言も言わせない！」

彼は自分のあごに手をあて、その手に力をこめた。うつむき、わたしの瞳に燃え盛る怒りから目をそむけている。わたしは彼のもとへ歩いていくと、さっと膝をついた。手を彼の膝に置き、目と目を合わせる。

「そうよ、わたしは昔、アトラスからもらったマグネットをずっと捨てずにいた。彼との出来事を書いた日記も捨てなかった。タトゥーのことも秘密にしていた。そうよね、話すべきだった。自分がまだアトラスを愛してることを、そして死ぬまできっと彼を愛し続けるだろうってことも。なぜなら彼はわたしの人生の大切な一部だから。それをきいたら、きっとあなたは傷つくと思う。でも、だからといって、手をあげていいはずがない。たとえ寝室で、わたしとアトラスがベッドにいるところを見つけたとしても、それがわたしを殴る理由にはならない。あなたはどうしようもない最低のクズよ!」

わたしは彼の膝を押して、ふたたび立ちあがった。「さあ、どうぞ! あなたの番よ」

わたしは部屋の中を歩き続けた。あまりに激しい鼓動に、心臓が口から飛び出してしまいそうだ。こんな心臓、止まってしまえばいいのに。できることなら、今すぐにでも取り出してしまいたい。

しばらくの間、わたしは歩き続けた。ライルの沈黙にわたしの怒りが重なって、胸がつぶれそうだ。

泣き疲れ、うんざりして、わたしは絶望的な気分でベッドに倒れこむと、枕に向かって泣きはじめた。息ができないほどに、強く顔を押しつけて。

隣に横たわったライルの手が、後頭部をなでるのを感じる。自分がわたしにもたらした痛みを、少しでも和らげようとしている。わたしは目をとじ、顔をあげなかった。でも、枕の上、わたしの頭のそばに、彼がゆっくりと頭をのせたのがわかった。

「ぼくの真実は、ぼくには何も言えないってことだ」ライルは静かに言った。「ぼくがやったことを、なかったことにはできない。もう二度とやらない、どれだけそう誓ったところで、きみは信じてくれないだろう」わたしの頭にキスをする。「きみはぼくのすべてで、ぼくの世界だ。あの夜、このベッドで目が覚めたとき、きみの姿はなかった。もうきみは戻ってこない、それがわかった。ここにきたのは、ぼくがどれほど申し訳なく思っているかを伝えるためだ。それからミネソタでの仕事を引き受けることにしたことも。きみにさよならを言うつもりだった。でも、リリー……」彼はもう一度、わたしの頭に唇を押しつけ、鋭く息を吐いた。「こうなった今は無理だ。ぼくの子供がきみの中で育っている。そしてぼくはその小さな命に、今まで感じたことのないほどの愛情を感じている」彼の声はかすれ、わたしを強く抱きしめた。「お願いだ。この子をぼくから奪わないでくれ」

ライルの声から伝わる胸の痛みで、心にさざ波が立つ。涙に濡れた顔をあげた瞬間、唇をふさがれた。彼は体を引いて言った。「お願いだ、リリー。愛している。助けてくれ」

ふたたび唇をふさがれ、わたしは三度目のキスを受け止めた。

四度目。

五度目、彼の唇はその場所にとどまった。背中に彼の腕を感じて、ぐっと引き寄せられる。疲れ切って、力を失っていても、わたしの体は彼を覚えていた。彼の体が、どんなふうにわたしの気持ちをなだめることができるか、この二カ月の間、わたしの体が求め続けた優しさを与えてくれるのかを。

「愛してる」キスをしながら、ライルがささやく。舌が舌をさらう、ざらりとした感覚に、後ろめたさと快感と痛みがないまぜになる。いつの間にかあおむけになったわたしの上に、彼がいた。彼の愛撫が欲しい。でもそれを求めれば、またきっと傷つくことになる。

髪に触れられた瞬間、あの夜がよみがえる。

キッチンにいたわたしの髪を、彼の手が力いっぱい引っ張った。それはとんでもない痛みだった。

顔にかかる髪をなでつけられた瞬間、あの夜がよみがえる。

部屋の入り口に立っていたわたしの肩を、彼の手がつかんだ。そして彼はあごにありったけの力をこめて、わたしの肩を噛んだ。

額に額を押しつけられた瞬間、あの夜がよみがえる。

ベッドの上で組み敷かれ、額に頭突きを食らって、六針も縫うはめになった。今、わたしはそのときと同じベッドにいる。

全身を駆け抜ける怒りに、体がぴたりと動かなくなる。わたしが体をこわばらせていることに気づいて、彼は唇を離した。

彼がわたしを見下ろす。言葉は必要なかった。目と目が合った瞬間、これまで口にしたネイキッド・トゥルースより、はるかに多くのことが伝わった。わたしの目は語った。わたしの体は、もう彼に触れられることに耐えられない。彼の目は語った。こうなることはわかっていた。

ライルはゆっくりとうなずいた。

わたしの体からおり、背中を向けたまま、ベッドの端に移動する。そしてうなずきながら、ゆっくりと立ちあがった。今夜はもう、許しは得られないと知って、ドアへ向かって歩き出した。

「待って」わたしは言った。

ライルは肩越しに振り返り、部屋の入り口からわたしを見た。

わたしはあごをあげ、きっぱりと言った。「この子があなたの子供じゃなければいいのに。心の底から、この子があなたの一部じゃなければよかったのにと思ってる」

もうこれ以上、彼にダメージは与えられないだろうと思っていた。でも、違った。

ライルが寝室から出ていくと、わたしは枕につっぷした。彼がわたしを傷つけたように、わたしも彼を傷つければそれで気分がよくなると思っていた。

だけど気分はよくならなかった。

代わりに、自分はなんて執念深い、嫌な人間だろうと思った。

これじゃパパと同じだ。

31

ママ　久しぶりね。いつ会える?

わたしはメッセージを見つめた。ライルが妊娠を知ってから二日が過ぎた。そろそろママに話してもいい頃だ。妊娠のことを告げるのはかまわない。でも、気が重いのは、ライルとわたしの夫婦関係のこともママに話さなくちゃならないことだ。

リリー　明日の午後、そっちに行くわ。ラザニアを作ってくれる?

ママに返信したとたん、もうひとつのメッセージが着信した。

アリッサ　今夜は上に来て、夕食を一緒にどう?　手作りピザパーティーよ

この数日、アリッサの家にも行っていない。最後に行ったのは、ライルが帰ってくる前だ。今、どこにいるかはきかなかったけれど、おそらくライルはアリッサの家にいるはずだ。彼と同じ部屋で夕食をとるなんて、耐えらない。

リリー　誰がくるの？
アリッサ　ばかね……わたしがそんなことすると思う？
　ライルは当直で、明日の朝八時まで仕事よ。わたしたち三人だけ

さすがはアリッサだ。「仕事が終わったら行くわ」わたしは返信した。


「この月数の赤ちゃんって何を食べるの？」

わたしたちはテーブルを囲んだ。わたしが到着したとき、ライリーは眠っていた。でも、抱っこしたくて、つついて起こした。アリッサは怒らなかった。もうそろそろ寝かせる時間だから、ばっちり起こさないでね、そう言っただけだ。

「おっぱいさ」マーシャルが口いっぱいにピザをほおばりながら言った。「でもときどき、ソーダに浸した指を口に入れると、おいしそうな顔をしてる」

「マーシャルったら！」アリッサが叫んだ。「冗談でしょ」

「もちろん、冗談だよ」彼は言った。でもきっと本当にやったはずだ。

「いつ離乳食を食べはじめるの？」わたしはきいた。赤ん坊が生まれる前に、知っておかなきゃならないことがいろいろある。

「四カ月目くらいかな」アリッサはあくびをした。目をこすり、フォークを置いて椅子にもた

れかかる。

「今日、ライリーをうちで預かって、ぐっすり眠れるようにしてほしい？」

「ううん、大丈夫」アリッサが返事をすると同時に、マーシャルが言った。「そりゃありがたいね」

わたしは笑った。「すぐ下の階に住んでるんだもの。明日は仕事がないから、今夜は眠れなくても平気だし」

アリッサは一瞬、何かを考えているように見えた。「じゃ、何かあったときのために、スマホはスリープモードにはしないでおくわ」

わたしはライリーを見下ろし、ほほ笑んだ。「きいた？　今夜はリリーおばさんのおうちにお泊まりよ」


アリッサが手当たり次第に必要になりそうなものを詰めたマザーズバッグを持つと、わたしはライリーと二人、大陸横断の旅にでも出るような格好になった。「お腹がすいたら、ライリーのほうから知らせてくれるわ。ミルクをあたためるとき、電子レンジは使わないで、ただボトルを……」

「わかってる」わたしはアリッサの言葉をさえぎった。「ライリーが生まれてから、五十回はミルクを作ってるのよ」

彼女はうなずき、ベッドまで歩いてきた。わたしの横にバッグをどんと置く。マーシャルはリビングにいて、最後にライリーにミルクを飲ませている。待っている間、アリッサはベッドの上でわたしの横に寝そべり、ひょいと肘をついて頭を起こした。

「これってどういう意味かわかる？」アリッサがたずねた。

「ううん、何？」

「今夜、やっとセックスができるのよ。四カ月ぶりに」

わたしは鼻にしわを寄せた。「わざわざ教えてくれてありがと」

彼女は声をあげて笑うと、枕の上に倒れこみ、すぐに顔をあげた。「まずいっ！　脚のムダ毛をそらなきゃ」

わたしは笑ってため息をつき、お腹に手をあてた。「え、嘘！　動いた！」

「ほんと？」アリッサもわたしのお腹に手をあてる。わたしたちは五分間、息を潜め、ふたたびそれが起こるのを待った。それは起こった。でも小さな動きで、外からだとわからない。わたしは笑った。

「何も感じなかった」アリッサが口をとがらせた。「たぶん、外からさわって赤ちゃんの動きを感じるようになるまでには、まだ数週間かかるわよね。動いたのは今回が初めて？」

「ええ。心配していたの。史上、もっとも怠け者の赤ん坊を身ごもってるんじゃないかって」

わたしはもう一度、それを感じたくて、お腹に手をあて続けた。さらに数分間、わたしたちはそこに静かに座っていた。本当なら……そう考えずにいられない。ここでわたしの横に座ってお腹に手をあてているのは、アリッサじゃなく、ライルだったはずだ。

それを考えると、さっきの喜びが一気に色あせた。たぶんアリッサも気づいたに違いない。片手をわたしの手に重ね、ぎゅっと握った。もう彼女の顔に笑いはなかった。

「リリー、ずっと言いたかったことがあるの」

今まできいたことのない彼女の声に、わたしはどきりとした。

「何？」

彼女はため息をつき、泣きそうな笑みを浮かべた。「わかってる。悲しいよね。こういうとき、本当なら兄さんがいるべきなのに。でもライルがいようといまいと、間違いなく出産は人生でもっとももすばらしい経験になるわ。リリーはきっとすてきなママになる。この子は本当にラッキーよ」

そこにいたのがアリッサだけだったのはさいわいだ。なぜなら彼女の言葉は、わたしをまるで思春期の多感な少女みたいに笑わせ、泣かせ、鼻水まみれにさせた。わたしは彼女をハグすると、ありがとうと言った。驚いたことに、心にふたたび喜びが戻っていた。

アリッサはにっこりした。「さあ、うちの赤ちゃんのところに行きましょ。とっとと彼女を連れてって。わたしがリッチでみだらな旦那さまとセックスできるように」

わたしはベッドからおりて立ちあがった。「あなたはどんな状況も明るくしてしまう。それって特技ね」

アリッサはもう一度にっこり笑った。「だからわたしがここにいるのよ。さあ、行って」

32

この一、二カ月、もっともつらかったのは、他の誰でもない、ママにすべてを隠していたことだ。ママはそれをどう思うかわからない。妊娠についてはきっと大喜びするはずだ。でもライルと別れることは……？　ママはライルのことが大好きだ。これまでのパターンを考えれば、おそらく何かと言い訳を見つけて、彼のもとに戻るよう、わたしを説得にかかるだろう。正直に言えば、それが今までママに秘密を打ち明けることをためらっていた理由のひとつだ。うまく説得されてしまいそうな気がして怖い。

ほとんどの日、わたしは強い。ライルに怒りを覚えていて、許すなんて考えられないと思っている。でも、時には、息ができないほど彼が恋しくなる。彼とともに過ごし、愛を交わした日々、彼を恋しく思った日々が懐かしい。夜遅く、長時間の勤務を終えた彼が玄関を入った瞬間に、部屋から走りでて腕の中に飛び込んだ。そんなわたしを、ライルはたまらなくいとおしく思っていたはずだ。

心が弱っている日には、ママがすべてを知ってくれていたらと思う。ママの家に車を走らせ、ママの隣でソファーに丸くなっていたい。ママはわたしの髪を耳にかけて、大丈夫、きっとそう言ってくれるだろう。大人の女性にだって、母親の慰めが必要なときがある。強くあろうと闘い続ける毎日に、ほっと一息つくために。

わたしはママの家の私道に車を停めてから、たっぷり五分かけて運転席で家に入る勇気を奮い起こした。つらくても話さないわけにはいかない。きっとママの胸は悲しみに引き裂かれるはずだ。わたしがパパと似た男性を夫に選んでしまったことを知らせて、ママを悲しませるのは気が重い。

玄関に入ると、ママはキッチンにいて、キャセロールの中にパスタとソースを重ねていた。わたしはすぐにはジャケットを脱がなかった。今日、着ているのはマタニティのシャツじゃない。でもお腹のふくらみはジャケットを脱げばすぐにわかるほどになっている。ママならすぐに気づくだろう。

「あら、いらっしゃい！」ママは言った。

キッチンに入っていくと、ラザニアの上にチーズをのせているママに、横からハグをした。ラザニアがオーブンに収まると、わたしたちはダイニングテーブルに腰をおろした。ママは椅子にゆったりと背中をもたせかけて、グラスに注いだお茶を飲んでいる。

ママは笑顔だ。今、こんなに幸せそうなママに、あの話を持ちだすのは気が引ける。

「リリー」ママが言った。「実は話があるの」

わたしは驚いた。話があるのはこっちで、ママの話をきくことになるとは思ってもみなかった。

「何？」こわごわたずねる。

ママはグラスを両手で包みこんだ。「実はおつきあいしている人がいるの」

わたしはぽかんと口をあけた。

「まじ？」首を横に振る。「それって……」よかった、そう言おうとして、ママが以前と同じ状況に身を置こうとしているのではと心配になった。わたしの顔に不安を見てとったママは、両手でわたしの手を握った。

「大丈夫よ、リリー。すごくいい人なの」

よかった。ママの顔を見れば、それが本当だとわかる。ママの瞳は幸せに輝いている。

「びっくり」わたしは言った。この展開は予想外だ。「よかった。いつその人に会わせてくれるの？」

「今夜よ、もしあなたさえよければ」ママは言った。「夕食に彼を招待したの」

わたしは首を振った。「だめよ」声が小さくなる。「今日はちょっと……」

ママはわたしの手をさらに強く握った。何か話があってここに来たのだと気づいたらしい。わたしはいい知らせから始めることにした。

わたしは立ちあがり、ジャケットを脱いだ。最初ママは何も気づかなかった。ただ、くつろぐためにそうしたのだと思ったようだ。わたしはママの手をとり、自分のお腹に押しつけた。

「ママ、おばあちゃん《グランマ》になるのよ」

ママは驚きに目を丸くして、しばらく口もきけなかった。でも次の瞬間、目をうるませて立ちあがり、わたしを抱きしめた。「リリー！　まさか、どうしよう！」ママは体を引き、ほほ笑んだ。「もっとずっと先だと思っていた。子供を作ろうとしていたの？　まだ結婚して数カ月じゃない」

わたしは首を横に振った。「わたしだってびっくりだった、ほんとに」

ママは陽気な笑い声をあげ、もう一度わたしをハグして、それから二人とも、ふたたびソファーに腰をおろした。わたしは笑みを浮かべようとした。でも、希望に胸を躍らせる母親の顔にはならなかった。ママはすぐにそれに気づいて、わたしの頬に手をあてた。「リリー、何かあったの？」

この瞬間まで、ずっと強くあろうと思ってきた。誰かがそばにいるときには、自分のことをかわいそうだと思わないようにしてきた。でも、ここ、ママのそばに座っていると、弱くてもいい、そう思えた。ほんのしばらくの間でいいから、何もかも投げ出したい。ママにすべてをゆだねて、抱きしめられて、大丈夫と言ってもらいたい。それから十五分、わたしはママの腕の中で泣きじゃくり、すべての闘いをママにゆだねた。

ライルと何があったのか、細かなことは話さなかった。でも大事なことはすべて話した。彼が一度ならず、わたしを傷つけたこと。これからどうすればいいのかわからない。お腹の子を一人で産むこと、間違った決断をしてしまうことが怖い。警察に通報すべきだったのに、意気地がなくてできなかった。感情的になりすぎて、ちょっとしたことに過剰に反応してしまうのが怖い。これまで勇気がなくて、自分でも認められなかったことを、何もかもママに話した。

ママはキッチンから紙ナプキンをとって、テーブルに戻ってきた。お互いの涙が乾くと、ママは手の中でナプキンをくしゃくしゃと丸め、テーブルの上で円を描くようにころころと転がした。

「彼とよりを戻したいの？」ママはたずねた。

イエス、とは言えない。でも、ノーとも言えなかった。

あの事件が起こって以来、今初めて、心の底から正直になれた気がする。ママにも、そして自分にも。なぜならママも同じ経験をしたと知っているからだ。ママならきっと、この数週間にわたしが経験した、抱えきれないほどの混乱も理解してくれるはずだ。

わたしは首を振って、同時に肩をすくめた。「心の中の大部分では、二度とライルなんて信用できない、そう思っている。でもその他の部分では、失われたものを恋しく思っている。わたしたち、すごくうまくいっていた。彼と過ごした日々は、人生の中で最高の時間だった。それを手放したくないと思うときもあるの」

また涙がこぼれて、わたしは目の下をナプキンで拭った。「時には……ライルが恋しくてたまらなくて……自分自身に言うの。元に戻るのも悪くないかもって。最悪なときの彼はしょうがないと割り切って、一番いいときの彼だけを見ていればいいって」

ママはわたしの手に手を重ね、親指でわたしの手をさすった。「その気持ち、よくわかるわ。でも自分の限界を見失うことだけはしないで。ぐずぐずしちゃだめ」

どういうこと？　わたしの顔に浮かんだ困惑に、ママはわたしの腕をぎゅっと握り、その意味を説明しはじめた。

「わたしたちには皆、限界がある。自分が壊れる前に、どこまで我慢をすべきなのか知る必要がある。あなたのパパと結婚したとき、わたしは自分の限界を知っていた。でも徐々に……ひどいことをされるたびに……その限界は少しずつ押しやられた。じりじりと少しずつ。初めて殴られたとき、パパはすぐに謝った。そしてもう二度と殴ったりしないと誓った。二度目はもっと謝った。三度目、暴力はひどくなった。何度も何度も殴られた。でも、わたしはパパを許した。四度目には、たった一度平手打ちをされた。そのとき、ほっとした自分がいた。こう思ったのを覚えてる。よかった、今回は一発で済んだ。まだましだって」

ママはナプキンで涙を拭った。「暴力をふるわれるたびに、限界の壁は少しずつ欠けて、崩れていった。とどまることを選ぶたびに、彼のもとを去るのがむずかしくなっていった。そしてついには限界を見失ってしまったの。わたしはこんなふうに考えた。『これまで五年間、耐えてきた。もう五年がなんだっていうの？』って」

わたしが泣いている間、ママはわたしの手をずっと握っていた。「わたしのようにならないで。あなたはライルがあなたを愛していると信じている。きっとそうだと思う。でも彼の愛し方は間違っている。あなたが本来与えられるべき愛じゃない。もしライルがあなたを本当に愛しているなら、自分のもとに戻ってくるのを許さないはず、自らあなたのもとを去るはずよ。二度とあなたを傷つけないようにね。それこそが本当に愛するってことよ」

ママがそれを経験から学んだのでなければよかったのに……。わたしはママを引き寄せ、ハグをした。

ここに来たとき、ママにライルのもとに戻りなさいと説得されないよう、自分を正当化しなきゃと思っていた。ママから何かを学ぼうなんて思ってもいなかった。昔のママを弱い人間だと思っていたからだ。だけど実際は、ママはわたしがこれまで会った中で、一番強い女性だった。

「ママ？」わたしは体を引いた。「大きくなったら、ママみたいになりたいな」

ママは笑って、わたしの顔にかかった髪をなでつけた。視線を交わしたとたん、一瞬で、ママがわたしの心の痛みをすべて引き受けてくれたのがわかった。今、ママはこれまで自分のために感じた痛みよりも、もっと大きな痛みをわたしのために感じているはずだ。「言っておきたいことがあるの」

ママはふたたびわたしの手をとった。

「パパの追悼の辞を述べた日のこと覚えてる？　わかっていたの。あなたは言葉に詰まったわけじゃない。あの演壇に立って、彼について、一言だっていいことなんか言うまいとしていた。あのときほど、あなたを誇らしく思えたことはなかったわ。あなたはわたしの人生で、わたしのために立ちあがってくれたたった一人の人だった。わたしが怯えていたときも、あなたは強かった」ママの目から涙が一粒、はらりと落ちた。「あのときの強いリリーになって。思い切って、大胆にね」

33

「チャイルドシートが三つよ！　これいったいどうしたらいい？」

　わたしはアリッサのソファーに座って、すべてのものを眺めた。彼女は今日、ベビーシャワーをひらいてくれた。ママもきて、それからライルのママもわざわざイギリスから駆けつけてくれた。もっとも今は時差ボケで、客用の寝室で眠っているけれど。フラワーショップのスタッフ、それから以前働いていた会社の同僚も二、三人、デヴィンもやってきた。この数週間、どうなることかと心配していたけれど、実際、それはとても楽しい時間だった。

「だから欲しいもののリスト《レジストリー》を作ってって言ったでしょ。そうすればプレゼントでだぶることがなかったのに」アリッサが言った。

　わたしはため息をついた。「ママの分を返品してもらうわ。もうすでにいろいろ買ってもらったし」

　わたしは立ちあがり、プレゼントを一か所に集めた。マーシャルが全部まとめて、下の階に運んでくれることになっている。アリッサは今、プレゼントをゴミ用のポリ袋に入れる手伝いをしてくれている。わたしが袋の口を大きく広げて持ち、彼女が床のものを拾いあげて袋に入れていく。もう今は妊娠三十週目だから、アリッサはそれ以上の仕事をわたしにさせなかった。

すべてを袋に詰め終わると、マーシャルはわたしの部屋へ向かった。これで二度目だ。プレゼントがいっぱい詰まった袋をエレベーターまで引きずっていこうとするマーシャルのために、わたしはドアをあけた。まさかそのタイミングでライルが現れるとは思わなかった。ドアをあけた瞬間、そこにライルがいた。わたしたちは驚き、見つめあった。三カ月前の喧嘩以来、彼とはただの一言も言葉を交わしていない。

でも、これは起こるべくして起こったことだ。彼の妹と親友で、同じアパートメントに住んでいるのに、ばったり出会わないほうが不思議だ。

ライルだって、母親がイギリスからきたのだから、今日、ベビーシャワーをひらくことは知っていたに違いない。それでもわたしの背後に積みあげられたプレゼントの山に、少し驚いた顔をしている。それにしてもこのタイミングで彼が現れたのは、偶然、それとも計画どおり、どっちだろう？　彼はわたしが抱えている袋をとりあげた。「手伝うよ」

言われるままに、袋を渡す。彼はその袋とさらにもうひとつの袋を下の階へ運んでいき、その間にわたしは自分の荷物をまとめた。ライルとマーシャルが戻ってきたときには、家に帰る準備ができていた。

ライルは最後の袋をとりあげ、ふたたび玄関に向かっていく。彼のあとに続こうとしたわたしに、マーシャルが目配せをした。ライルが一緒に行って大丈夫？　そういう意味だ。わたしはうなずいた。永遠にライルを避け続けているわけにはいかないし、これからどうするのか、話をするいいチャンスだ。

アリッサの部屋からわたしの部屋までは、たったの数階だ。でもライルとひとつのエレベーターに乗っている時間は、いつになく長く感じられた。彼が何度か、わたしのお腹に目をやる。三カ月会わずにいて、いきなりこのお腹を目にするなんて、今、どんな思いでいるのだろう？

部屋の鍵はかかっていなかった。わたしはドアを押しあけ、彼もわたしに続いて中に入った。子供部屋に最後の荷物を運び込んだあとも、ライルが何やらごそごそと歩き回り、箱をあけている音がきこえる。わたしはキッチンにいて、磨く必要のない皿やグラスを磨いていた。同じ家の中に彼がいる、そう考えただけで心臓が口から飛び出しそうだ。今感じているのは恐怖じゃない。不安だ。また言い争いはしたくない。もう少し、心の準備をする時間が必要だ。生まれてくる子供とわたしたちのこれからについて、話しあう必要があるのはわかっているけれど、やっぱり今は話したくない。今はまだ、とにかく。

ライルは廊下からキッチンへ入ってくると、ふたたびわたしのお腹を見て、すぐに目をそらした。「ベビーベッドを組み立てておこうか？」

いいえ、大丈夫、たぶんそう言うべきだ。でもお腹の子供に対して、彼にも半分は責任がある。もし力仕事を引き受けるというなら、やってもらおう。まだ彼に腹を立てているとしても、それはまた別の問題だ。「ええ。助かるわ」

彼は家事室を指さした。「ぼくの道具箱、まだあったっけ？」

うなずくと、彼は家事室に向かった。わたしは冷蔵庫をあけ、中を見つめた。ライルがキッチンから出ていく後ろ姿を見たくない。ようやく彼が子供部屋に入った気配に、冷蔵庫をしめ、取っ手を握ったままドアに額を押しつける。吸って、吐いて、深呼吸をしながら、心に行き交う思いを冷静に見極めようとした。

ライルは元気そうだ。最後に見てから、ずいぶん経つ。彼がどれほどゴージャスなのかを忘れていた。廊下を走っていって、彼の腕に飛び込みたい。唇を重ねて、彼の口から、どれだけわたしを愛しているかをききたい。何度も何度も夢見たように、彼と並んで寝そべって、彼の手をわたしのお腹にのせたい。

それは簡単なことだ。ライルを許して、元サヤに収まれば、人生は今すぐ、もっと楽になる。

わたしは目をとじ、頭の中で何度もママの言葉を思い浮かべた。〝もしライルが本当にあなたのことを愛しているなら、自らあなたのもとを去るはずよ〟

その言葉を唯一の支えに、廊下を走っていきたくなる気持ちをこらえた。

彼が子供部屋にいる間、わたしはキッチンで忙しく立ち働いた。一時間ほどたった頃、スマホの充電器が必要になり、子供部屋の前を通って、自分の部屋へ行った。キッチンに戻る途中、わたしは子供部屋の前で足を止めた。

ベビーベッドはすでに完成していた。寝具もきちんと整えられている。ライルは手すりをつかみ、ベッドのそばに立って空っぽのベッドを見つめていた。無言で身じろぎもしないその姿は、まるで彫像のようだ。物思いにふけっているのか、わたしがドアの外に立っていることさえ気づいていない。いったい彼の心はどこをさまよっているのだろう？

子供のことを考えているの？　その子がこのベッドで眠るときには、自分はここにいないのに？

今、この瞬間まで、彼が生まれてくる子供の生活に関わりたいのかどうか、わからなかった。

でもライルの表情を見れば、そう願っているのは明らかだ。誰かの顔に浮かぶ、これほど切ない表情を見たことはない。胸が痛くて、直視できない。でも、今、彼が感じている悲しみはわたしとは無関係だ。ただ子供のことだけを考えている。

彼がちらりと目をあげ、入り口に立つわたしを見た。「終わったよ」ベッドを手で示し、工具を道具箱にしまいはじめる。「ぼくがここにいる間に、何かしてほしいことはある？」

わたしは首を振って、ベビーベッドまで歩いていくと、その出来栄えをほめた。生まれてくる子供が男か女かわからないから、家具はすべてナチュラルテイストでまとめようと決めた。寝具は明るい茶色とグリーンが基調で、一面に草花や木があしらわれている。カーテンと相性がいいし、いずれわたしが壁に描くつもりの絵ともよく合うだろう。いくつか、店から観葉植物も持ってくるつもりだ。思わず笑みがこぼれる。計画どおりの子供部屋が仕上がりつつある。手を伸ばし、ライルがつるしてくれたベッドメリーのスイッチを入れると、ブラームスの子守唄が流れた。わたしはくるくると回るメリーを見つめ、それからライルを振り返った。彼は少し離れたところで、ただわたしを見つめていた。

わたしは彼を見つめ返した。自分がその渦中にないとき、人は物事を簡単に判断してしまう。わたしは何年もママを批判的な目で見てきた。

誰かに虐待されたら、すぐさまその場から歩き去ればいい、第三者からすれば、それは当然のことに思える。虐待されて、その相手を愛し続けるなんてできるわけがない、そう言うのは簡単だ。

でも自分が渦中にあって、その虐待以外、どこにも非の打ちどころのない相手を憎むのは容易じゃない。

ライルの目にかすかな希望が浮かんだ。今、一時的にわたしの心の壁が低くなっていることに、気づいたのだろう。彼はゆっくりと近づいてきた。きっと引き寄せられ、抱きしめられてしまう。わたしはすばやくあとずさった。

次の瞬間、わたしたちの間に、ふたたび壁が立ちはだかった。

彼を部屋に入れたのは、それだけでも大きな進歩だ。彼はそのことを知るべきだ。

わたしに拒絶されたショックを、ライルはポーカーフェイスでうまく取り繕った。彼は道具箱を小脇に抱え、反対の手でベビーベッドが入っていた空の段ボールをつかんだ。そこにはベッドを組み立てたときに出たゴミが入っている。「これをゴミ置き場に捨ててくるよ」ドアに向かう。「もしこれ以外に何か手助けが必要なら言ってくれ、いいね？」

わたしはうなずき、どうにか小さな声で返事をした。「ありがと」

玄関のドアがしまる音がきこえると、わたしは振り返り、ベビーベッドを眺めた。涙がこみあげる。その涙はわたし自身のためでも、赤ん坊のためでもない。

ライルのための涙だ。たとえこうなったのが彼自身のせいだとしても、彼がどれだけ悲しんでいるか、わたしにはわかった。愛している人が悲しむのを見れば、誰だって自分も悲しくなる。

わたしたちはどちらも、別居や、仲直りのチャンスについて、話はしなかった。十週間後、子供が生まれたときにどうするかも。

まだ、その話をする準備はできていない。少なくとも今、彼がわたしのためにできるのは、忍耐強く待つことだけだ。

かつて持ち合わせなかった忍耐について、ライルはまだ、わたしに大きな借りがある。

34

わたしは絵筆のペンキを洗い流し終わると、子供部屋に戻り、壁の絵を眺めた。昨日と今日、まる二日間かかって仕上げた絵だ。

ライルがきて、ベビーベッドを組み立ててから二週間がたつ。壁画が仕上がり、店からいくつか観葉植物が持ち込まれると、ようやく子供部屋が完成した気がした。わたしはあたりを見回し、一緒にこの部屋を眺める人がいないことをちょっぴり寂しく思った。わたしはスマホをとりあげ、アリッサにメッセージを送った。

リリー　**壁の絵が完成したの！　こっちにきて、見てみて**

アリッサ　**今、出先なの。ちょっと用事があって。でも明日見に行くわ**

わたしは顔をしかめ、ママにメッセージを送った。ママは明日、仕事のはずだ。でもわたしが絵を仕上げたと知ったら、大喜びで見にくるだろう。

リリー　**今夜うちに来ない？　子供部屋が完成したの**

ママ　無理よ。今夜は学校でリサイタルがあるの。遅くなりそう
でも、早く見たい。明日行くわ！

わたしはロッキングチェアに腰をおろした。だめ、それはしちゃだめ、心の中で声がきこえる。でもどうしようもなかった。

リリー　子供部屋が完成したの。見にくる?

送信をクリックしたとたん、全身の神経がぴりぴりと逆立つのを感じた。スクリーンを見つめ続けていると、ようやく彼から返信がきた。

ライル　もちろん。今、そっちに行く

わたしはすぐに立ちあがって、最後の仕上げをした。ラブソファーのクッションを整えてふくらませ、壁の飾りをまっすぐにする。ノックがきこえたとき、わたしもちょうど玄関にたどり着いた。ドアをあける。まずい！　ライルはスクラブ姿だ。
わたしは一歩脇によけ、彼を中に入れた。
「アリッサが言ってた。壁に絵を描いたんだって？」
わたしはライルのあとについて、廊下を子供部屋へと向かった。

「まるまる二日かかったの。マラソンを走ったあとみたい。実際ははしごを数段、あがったりおりたりしていただけだけど」

彼は肩越しにちらりとわたしを見た。心配そうな目だ。わたしがたった一人で、ここで作業していることを心配しているらしい。心配なんかすべきじゃない。わたしは一人でも大丈夫だ。

子供部屋までくると、彼はドアの前で立ち止まった。正面の壁に、わたしは庭の絵を描いた。庭で育てられそうな果実や野菜を思いつくままに入れた絵だ。画才はなくても、プロジェクターとトレーシングペーパーのおかげで、かなり見事な仕上がりになった。

「すごい」ライルが言った。

わたしはにっこりと笑った。彼の声に心からの驚きを感じたからだ。ライルは部屋に入り、ぐるりと見回した。ずっと頭を振って感心している。「リリー、これは……すごいよ」

一緒にいるのがアリッサだったら、わたしは手を叩いて、飛び跳ねていたと思う。でも彼はライルで、これまでのことを考えると、それもためらわれた。

ライルは窓のそばへ歩いていった。そこにはわたしがぶらさげたブランコがある。彼がそっと押すと、ブランコが軽く左右に揺れはじめた。

「それって前後にも揺れるの」わたしは言った。彼が赤ちゃん用のブランコのことを、気にするかどうかわからない。でもわたしにはその機能は驚きだった。

ライルはおむつ替えの台まで歩いていくと、ホルダーからおむつをひとつ、取り出した。おむつを広げ、自分の前に持ちあげてみせる。「小さいね。ライリーのもこんなに小さかったっけ？」

彼の口から出た姪っ子の名前に、わたしの胸はしめつけられた。ライリーが生まれたその夜に、わたしたちは別居を始めた。そして今はもう、彼が彼女をあやす姿を目にすることもない。ライルはおむつをたたむと、それをホルダーに戻した。わたしに向き直り、手で部屋全体を示してほほ笑んだ。「すごいよ、リリー。何もかも。きみは本当に……」さっとおろした手を腰にあてる。笑顔が曇った。「すごくよくやっている」

濃密な空気に、急に息ができなくなった。理由もないのに、突然泣きたくなる。嬉しい、そして妊娠中の期間を、ずっとこんなふうに過ごせなかったことが悲しい。彼とこんな時間を過ごすのは悪くない。でも、はかない希望を抱かせてしまうのが怖い。

彼が子供部屋を見た今、次にどうするべきなのかわからない。ただわかっているのは、いろいろ話しあわなきゃならないってことだ。でも、どこから始めればいいのかわからない。あるいはどうやって……。

わたしはロッキングチェアまで行くと、そこに腰をおろした。「ネイキッド・トゥルース？」彼を見上げる。

ライルは深いため息をついてうなずくと、ソファーに座った。「お願いだ、リリー。そろそろこれからのことを話す準備ができていると言ってくれ」

彼の返事に、わたしの緊張はほんの少し緩んだ。ライルも今後のことを話しあう心づもりができているとわかったからだ。わたしはロッキングチェアに座り、お腹を抱えるようにして、前かがみの姿勢になった。「ライルから話して」

膝の間で手を組んだ彼にまっすぐなまなざしで見つめられ、わたしは思わず目をそらした。

「きみがどうしたいのかがわからないんだ、リリー。ぼくにどんな役割を担ってほしいと思っているのか。きみが必要なスペースはすべて与えたい。でも、それと同時に、たぶんきみが思っている以上に力になりたいとも思っている。ぼくたちの子供の生活に関わりたいんだ。きみの夫でいたい、しかもいい夫になりたいとも思う。だけどきみがそれをどう思っているのかがわからない」

彼の言葉に、わたしは後ろめたさを感じた。過去に何があったにせよ、ライルは赤ん坊の父親だ。わたしがどう思おうと、彼には父親としての法的な権利もある。それにわたしも彼に父親、いい父親になってほしいと思っている。でも心の底に、どうしても拭い去れないもっとも大きな不安がある。その不安について、話さなくちゃならない。

「あなたを子供から遠ざけるつもりはないわ。父親として関わってくれるのは大歓迎よ。だけど……」

ライルはがっくりとうなだれ、両手に顔をうずめた。

「あなたが怒りの発作を起こしたときに、どうなるかを心配してしまうの。母親なら当然でしょ？　もしあなたが感情のコントロールを失ったら？　あなたがこの子と一緒にいるときに、何かがあなたの怒りに火をつけないと、どうやったら知ることができる？」

みるみるうちに、ライルの目から苦悩があふれ出す。彼は頭を強く横に振った。「リリー、もう二度と……」

「わかってる。あなたがわざと自分の子供を傷つけたりするはずはない。あなたがわたしを傷つけたときも、それがわざとだったとは思わない。でもわたしは傷を負った。あなたは二度とそんなことをしない、そう信じたい。父も、虐待の対象はいつも母だった。虐待をする男性は――時には女性も――パートナーに対しては暴力をふるっても、子供には手を出さない場合が多い。あなたの言葉を信じたい、心の底からそう思う。あなたと子供の関係を否定するつもりはないの。だけど、ためらう理由もわかってほしい。わたしに対して忍耐強くいてほしい。あなたが自ら壊した信頼をすべて回復できるその日まで」

ライルは納得したようにうなずいた。きっと理解したに違いない。わたしが今できる限りの寛大さで彼に接しようとしていることを。「そのとおりだと思う」彼は言った。「きみの言うとおりにする。すべて、いいね？」

ライルはふたたび手を握りしめ、神経質そうに唇を噛んだ。何かもっと言いたいことがあるけれど、今、それを言うべきかどうか迷っているらしい。

「言いたいことがあるなら言って。今ならきくわ」

彼は頭をそらし、天井を見つめた。何を言うつもりかわからないけれど、きっとつらいことなのだろう。それがききにくい質問だからなのか、それともその質問に対する、わたしの答えをきくのが怖いからなのかわからない。

「ぼくたちのことは？」彼が消えそうな声でたずねた。

わたしは上を見て、ため息をついた。きかれると思った。でも自分にもまだわからないことに答えるのはむずかしい。離婚か和解か、考えられる選択肢は二つだ。でもどちらも選びたくない。

「変に期待を持たせる返事をしたくないけど……」わたしは静かに言った。「もし今日、どうしても決断をくださなくちゃならないとしたら……離婚を選ぶわ。でも正直に言うと、結論を出す自信がない。今は他のことを考える余裕もなくて、自分が本当にそれを望んでいるのかどうかもわからない。この子が生まれる前にその決断をくだすのは、わたしたちどちらにとってもフェアじゃないと思うの」

ライルは震える息を吐き、首の後ろに手をあてると、その部分をぎゅっとつかんだ。そして立ちあがり、わたしを見た。「ありがとう。ぼくを呼んでくれて。そして話をきいてくれて。この間、ここに来て以来、何度も話をしたいと思った。でもきみがどう思うか心配でこられなかった」

「数週間前だったら、どう思ってたか自分でもわからない」わたしは正直に答えた。手をついてロッキングチェアから立ちあがろうとする。でも数週間前には簡単にできた動作が、なぜかできない。ライルが手を伸ばし、助け起こしてくれた。

うっと声をあげなければ、椅子からも立ちあがれないような状態で、予定日まで無事に過ごせるだろうか?

わたしが立ちあがったあとも、彼はすぐに手を離さなかった。今、彼とわたしの距離はほんの数十センチだ。そしてもし今、彼を見上げたら、きっと感じてしまう。彼に対して感じるべきではない想いを。

ライルはわたしのもう片方の手もとり、わたしの体の脇で両手を握った。指に指を絡められた瞬間、心が震える。わたしは彼の胸に額を押しつけ、目をとじた。彼はわたしの頭の上に頬をのせて、わたしたちはしばらくそのままでいた。二人とも怖くて、動くこともできない。わたしが動けなかったのは、自分が弱くて、彼のキスを止められないのではと思ったから。彼が動けなかったのは、キスをしようとしたら、わたしが離れていくのではと恐れたからだ。

五分以上、わたしたちはじっとそのままでいた。

「ライル」ようやくわたしは口をひらいた。「約束してくれる?」

彼がうなずく。

「お願いだから、この子が生まれるまで、わたしにあなたを許したくなるようなことを言わないで。お願いだから、わたしにキスしないで……」わたしは彼の胸から体を離して、目をあげた。「大切なことだから、ひとつ、ひとつずつ、考えていきたいの。今、わたしにとって一番大事なのは、この子を無事に産むことよ。そのことですでに手いっぱいなのに、それ以外のストレスを抱えたくない」

ライルは励ますように、わたしの両手を握った。「わかった。人生を変える出来事は、一度にひとつずつだね」

わたしはほほ笑んだ。ようやく話ができたことにほっとして。二人のことについて、最終的な結論はまだわからない。だけど、それでもお互いわかりあえていることを確認して、楽に息ができるようになった気がした。

ライルは手を伸ばし、わたしの手をとった。「シフトに遅れそうだ」親指を立てて、肩の後ろを指す。「もう行かなきゃ」

わたしはうなずき、彼を見送った。ドアがしまり、一人になってもまだ、わたしは自分がほほ笑んでいることに気づいた。

ライルに対して、怒りが消えたわけじゃない。まだまだ解決しなくちゃならない問題がある。でも、笑顔になれたのは、ちょっとした進歩だ。時には、親は自分たちの違いを乗り越え、大人にならなきゃならない。自分たちの子供にとって、最善のことをするために。

それこそが今、わたしたちが取り組んでいる課題だ。新しい家族を迎える前に、自分たちの状況をうまく舵《かじ》を切っていく方法を学ばなくちゃならない。

35

トーストの匂い。

ベッドの上で伸びをして、わたしはほほ笑んだ。ライルはトーストがわたしの大好物だと知っている。すぐには起きず、しばらくの間、そこに寝そべっていた。寝返りを打つのさえ、男三人がかりの力が必要な感覚だ。わたしは大きく息を吸って、足をベッドの縁からおろし、よっこらしょと体を起こした。

まずはトイレだ。とにかくおしっこがしたい。あと二日で予定日だ。もう一週間くらいかかるかもしれない、そうドクターには言われている。先週から、わたしは産休をとっている。おしっこをして、テレビをみる。これが今のわたしの生活だ。

キッチンに行くと、ライルがフライパンのスクランブルエッグをかき回していた。わたしの足音をききつけて、くるりと振り返る。「おはよう」彼は言った。「まだ、出てくる気配はない？」

わたしは首を振ると、お腹に手をあてた。「まだよ。でも昨日の夜は九回もトイレに行ったわ」

ライルは笑った。「そりゃ新記録だね」スプーンで卵をすくって皿にのせ、ベーコンとトーストを添える。振り向いて、わたしに皿を渡すと、耳の横に軽くキスをした。「行ってくるよ。遅刻だ。一日じゅう、スマホの電源は切らないでおくから」

朝食の皿を見下ろし、わたしはほほ笑んだ。**わかった。じゃあ、わたしは食べて、おしっこをして、食べて、それからテレビをみるわ。**

「ありがとう」わたしは明るい声で言った。皿を手にソファーに行き、テレビをつける。ライルはリビングを走り回って、持ち物を集めている。

「昼に様子を見に戻ってくるよ。今夜は遅くなるかもしれない。でもアリッサが夕食は持ってきてくれるって」

わたしはくるりと目を回した。「大丈夫だってば、ライル。ドクターが言うには無理は禁物だけど、絶対安静とかじゃないって」

ライルはドアをあけて、そこで何か忘れ物に気づいたみたいに立ち止まった。そしてわたしのもとに走って戻ってくると、体をかがめ、お腹にキスをした。「もし今日出てくるって決めたら、おこづかいを倍にしてあげるんだけどな」

最近、ようやくわたしも、赤ちゃんがお腹を蹴っているとき、ライルにお腹をさわらせるのを嬉しいと思うようになった。それ以来、彼はときどき、家に立ち寄っては、わたしのお腹に語りかけるようになった。ただし、わたしにはあまり話さないけれど。でも、それでいい。彼が父親になることを楽しみにしているのが嬉しい。

わたしはライルが昨日の夜、ソファーで寝るときに使ったブランケットをとりあげ、それにくるまった。ここ一週間、彼はここに泊まり込んで、出産が始まる瞬間を待っている。最初はどうかと思ったけれど、結局、とても助かっている。今もわたしが眠っているのは、相変わらず客用の寝室のベッドだ。三つ目の寝室は子供部屋だ。だから寝ようと思えば、彼は主寝室のベッドで眠ることができる。でもソファーで寝ている。まだわたしが主寝室のベッドで怖くて眠れないように、彼も同じ気持ちなのだろう。二人ともその部屋に入ることは避けている。

これまでの数週間はとてもうまくいっている。セックスしないこと以外は、わたしたちの関係は昔に戻ったかに見えた。ライルは相変わらず忙しく仕事をしている。でもオフの夜は、わたしはアリッサやマーシャルと一緒に、四人で夕食をとるようにした。ただし、彼と二人で夕食を食べることはしなかった。デート、あるいはカップルを感じさせるようなことは一切避けた。今は子供のことだけを考える、それは変わっていない。子供が生まれて、ホルモンが普通に戻るまでは、わたしたちの結婚について結論をくだしたくない。自分が妊娠を、結論を引き延ばす言い訳にしていることはわかっているけれど、妊娠中は、少しくらい自己中になっても許されるだろう。

スマホが鳴っている。わたしはソファーに頭を預け、うめいた。スマホははるか彼方のキッチンにある。ここから五メートルも先だ。

はぁ……。

わたしは力をこめてソファーから立ちあがろうとした。でも無理だ。

もう一度やってみる。**まだお尻はソファーの上だ。**

三度目の正直。わたしはアームをつかんで、もう一度体を引きあげようとした。

立ちあがったとたん、グラスの水が脚にかかった。もう……わたしはうめいて、次の瞬間、はっと息をのんだ。

水の入ったグラスなんて持っていない。

嘘、まじ？

見下ろすと、脚の間から水が滴っていた。スマホはまだ、キッチンのカウンターの上で鳴り続けている。わたしはよたよた歩いてキッチンに行くと、電話に出た。

「もしもし？」電話はルーシーからだった。

「わたしよ！　手短に答えて。注文した赤いバラが輸送の途中で枯れていたの。でも今日はレヴェンバーグでお葬式があって、供花に赤いバラを指定されてる。どうしたらいい？」

「じゃあ、ブロードウェイにあるフローリストに電話してみて。わたしの頼みだと言えば、きいてくれるはずよ」

「わかった、ありがと」

電話を切って、ライルに破水のことを知らせなきゃ。でも、またルーシーの声がきこえた。

「待って！」

わたしはスマホを耳にあてた。

「請求書のことだけど、今日、払ったほうがいい？　それとも……」

「そのままで大丈夫」

ふたたびわたしは電話を切ろうとした。でもわたしの名前を呼ぶ甲高い声とともに、次の質問が飛んできた。

「ルーシー」わたしは落ち着いた声で彼女をさえぎる。「明日、全部まとめて連絡するわ。たぶん、今、破水した」

一瞬の沈黙。「えっ、嘘！　早く病院に行って！」

電話を切ると、最初の痛みがお腹を貫いた。顔をしかめながら、ライルに電話をかける。最初の呼び出し音で彼が出た。

「戻ったほうがいい？」

「うん」

「ほんとに？　今、始まったの？」

「うん」

「リリー！」興奮した声だ。次の瞬間、電話が切れた。

それから数分で、わたしは身支度を整えた。すでに入院用の荷物はできあがっている。でも、濡れた脚が気持ち悪い。シャワーに飛び込んで洗い流す。二回目の痛みがさく裂した。最初の痛みから十分後だ。体を前に倒し、お腹を押さえながら、背中にシャワーを浴びせる。陣痛がふたたびおさまりかけたところで、バスルームのドアが勢いよくあく音がきこえた。

「シャワーを浴びてる？」ライルの声だ。「リリー、早く出ろ、行くぞ」

「タオルを貸して」

数秒後、シャワーカーテンの隙間からライルの手が現れた。

カーテンをあける前に、わたしはタオルを体に巻きつけた。変なの、自分の夫から体を隠そうとするなんて。

タオルの長さが足りない。胸は覆えたけれど、お腹まわりは長さが足りず、逆さまのVの字に裾が割れている。

シャワーから出たとたん、また陣痛が始まった。ライルはわたしの手をつかみ、一緒に呼吸法を実践すると、寝室に連れていってくれた。わたしは落ち着いて、病院に着ていくために用意した洗濯したての服を手にとり、ちらりと彼を見やった。

目が合った瞬間、わたしはふと手を止めた。

その瞬間、ライルが顔をしかめたのか、笑ったのかわからない。ゆがんだ彼の顔は、どちらにも思える。彼はすばやく息を吐くと、ふたたびわたしのお腹を見てささやいた。

「きれいだ」

陣痛とは無関係の痛みが胸に走る。思えば、お腹が大きくなってから、彼がわたしの体を見たのはこれが初めてだ。

わたしは歩み寄り、彼の手をとった。その手をお腹の上に置いて、しばらくそのままじっとする。彼はわたしにほほ笑み、親指をかすかに動かした。それは美しい瞬間、最高のひとときだった。

「ありがとう、リリー」

感謝の気持ちは彼の全身から感じられた。わたしのお腹に触れる手つきや、わたしを見つめるまなざしに。その感謝は、この瞬間にでもなく、これまで過ごした時間にでもない。これから先、この子と共に過ごす時間を許した、わたしへの感謝だ。

わたしは体を二つに折ってうめいた。「くそったれ！」

現実に引き戻された。

ライルはわたしの服をつかむと、着替えを手伝ってくれた。それから持っていく荷物をすべてまとめて、エレベーターへと向かう。ゆっくり、ゆっくり。その途中で、また陣痛が襲ってきた。

「アリッサに電話して」駐車場から出たところで、わたしは彼に言った。

「今、運転中だ。病院に着いたら電話するよ。それからきみのお母さんにも」

わたしはうなずいた。今ならまだ、二人に電話できそうな気もする。でも、病院にたどり着くのが先だ。もう赤ん坊は外に出たくてうずうずしている。今、この瞬間にも飛び出してきそうだ。

ようやく病院にたどり着いたときには、陣痛の間隔は一分もなくなっていた。ドクターが念入りに手を洗って入ってくると、わたしは分娩台《ぶんべんだい》に寝かされ、派手に脚を広げさせられた。それからわずか五分で、いきむように指示された。ライルはママやアリッサに電話をする暇もなく、すべてがあっという間の出来事だった。

いきむたびに、わたしはライルの手を握りしめた。ふと、自分が握っている手が、彼のキャリアにとって大切なものであることを思い出す。でも彼は何も言わなかった。わたしに好きなだけ力をこめて手を握らせ、わたしも思いっきり彼の手を握った。

「頭が見えた」ドクターの声がした。「もう二、三回いきんで」

それからの数分間を、どう言い表わせばいいのだろう。痛みで視界がぼやける中、何度も大きく息をする。不安と、そしてこの上もない幸福感。やがて波がやってきた。巨大な波だ。体の中で何かが爆発する……次の瞬間、ライルの声がきこえた。「女の子だ！　リリー、女の子だよ」

目をあけると、ドクターが彼女を持ちあげた。涙があふれ、ただぼんやりと輪郭だけが見えた。わたしの胸の上に彼女が置かれる。それは間違いなく、わたしの人生でもっともすばらしい瞬間だった。そっと触れてみる。赤い唇、頬、指。ライルがへその緒を切った。必要な処置のために彼女が連れていかれた瞬間、わたしは突然、ひどく心もとない気持ちに襲われた。

数分後、ブランケットにくるまれ、彼女がふたたびわたしの胸の上に戻ってきた。

ただ見つめることしかできない。

ライルはベッドに座り、顔がよく見えるよう、彼女のあごのまわりのブランケットを押しさげた。わたしたちは一緒に、彼女の手と足の指の数を数えた。彼女は一生懸命に目をあけようとしている。それは世界でもっとも愉快な光景だった。彼女があくびをすると、わたしたちはにっこり笑って、さらに夢中になった。

最後の看護師が部屋を出て行き、ようやく二人っきりになると、ライルは彼女を抱いてもいいかとたずねた。ベッドの頭の部分を高くして、彼が座れるよう、少し場所をあける。彼女を渡し、ライルの肩に頭をもたせかけて、うっとりと彼女を見つめた。

「リリー」彼がささやいた。「ネイキッド・トゥルース?」

わたしはうなずいた。

「うちの娘はマーシャルとアリッサの子供よりはるかにかわいい」

わたしは声をあげて笑い、彼を肘で突いた。

「冗談だよ」

でも、わたしにはライルの言いたいことがわかった。ライリーはすばらしい赤ん坊だ。でも世界中のどの赤ん坊も、わたしたちの娘の足元にも及ばない。

「名前はどうする?」彼がたずねた。この妊娠期間中、普通の夫婦のような生活はしていなかった。だから子供の名前について、まだ話しあっていない。

「アリッサにちなんだ名前はどう?」ちらりと彼を見る。「あるいはあなたのお兄さんにちなんだ名前とか?」

ライルがそれをどう思ったかはわからない。娘を彼の兄にちなんで名づければ、それが少しでも彼の癒やしになるかもしれない……そんな気がする。でも彼はそう思わないかもしれない。

彼は驚いたようにわたしをちらりと見て言った。「エマーソン? 女の子の名前としてもかわいいね。エマって呼ぼう。あるいはエミーとか」彼は誇らしげにほほ笑んで、彼女を見下ろす。「いい名前だ」それから体をかがめて、エマーソンの額にキスをした。

わたしはライルの肩にのせていた頭を引き、エマを抱く彼を見つめた。彼が娘とこんなふうに触れあうのを見るなんて……わたしは感慨深く二人を眺めた。まだ対面からほんの少ししかたっていないけれど、彼がどれほど彼女を愛しているかがひしひしと伝わってくる。きっとエマを守るためには、ライルはどんなことでもするだろう。どんな苦難とも闘うはずだ。

この瞬間、ようやく心が決まった。

わたし、いや、わたしたちについて。

わたしたち家族にとって、何が最善なのかについて。

ライルにはいいところがたくさんある。思いやりがあり、世話好きで、頭がいい。カリスマ性も行動力もある。

パパにも、そういった部分はあった。他人に対して、思いやりがあるとは言えないけれど、わたしに対しては愛情深い一面を見せるときもあった。頭がよくて、カリスマ性があって、行動力もあった。でもわたしはパパに対して、愛よりもはるかに多くの憎しみを感じていた。パパの最悪の姿を見てしまったせいで、どんないい面も見られなくなってしまった。パパが最悪の行動に出たあの五分間は、最高の五年間をもってしても償えなかった。

わたしはエマーソンを見て、ライルを見た。エマーソンにとって、最善の決断をするべきだ。娘には父親と、いい関係を作りあげていってほしい。この決断はわたしのためでも、ライルのためでもない。

エマーソンのための決断だ。

「ライル？」

ちらりとわたしを見たとき、彼はほほ笑んでいた。でもわたしの表情に何かを察して、笑顔が消えた。

「離婚したいの」

ライルは二度、まばたきをした。不意打ちを食らった表情だ。顔をゆがめ、肩を落として娘を見下ろした。「リリー」首を横に振る。「お願いだ、別れるなんて言わないでくれ」

懇願の口調だ。彼に望みを持たせたあげく、最後にそれを断ち切る形になったことをわたしは悔いた。わたしがぐずぐずしていたせいだ。でも、わたしにしたところで、初めて娘をこの胸に抱くまでは、自分がどんな選択をするのかまったくわからなかった。

「もう一度だけチャンスをくれ。リリー、頼む」涙にかすれた声でライルは言った。

最悪のタイミングでわたしは彼を傷つけた。ライルの人生において、本来なら幸せの絶頂であるべき瞬間に、彼の心を引き裂いた。でもこのタイミングでなければ、なぜライルのもとに戻るリスクを冒すことができないか、彼を説得することはできないと思う。

わたしの目からも涙があふれた。自らくだした決断に、わたしの心もまた引き裂かれたからだ。「ライル」わたしは静かに言った。「どうする？　もしもこの子があなたを見上げてこう言ったら？　『パパ、彼氏がわたしを殴ったの』って。あなたは彼女になんて言う？」

彼はエマーソンを胸に引き寄せ、ブランケットに顔をうずめた。「リリー、やめてくれ」

わたしはベッドの上で背筋を伸ばして座り直した。エマーソンを胸に抱き、まっすぐにライルの目を見つめる。「もしこの子があなたのところにきて、こう言ったらどうする？　『パパ？　夫がわたしを階段から突き落としたの。彼が言うには事故だって。どうすればいい？』って」

ライルの肩が震え、出会ったあの日以来、初めて彼は涙をこぼした。娘を抱きしめる彼の頰に、本当の涙が伝う。わたしは泣きながら、さらに言った。エマーソンのために。

「もし……」声がかすれる。「もし、彼女がこう言ったらどうする？　『パパ、彼がわたしをレイプしようとしたの。やめてって言っても、わたしを押し倒した。でも彼は誓った。もう二度としないって。どうすればいい、パパ？』」

ライルはエマーソンの額にキスをした、次から次へと流れる涙が頰を伝っていく。

「この子になんて言うの、ライル？　言って。ききたいの。もし自分の娘が心から愛する男に傷つけられたら、あなたは娘になんて言う？」

心が砕ける音がした。彼は体を傾け、わたしの体に腕を回した。「エマに懇願する。そいつと別れてくれって」泣きながら彼は言った。顔にキスをされた瞬間、頬に彼の涙を感じた。エマーソンとわたしを抱きしめながら、彼は耳元でささやいた。「きっとエマに言う。そんな男はおまえにふさわしくない。たとえどれほど愛していても、そいつのもとには戻るな。自分を大切にしろって」

それからあとは涙の洪水になった。心は引き裂かれ、夢が砕け散った。わたしたちは抱きあい、娘を抱きしめた。この決断がどれほどつらくても、自分たちがつぶされる前に、自分たちの手で負の連鎖を断ち切ってみせる。

ライルはエマーソンをわたしの腕の中に戻し、涙を拭った。立ちあがってもまだしゃくりあげている。その最後の十五分間で、彼は人生で初めての愛を失った。そしてその十五分間で、彼はすばらしく美しい小さな娘の父親になった。

それが、十五分間がわたしたちにもたらしたものだ。十五分あれば、人は人を破滅させることができる。

そして十五分あれば、救うこともできる。

ライルは廊下を指さし、少し気持ちを落ち着ける必要があることをわたしに知らせた。ドアに向かって歩いていく後ろ姿は、かつて見たことがないほど悲しげだ。でも、いつかはきっとこれでよかった、そう思うはずだ。わたしが娘にとって最良の決断をしたことをわかってくれるだろう。

彼の後ろでドアがしまると、わたしはエマーソンを見下ろした。わたしは自分が彼女のために夢見ていた生活、娘を愛する両親がそろった家で育つ、そんな生活を与えることはできない。でも、彼女にわたしと同じ苦しみを味わわせることはしたくない。最悪の父親の姿を見せたくない。父親が感情のコントロールを失って、エマーソンがもはや彼を父とも思えなくなるような姿を見せたくない。彼女がライルとどれほどすばらしいときを重ねても、たった一度の最悪な姿でそれが台無しになることを、わたしは身をもって知っている。

負の連鎖が存在し続けるのは、それを断ち切るのが大変だからだ。そこから脱却するのは、途方もない痛みと勇気を必要とする。飛び出して、着地に失敗してけがをするよりも、何もせず、そこにとどまるほうが楽に思えるときもある。

わたしの母はその苦しみを経験した。

わたしも同じ経験をした。

もし娘にも同じ経験をさせることになったら、自分が許せない。

わたしは小さな娘の額にキスをして、こう約束をした。「そんなのもう終わり。あなたとわたし、ふたりで終わらせるの《イット・エンズ・ウィズ・アス》」

エピローグ

わたしはボイルストン通りの人ごみを抜け、交差点へ向かった。ベビーカーの速度を落とし、角を曲がったところで停める。日よけをあげて、エマを見下ろす。彼女はいつものように足をばたばた動かして、にこにこ笑っている。いつだってご機嫌だ。彼女のまわりには穏やかなエネルギーがあふれている。彼女を見れば誰だってかまわずにはいられない。

「何カ月なの？」女性がたずねる。わたしたちと一緒に信号を待っている間、女性はいとおしげにエマーソンを見下ろした。

「十一カ月です」

「かわいいわね」女性は言った。「あなたにそっくり。とくに口元が」

わたしはほほ笑んだ。「ありがとうございます。でも、ぜひこの子のパパをお見せしたいわ。目は彼にそっくりなんです」

ススメのサインが点灯し、わたしは群衆をかわしながら、大急ぎで通りを渡った。すでに三十分遅れだ。ライルは二度もメッセージを送ってきた。彼はまだ『にんじんパーティー』の楽しさを経験していない。今日、それがどれだけしっちゃかめっちゃかになるか、知ることになるだろう。バッグにたっぷりと入れておいた。

エマーソンが三カ月になると、わたしはライルが買ったアパートメントから引っ越し、家を借りた。店まで歩いていける距離にある便利な場所だ。ライルは自分のアパートメントに戻った。でも毎日のように、エマーソンと一緒にアリッサの部屋やライルの部屋を行き来しているせいで、まだあのアパートメントに住んでいるような気もしている。

「もうすぐよ、エマ」角を曲がるとき、あまりに急いでいたせいで、ベビーカーで男性をひきそうになった。男性はあわてて飛びのき、衝突は免れた。「ごめんなさい」わたしは小声で言って頭をさげると、男性をよけて進もうとした。

「リリー？」

わたしは立ち止まった。

ゆっくりと振り向く。その声が体を貫いて、つま先まで響いたからだ。わたしにそんな反応を起こさせることができるのは、世界でたった二人の声だけだ。そしてライルの声は、もはやそれほどのパワーを持たない。

振り返ると、まぶしい太陽の光に目を細めるアイスブルーの瞳があった。頭の上に手をかざし、陽ざしをさえぎりながら笑っている。「やあ」

「ハイ」わたしは言った。一瞬、呆然としたのち、ようやく状況がのみ込めた。

アトラスはベビーカーをちらりと見て指さした。「彼女……きみの……？」

わたしがうなずいたのを見て、彼はベビーカーの前に回った。しゃがんで、にっこり笑いかける。「かわいいね、名前は？」

「エマーソンよ。エマって呼ぶこともあるの」

アトラスが指を握らせると、エマーソンは足をばたばたさせ、彼の指を左右に振った。彼はしばらくの間、彼女をいとおしげに見つめ、やがて立ちあがった。

「元気そうだね」

わたしはあからさまに彼をじろじろ見るまいとした。でもそれはむずかしい。アトラスも以前と変わらず元気そうだ。彼がどれだけステキな大人の男性になったのか、なんの遠慮もせずに見ることができるのはこれが初めてだ。目の前の彼は、わたしの部屋にいたホームレスの少年とはまるっきり別人だ。でも……少しも変わっていない、そんな気もする。

ポケットのスマホが震え、メッセージの着信を知らせた。ライルだ。

わたしは通りの先を指さした。「すごく急いでるの。ライルを三十分も待たせてるから」

ライルときいて、アトラスの瞳が曇った。だが彼はすぐにその気持ちを押し隠し、うなずくと、ゆっくりと脇によけてわたしたちに道をゆずった。

「今日はこの子を彼に会わせる日なの」わたしはできる限り力をこめて、はっきりと言った。

彼の目がぱっと輝く。うなずき、自分の背後を指さす。「ああ、ぼくも遅刻しそうなんだ。先月、ボイルストン通りに新しい店をオープンしたばかりでね」

「へぇ、すごい。おめでとう。いつかママを連れていかなきゃ」

アトラスはほほ笑んだ。「ぜひ。そのときには知らせて。店にいて、自分で料理をするから」

一瞬のぎこちない間のあと、わたしは通りの先を見た。「えっと……」

「行って」アトラスはにっこり笑った。

わたしはもう一度うなずき、それから軽く頭をさげ、歩き出した。どうしてこんなにぎこちなくなるのかわからない。普通の会話って、どうやるんだっけ？　数メートル進んだところで、わたしは肩越しに振り返った。彼はまだそこにいて、わたしを見つめていた。

角を曲がると、ライルがフラワーショップの前に停めた車のそばで待っていた。わたしたちが近づいてくるのを見て、ほっとしたような笑みが浮かぶ。「メッセージ届いた？」しゃがんで、エマーソンのストラップをはずしにかかる。

「ええ、ベビーサークルのリコールについて？」

彼はうなずき、エマーソンをベビーカーから抱きあげた。「あれってぼくたちが買ったやつじゃないよね？」

わたしはボタンを押して、ベビーカーをたたむと、彼の車の後ろへ持っていった。「そうよ。でも一カ月前に壊れたから、もう捨てたわ」

ライルはトランクをあけ、指でエマーソンのあごをつまんだ。「エマ、きいた？　ママはきみの命を救ったんだよ」彼女は笑い声をあげ、小さな手で彼の手を叩いた。ライルはエマーソンのおでこにキスをして、ベビーカーをひょいと持ちあげ、トランクに入れた。わたしはトランクをしめ、身を乗り出して、彼女にすばやくキスをした。

「愛してるわ、エマ。また今夜ね」

ライルは後部座席のドアをあけ、彼女をベビーシートに乗せた。わたしは彼に別れを告げると、大急ぎでもときた方向へと歩き出した。

「リリー」ライルが叫んだ。「どこに行くの？」

彼はてっきりわたしが店の入り口へ向かうものと思っていたに違いない。なぜならもうとっくに開店時間を過ぎている。たぶんそうすべきだ。でもみぞおちのもぞもぞが収まらない。どうしてもやらなきゃならないことがある。わたしは早足で歩きながら、ライルに向かって叫んだ。「忘れ物をしちゃった！　また今夜ね！　エマを迎えに行くわ！」

ライルはエマーソンの手をとり、二人はわたしに手を振った。角を曲がるやいなや、わたしは全速力でダッシュした。人ごみをかき分け、何人かにぶつかる。女性のどなり声もきこえた。でもそれだけ急いだかいはあった。人ごみの向こうに、彼の後ろ姿を見つけた。

「アトラス！」わたしは叫んだ。彼はすたすたと歩いていく。わたしは人ごみをかき分け続けた。「アトラス！」

彼は足を止めた。でも、振り返らない。今きいたことが信じられないとでもいうように、首を傾げている。

「アトラス！」わたしはもう一度叫んだ。

ようやくアトラスは振り向いた。今度は、それがわたしの声だと確信したようだ。わたしたちは見つめあったまま、三秒ほどそこで立ちつくし、次の瞬間、同時に歩き出した。一歩、一歩、地面をしっかりと踏みしめて。わたしたちを隔てるのはあとたったの二十歩だ。
十、
五、
一。

お互い最後の一歩で立ち止まる。

わたしは息を切らし、どきどきしながら言った。「エマーソンのミドルネームを言ってなかったよね」腰に手をあて、大きく息を吐く。「ドリーよ」

アトラスはすぐには反応しなかった。通りの角に突っ立ったまま、目をぱちくりさせている。

やがて彼の口元がぴくりと動き、笑みがじわりと顔全体に広がった。「完璧な名前だ」

わたしはうなずき、ほほ笑んだ。

自分でもどうするつもりだったのかわからない、ただ、そのことを彼に伝えたかった。でも伝えてしまった今、次にどうすればいいのだろう……。

わたしはもう一度うなずいて、あたりを見回し、親指を立てて肩越しに自分の後ろを示した。

「えっと……たぶん……」

次の瞬間、さっと前に出たアトラスに腕をとらえられ、抱きすくめられた。彼の腕に包まれながら、目をとじる。アトラスはわたしの後頭部に手を回し、しっかりとわたしを抱きしめた。街の喧騒、車のクラクション、早足で行き交う人々の群れ、髪にそっとキスをされると、すべてが遠くなっていく。

「リリー」彼は静かに言った。「今、ぼくの人生はきみにふさわしいものになったよ。心の準備ができたら、いつでも……」

わたしは両手でアトラスのジャケットをつかみ、胸にぴったりと顔を押しつけた。突然、十五歳に戻った気分だ。アトラスの言葉にうなじと頰がかっと熱くなる。

でもわたしは十五歳じゃない。

責任のある大人で、子供もいる。十五歳の感情に流されることはできない。少なくともきくべきことはきいておかなきゃ。

わたしは体を引いて、彼を見上げた。「チャリティに寄付したことは？」

アトラスはとまどい、笑った。「何度かね。なぜ？」

「いつか子供が欲しいと思ってる？」

彼はうなずいた。「もちろん」

「ボストンを離れたいと思ったことはある？」

アトラスは首を横に振った。「ないね、一度も。この街では〝すべてがよくなる〟から。覚えてる？」

彼の答えはすべて、わたしの求めるものだ。わたしはほっとして、彼を見上げてほほ笑んだ。

「準備はもうできてるわ」

ふたたび抱き寄せられ、わたしは声をあげて笑った。彼がわたしの人生に現れて以来起こったすべてのことを考えても、まさかこんな結末を迎えるとは思ってもいなかった。何度も夢見てはいたけれど、それが本当に実現するのかどうかわからなかった。

目をとじると、鎖骨に彼のキスを感じた。優しいキスに、昔、そこにキスをされたときの感覚がよみがえる。アトラスはわたしの耳元でささやいた。「もう泳がなくていいんだよ、リリー。ぼくたちはとうとう岸にたどり着いたんだ」

著者あとがき

この部分は物語をすべて読み終わってから読むのをおすすめします。

わたしが覚えている人生最初の記憶は二歳半の頃です。わたしの寝室の入り口にはドアがなく、ドア枠にとめつけた布で覆われているだけでした。覚えているのは父の怒鳴り声。そっと布の隙間からのぞくと、まさにその瞬間、父がテレビを母に向かって投げ、母が床に倒れるのが見えました。

母はわたしが三歳になる前に離婚しました。それ以降の父にまつわる思い出は楽しいものばかりです。母には何度も暴力をふるった父も、わたしや姉に手をあげることは一度もありませんでした。

両親の結婚生活は虐待のくり返しでした。だが、母はそれについて、一度も語ったことはありません。話せば、父を悪く言うことになるからでしょう。母はわたしたち子供には、プレッシャーやストレスを感じずに父と会ってほしいと願っていました。夫婦関係の解消に子供を巻き込まなかったという点については、本当に両親を尊敬しています。

かつて父に虐待についてたずねたことがあります。父は母との結婚生活について、包み隠さず話してくれました。結婚していた数年間、アルコール依存症だったこと、母にひどい仕打ちをしたこと、それらの話をはじめてきいたのは父の口からでした。母の頭を殴った衝撃で、父の指の関節が砕け、人工関節に置換する手術を受けたエピソードもです。

自分の行ないに後悔の念に今も苛まれている。それは自分が犯した中でも最悪の過ちだった。年をとっても、死ぬまで、母のことを愛している、父はそう言いました。

つらい思いをするのは当然の報いだ、わたしは思いました。母の苦しみに比べれば、まだまだ足りないほどです。

この物語を書こうと決めたとき、わたしはまず母に許可を求めました。母のような女性たちのために、そして母のような女性たちをまだ十分には理解していない人たちのために、この物語を書きたい、と。

以前はわたしも、母のような女性たちを十分には理解していない一人でした。

わたしが知る限り、母は強い人でした。なぜ母のような人が自分を虐待する男性を何度も許すのか、その理由《わけ》がわかりませんでした。でも、この物語を書きはじめ、リリーの心情に寄りそってみると、それははたから見るような、白か黒かという単純な問題ではないのだとすぐにわかりました。

執筆中、何度プロットを変えたくなったことでしょう。ライルを自分が書こうとしているような悪い人間にはしたくなかったからです。最初の数章で、わたしはすっかり彼と恋に落ちていました。そう、リリーがライルに恋し、母が父に恋したように。

ライルとリリーのキッチンでの最初の暴力のエピソードは、父と母の間に実際に起こったことです。母がキャセロール料理を作っているとき、父はお酒を飲んでいました。酔った父は、手にキッチン用のミトンをはめないまま、オーブンからキャセロールを取り出しました。母は父のうっかりをおもしろがり、笑いました。そして次に気がついたときには、強く殴られた衝撃で、キッチンの床に倒れていました。

その一回の暴力に関しては、母は父を許すことにしました。なぜなら父の謝罪と後悔の言葉が信じるに足ると思えたから、あるいは少なくとも、二度目のチャンスを与えるほうが、傷ついた心を抱えたまま、父のもとを去るよりは痛みが少ないと思えたからです。

だがそれから何度も、同じような出来事が起こるようになりました。そのたびに父は後悔し、もう二度としないと約束をしました。やがて、父の約束がけっして果たされない空虚なものだと母が知り、ついにそのときがやってきました。けれど母は二人の娘がいて、家を出るお金もありません。リリーと違って、母にはまわりの人々のサポートもありませんでした。住んでいる地域に女性のためのシェルターはなく、当時は政府の支援もほとんどなかったのです。家を出ることは、娘たちを路頭に迷せる危険をともないます。でも母にはそれよりいい選択肢は思いつきませんでした。

父は数年前、わたしが二十五歳になった年に亡くなりました。彼は最高の父親でもなく、もちろん最高の夫ではありませんでした。それでもわたしが父と良好な関係を保っていられたのは母のおかげです。虐待が負の連鎖に陥り、わたしたちを壊してしまう前に、母がそれを壊してくれたのです。それはつらい選択でした。母が離婚を決めたのは、わたしが三歳、姉が五歳になる前でしたが、離婚後の二年間は食べるものにも事欠く日々が続きました。その間、母は大学教育も受けていないシングルマザーとして、誰の助けも借りず、ほぼ一人で、二人の娘を養わなくてはなりませんでした。でも、わたしたちに対する愛を力に、その茨《いばら》の道を乗り越えたのです。

わたしはライルとリリーを家庭内における虐待の典型例だとは思っていません。ライルの人格を、虐待する人に典型的なものだと言うつもりもありません。虐待の状況も、それによって生じる結果も、ケースバイケースです。わたしがこの物語を書くにあたって、参考にしたのは父と母です。ライルは多くの点において、父に似ています。どちらもハンサムで、思いやりがあり、ユーモアのセンスも持ち合わせた、頭のいい男性です。ただ、許されない振る舞いをする瞬間があります。

リリーのモデルは母です。二人の共通点は、優しく、知的で、強い女性だということ。そして、愛を捧げるにふさわしくない相手と恋に落ちてしまったことです。

父との離婚から二年後、母はのちにわたしの義父となる男性と出会いました。義父はまさに良き夫の鑑《かがみ》のような人でした。二人のもとで育ったことで、わたしの将来の結婚についての理想ができあがりました。

やがて自分が結婚をするというとき、わたしはこれまでに経験したことのない、試練に直面しました。実の父に、結婚式の日、教会の通路を一緒に歩きたいのは、父ではなく義父だと告げなくてはならなかったのです。

でもそうしなくてはならないいくつかの理由がありました。義父は、父がけっしてなりえなかったいい夫になり、いい父親になって、わたしたちを実の娘同様に育て、経済的なサポートもしてくれました。それでいて、わたしたちと実の父の関係を、けっして否定することはありませんでした。

結婚式の一か月前、父のリビングに座って、その話を切り出したときのことは今もはっきりと覚えています。わたしは父に、父を愛している、でも結婚式でわたしをエスコートする役目は義父に頼むと伝えました。きっと父から返ってくるであろう、あらゆる非難の言葉にどう答えようかと考えながら。ところが父の反応はわたしの予想とはまったく違っていました。

父はうなずき、言いました。「コリーン、お義父さんはおまえを育ててくれた。結婚式で、おまえを花婿に引き渡す役目にふさわしい。わたしに遠慮する必要はない、それが当然だ」

きっと父は胸をえぐられる思いだったに違いありません。でも父親らしく、わたしの決断を尊重しただけでなく、その気持ちをはっきりと示してくれました。

結婚式当日、父は他の参列者に混じって、自分以外の人とともに、祭壇へと歩いていくわたしを見つめていました。中には、なぜわたしが父と義父、二人とともに歩かないのだろうと思った人もいたことでしょう。でも今あらためて考えれば、そうしなかった一番の理由は、母への尊敬からだと思います。

義父と歩くと決めたのは、父のせいでも、義父のためでもありません。母のためでした。母を大切にしてくれた男性に、娘を花婿に引き渡すという最高の栄誉を担ってもらいたかったのです。

これまでわたしは、〈エンタテインメント〉のために書くことを公言してきました。啓蒙したり、説得したり、情報をシェアするためではなく、自分が楽しみ、人を楽しませるための小説を書くのだ、と。

でもこの作品は違います。これは楽しむための物語ではありません。これまでの作品の中でもっとも書くのがつらい物語でした。何度も、消去のキーを押して、リリーに対するライルの仕打ちをなかったことにしたい衝動に駆られました。リリーがライルを許すシーンでは、彼女をもっと強い女性――しかるべきタイミングに、しかるべき決断ができる人物――にして、すべてを書き換えたいと思いました。でも、それはわたしが書こうとしている人々ではありません。

わたしが書きたい物語でもありませんでした。

わたしが書きたかったのはもっとリアルな何かでした。当時の母がどのような状況――そこでは今も多くの女性が苦しんでいます――に置かれていたのか、そしてリリーとライルの間にどんな愛があったのかを知りたかったのです。母が父――かつては心の底から愛した男性――のもとを去らなければならなかったとき、どんな気持ちだったのかを感じるために。

ときどき、考えることがあります。母がその決断をしてくれなかったら、わたしの人生はどんなものになっていたのだろうと。母は他の誰か――輝く鎧《よろい》に身を包んだ騎士――に救われたわけではありません。自らの決断で父のもとを去りました。シングルマザーとしてさらなる苦難の道を歩むことになると知りながら、母が愛する人と別れる決断をしたのは、自分たちの関係が健全なものではないと娘たちに教えるためです。リリーを通して、わたしも同じメッセージを多くの女性に届けたいと思いました。たとえライルが、最後は更生の方向へ向かったかもしれないというわずかな可能性があったとしても、リスクを負う価値はありません。過去に裏切られた経験がある場合にはなおさらです。

この本を書く前から、わたしの母への尊敬の念は揺るぎないものでした。そしてこの本を書き終え、母が今日の場所にたどり着くまでに味わった痛みや苦しみを、ほんの一部だけれど追体験できたと感じている今、母に伝えたいのはこの一言に尽きます。

大きくなったら、ママみたいになりたいな。

謝辞

著者として、この本に名前がでるのはわたし一人かもしれません。けれど、以下に記す人々の存在がなければ、わたしがこの本を書くことはできませんでした。

まず姉と妹へ。もし姉妹という関係ではなかったとしても、二人とは友達になったと思う。そのうえ同じ母のもとに生まれてくるなんて、おまけをもらったラッキーな気分です。

そして子供たちへ。あなたたちはわたしがこの世に送り出した、もっともすばらしい作品の一つです。頼むからあとで、「しまった、こんなこと言わなきゃよかった」と後悔させないでね。

ウェブリッチ（weblich）、コホート（CoHort）、ＴＬディスカッション、ブック・スワップ、その他のグループの皆さん、いつもオンラインで元気をもらっています。皆さんの存在がわたしの執筆の原動力です。本当にありがとう。

ディステル＆ゴドリッチ・リテラシーマネージメントのチームの皆さん、いつも変わらぬサポートと励ましに感謝します。

アトリア・ブックスの皆さんにも感謝を捧げます。いつも新刊発売の日を思い出深い、人生最良の日にしてくれてありがとう。

わたしの編集者、ジョハナ・キャスティロ。この本を書くにあたってのサポートに感謝します。いつもわたしを支えてくれてありがとう。作家になるというわたしの夢の一番のサポーターでいてくれてありがとう。

エレン・デジェネレス、エレンは実際には会いたくない四人のうちの一人ね。あなたは闇の中の光です。リリーとアトラスが道を見失わなかったのは、あなたの輝きのおかげです。

いつも試し読みで協力してくれるファンの皆さんに感謝を捧げます。皆さんのフィードバック、応援、そしていつも変わらぬ友情は、身に余る光栄です。大好きよ。

わたしの姪へ。もうすぐ会えるね。今、最高にわくわくしています。きっとあなたの大好きな叔母さんになるわ。

リンディへ。人生について、どうすれば人のために生きることができるのかについて、いつも身をもって教えてくれてありがとう。「悪い人間なんていない。でも人は時に、悪いことをする」あなたが教えてくれた、この深い教訓はわたしの人生の宝物です。あなたのような人をママにもって、わたしの小さな妹は幸せね。

ヴァンスへ。ママにふさわしい夫でいてくれてありがとう。わたしたちを実の娘のように育ててくれてありがとう。

わたしの夫、ヒースへ。あなたは魂の芯までいい人ね。わたしの子供たちの父親として、人生を共に歩むパートナーとして、あなた以上の人は考えられません。家族の皆が思っている。あなたがいてくれて本当によかった。

ママへ。ママはみんなにとってかけがえのない人です。ときにはみんなに頼られて、大変な事もあると思うけれど、その苦労さえ楽しんでしまう。家族全員、感謝しているよ。

最後に、ダメおやじのパパ、エディへ。もうここにはいないから、この本を見られないよね。でもいつもわたしを見守ってくれているのはわかってる。人生において、パパはたくさんの大切なことを教えてくれた。なかでも一番大切なのは、誰しも人は変われるってこと。約束する。これからずっと、最悪の日のパパじゃなく、最高の日のパパを覚えているって。実際、そのほうが多かったしね。それから、多くの人が挫折する問題からパパが立ち直ったことも忘れない。一番の親友でいてくれてありがとう。結婚式の日、自分なりのやり方で、わたしを支えてくれてありがとう。愛してる。会いたいな。

訳者あとがき

お待たせしました。NYタイムズの#1ベストセラー作家、コリーン・フーヴァーのNAロマンス、『イット・エンズ・ウィズ・アス　ふたりで終わらせる』（原題 *It Ends with Us*）をお届けします。

主人公のリリー・ブルームはメイン州の田舎町、プレソラで生まれ育ち、高校を卒業してボストンの大学に進学、二十三歳で早くも経営学の修士号を取得すると、大手マーケティング会社で働きはじめます。優秀でキャリア志向、一見、すべて順調に思えるリリーですが、実は心の中にトラウマを抱えています。それはDVのまかり通る家庭に育ったこと。父は市長まで務めた地域の名士でありながら、家庭では結婚当初から妻の虐待を繰り返す暴力夫であり、母はその暴力にただひたすら耐えるばかりでした。リリー自身は父から直接暴力を振るわれることはなかったものの、両親のいびつな夫婦関係を目の当たりにして育ったせいで、人を信頼することが苦手で、恋愛にも憶病、仕事だけにまい進する毎日です。

ところが、そんなリリーにある日突然の出会いが訪れます。憎みつづけた父が亡くなり、葬儀を済ませてボストンに戻ったリリーはどこかやりきれない気持ちになって、空を眺めて一息つこうと高級アパートメントのルーフトップに忍び込みます。そこにたまたま現れたのがライル、脳神経外科の研修医で、おしゃれで弁も立つ、ダークな瞳の魅力的すぎるイケメンです。ただし彼にはどこか影を感じさせるところもあり、人生に求めるのは成功だけで、恋愛など必要ないと言い切って、いきなりリリーを一夜限りの関係に誘います。なんとかその場は逃れたものの、半年後、リリーはひょんなことからライルと再会、二人は情熱的な恋に落ちて結婚します。念願だったフラワーショップの開業、非の打ちどころのない男性との結婚、仕事もプライベートも充実の毎日。ところが幸せもつかの間、ライルは幼い頃のトラウマから暴力癖があることが発覚し……。

本作品のタイトル、『イット・エンズ・ウィズ・アス』のイットはＤＶによる負の連鎖であり、それをわたしたちの世代で終わらせようという願いがこめられたタイトルです。果たしてリリーは自らの過去にけりをつけ、新たな人生の第一歩を踏み出すことができるのでしょうか？

本作執筆のきっかけや作品に込めた思いについては、著者あとがきに詳しいので、ぜひそちらを読んでいただくとして、ここでは近年のフーヴァー作品のすさまじい人気について、少し触れておきましょう。ご存じの方も多いと思いますが、コリーン・フーヴァーはアメリカで大人気の作家です。今、このあとがきを書いている時点のニューヨーク・タイムズのベストセラーリスト（二〇二三年二月二十六日）でも、ペーパーバックフィクションの部で、一位から四位までをフーヴァーが独占しています――ちなみに一位は、本作品の続編、『*It Starts with*

Us』、二位が本作です。またフォーブス誌では、去年、もっとも読まれた本の一位が『イット・エンズ・ウィズ・アス』、そして二位が『Verity』で、他にも四作品がランクインするという快挙、しかもフーヴァー作品の読者には三十代以下の女性が多いことが報じられています。

出版不況、若者の本離れが言われて久しい現代に、なぜフーヴァー作品が、これほど売れているのか？　もちろん、よく言われるようにSNSでのファンを巻き込んだ活動が功を奏したということもあるでしょう。でもどれだけテクノロジーを駆使しても、作品そのものに魅力がなければ、この爆発的なブームを引き起こすことはできません。やはり、その理由は、何と言っても彼女の見事な作品の構想と筆力にあると思います。冒頭から読む人の心をわしづかみにし、最後の最後まで揺さぶりつづける作品を書かせたら、今、フーヴァーの右に出る作家はいないでしょう。女性を取り巻く問題をとりあげたドラマチックな展開、ホットでロマンチックなシーン、思わず涙せずにはいられない深いセリフの数々、どこをとっても読者を惹きつける要素が満載です。さまざまな娯楽のチョイスがある現代では、読書は、少々まどろっこしく、刺激に欠けるアクティビティに感じられるのかもしれません。でも、フーヴァー作品はそんな読書に対するイメージを一新するエンタテインメント性とスピード感で、わたしたちを一気に物語の世界に引きずり込んでくれます。

もしかしたらふとした拍子にこの本を手にとってくださった皆さんの中にも、普段「実は読書はあまり……」と思っている方もいらっしゃるかもしれません。でもそんな方にも、本作は自信を持っておすすめできます。DVをテーマに「真の愛とは何か？」という問いに鋭く切り込んだ、フーヴァー渾身《こんしん》の感動作は、皆さんをきっと新しい読書体験に導いてくれるはずです。

たまには音も映像もなし、フーヴァーが紡《つむ》ぎ出す言葉の力にただ身をゆだねて涙する、エモーショナルな時間を楽しんでみませんか？

そして最後に二つ、とっておきのグッドニュースです！　まず一つ目は本作、『イット・エンズ・ウィズ・アス』の映画化が先日、ソニー・ピクチャーズより発表されました。ブレイク・ライヴリーがどんなリリーを演じるのか楽しみです。そして二つ目は本作の続編、『*It Starts with Us*』の邦訳が、夏ごろ、二見書房より刊行予定です。ようやく岸にたどりついたリリーとアトラス、二人の恋の行方ははたしてどうなるのか？　こちらもどうぞ楽しみにお待ちください。

二〇二三年二月

本書は『世界の終わり、愛のはじまり』（2020年小社刊）を
改訳・改題した作品です

イット・エンズ・ウィズ・アス　ふたりで終《お》わらせる

2023年 4 月 20 日　初版発行

著者　コリーン・フーヴァー
訳者　相山夏奏《あいやまかなで》

発行所　株式会社 二見書房
東京都千代田区神田三崎町2-18-11
電話 03(3515)2311［営業］
03(3515)2313［編集］
振替 00170-4-2639

印刷　株式会社 堀内印刷所
製本　株式会社 村上製本所

落丁・乱丁本はお取り替えいたします。
定価は、カバーに表示してあります。

ISBN978-4-576-23034-4
https://www.futami.co.jp/